모산 마을

곰강

12

도시의 그늘

금강

제4부

한만수 대하장편소설

12

글누림

1. **언어** : 충청북도 영동은 남으로는 경상북도 김천, 남서쪽으로는 전라북도 무주와 접해있
   다. 그래서 이 지역의 언어는 경북 사투리와 전라도 사투리가 혼용되어 있는 특징
   을 갖고 있다. 세월이 흐르면서 이 지역의 언어도 요즈음은 표준어에 가깝게 변화
   되어 가고 있지만, 리얼리즘을 살리기 위해 50~60년대는 토속적 사투리를 그대
   로 살렸다.

2. **시대사** : 한국 근·현대사를 사실 그대로 재현하여 주요 사건과 주요 인물을 그려냈다.

3. **물가** : 당시의 물가를 고증하여 실제적으로 적용했다.

4. **지리** : 지역과 지명은 있는 그대로 드러냈다.

5. **문화 및 풍속** : 시대적 흐름에 따라 변화하는 문화 및 풍속을 사실대로 묘사했다.

●
차
례

제4부

도시의 그늘

제29장

1
9
8
4
년

공중전화

지난주에도 모산에 와서 즘심 먹고 갔다.
승철아! 승철아! 니가 시방 암 말 안 하고 있어도,
나는 니가 승철인 걸 다 알고 있다.
제발, 뭐라고 말 좀 해 다오! 그렇다는 말 한 마디만 해 주면
이 어머는 등구나무거리에 내려가서 춤이라도 출란다.

땅거미가 지고 있었다.

승철은 힘없는 발걸음을 멈추고 2층에 있는 명지만화라는 고딕체 글씨를 바라봤다. 세월이 흐르긴 흐른 걸까. 명지만화방을 열 때만 해도 빨간색이던 코팅 글씨가 햇볕에 바래서 주황색으로 변해 버렸다. 2층으로 올라가는 계단 앞으로 천천히 걸어갔다. 한 발을 계단에 올려놓고 멈췄다. 2층으로 올라가는 벽에는 만화 신간 포스터며, 만화 잡지 포스터, 영화 포스터 등이 어지럽게 붙어 있다. 간판 글씨처럼 그림이 허옇게 바랜 포스터가 있는가 하면 며칠 전에 붙여 놓은 것처럼 번쩍번쩍 윤이 나는 포스터도 붙어 있다. 번쩍번쩍 빛이 나는 만화 포스터는 요즘 한창 인기를 얻고 있는 일본 만화 「드레곤볼」이다. 고우영의 「수호지」며 강

철수의 만화도 보인다. 프로야구 유행과 더불어 폭발적인 인기를 얻은 이현세의 「공포의 외인구단」도 보이지만 그 어느 곳에도 이승철의 만화는 보이지 않는다.

젠장 만화를 포기해야 하나…….

승철은 땅이 꺼져라 한숨을 내쉬며 2층으로 올라가려던 계단 앞에서 걸음을 돌려 밖으로 나갔다. 어둑한 거리를 바라보다가 1층에 있는 실내 포장마차를 응시했다. 한때는 분식 센터를 했으나 2년 전부터 다른 여자가 실내 포장마차를 하고 있다.

"보람이 아빠가 이 시간에 웬일이야? 가겟세는 제 날짜에 통장으로 입금해 줬는데……."

포장마차 주인인 40대 중반의 명희 엄마가 초저녁부터 길게 하품을 하다가 의아한 눈빛으로 승철을 바라봤다.

"소주 한 병 주세요. 안주는 뭐가 좋나?"

"싸웠어?"

명희 엄마가 손가락으로 2층을 가리키며 작은 목소리로 물었다.

"제가 보람이 엄마하고 싸우는 거 본 적 있어요?"

"본 적이 없으니까, 이상해서 묻는 거잖아. 안주는 뭘로 해 줄까? 꽁치 싱싱한데 한 마리 꿔 줄까?"

"아무거나 주세요."

승철은 피곤한 목소리로 말을 하고 미닫이문 앞에 앉았다. 벽에 등을 기대고 유리창 선팅지와 창틀 사이로 바깥을 바라본다. 건너편 채소 가게는 저녁을 하려는 주부들의 발길이 끊임없이 이어지고 있다. 그 옆의 슈퍼 앞에는 50원짜리 동전을 투입해야 하는 몇 대의 전자 오락기가 있다. 그 앞에 국민학생들이 벌 떼처럼 다닥다닥 붙어 있다.

"내가 이 선생이 너무 열심히 만화를 그리는 것 같아서 한 가지 충고를 하겠습니다. 요즘은 국민학생들보다는 대학생들이나 일반 성인들을 상대로 성인 만화를 그려야 합니다. 국민학생이나 중학생들이 보는 만화는 일본 만화가 점령해 버려서 비집고 들어갈 틈이 없기 때문입니다. 성인 만화는 허영만이나, 이현세처럼 호흡이 길지 않으면 살아남지 못합니다."

오늘까지 이제껏 만화 출판사 편집장에게 퇴짜를 맞은 게 몇 번째인지 모른다. 어림잡아 백 번은 못 되지만 칠팔십 번은 퇴짜를 맞았다. 그나마 오늘 찾아간 중앙출판사 사장은 인간성이 좋아서 커피까지 대접해 주며 충고를 해 줬다. 다른 출판사에서는 응대조차 해 주지 않았다. 심지어 어떤 곳은 분명히 우체국에서 등기로 원고를 보냈음에도, 이승철 씨가 우리 출판사에 원고를 보낸 적이 있냐며 퉁명스럽게 반문하기도 했다.

"요새도 만화 그려?"

명희 엄마가 꽁치 구운 것과 소주를 들고 와서 물었다.

"에이, 만화 손 뗀 지 오래됐어요. 아줌마도 한잔할래요?"

"초저녁부터 술 냄새 풍기면 안 되는데……."

명희 엄마는 승철이 초저녁부터 혼자 술을 마시는 이유가 너무 궁금했다. 말로는 안 된다고 하면서도 승철의 맞은편에 앉았다. 승철 앞에 있는 소주병을 끌어당겨서 뚜껑을 열었다.

"명희는 공부 잘하쥬?"

승철은 첫 잔을 달게 마셨다. 안주를 먹지 않고 명희 엄마에게 술잔을 권하며 지나가는 말처럼 물었다.

"제 반에서 몇 등 안에 드는 모양여."

"명희는 학원 갔나? 얼굴이 안 보이네?"

승철은 고등학생인 명희가 공부를 잘하는지, 자신처럼 허구한 날 만화방을 전전하고 있는지 궁금하지 않았다. 할 말이 없으면서 묻고 나서는 자신도 모르게 가겟방 안을 살폈다. 식당 안쪽에는 방이 두 칸 있는데 명희의 모습이 보이지 않는다.

"학원 갔잖여."

명희 엄마도 안주를 먹지 않은 채 승철에게 잔을 권했다. 젓가락으로 꽁치 살을 찢어서 먹기 좋게 만들어 놓고 대가리를 손으로 집어서 입으로 가져갔다.

"무슨 학원에 다니는데요? 종합 학원에 다니나?"

"아냐, 컴퓨터 학원 다녀. 명희가 여상 다니잖아. 앞으로는 컴퓨터 관련 직업이 월급을 제일 많이 받는 다는 거여."

"나도 신문에서 본 거 같은데, 컴퓨터를 다루려면 최소한 전문대학은 가야 정보처리기사 이 급 자격증 시험을 볼 수 있다고 하던데⋯⋯."

"명희도 전문대학 컴퓨터 학과에 간다고 하드만. 정보처리기사 이 급 자격증만 따면 월급을 최소한 삼십만 원씩 받는댜. 하지만 학원비가 너무 많아서 힘들어 죽겠어. 한 달에 사만 원씩여. 사만 원을 벌라면 소주를 몇 병 팔아야 하는지 알아?"

"아줌마가 아무리 힘들어도 명희가 좋아하는 것을 해 줄 의무가 있다고 봐요. 컴퓨터 학과를 아무나 가요? 우리 같은 사람은 컴퓨터라는 말만 들어도 머리에 쥐가 나요. 명희가 그 어렵다는 컴퓨터 학원에 다닌다는 것은, 딴 사람들과 다르게 컴퓨터에 자신이 있다는 말 아니에요. 그걸 적성이라고 하는 건데, 부모는 자식의 적성이 뭔지 알아서 그에 맞는 직업을 찾게끔 도와줘야 하는 의무가 있다고 봅니다. 옛말에도 자기가 좋아하는 일을 하면 절반은 성공한 것이나 진배없다고 했잖습니까."

승철은 자신도 고등학교를 졸업하고 곧바로 만화가 문하생으로 들어갔으면 지금쯤 유명한 만화가가 되어 있을 것이라는 생각이 들었다. 명희 엄마가 말할 때 마시던 술잔을 내려놓고 설교하는 표정으로 말했다.

"어머머! 시방 내 앞에 앉아 있는 사람이 보람이 아빠 맞아?"

"아줌마, 소주 두 잔 마시고 취했어요? 내가 보람이 아빠가 아니고 명희 아빠로 보여요?"

"그 인간 내 앞에서 언급하지 마. 나이가 스무 살이나 어린 년하고 붙어사는 놈이 시방은 모르겠지만, 나중에 상거지가 돼서 어떻게 사는지 내 눈으로 똑똑히 지켜볼 모양이니까."

"그럼, 왜 뜬금없이 보람이 아빠가 맞냐고 물어요?"

"아, 평소에 보람이 아빠가 말을 잘하나. 겨우 묻는 말에만 대답할까 말까 하던 사람이 국회의원 연설하는 것처럼 달변가로 변했으니까 묻는 말이잖아."

"국회의원들이 말을 그렇게 잘해요?"

승철은 이동하가 지난 국회의원 선거에 당선됐다는 것을 알고 있었다. '아버지가 언변이 좋았었나?'하는 생각이 들어서 쓰게 웃으며 술잔을 들었다.

"국회의원들이야 말로 먹고사는 사람들이잖아. 우리 같은 사람은 새벽에 시장 가서 신선한 생물이랑 고기랑 사다가 손질해서 팔기나 하지.

그 사람들은 아무것도 없잖아. 막말로 쌀을 파는 것도 아니고, 옷을 파는 것도 아니잖아. 달랑 그 주둥이만 갖고 먹고살잖아. 그렇게 국회의원들만큼 말 잘하는 사람은 없다고 봐. 근데, 왜 혼자 이렇게 술을 마시는 거여? 요새 만화가 잘 안 그려져?"

명희 엄마는 승철이 좀처럼 속내를 털어놓을 기미를 보여 주지 않으니까 괜히 속이 탔다. 승철의 빈 잔에 소주를 따르며 은근한 목소리로 물었다.

"아까, 말했잖아요. 만화, 진작에 그만뒀다고……."

"만화 안 그린다고 먹고사는 데 지장이 있는 건 아니잖아. 요새 만화 한 권 보는데 얼마씩이나 하능 겨?"

"시내는 이백 원씩 받는다고 하던데 우린 아직 백 원씩 받아요. 근데 그건 왜 묻는 거예요? 설마 명희가 만화책 보고 싶다는데 내가 돈 받을까 봐 묻는 건 아니죠?"

"내 말은 보람이 아빠는 만화를 그리지 않아도 먹고사는 데는 지장이 없다는 거여. 보통 한 사람이 열 권은 보잖아. 열 권이면 천 원, 열 사람이 보면 만 원. 내가 볼 때 이 층 만홧가게로 올라가는 손님들이 하루 평균 백 명은 넘는다고 봐. 백 명이면 오백 원씩만 잡아도 이만 오천 원 아녀. 포장마차는 비 오고 눈 오는 날은 손님이 없지만 만홧가게는 그런 날에 손님이 더 많잖아. 하루 이만 원씩만 잡아도 한 달에 육십만 원씩 벌면 됐지. 뭔 욕심을 그렇게 많이 낸댜."

"누가 만화는 공짜로 준대요? 돈 주고 사야 한다구요. 큰돈은 못 벌고 그냥 보람이하고 우리 세 식구가 먹고살 정도는 벌어요. 하지만 만홧가게가 언제까지 잘된다는 보장이 없잖아요. 그렇지 않아도 텔레비전에서 만화영화를 방영하기 시작하면서 국민학생 손님들이 얼마나 많이 줄었는데……."

승철은 말을 해 놓고 생각해 봐도 당장 만화 그리기를 그만두면 대책이 없었다. 4살짜리 보람이는 당장 내년이면 유치원에 가야 한다. 요즘은 국민학교 때부터 무용 학원이니, 피아노 학원, 웅변 학원 등 최소 두 곳 이상은 다녀야 또래 아이들에게 뒤처지지 않는다고 한다. 만홧가게로 세 식구가 먹고사는 데는 지장이 없겠지만 보람이 교육에는 상당한 차질이 있겠다는 생각이 들어서 우울하기만 했다.

"우리 같은 이는 내 앞으로 등기되어 있는 집 한 칸 없어도 잘만 살아가는데 엄살 피우기는……."

"엄살인지도 모르겠네요……."

승철은 말없이 빈 병을 들어 보였다.

"고주망태가 돼도 집에 가는 건 걱정 없겠구면. 이 층으로 전화만 하면 되니까."

명희 엄마가 소주 한 병을 더 가지고 와서 승철의 앞에 앉으며 중얼거렸다.

"고등학교 일 학년 때부터 술을 마셨지만 고주망태가 되도록 마셔 본적은 없습니다. 그럴 이유도 없었고……."

승철은 갑자기 재오가 미치도록 보고 싶었다. 재오는 옥천댁의 배려로 여전히 송산종합건설에 다니고 있었다. 영동에 사는 여자와 결혼해서 아이도 둘이 있다. 일 년에 몇 번씩 만나 함께 밤을 보내며 회포를 풀고 있다. 하지만 올해는 한 번도 만나 본 적이 없었다.

"시외전화 한번 써도 되죠?"

"시외전화?"

"충북 영동이라는 데 사는 친구 목소리가 갑자기 듣고 싶네요. 전화 요금은 넉넉히 드릴게요."

승철은 의자에서 일어서니까 술이 갑자기 오르는 것을 느끼며 가겟방 문턱에 걸터앉았다. 전화기를 들고 벽시계를 바라봤다. 일곱 시가 넘었다. 지금쯤 퇴근해서 집에 있을 것이라는 생각에 집 전화번호를 눌렀다.

"인제 좀 한가하냐? 이번 주 토요일에 서울 올라갈까?"

재오의 목소리는 변함이 없었다. 목소리를 확인하자마자 빠르게 물었다.

"아직은 좀 바쁘다. 어머니는 건강하시냐?"

"어머님이 요즘 몸이 많이 안 좋으신 거 같더라. 내가 지난주에도 들러 봤거든. 마당에서 한약을 짓고 계시드라. 어디가 편찮으시냐고 여쭤 보니까, 그냥 가슴이 답답해서 한약을 지어 먹는다고 하시는데, 내가 볼 때 몸이 편찮으신 것 같더라. 네가 너무 보고 싶다며 눈물을……."

"그래, 제수씨는 잘 있지? 아이들도 잘 있고"

승철은 자신이 보고 싶어서 옥천댁이 눈물을 흘렸다는 말을 듣고 싶지 않아 얼른 말을 끊었다.

"우리야 행복하지. 만화 출판사에서는 좋은 소식 없냐?"

"열심히 그리고 있으니까 좋은 소식 오겠지."

"그랴, 언제 한번 봐야지. 이달에 한번 볼까?"

"다시 전화할게. 제수씨한테 안부 전해 줘."

승철은 전화를 걸기 전보다 더 우울한 기분으로 수화기를 내려놓았다.

"고향 친구여?"

"예……."

승철은 갑자기 밖으로 나가고 싶었다. 전화 요금과 술값을 계산하고 밖으로 나갔다. 지금까지 단 한 번도 느껴 보지 못한 외로움이 온몸을 옥죄는 것을 느끼며 이 층을 올려다봤다. 만홧가게에 불이 켜져 있었다. 김수애는 저녁을 짓고 있을 것이다. 보람이는 텔레비전 앞에 앉아서 만화영화를 보고 있거나, 만화를 보는 손님들 사이를 걸어 다니며 재롱을 떨고 있을 것이다. 그 어느 곳에도 내가 서 있을 자리가 없다는 생각이 들면서 옥천댁이 보고 싶었다.

공중전화는 큰길가에 있다.

승철은 자신 때문에 옥천댁이 병을 얻었을 것이라는 생각을 버릴 수가 없었다. 취기가 얼큰하게 얼굴을 덮는 것을 느끼며 천천히 큰길 쪽을 향해 걸었다.

공중전화 부스 안에서는 대학생으로 보이는 여자가 전화를 걸고 있었다. 승철은 주머니에서 동전을 꺼내 들고 차도를 바라봤다. 여대생이 고향에 있는 어머니와 통화하는 목소리에는 모녀간의 정이 듬뿍 배어 있었다.

"이번 주 토요일에 간다니까. 정말이라구……. 아냐, 엄마가 올라올 필요 없다고 했잖아. 내가 내려간다구. 음…… 엄마가 해 주는 돼지갈비 먹고 싶어. 고춧가루 안 넣고, 간장에 졸이는 갈비 있잖아. 알았어요 토요일 아침에 꼭 내려갈게. 열 시면 도착하겠네. 그때 봐요"

여대생은 승철이 뒤에 서 있는 것을 보고 서둘러 전화를 끊었다.

승철은 동전 투입구 안으로 동전을 집어넣었다. 달그락거리며 동전이 떨어지는 소리와 함께 가슴이 덜컹 내려앉는 것을 느꼈다.

"여보세유, 모산인데유. 모산 승철이네 집유……."

신호음이 가는가 했더니 옥천댁의 목소리가 귓속으로 파고들었다. 순간 입이 얼어붙어 버린 것처럼 말을 할 수가 없었다. 집을 나온 지 몇 년이 됐는데도 아직 승철이네 집이라며 전화를 받고 있는 옥천댁의 심정을 알 것 같아서였다.

"스, 승철이지? 승철아, 어머여! 승철아! 시방 워디 있능 겨? 어머가 시방 당장 달려갈 팅께, 어디여! 스, 승철아! 제발 전화 끊지 마. 전화 끊지 말고 워디 있는지 말해 봐. 스, 승철아."

승철은 손아귀가 아프도록 수화기를 잡고 소리 없이 흐느꼈다. 얼굴이 뜨겁도록 흘러내리는 눈물이 얼굴을 가득 덮었으나 닦을 수가 없었다. 어서 전화를 끊어야겠다는 생각밖에 들지 않았다. 그러나 감전이라도 된 것처럼 손을 움직일 수가 없었다.

"승철아! 아부지도 죄다 용서한다고 말했어. 아부지한테는 안 혼날 팅께 손톱만큼도 걱정 안 해도 된다. 승우도 맨날 아부지한테 왜 형을 안 찾느냐고 얼매나 애태우는지 모른다. 그랑께, 워디 있는지 말 좀 해라, 응? 니가 그렇게 편지 한 장만 달랑 남겨 두고 나간 날부텀, 이 어머가 워티게 살았는지 잘 알 거 아니냐? 시방이라도 니가 들어오기만 한다믄 니가 원하는 대로 다 해 줄게. 어여 집으로 와라, 응? 아부지가 새로 국회의원에 당선돼서 건설 회사도 재오가 맡아서 하고 있잖여. 재오도 널 얼매나 보고 싶어 하는지 모른다. 지난주에도 모산에 와서 즘심 먹고 갔다. 승철아! 승철아! 니가 시방 암 말 안 하고 있어도, 나는 니가 승철인 걸 다 알고 있다. 제발, 뭐라고 말 좀 해 다오! 그렇다는 말 한 마디만

해 주면 이 어머는 둥구나무거리에 내려가서 춤이라도 출란다. 제발! 한마디만 해 다오! 승철아…… 제발 즌화 끊지 마. 어머가 이렇게 잘못했다고 싹싹 빌 팅게 전화 끊지 말고, 뭐라고 말 좀 해 줘……"

"승철이 그놈의 자식한테 즌화가 왔냐?"

승철은 보은댁의 마른 목소리가 수화기를 타고 들려오는 순간 감전에서 풀리기라도 한 것처럼 전화를 끊었다. 수화기를 내려놓는 소리가 유난히 크게 들려오는 것을 느끼며 고개를 숙였다. 걷잡을 수 없이 쏟아지는 눈물을 손바닥으로 닦으며 고개를 들었다. 유리창 밖으로 오가는 행인들의 모습이며, 도로를 가득 메운 자동차의 행렬이 무척이나 낯설게 다가오는 것을 느끼며 밖으로 나갔다.

공중전화 부스 앞에서 우뚝 멈춰서 뒤를 돌아다봤다. 골목 쪽, 차도 건너편을 바라봐도 아는 사람이 한 명도 없었다. 공중전화 부스 안에는 한복을 입은 50대 여자가 전화번호를 돌리고 있었다. 그 뒷모습이 누군가와 닮아 보였다. 하늘을 바라봤다. 흐린 밤하늘에 별 몇 개가 반짝거린다. 이 넓은 서울에 가슴이 터질 것 같은 기분을 풀어 줄 친구 한 명 없다는 사실에 새삼 외로움이 온몸을 감싸는 것을 느꼈다.

"저녁은 집에 와서 먹어야지, 엄마가 기다리고 있잖아. 그랑께 빨리 와라잉."

승철은 공중전화 부스 안에서 한복을 입은 50대 여자가 누군가에게 살갑게 말하는 목소리를 듣는 순간 들례라는 여자의 얼굴이 떠올랐다. 하지만 이내 들례의 얼굴을 지워 버리려고 머리를 흔들며 정처 없이 걷기 시작했다.

들례를 어머니라고 생각해 본 적은 단 한 번도 없었다. 하지만 여러 가지 정황으로 볼 때 들례가 친모인 것은 사실인 것 같았다. 그렇다고 이제 와서 어디에 살고 있는지 소식조차 모르는 들례를 찾고 싶은 생각은 없었다. 누가 뭐래도 어머니는 옥천댁밖에 없다고 생각했다. 그러면서도 늘 안타까운 시선으로 자신을 바라보던, 무슨 말인가 할 것 같은 표정으로 입술을 달싹거리던 들례의 모습이 요즘따라 자주 떠올랐다. 들례의 얼굴이 떠오를 때마다 의식적으로 지워 버리려고 만화 그리는 데 집중하거나, 옥상으로 나가서 해바라기하며 옥천댁의 얼굴을 그렸었다.

문득 고등학생 때 재오와 공터에서 놀고 있을 때 자신을 제과점으로 데리고 간 남자가 담배를 재떨이에 떨면서 회심의 미소를 짓던 때가 생각났다.

"똑똑히 말해 주지. 들례라는 여자는 너를 낳아 준 생모야. 내 말을 믿지 않아도 좋아. 현재 서울에서 너와 같이 살고 있는 이애자라는 대학생도 그 사실을 알고 있으니까. 아니지, 골치 아프게 생각하지 말고 모산에 있는 옥천댁한테 물어보면 알겠군. 설마 옥천댁도 누군지 모른다는 말을 하지는 않겠지. 옥천댁이 말해 주지 않는다면 모산 사람들에게 물어봐. 모산 사는 사람들도 다 알고 있는 사실이니까."

"할 말이 그것뿐이라면 일어서야겠네유. 더 이상 듣고 싶지도 않으니까."

남자의 말을 듣고 나니까 들례의 얼굴은 생각나지 않고 옥천댁의 얼굴이 떠올랐었다. 기억 속에 잠재해 있는 옥천댁은 힘들고 지쳤을 때 언제든 돌아가서 위로받고 편히 쉴 수 있는 영혼의 안식처이자 어머니다.

그때는 그 남자의 말대로 들례가 생모라고 해도 옥천댁과 자신의 사이를 비집고 들어올 틈이 없다는 생각에 벌떡 일어서서 노려봤었다.

"내가 겨우 그 정도 말만 전해 주려고 여기까지 온 줄 아나? 자네 생모가 어디로 팔려 갔는지 알고 있나?"

"개나 소가 팔려 가지 사람이 어디로 팔려 간데유?"

"내가 알기로는 흑산도로 팔려 갔으니까 춘임이한테 물어봐."

"듣고 싶지 않구만유."

그날 더 이상 그 남자의 말을 듣고 싶지 않아서 말을 무시해 버리고 책가방을 옆구리에 꼈다. 이상하게 흑산도라는 말이 가슴속에 무거운 앙금으로 가라앉는 것을 느끼며 홱 돌아섰었다.

훗날 생각해 봐도 왜 그때 코웃음을 치면서도 국민학교 때 본 「엄마 찾아 삼만 리」라는 만화가 생각났는지 지금도 이해되지 않았다. 김종래가 그린 「엄마 찾아 삼만 리」는 조선 시대를 배경으로 술과 노름으로 방탕한 생활을 하는 아버지 탓에 팔려 간 엄마를 찾아 전국을 떠도는 아들의 눈물 겨운 이야기를 그린 작품이다.

승철은 공터에 있는 포장마차 안으로 들어갔다. 40대 남자와 여자가 소주를 마시고 있다. 벌써 꽤나 마셨는지 둘의 얼굴은 홍시처럼 물들어 있다. 그들 옆에 앉아서 말없이 눈앞에 보이는 소주와 홍합을 손가락으로 가리켰다.

포장마차에 들어가서 술병이 흐릿하게 보일 때쯤에야 일어섰다. 거리에는 많은 사람들이 오가고 있었다. 승철의 앞에 마주 오던 행인들이 승철을 피해 갈 정도로 비틀거리며 만홧가게가 있는 곳으로 걸어갔다.

"어디서 이렇게 술을 많이 마셨어요?"

책상 앞에 앉아 있던 김수애가 비틀거리며 들어서는 승철을 보고 깜짝 놀란 얼굴로 뛰어와서 부축했다.

"사랑해……. 내가 얼마나 사랑하는지 알지?"

승철은 방으로 들어가서 김수애를 꽉 껴안았다. 김수애의 몸에서 옥천댁의 냄새가 나는 것을 느끼며 그대로 곯아떨어졌다.

"무슨 일이 있었어요?"

김수애는 형광 불빛 밑으로 보이는 승철의 눈썹에 눈물이 매달려 있는 것을 보는 순간 가슴이 저려왔다. 얼굴을 자세히 보니까 눈물을 많이 흘린 것처럼 보였다. 어깨를 흔들며 조용히 물었다. 승철은 대답을 하지 않았다.

출판사 사장하고 싸웠나?

그렇지는 않은 것 같았다. 만홧가게 주인의 눈으로 볼 때 승철의 만화 솜씨는 결코 아마추어 수준이 아니다. 따라서 출판사 사장이 모욕적인 말로 승철의 작품을 혹평하지도 않을 것이고, 출판사에서 거절당했다고 해서 횟술을 마실 승철도 아니다.

모산에 전화를 했었나?

모산에 전화를 한 것 같지도 않았다. 만화가로 성공하기 전까지는 절대로 전화를 하지 않겠다고 약속했다. 설령 그 어떤 일 때문에 통화했다고 치더라도 집에 오자마자 곯아떨어질 정도로 술을 마시지는 않을 것이라는 생각에 걱정이 되기 시작했다.

"엊저녁에는 어떻게 집에 들어왔는지 모르겠구먼."

승철은 이튿날 열 시나 돼서야 일어났다. 김수애는 승철이 깨어나기를 기다렸다가 얼른 꿀물을 가져왔다. 꿀물 한 컵을 단숨에 들이켜고 난 승철이 고개를 흔들며 중얼거렸다.

"참말로, 어떻게 집에 왔는지 기억이 나지 않으세요?"

"집 앞에까지 온 거는 기억나는데 어떻게 잠이 들었는지는 통 기억이 안 나."

"아빠 때문에 엄마 속상해서 울었잖아."

승철을 지켜보고 있던 보람이 김수애의 손가락을 양손으로 잡고 흔들며 말했다.

"무슨 말야?"

승철이 눈을 껌벅거리다가 말고 김수애를 바라봤다.

"보람이 아빠, 어제 무슨 일 있었죠?"

"무슨 일이 있기는……. 나, 아무래도 만화 포기해야 할 거 같아. 당신 생각은 어때?"

"어제, 출판사에서 무슨 일이 있었군요. 출판사 사람이 보람이 아빠는 영 가망이 없다고 그래요?"

"그림은 괜찮은데, 그냥 그림이라는 거야. 생명이 들어가 있지 않다는 거지."

"작가 정신이 부족하다는 뜻이군요."

"내가 어제 그 말도 했었나?"

"저도 보람이 아빠 만화를 보면서 가끔 그런 생각을 했었거든요. 그림은 좋은데 그냥 그림처럼 보이지, 만화처럼 보이지가 않을 때가 있었어요. 만화의 그림은 정지해 있는 것처럼 보이지만 책장을 넘기면 살아 있는 생명체처럼……."

"당신 말이 맞아. 텔레비전 안의 드라마처럼 보여야 하는데 내 작품은 그냥 그림책일 뿐야. 학교 다닐 때 무조건 만화만 그리지 말고, 독서를 좀 많이 했어야 했는데 상상력이 부족해서……. 그렇다고 지금부터 다시 독서를 할 수는 없는 일이고……."

승철은 목이 타는 것 같았다. 일어서서 냉장고 앞으로 갔다. 보리차 병을 꺼내 병째 마시고 나서 보람을 안고 소파에 앉았다.

"꼭 상상력이 있어야 좋은 작품이 나온다는 생각은 하지 않아요. 보람이 아빠가 경험한 것을 그려 보세요. 사업도 하셨으니까, 사업을 하면서 경험했던 것들이 많잖아요. 그런 것을 그리면 살아 있는 그림이 될 것 같아요. 만약 출판사에서 원고를 받아주지 않으면 자비출판이라도 하세요."

"소설이나 시집을 자비출판 한다는 말은 들어 봤어도 만화를 자비출판 한다는 말은 첨 들어 보는데."

"저는 보람이 아빠를 믿어요. 보람이 아빠는 분명 훌륭한 작품을 그려 낼 수 있어요. 돈 걱정은 손톱만큼도 하지 말고 만화만 그리세요. 제가 어떡하든 보람이 교육 문제하고 우리가 먹고사는 문제는 해결해……."

"잠깐! 내가 건설 회사를 하면서 느낀 경험을 만화로 그리면 히트 칠 것 같은 생각이 들어. 당장 오늘부터 작업을 시작해야겠어. 제목은 뭐라고 하지?"

승철은 김수애의 성의를 생각해서라도 만화를 포기할 수 없다고 판단하는 순간, 스스로 생각해도 기가 막힌 주제가 떠올랐다. 영동에서 송산 건설을 직접 경영하면서 수없이 겪었던 공무원들과 업자들의 커넥션을 배경으로 하면 그 무엇인가, 훌륭한 작품이 탄생할 것이라는 생각이 들었다.

옥천댁은 몇 시가 됐는지 정확히 알 수는 없었다.

비봉산 쪽으로 나 있는 들창문의 유리가 푸른색 옷을 입고 있는 것을 보니까 얼추 새벽 다섯 시는 넘은 것 같았다. 보은댁하고 둘이 사는 살림이라 여섯 시에 일어나도 이른 아침을 먹을 수 있다. 한 시간 정도는 더 자야겠다고 생각하고 돌아눕는데 마당에서 들려오는 첫닭 울음소리가 슬그머니 밀려오는 잠을 끄집어 올린다.

승철이여. 틀림읎이 승철이가 맞아.

승철의 얼굴이 떠오르면서 또다시 눈물이 베갯잇을 적신다. 한번 터진 눈물은 끊이지 않고 줄줄이 흐른다. 베갯잇이 얼굴을 축축하게 만들어도 눈물은 멈추지 않았다.

지가 만화를 그릴 때는 얼매나 정성 들여서 그렸겄어. 그렇게 소중하게 그린 그림을 애비라는 사람이 잘 그렸다고 칭찬은 못할망정 갈기갈기 찢어 버렸응께, 그 맘이 얼매나 아팠겄어.

옥천댁은 승철이 집을 나간 이유는 어렸을 때부터 일삼아 그리던 만화를 그리기 위해서라고 생각했다. 그렇지 않고는 집을 나갈 하등의 이유가 없었다. 돈 삼천만 원을 가지고 나간 것도 만화가로 성공할 때까지 먹고살 돈이 필요했기 때문이라고 믿고 있었다.

이것이, 누구한테 사기를 당했거나. 어떤 이유 땜시 돈이 다 떨어진 것이 분명햐. 그래서 나한테 즌화를 한 거여. 막상 즌화해 놓고 보니께, 면목이 읎어서 말 한 마디 못 하고 즌화를 끊은 것이 분명햐……

승철이 전화를 걸고 나서, 자신이 그토록 애원했는데도 말 한 마디 못

하고 전화를 끊었을 때야 얼마나 가슴이 아팠을까를 생각하니까 누워 있을 수가 없었다. 어둠 속에서 벌떡 일어나 앉아 걷잡을 수 없이 쏟아지는 눈물을 닦으며 창문을 바라봤다. 창문 밖은 아직도 푸른 바람이 일렁거리고 있었다.

어이구, 지지리도 모지란 놈. 집을 떠나고 싶을 정도로 만화가 그리고 싶었으면 나한테라도 말을 했어야 할 거 아녀. 세상에 말 못 할 상대가 따로 있지. 저 어릴 때 똥오줌 기저귀 갈아 키운 어머한테 말 못 할 것이 머가 있다고 저 혼자 그토록 맘고생을 하고 있었던 거여……

승우는 내 몸으로 낳은 자식이고 승철은 마음으로 낳은 자식이다. 그런데도 승우보다 승철에게 정이 쏠리는 것은 어렸을 때 유난히 병치레가 심해서였을 것이다. 저녁 멀쩡히 먹고 잠을 자다가도 바람 소리에 놀라서 까무러치기 일쑤였다. 조심해서 먹인다고 쇠고기를 물처럼 갈아 먹였는데도 토를 하는 바람에 파랗게 질려서 순배 영감을 불러온 적이 한두 번이 아니다. 순배 영감이 모산에 살고 있지 않았다면 승철은 이미 이 세상 사람이 아니었을 것이다.

내 잘못이여. 괴기도 먹어 본 사람이 먹는다고 했잖여. 정도 받아 본 사람이 준다고 하잖여. 그놈이 저 혼자 크느라고 무슨 정을 받아 봤겄어. 내 잘못여. 모산에는 점순이도 있었응께 식모를 한 명 들여놓고 내가 학산 가서 살았어야 했는데. 그것이 뜰 안의 화초처럼 살아가는 들례한테서 뭘 보며 컸겄어. 그랑께 만화책을 동무 삼아 컸겄지.

승철이 집을 나간 이후로 잠을 안 자는 동안에는 걱정을 놓아 본 적이 없었다. 아픔도 오래가면 통증을 잃어버린다고 하던가. 몇 년 동안 이렇다 할 전화 한 통, 편지 한 통 없어서 막연하게나마 잘살고 있겄지,

라고 생각하며 아린 가슴 한쪽 구석에 승철을 놓아두고 있었다. 그러다 한 번씩 승철의 안부가 궁금해지면 통증이 곪아터지는 것을 느꼈다.

들례가 즈 친엄마라는 점을 알고 마음이 괴로워서 집을 나간 건가? 아녀, 들례가 즈 친엄마라는 걸 안 것은 대학교 댕기기 전이잖여. 그라고 저한테는 엄마가 나 혼자백에 없다고 지 입으로 말했잖여. 들례 때문에 마음이 괴로워서 집을 나간 것은 아닐 거여. 아녀, 피는 물보다 진하다고, 그것이 나이가 들다 봉께 지 핏줄이 그리워졌을지도 모르지. 들례를 찾아서 같이 살겄다고 돈을 갖고 나갔는지도 모르지…… 하지만, 지가 아무리 철이 읎어도 내가 저를 워티게 키웠는데, 나한테 말 한 마디 안 하고 나갈 수가 있어? 어이구! 그기 아녀. 시방 내가 먼 생각을 하고 있는 거여. 세상 사람 다 몰라도 승철이 맘은 내가 알아. 절대로 들례 땜시 집을 나간 것은 아닐 거여. 즈 아부지가 하도 엄하게 대항께, 반발심에 집을 나간 것이 틀림읎어……

어느 때는 승철이 들례 때문에 갈등하고 괴로워하다 집을 나갔는지도 모른다는 생각이 들었다. 그런 날은 가슴이 텅 비어 버린 것처럼 허전하고 쓸쓸해서 잠을 이룰 수가 없었다. 들례와 승철이 둘을 붙잡고 이런저런 상상을 하다 밤을 설친 다음 날은 맥이 빠지고, 밥알이 모래알을 씹는 것처럼 느껴져서 수건으로 머리를 묶고 누워 있을 때가 많았다. 해가 바뀌면서 부쩍 승철의 안부가 궁금해질수록 몸이 시름시름 아프기 시작했다.

보은댁은 하루가 다르게 야위어 가는 옥천댁의 얼굴에서 수심이 점점 깊어지는 모습이 보이자 불안했다.

저러다 저것이 덜컥 구들장을 짊어지고 둔너 버리믄, 달랑 둘 살림에 식모를 들일 수도 없는 노릇이고, 내가 하루 세 끼를 해다 바쳐야 되는 거 아녀.

쇠고기를 잘게 자르고 무를 넣어서 푹 끓인 국이 오늘따라 입에 맞는 것을 느끼면서도 짐짓 걱정스러운 표정으로 말했다.

"병원에라도 가 봐. 나이 들면 여기저기 안 아픈 데가 없이 결리고 쑤시기 마련이지만 밥숟갈 드는 횟수가 짝으면 큰 병이 올 징조여."

"아뉴, 쫌 지나면 괜찮아질 거유."

"어른 말을 들으면 자다가도 떡이 생기는 법여. 그랑께 영동 건설 회사에 즌화해서 차 좀 보내 달라고 햐."

"알겄슈. 이따 빨래해 놓고 나서 영동으로 즌화를 넣어 볼께유."

"빨래 같은 거는 하루 이틀 늦게 하믄 어뗘. 그라지 말고 아침 먹는 대로 영동에 즌화를 넣어 봐."

"그려유. 아침 먹는 대로 즌화를 넣을께유."

옥천댁은 대답을 하기는 했지만 병원에 갈 필요는 없다고 생각했다. 아침을 먹자마자 마당에 멍석을 깔고 작년에 수확한 깨를 햇볕에 말린 뒤 광에 있는 물건들을 정리하고, 텃밭을 매는 등 오전 내내 방에 들어가지도 않고 일을 했다.

"에미, 병원 가기 싫어서 일부러 그라는 거는 아니지?"

"제 나이가 한두 살유. 주사 맞기 싫어서 병원 가기 싫게. 몸이 말을 들어 중께, 움직이는 거잖유."

옥천댁은 대수롭지 않다는 얼굴로 보은댁의 말을 받아넘겼다. 하지만 억지로 일한 탓인지 그날 저녁 온몸에 미열이 나서 남모르게 밤새도록 앓았다.

암만해도 이상햐. 승철이가 즌화를 했을 때는 먼 일이 생긴 것이 틀림 읎어. 아침 먹고 고 서방한테 즌화를 넣어 보든지 해야겄구면.

옥천댁은 일어나서 불을 켰다. 아침을 먹고 전화해야겠다는 생각이 들자 시간이 너무 더디게 흘러갔다. 무언가에 몰두하면 시간이 금방 흐를 것이다. 텔레비전은 6시가 되어야 애국가 방송과 함께 하루를 연다. 라디오를 틀었지만 요즘은 잡음만 들려온다. 자식들이 많으면 떨어진 양말이며, 옷 꿰맬 일이 있겠지만 두 식구가 사는 살림이라서 바느질할 일도 없다.

"잠을 못 잤냐? 눈이 십 리는 들어가 보이는구면."

보은댁은 아침상을 들고 방으로 들어오는 옥천댁의 얼굴이 오늘따라 수척해 보였다.

"잠은 잘 잤슈. 어지 별로 할 일도 읎는데 괜히 몸이 대근하고 축축 늘어지는구먼유."

"병은 시초에 잡는 것이 중요하다는 말도 못 들어 봤냐. 오늘은 워떤 일이 있드래도 영동에 즌화해서 병원에 좀 댕겨와."

"알겠슈. 오늘은 병원에 좀 댕겨와야겄슈."

옥천댁은 입안이 깔깔해서 밥이 넘어가지 않았다. 보은댁이 수저를 놓을 때까지 먼저 수저를 놓을 수가 없어서 물을 뜬다는 핑계로 정지에 나갔다. 숭늉을 만들어서 방으로 들어갔다. 보은댁이 마실 분량을 덜어 주고 나서 숭늉에 밥 몇 수저를 말아 먹는 둥 마는 둥 하고 수저를 내려 놓았다.

고현수에게 승철이를 찾아 달라고 전화할 생각을 하니까 설거지하는 시간도 아까웠다. 빈 그릇을 개수대에 담아 놓고 곧장 방으로 들어갔다.

애자 집으로 전화를 하니까 금방 전화를 받았다.

"애자여? 고 서방 아직 출근 전이지?"

"어제 안 들어왔는데요. 근데 오랜만에 전화해서 딸은 찾지 않고 고 서방부터 찾는거유?"

"딸이야 내 몸으로 난 자식잉게 찬찬히 말해도 되는 거이고, 사위는 백년손님이잖여."

"백년손님은 왜 찾는데유?"

"뭣 좀 부탁할라고 즌화했구먼. 성찬이는 핵교 잘 댕기지?"

"잘 다녀유. 고 서방 찾는 이유를 말해 주면 안 되는 거예요?"

"어제 저녁나절에 승철이한테서 즌화가 왔었구먼."

"어머! 정말이에요? 지금 어디 있대요?"

"모, 몰라! 그냥 즌화만 왔구먼. 근데 말 한 마디 안 하고 그냥 끊더라."

"에이, 그럼 잘못 걸려 온 전화겠네요 승철이 성질에 그냥 전화만 했을 리 없잖아요"

"넌 모른다. 하지만 내가 볼 때 틀림없는 승철이여. 잘못 걸려 온 즌화 같았으면 내가 그렇게 애원하는데도 말 한 마디 하지 않고 가만히 있지는 않았을 껴. 그 즌화는 틀림읎이 승철이여. 어미가 그걸 모르면 어미라고 할 수 있겠냐? 내가 청와대로 전화하면 안 되냐?"

"개인적인 전화는 하지 말래요 하지만 어제 안 들어왔으니 오늘은 들어올 거예요. 그 전화가 승철이 전화라면 금방 찾을 수 있을지 모르겠네요"

"차, 참말여?"

"전화국에 조회해 보면 어디서 건 전환지 알 수 있잖아요."

"그, 그런 수가 있었구먼. 고 서방 집에 오는 대로 나한테 꼭 즌화 좀 해라. 알겠지?"

"하지만 너무 기대하지 마세요. 승철이가 갑자기 전화를 걸 리도 없잖아요. 전화했다면 무슨 말인가 했을 테지, 그냥 말없이 끊을 애는 아니잖아요."

"너는 모른다. 암만, 너는 몰라. 그렇게 알고 즌화 끊는다."

옥천댁은 승철을 찾을지 모른다는 기대감에 젖어서 가슴이 떨려 가만히 있을 수가 없었다. 정지로 나가서 설거지를 하고 방으로 들어갔다. 무언가를 해야 하는데 무엇을 해야 하는지 딱히 생각이 나지 않았다. 문득 경대에 비친 얼굴이 병자처럼 해쓱해 보였다. 승철이 보면 가슴 아파할 것이다.

"여기, 모산인데유. 차 좀 보내 주세유."

옥천댁은 건설 회사에 전화를 넣었다. 한 시간도 되지 않아서 재오가 차를 몰고 왔다.

"어디가 편찮으세요? 얼굴이 많이 안 좋아 보이는데요……."

재오가 얼굴을 보자마자 놀란 얼굴로 물었다.

"아녀, 요새 이상하게 밥맛이 읎고 통 잠을 못 자겠구먼. 영동 어디 병원에 가서 진찰이나 한번 해 볼까, 해서 불렀구먼."

"병원에서 아무 이상이 없다고 해도 영양제를 한 대 맞으세요. 그럼 좀 힘이 날 겁니다."

재오는 옥천댁의 팔을 부축해서 승용차 뒷좌석에 태웠다. 출발하기 전에 룸미러로 옥천댁을 보며 말했다.

"영양제는 무슨……."

옥천댁은 언덕을 내려가는 승용차 창문 옆으로 시선을 돌렸다. 싸리 나무며 망개나무로 만든 울타리는 보이지 않고 시멘트 블록으로 반듯하게 담을 쌓았다. 길까지 포장해 놔서 문득 '여기가 과연 모산이 맞는 거여?'라는 생각이 들 정도로 언덕길이 낯설게 와 닿는다.

둥구나무거리에는 순배 영감이며, 박평래와 변쌍출, 동네 사람 몇몇이 너럭바위에 앉아 있었다. 옥천댁은 젊은 것이 모르는 척 그냥 차를 타고 지나가는 것도 예의가 아니라는 생각에 재오의 등을 툭툭 쳤다.

"둥구나무거리 앞에서 잠깐 차를 세우게."

"읍내 나가시는 질유? 차가 올라가기에, 지는 뭘 갖다 주러 가는 질인가 했드니……."

박평래가 허둥지둥 달려와서 고개를 조아리며 물었다.

"아뉴, 읍내에 볼일이 있어서 나가는 길유. 집에는 별일 읎쥬?"

"그라믄유. 우리 집이야 무슨 일이 생기겄슈. 마님이 걱정해 주는 덕분에 집도 새로 짓고 잘 살고 있슈."

"인제 보니까 지난번에 집들이할 때보다 훨씬 집을 잘 졌다는 생각이 드네유."

박평래가 은근히 집 자랑을 하는 통에 옥천댁은 박태수의 집을 향해 돌아섰다. 양옥으로 번듯하게 지은 집은 지상에서 일 미터가량을 올려지었다. 아래는 사과를 저장하는 지하실이라는 말을 들었던 것이 떠올랐다. 서너 개의 계단을 올라가는 난간은 현관문 앞으로 이어지고 있었다. 그 난간에는 여러 개의 화분이 있어서 도시의 잘사는 집 건물을 보는 것 같은 기분이 들었다.

"근데 몸이 안 좋아 뵈이는데, 워디 편찮으세유?"

옥천댁은 순배 영감이며 변쌍출에게도 인사를 하고 다시 차에 타려고 승용차 앞으로 갔다. 뒤따라 온 박평래가 조심스럽게 물었다.

"아플 일이 있남유? 그냥 요새 몸이 좀 대근하네유."

"엔간하믄 서울로 올라가시지 그래유. 서울이 암만해도 여기보다는 편하잖유. 서울에 집이 읎는 것도 아니고"

"아이구, 이 나이에 서울에 살다가도 내려와서 살 나이잖유. 그나저나, 진규는 장가를 그렇게 잘 갔다고 소문이 워디까지 났데유. 손자며느리 되는 처자 아부지가 대전에서 유명한 충일병원 원장이라고 하시든데."

"마님댁 작은따님하고 막내 따님도 박사지만 진규 가도 박사잖아유. 사둔네도 박사 사위를 봉께 엄청 좋아하는 모냥유."

"그렇게 엄청난 집에서 어련하시겄슈. 지는 댕겨올 팅께, 어여 가셔서 노셔유."

옥천댁은 박평래에게 공손하게 인사를 하고 승용차에 올라탔다. 박평래는 승용차가 출발할 때까지 서 있었다.

"몸이 아주 안 좋아 보이시는데, 대전 큰 병원으로 가서 건강진단부터 받아 보시는 것이 어때요?"

해룡네 집 앞에서 해룡이가 양손을 흔들며 웃고 있다. 재오가 해룡이를 바라보던 시선을 룸미러로 옮기며 물었다.

"내가 내 병은 알고 있구먼."

"어디가 편찮으신데요?"

"병원으로 가지 말고 한의원으로 가세."

"알겠습니다. 모산에 소가 많네요"

승용차가 방천길로 올라갔다. 사과 과수원이 한눈에 들어온다. 과수원 옆으로 풀밭 여기저기에는 소 10여 마리가 한가롭게 풀을 뜯어 먹고 있거나 멀리 도랑을 바라보며 앉아서 되새김질하고 있다. 재오가 룸미러를 바라보지 않고 말했다.

"요새 축협에서 송아지 입식 자금을 대출해 준다고 항께, 너도나도 소를 맥이는 모양이구먼. 우리 동리만 이런 것이 아니고, 전국적으로 소가 이렇게 많다면 나중에 소 값이 폭락하믄 어쩔라고……"

"정부에서 송아지 값을 대출해 줄 때는 그만한 대책을 세워 놓았겠죠 머."

"하긴 그려. 정부에서 농민들을 잘살게 할라고 송아지를 키우라고 하는 거겠지……"

"몸이 아주 안 좋아 보이시는데, 한의원이 아니라 병원에 가서 진찰을 받아 보는 게 낫지 않겠어요?"

재오가 곧은 길을 달리면서 룸미러로 옥천댁을 바라보며 걱정스럽게 말했다.

"내 몸은 내가 알고 있구먼. 내가 여하튼 기운을 차리고 있어야 우리 승철이가 집에 왔을 때 기운이 빠지지 않을 거여……. 근데, 재오야."

옥천댁이 도랑을 바라보던 시선을 거두고 눈물을 글썽이며 재오를 불렀다.

"예……."

재오는 룸미러로 옥천댁을 바라본다. 눈물을 흘리는 옥천댁을 보는 순간 엄청난 죄를 저지른 사람처럼 가슴이 덜컹 내려앉았다.

"어제 승철이한테서 즌화가 왔구먼."

"스, 승철이한테서요?"

재오가 깜짝 놀란 얼굴로 반문했다.

"그려, 분명히 승철이여."

"스, 승철이가 머래유?"

재오는 입안의 침이 모두 말라 버리는 것을 느끼며 차를 세웠다. 승철과 만나고 있다는 죄책감에 몸을 뒤로 돌릴 수가 없어서 룸미러를 바라보며 물었다.

"암 말도 안 했구먼. 그냥 전화만 들고 가만히 있드라."

"지, 진짜 승철이 전화라고 생각하셨어요? 스, 승철이라면 가만히 있었겠어요? 무, 무슨 말이라도 했지."

"아녀. 내가 볼 때 분명히 승철이가 맞아. 내가 죽기 전에 승철이 목소리나 한번 들어 볼까 하고 생각했었는데 승철이한테 즌화가 왔구먼. 인제 찾는 거는 시간 문제여. 즈 매형이 청와대에 댕기고 있잖여. 즈 누나하고 아침에 통화했는데 말여. 승철이가 즌화한 데를 찾을 수 있댜. 부산에서 즌화했는지, 서울에서 즌화했는지 즌화한 데를 찾아내면 금방 찾을 수 있을 껴."

"저, 정말입니까?"

재오는 옥천댁 말처럼 고현수 정도라면 승철이 있는 곳을 찾아내는 것은 식은 죽 먹기라는 생각이 들었다. 영동에 도착하는 즉시 승철에게 전화를 해야겠다는 생각이 들었다. 하지만 이곳의 상황을 말해 준다고 해도 뾰족한 방법이 없을 것 같았다. 유일한 방법은 지금 있는 곳에서 종적을 감추는 일이다. 그러나 아이까지 있는 상황에서 종적을 감춘다는 것은 어려운 일이라는 생각에 입안의 침이 말랐다.

"참말이고말고, 재오 너도 오랜만에 승철이를 만나게 됑께 좋지?"

옥천댁은 너무 기뻐서 운전석의 의자를 양손으로 잡고 당겨 앉았다. 룸미러에 비치는 재오가 파랗게 질려 있다. 문득, 재오는 승철의 소식을 알고 있을지 모른다는 생각이 들었다. 그렇지 않다면 이렇게 긴장하고 있지는 않을 것이라는 생각에 들면서 숨이 멎도록 놀랐다.

"그, 그럼요"

"재오야, 내가 뉘여?"

"승철이 어머님이시잖아요. 사모님이시고……."

"내가 너도 내 자식처럼 생각하고 있다는 점은 알고 있지?"

옥천댁은 너무 가슴이 떨렸다. 지금까지 재오가 승철과 연락하고 있었다는 것이 사실로 판명되더라도 화를 내고 싶지는 않았다. 오히려 너무 고마울 지경이었다. 만약 승철이 잘못되는 상황에 도달했더라면 재오는 더 이상 숨기지 않고 말을 해 주었을 것이라는 생각이 들면서 눈물이 났다.

"그, 그걸 모르면 제가 인간인가요? 저를 결혼시켜 주시고, 직장에서 승진도 시켜 주시고 자식처럼 생각하고 계시다는 걸 모른다면……."

재오는 울고 있는 옥천댁의 얼굴을 보니까 더 이상 승철을 숨겨 줄수 없다는 생각이 들기 시작했다. 긴장이 무너지고 좀 더 일찍 고백하지 못한 죄책감이 빠르게 밀려오는 것을 느끼며 고개를 숙였다.

"나는 자식이 어머한테 못 할 말이 읎다고 생각하고 있구먼. 설령 우리 재오가 승철이가 워디서 살고 있다는 것을 알고 있다 치더라도 난 승질 안 냐. 외려 그동안 나 모르게 승철이를 보살펴 준 점에 고맙게 생각할 껴. 재오는 승철이가 어디서 사는지 알고 있지?"

"죄송해요. 어머님."

재오는 눈물을 쏟으며 용서를 빌었다.

"괜찮아. 재오 입장 이해하고 있응께 울지 말고 우리 승철이가 워디서 워티게 살고 있는지만 말해 줘. 그람 이 어머는 병원에 갈 필요도 읎구 면. 우리 승철이 얼굴만 보면 몸이 깨끗이 나을 껴. 승철이가 보고 싶어 서 생긴 병잉께."

옥천댁은 자신의 예감이 사실로 판명되니까 이상하게 더 이상 눈물이 나지 않았다. 승철의 소식을 알게 되면 온몸이 떨리도록 소스라치게 놀라고, 기절하도록 반가워서 통곡을 할 것 같았다. 하지만 그동안 숱한 밤을 눈물로 지새우는 동안 눈물샘이 말라 버렸는지 눈물이 나지 않았다. 긴장도 되지 않고 마음이 떨리지도 않았다. 이미 모든 것을 초월해 버린 사람처럼 재오의 어깨를 어루만지며 마른 목소리로 속삭였다.

"승철이는 결혼했슈."

재오가 눈물을 삼키며 어깨를 어루만지고 있는 옥천댁의 손을 잡고 말했다.

"우, 우리 승철이가 장가를 가, 갔단 말여."

옥천댁은 재오의 목소리가 갑자기 아득히 먼 곳으로 멀어져 가는 것을 느끼며 힘없이 무너졌다.

"어머님! 어머님!"

재오는 깜짝 놀라며 차에서 내렸다. 뒷문을 열고 의자에 등을 기대고 입술만 달싹거리고 있는 옥천댁의 손을 잡고 흔들었다.

"스, 승철이가 저 혼자 장가를 갔단 말이지."

"아버님은 아실 겁니다. 승철이가 옛날에 선을 보여 줬던 후배하고 결혼해서 보람이라는 딸도 있습니다."

"따, 딸? 우, 우리 손녀를 낳았단 말이지?"

옥천댁은 딸을 낳았다는 말에 다시 몸에 기운이 들어오는 것을 느끼며 재오의 손을 콱 움켜잡았다.

"죄, 죄송합니다."

재오가 고개를 숙이고 울었다.

"아녀, 내가 고맙다고 했잖여. 참말로 고맙구먼. 참말로 고마워. 재오야, 우리 승철이가 살고 있는 데가 워디여?"

"서, 서울입니다."

"괘, 괜찮응게. 어여 승철이한테 데려다 줘. 응. 어이구, 고마운 재오. 우리 재오가 그동안 승철이를 보살폈구먼. 어이구 이쁜 거. 내가 책음질 팅께 어여 이 질로 서울로 가자."

"알겠습니다."

재오는 눈물을 닦고 운전대를 잡았다. 다리거리로 나가서 학산 방향으로 가지 않고 양산 방향으로 차를 돌렸다. 양산에서 이원을 통해 옥천으로 가서 톨게이트를 타면 늦어도 네 시간 안에는 승철의 집에 도착할 것 같았다.

승철은 지금까지 허상을 그려 왔다는 생각이 들었다. 그동안 출판사에 원고를 내밀 때마다 편집장이며 사장이 그림을 그리지 말고 만화를 그리라고 했던 말을 이제야 이해할 것 같았다. 그림을 아무리 살아 있는 것처럼 그렸어도 생명력이 없으면 그림에 불과하다.

그림에 생명력을 불어 넣으려면 우선 스토리가 살아 있어야 한다는 거지…….

　움직이는 것처럼 그림을 그리는 데는 자신이 있었다. 그동안은 만화와 일상생활은 별개라고 생각했다. 그래서 비현실적인 스토리만 구상하고 만화를 그려 왔다. 하지만 오늘 오전에 느낀 점을 곰곰이 생각해 본 결과 일상생활에 만화적 요소를 집어넣는 것이 만화적 상상력이라는 걸 터득했다.

　"제목은 정했어요?"

　김수애는 승철이 점심으로 라면 한 개를 뚝딱 해치우고 만화를 그리는 모습이 믿음직스러웠다. 무엇보다 다른 날과 다르게 만화를 그리는 표정에 힘이 들어가 있는 모습이 너무 보기 좋았다.

　"일단 커넥션이라고 정했어. 기업과 공무원들이 검은 거래를 하는 사이에 국민들이 피해를 보고 있다는 주제를 담고 있지."

　"너무 단순하지 않나요? 검은 거래는 꼭 공무원들하고 기업 사이에만 있는 것이 아니고, 어디든 있을 수 있잖아요."

　"단순하게 검은 거래만 나열하면 무슨 재미가 있겠어. 내부 고발자가 있어야 하고, 그 내부 고발자를 제거하려는 세력도 있어야 하고, 내부 고발자를 보이지 않는 곳에서 돕는 사람도 있어야 하잖아. 일단 등장인물 캐릭터가 완성되면 줄거리가 나오게 될 거야. 그 때 봐서 제목을 고쳐도 되니까 기대 해 봐. 분명히 살아 있는 작품이 나오게 될 거니까."

　승철은 의자에 앉은 자세로 김수애의 허리를 잡아당겼다.

　"기대하겠어요. 저녁에 보람이 아빠 좋아하는 닭볶음탕 만들어 줄게요. 보람아, 엄마하고 시장에 갈래? 아빠 닭볶음탕 만들어 주자."

　김수애가 승철의 팔에 안긴 자세로 머리카락에 키스하고 나서 인형을 들고 서 있는 보람이 손을 잡았다.

"어머! 재오 씨가 웬일이세요?"

승철은 가게에서 비명 비슷하게 들려오는 김수애의 목소리에 깜짝 놀라며 고개를 들었다. 재오를 만날 때는 항상 먼저 전화를 했었다. 아무런 약속도 없이 재오가, 그것도 근무시간에 불쑥 찾아올 리는 없다는 생각에 불안이 엄습해 오는 것을 느끼며 일어섰다.

"인사드려요. 모산에서 오신 승철이 어머님이셔."

"어, 어머님이시라구요?"

"어이구, 니가 승철이 식구냐? 그러고 너는 내 손녀 보람이라는 아여?"

승철은 김수애의 놀라는 목소리 뒤에 울음을 터트리는 옥천댁의 목소리를 듣고 방문 앞으로 가다가 멈췄다.

"어, 어머니."

"그려, 내가 니 어머니여. 어여 안으로 들어가자. 승철이 방에 있지?"

옥천댁은 한시가 급했다. 황망한 얼굴로 어쩔 줄 모르는 김수애의 손을 두 손으로 덥석 잡았다. 입 안에 순식간에 차오르는 뜨거운 침을 꿀꺽 삼키며 가겟방 앞으로 갔다.

"어, 엄마."

"어이구, 이것아!"

옥천댁은 신발을 벗는 둥 마는 둥 가겟방 안으로 뛰어 올라갔다. 승철을 꽉 껴안고 꺽꺽 숨죽여 울기 시작했다.

"죄송해요, 엄마."

"이것아, 어머한테 머가 죄송한 거여. 어머한테는 그런 말 하는 거 아녀. 이런 데서 숨어 사느라고 얼매나 고생이 많았냐. 아부지한테는 몰라도 어머한테는 살짝 야기해 줬으믄, 내가 얼매든지 도와줬을 거 아녀. 하지만 이렇게 잘 있는 모습을 봉께, 내 병이 다 나은 거 같구먼. 인제 하나도 안 아프다. 참말여. 네가 이렇게 식구하고 잘 사는 모습을 내 눈으로 직접 확인하고 낭께 하늘이라도 날아갈 수 있구먼."

"죄송해요, 엄마."

승철은 숨죽여 울면서 옥천댁의 눈물을 닦아 주었다. 몇 년 안 본 사이에 옥천댁이 부쩍 늙어 보여서 가슴이 찢어지도록 아팠다.

"어머니, 절 받으세요."

김수애가 눈물을 닦으며 옥천댁의 손을 잡아끌었다.

"그려, 그려. 절 받아야지. 암! 내 며느린데 당연히 절을 받아야지. 어여 절하거라."

옥천댁은 눈물을 삼키며 아랫목에 앉았다. 승철도 눈물을 닦으며 김수애와 함께 큰절을 했다.

"그려, 친정에서는 알고 있능 겨?"

옥천댁이 김수애의 손을 잡고 콧물을 삼키며 물었다.

"보람이 아빠가 만화가로 성공하면 알리려고……."

"어이구, 불쌍한 거. 니가 긴 말 안 해도 니 속이 시커멓게 타고 있다는 거 내가 잘 알고 있구먼. 하지만 인제 내가 알았응께 걱정은 끝났다고 생각하믄 된다. 재오야, 너는 어여 차에 있는 거 갖고 와라."

옥천댁은 소리 없이 울고 있는 김수애의 팔을 잡아당겨서 토닥거리다 말고 민망한 표정으로 서 있는 재오에게 눈짓을 보냈다.

"나 좀 보자."

재오는 옥천댁 앞에 무릎 꿇고 앉아 있는 승철의 어깨를 툭 치고 밖으로 나갔다.

"미안하다……."

"인제 그런 말 하면 무슨 소용이 있냐. 어떻게 된 일인지 사정이나 들어 보자."

만홧가게 안에서 만화를 보던 대학생들이 방에서 나오는 재오와 승철을 바라봤다. 승철은 어색한 표정으로 웃으며 재오의 등을 밀며 밖으로 나갔다.

"아침에 전화가 왔어. 병원에 좀 가야하시겠다고 다른 직원이 가겠다고 하는 걸 내가 차를 몰고 갔었거든."

재오는 승용차 앞에서 멈췄다. 옥천댁의 전화를 받고 모산에 도착해서부터 다리거리에 오기 전에 있었던 일을 꾸밈없이 있는 그대로 털어 놨다.

"난 오늘부터 새로운 작품에 들어갔거든. 이번 작품은 예감이 좋아, 이번 작품으로 성공하면 집에 찾아가려고 했는데……. 아무튼 잘했다. 이제 와서 되돌릴 수도 없는 것이고, 어머니를 잘 설득해서 내려가시게 하는 일만 남은 것 같다. 네가 많이 도와줘라."

재오가 말하는 동안 연신 한숨을 내쉬고 있던 승철이 고개를 끄덕끄덕하며 재오의 등을 툭툭 쳤다.

"니가 딸을 낳았다는 말을 듣고 오는 길에 미역하고 쇠고기를 좀 사 왔구먼. 며느리가 아를 나믄 시어머니가 미역국을 끓여 주고 산후 조리를 해 줘야 하는데, 너 혼자 아를 낳느라 얼매나 힘들었을까 생각하니까 눈물이 나드라."

옥천댁은 재오가 자동차에서 들고 온 미역이며 쇠고기며 갈비를 받아
들고 주방 앞으로 갔다.

"아니에요. 어머니, 멀리서 오시느라 고생 많으셨잖아요. 저는 괜찮으
니까 앉아 계세요. 제가 얼른 준비해 드릴게요."

"아녀, 우리 승철이가 좀 별나잖여. 승철이가 삐뚤어지지 않고 이렇게
열심히 사는 것도 다 니 덕이여. 천지신명이 도와서 너를 승철이한테 보
내 줬다고 보는구먼. 가만 앉아 있어라. 내 얼른 갈비찜도 맨들고 미역
국도 끓여 줄 모양잉게."

"어머니, 정말 고맙습니다. 그리고 면목이 없습니다."

"별말을 다 하는구먼. 나는 우리 승철이하고 이렇게 잘 살아 주는 것
만 해도 너무 고맙기만 하구먼."

옥천댁은 마치 꿈을 꾸는 것 같았다. 승철이 어떻게 살아 있는지 소식
만 알아도 원이 없다고 생각했었다. 그런 승철이 엄연한 가정을 이루고,
제가 좋아하는 만화를 그리며 나름대로 안정되게 사는 모습을 보니까
더 이상은 소원이 없을 것 같았다.

"어머니, 아버지한테는 말씀 안 드리실 거죠?"

승철이 옥천댁 옆으로 가서 허리를 껴안고 조심스럽게 입을 열었다.

"아부지가 몰랐으믄 좋겄어?"

"제가 만화가로 성공하면 찾아뵙겠습니다. 그렇게 해 주실 수 있죠?"

"그려, 그 대신 나도 조건을 하나 걸어야겠구먼."

"무슨 조건이요?"

"내가 식구들한테 비밀로 할 팅게, 즌화는 언제든 하고 싶을 때 해도
되는 거여. 우리 손녀 보고 싶을 때는 한 번씩 올라오고 말여."

"할머니가 손녀 보고 싶을 때 못 보게 하면 그게 아들인가요?"

"그려. 그람 됐구먼. 그라고 재오한테 너무 뭐라고 하지 마라. 아부지 말 들어 봉께 재오가 회사에 있응께, 승철이 너한테 맥겨 놓은 것처럼 안심이 된다고 하드라. 그라고 시방까지 너를 위해 비밀을 지켜 줬잖여."

"이미 다 잊어버렸어요. 그런 걱정은 하지 마시고 이왕 서울 오신 김에 종로 아부지 집에서 주무시고 가셔유."

"니 말이 아니더라도 그쪽으로 갈 생각이다. 그래야 아부지가 의심하지 않을 거잖여."

"고마워요. 엄마, 만화 열심히 그려서 꼭 성공하겠습니다."

"난 우리 아들 믿구먼. 암, 믿고말고."

옥천댁은 승철의 얼굴을 바라본다. 이동하의 젊은 시절 모습이 얼핏 보이는 것 같기도 하고, 들례의 새초롬한 얼굴이 겹쳐지는 것 같기도 하다.

아녀, 야는 내 아들여. 누가 뭐래도 내 아들여.

자신도 모르게 승철의 얼굴을 쓰다듬어 주며 부드러운 표정으로 고개를 끄덕거렸다.

"큰누나는 잘 살고 있지? 조카는 학교 잘 다니고 있고?"

"그람, 매형이 청와대로 간 거는 알고 있냐?"

"매형이 청와대로 갔어?"

"그려, 한 삼 년 됐을라나. 그라고 봉께. 너를 본 지 칠 년째 되는가 보구먼. 야속한 놈 같으니, 너는 칠 년이라는 세월 동안 이 어미가 한 번도 보고 싶지 않데?"

옥천댁은 새삼스럽게 서운함이 밀려와서 눈물을 닦으며 말했다.

"왜 안 보고 싶었겄어. 이렇게 집을 나올 줄 알았으면 학교 다닐 때 공부나 잘하고 엄마 말이나 잘 들을걸, 하는 생각을 얼마나 많이 했는지 몰라. 말자 누나하고 영자 누나는 박사 학위 땄어?"

"말자는 너 집에 있을 때부텀 박사 학위 따서 강의 나가고 있었잖어. 근데 나는 말자가 교수 되는 것은 그만두고 시집이나 갔으면 좋겄어."

옥천댁이 눈물을 닦고 나서 마른 미역을 물에 담갔다. 미역국에 넣을 쇠고기를 썰기 위해 세워 두었던 도마를 눕혔다.

"왜 그런 생각을 해요? 교수 되면 더 좋은 데로 시집갈 수 있잖아요?"

"말자하고 영자 둘 다 지덜이 박사 논문을 쓴 것이 아니잖어. 돈을 몇 백만 원씩 주고 딴 사람한테 써 달라고 해서 낸 거란 말여. 역부러 말하면 박사 학위가 가짜나 마찬가지잖어. 그런 아가 무슨 학생들을 가르치겄어. 가들 나이가 및 살인지 알기나 햐? 말자 올게 나이가 마흔한 살여. 시집을 갔으면 아가 중핵교 댕기고 있을 거 아녀. 그런 아가 무슨 아가씨처럼 청바지를 껴입고 댕기는 걸 보믄, 지가 안직도 대학생인 줄 안다니께."

"영자 누나는 시집갔어? 그 대학교 강사라는 남자하고?"

"시방은 대학교수여. 근데 영자 가도 논문을 돈 주고 샀잖어. 그란데도 대학교수가 될라고 강사 노릇을 하고 있잖어."

"자식은 안 낳았어?"

"딸 하나 있는데, 최 서방이 형제가 구 남매라잖여. 형제 많은 집에서 크느라 어릴 때 밥도 지대로 못 먹었다능 겨. 그래서 딱 하나만 낳기로 했댜. 나는 하나 더 낳았으면 딱 좋겄는데. 애자도 그렇고 영자도 그렇게 하나만 잘 키우는 것이 즈덜 노후에 낫다고 항께 할 말이 읎지. 너는 워틱할 셈여?"

"우리 보람이만 남부럽지 않게 키우고 싶어."

"형제는 많을수록 좋은 거여. 손자들 교육비는 어머가 대 줄 모양잉 께."

"자식 교육시킬 돈은 있으니까 그런 걱정하지 마시고, 오래오래 사셔야 합니다. 이 아들이 만화가로 성공해서 세계 여행 시켜 줄 모양이니까."

"난, 세계 여행은 안 해도 된다. 너하고 이렇게 같이 살 수 있다면 얼마나 좋겠냐?"

옥천댁은 물에 담가 두었던 미역의 짠맛을 없애기 위해 미역을 헹구다가 승철을 바라봤다. 집에 있을 때는 마냥 어린애처럼 보였다. 객지 생활 몇 년 동안 가장 역할을 하며 살아서 그런지 부쩍 나이 든 아저씨처럼 보이기도 했다. 얼마나 마음고생이 심했으면 저렇게 변했을까 하는 생각에 또 가슴이 아파서 눈물이 나려고 했다.

사월 초파일

나도 스님하고 무슨 유감이 있겠슈.
스님이 잘돼야 관음사도 잘되는 거 아뉴.
그리고 스님은 술을 드시면 곡기를 끊잖유.
그것 땜시 조계종에서도 파계를 당했잖유.
이른 데까지 와서도 정신을 못 차리믄 워쩌자는 거유.

관음사에는 홍제동 어느 곳에서 보일 수 있을 정도로 높이 10미터의 관음상이 인자한 모습으로 아래를 내려다보고 있었다. 관음상 앞에는 돌로 만든 사각형의 불전함이 있다. 불전함 뒤에는 도둑의 손을 탈 수 없을 정도로 주먹만 한 자물쇠가 매달려 있었다.

"관음사 마당에 있는 관음상 앞에서 백 일 동안 새벽 기도를 하면 소원이 이루어진다는 말이 참말여?"

"인제 그 소문 들었구먼. 새벽에는 비가 오는 날에도 관음사에 올라가 보면 새벽 기도를 하는 사람들이 보통 이삼십 명은 넘구먼."

"참말로 그렇게 용하다는 겨? 난 도무지 이해할 수가 읎구먼. 옛날부텀 큰 바위나 오래된 나무는 신령이 붙어 있어서 아들을 낳게 해 주는

49

아들 바위가 있다거나 성황당 고갯길에 서 있는 성황나무 앞에서 기도를 하면 집안에 우환이 읎다는 말은 들어 봤어도, 요새 세운 관음상이 영험하다는 말은 아무래도……."

"세상이 바뀌어도 한참 바뀐 걸 모르는만. 요새 성황당이 워딨고, 아들 바위가 워딨어? 새마을 사업이 시작되면서 그런 거는 미신이라고 죄다 읎애 버렸잖여. 하지만 관음사 마당에 있는 관음상이 서 있는 자리에는 원래부터 신령기가 있는 바위가 있었다는 겨. 그라고 관음사 주지 스님인 청운 스님이 앉아서 천 리를 본다는 분이잖여. 그래서 그 관음사가 생기고 나서 신도들 중에 부자가 된 사람이 많다능 겨. 어뜬 사람은 은행에 취직을 하고, 서울대학교나 연세대학교, 고려대학교에 가는 것은 식은 죽 먹기라능 겨."

"참말로 효과가 있기는 있구먼."

"아, 백 마디 말이 필요 읎어. 신도가 삼백 명은 넘는다잖여. 딴 거는 몰라도 장사하는 사람들한테는 굉장히 효엄이 있다고 하드만."

관음상 앞에서 백일기도를 한 사람은 소원이 이루어질 것이라는 생각에 매사 긍정적인 시선으로 세상을 보게 된다. 장사하는 사람은 백일기도를 했으니까 소원이 이루어질 것이라는 생각에 자신 있게 손님을 받게 되고 인심이 후해진다. 자연히 손님이 늘어나면 부자가 될 것이라는 게 청운과 팔봉이 노린 관음상 소원 성취 프로젝트였다. 관음상을 세우는 자금도 신도 회장인 수원 보살이 앞장서서, 관음상 안에 이름을 적어 놓으면 소원이 성취된다는 소문을 퍼트려 천만 원을 시주 받아 마련했다.

관음상에서부터 시작해서 관음사로 올라오는 길목까지 3백여 미터의 산길에 붉은 연등이 매달려 있는 사월 초파일 아침이다.

"에, 오늘은 불기 이천오백이십팔 년 전 부처님이 탄생하신 날입니다. 봉축 법요식은 열 시에 내가 주재하는 것으로 하고 사회는 아무래도 일찍 출가하신 송연 스님이 하시고, 진우 스님은 보좌하는 것이 좋겠습니다."

청운은 석가종을 창건한 종정답게 금빛 찬란한 승복에 붉은색으로 '왕' 자를 수놓은 두건을 쓰고 있었다. 조계종에서 파계를 당하고 떠돌이 중으로 생활을 연명하고 있는 월급쟁이 스님 두 명은 조용히 대답하고 침묵을 지켰다.

"송연 스님한테 오늘 같은 날 이런 말을 하면 좀 머하지만, 관음사의 발전을 위해 한마디 하지 않을 수가 없네유. 송연 스님은 금강경을 독경하는 목소리하며 천수경을 염불하는 것이며, 죄다 훌륭해유. 하지만 제발 경내에서 술 좀 마시지 말아유. 스님은 지가 퇴근하고 나면 암것도 모르는 줄 아는데, 아무리 저하고 주지 스님 모르게 술을 마셔도 다 아는 수가 있슈. 그랗게 정 술을 드시고 싶으시면 모자 쓰고 사복 입고 홍제동 말고 저기, 멀리 천호동이나 암사동 같은 데 가서 고주망태가 되도록 마시고 담 날 술 깨믄 말짱한 정신으로 오시라 이거유."

"공양주 보살이 일러 줍니까?"

송연이 눈빛을 세우고 팔봉에게 따져 물었다.

"허어! 스님 시방 누가 일러 주고 말고가 중요한 것이 아뉴. 스님이 술 마시다 들키믄 주지 스님 얼굴에 먹칠한다는 걸 알아야쥬. 시방 막 절이 커지고 있는 상황에서 주지 스님을 필두로 일치단결해서 경거망동한 행동을 삼가고, 초심으로 돌아가서 정진해야 할 스님이 술을 마셨다

하믄 말술잉게, 소문이 어디까지나 안 나겄슈?"

서당 개 삼 년이면 풍월을 읊는다고 했다. 절에서 마당이나 쓸고 군불이나 때 주고 나무하는 불목지기 삼 년이면 천수경 정도는 간단히 외울 수 있을 것이다. 청운은 팔봉의 말발이 갈수록 늘고 있다는 것을 확연히 느끼고 있었다. 따지고 보면 그럴 가능성은 충분히 있었다. 흙 속에 묻혀 있는 진주라고 했던가. 놈은 관음사를 기획하고 관음상을 세우자는 아이디어를 냈다. 눈으로 보고 귀로 듣는 것이 불전인 데다, 신도들 접대를 하다 보니 말 본새가 늘어만 가는 것 같았다. 아직 견제할 정도의 수준은 아니지만 언젠가 크게 한탕 할 놈이라는 생각이 들어서 잠자코 듣고만 있었다.

"죄송합니다. 자중하겠습니다."

팔봉이 강하게 나가니까 송연은 고개를 숙이고 입을 다물었다.

"그라고, 말 나온 김에 한마디 더 하겄슈. 진우 스님은 모래내 시장에서 인삼 장사를 하는 천 보살과 워떤 사이유? 내가 알기루는 천 보살이 과부로 알고 있는데?"

"어떤 사이긴요. 스님과 신도 사이죠."

"스님과 신도 사이라면 한 가지만 물어보겄슈. 신도가 스님 손을 막 잡고 그래도 괜찮은 거유?"

"스님이 신도 손을 잡아도 안 되겠지만, 신도는 더더욱 스님 손을 잡아서는 안 되지. 어떻게 감히 일개 신도가 부처님을 모시고 산속에서 정진하고 있는 스님 손을 잡을 수 있나. 그건 절대 안 되는 법여. 조선 시대에 나라에서 배불 정책을 쓰는 바람에 스님들하고 절의 위세가 땅바닥에 떨어졌을 때도 신도들이 스님의 손을 잡는 법은 없었지……"

모래내 시장에서 인삼이며 약초를 팔고 있는 천 보살이라면 청운도 알고 있었다. 열심히 지극정성으로 관음사에 다니지는 않는다. 하지만 어쩌다 대웅전에서 절을 하고 있는 뒷모습을 보노라면 박처럼 단단하고 둥근 엉덩이가 남자들의 혼을 쏙 빼 놓고도 남을 만큼 몸매가 좋다. 게다가 도톰한 입술은 꽉 껴안기만 해도 뜨거운 신음 소리를 훅 하고 뿜어내며 착 안겨 들 것처럼 보인다. 그런 여자의 손을 진우가 주무르고 있다고 생각하니 저절로 불같은 질투심이 솟아올랐지만 엄하고 점잖게 말하는 것으로 그쳤다.

"어떻게 된 스님들이, 하나같이 염불은 뒷전이고 잿밥에만 눈이 어두워서 한 분은 술에 혼을 빼앗기고 있고, 또 한 분은 호시탐탐 신도들이나 어째 볼까 연구만 하고 있으니 내가 속이 터져 나가지. 좌우지간 부처님 오신 날 아침부터 내가 긴 야기를 안 하겠슈. 정 술이 마시고 싶고, 여자가 그리우면 여기 앉아 있는 사무장한테 야기를 해유. 그럼 얼매든지 원을 풀어 줄 모양잉게. 그렇게 알고 더 이상은 이런 불경스러운 야기가 회의 시간에 안 나오게 조심들 하슈."

"사무장님, 너무 하시는 거 아닙니까? 조선 시대에도 스님들이 간간이 곡차를 마셨슈. 그라고 내가 알콜 중독자도 아니고⋯⋯."

송연은 오늘 사월 초파일이라고 어제 특별히 머리 면도를 했다. 반질반질하게 깎은 데다 크림까지 발라서 형광등이 투영될 정도다. 그 머리를 번쩍 들고 볼멘 목소리로 말했다.

"이 새끼 이거, 즈 부모 욕이나 먹이고 다니는 순 후레아들놈 아냐. 절에서 쫓겨나서 갈 데도 없는 놈을 먹이고 재워 주고, 월급까지 주면 고맙습니다, 하고 반성하며 염불이나 하고 있어야지. 사무장이 틀린 말

한 것도 아니고, 오늘처럼 성스러운 날 어디다 감히 눈꼬리를 세우고 대드는 거여. 빨리 눈 깔지 못하겄어?"

청운은 금빛 찬란한 승복에 걸맞게 금장 보료에 앉아 있었다. 보료 옆에 있는 찻상 위에 목탁이 있었다. 목탁의 종류는 새벽에 대웅전과 마당을 돌면서 치는 도량 목탁이 있고, 예불 때 쓰이는 좌대 목탁이 있다. 또큰 목탁이 있고 작은 목탁이 있는데, 큰 목탁은 천장에 매달아 놓고 치는 목탁으로 공양이나 대중을 모을 때 사용한다. 작은 목탁은 독경, 염불, 예불을 할 때 사용한다. 찻상 위에 있는 목탁은 어린아이 머리통 크기의 예불 목탁이다. 그것을 번쩍 들어서 금방이라도 반질반질한 송연의 머리통을 내려칠 기세로 노려봤다.

"죄, 죄송합니다. 어쩌다 한번 마신 술을 갖고 마치 소승이 알콜 중독자나 된 것처럼 몰아붙이니까……"

"그람, 내가 참말로 증거를 대 볼까유?"

"아, 아닙니다. 사무장님 말씀대로 이후부터 관음사의 발전을 위해서 정진하겠습니다. 그러니 그만 노여움을 푸십시오."

팔봉이 발끈한 얼굴로 핏대를 세우자 제 발이 저린 진우가 얼른 나서서 죽을죄를 지었다는 얼굴로 사과했다.

"주지 스님도 시간이 있을 때마다 하시는 말씀이지만 말유. 우리가 언제까지 바람만 불면 똥 냄새가 솔솔 풍기는 이런 데서 살 수는 읎잖유. 우리도 빨리 신도들을 늘려서, 풍광 좋고 조용한 산속에 도량을 마련해야 신도들도 시방보다 백배 천배 늘어나서 전국적으로 소문난 절로 맨들어야 하잖유. 그 때가 되믄 스님들도 운전사 딸린 자가용을 타고 팔도 유람이나 함서, 목탁이나 한 번씩 두들겨 주믄 저절로 신도들이 합장을 함서 시주할 거유. 내 말 무슨 말인지 명심해서 들으셨쥬?"

"명심하겠습니다."

"주지 스님과 사무장님 뜻에 어긋남이 없도록 정진하겠습니다."

"송연, 너는 아직도 불만인 거 같은데. 너 이 새끼 진짜 뜨거운 맛 좀 볼래? 내 말 한 마디면 너 같은 놈은 쥐도 새도 모르게 죽는 법이여."

청운이 더 이상 참지 못하겠다는 얼굴로 송연의 멱살을 움켜잡고 차갑게 노려보았다.

"자, 잘못했습니다."

송연은 목이 막혀 한참 동안 캑캑거렸다. 청운이 멱살 잡은 손을 놓자 파랗게 질린 얼굴로 용서를 빌었다.

"두 스님께는 말할 필요가 없지만, 누가 뒤를 봐주지 않으면 이만큼 절을 키울 수가 없다는 것만 알아 둬유. 회의는 이것으로 끝내고 벌써부텀 신도들이 올라오기 시작하는 모양잉께 봉축식을 차질없게 진행할라믄 바쁘게 움직여야 할 규."

팔봉은 청운 못지않게 차갑게 내뱉고 나서 일어섰다. 요사 문을 열고 하늘을 봤다. 하늘은 맑고 날씨도 좋을 것 같았다. 내가 언제 주지 스님 방에서 깡패처럼 굴었냐는 얼굴로 점잖게 종무소 앞으로 갔다.

종무소는 요사 옆에 조립식으로 지은 건물이다. 사무실 문을 활짝 열어 놓고 재무 담당인 김 보살이 접수대에 앉아 있다. 접수대에는 흰 종이에 쓴 연등 접수며, 대웅전 기와를 새로 할 불사 접수, 산신각을 지을 산신각 접수, 절 마당을 넓히기 위한 부처님 마당 접수 등의 안내문이 적혀 있다. 팔봉이 습관처럼 30대 초반의 김 보살에게 합장을 해 보이며 빙긋이 웃었다.

"오늘 하루도 고생 좀 해 줘유."

"당연히 제가 해야 할 일인 걸요"

김 보살도 얼른 일어나서 팔봉에게 합장을 해 보이며 의자에 앉았다. 남편이 홍제동 동사무소에 다니는 30대 중반의 김 보살은 친정어머니의 소개로 관음사에 다니기 시작했다. 처음에는 초하룻날이나 보름날 등 법회가 있을 때마다 오더니 지금은 특별한 일이 없으면 절에 와서 산다. 그 대신 팔봉이 다른 신도들 모르게 한 달에 오만 원씩 수고비를 찔러 주고 있다.

"가만있어 보자……. 오늘 봉축식을 차질 없이 진행할라믄 내빈들 참석 여부를 다시 확인해 봐야 하지 않을까?"

접수대 뒤에 있는 팔봉의 책상은 여느 회사의 상무나 전무들이 사용할 것 같은 마호가니 책상이다. 회전의자에 앉아서 책상 위에 있는 봉축식 진행 상황표를 읽으며 혼잣말로 중얼거렸다.

"차 보살님이 지금 방에서 확인 전화를 하고 있을걸요"

"그려, 일이라는 것이 이렇게 손발이 착착 맞아떨어져야 심든지도 모르고 재미있게 할 수 있는데……."

팔봉은 송연과 진우가 판을 깨고 있다는 말은 차마 할 수가 없어서 말하다 말고 슬그머니 입을 다물었다.

"결산을 해 봐야 확실히 알 수 있겠지만, 올해 등 값이 못 들어와도 삼백만 원 이상은 들어올 것 같아요"

"신도님들이 워낙 불심이 강하니까 해마다 등 값이 늘고 있구면. 산신각 불사는 어떻게 올해 안에 끝날 거 가튜?"

팔봉은 청운이 딴마음을 먹을 수 없도록 모든 돈은 재무 담당 직원이 관리하도록 만들었다. 재무 담당이 돈을 관리하니까 일석이조의 효과를 누리고 있다. 우선 청운이 사사로이 절 돈을 쓸 수가 없고, 신도들에게도 관음사가 어느 개인의 절이 아니라, 우리 절이라는 믿음이 퍼져 있다. 청운이 불만을 드러내지 않는 것은 신도들이 그가 기거하는 청운전(靑雲殿)에서 은밀하게 내미는 돈이 적지 않기 때문이다.

"충분히 끝낼 수 있을 것 같아요. 통장을 보니까 산신각 불사로 입금된 금액이 어제까지 이천만 원 가까이 되더라고요."

"암튼, 김 보살이 고생이 많구먼. 요번 사월 초파일 행사가 끝나면 내가 특별히 알아서 챙겨 줄 모양잉께 고생 좀 해 줘유.

팔봉은 재색 조끼에 절 바지를 입고 의자에 앉아 있는 김 보살에게서 야릇한 향수 냄새가 풍기고 있다는 것을 알았다. 어떻게 맡으면 아카시아 향 같기도 하고, 코를 벌름거리면 호박꽃 향기 같기도 한 것이, 길게 흡입하면 아랫도리가 뿌듯해지면서 밤꽃 냄새가 나는 것 같기도 하다. 활짝 열린 마당으로 들어오는 한복 차림 혹은 재색 승복 차림의 신도들을 바라보다 눈을 지그시 감았다.

"항상 고맙게 생각해요. 사무장님이 도와주시는 덕분에 애들을 유치원에 보내고 학원에도 보내고 있어요."

김 보살은 수고비를 준다는 말에 어깨에 힘이 들어가는 것을 느끼며 뒤로 돌아앉았다. 팔봉이 무얼 생각하고 있는지 턱을 앞으로 내밀고 눈을 감고 있다.

"다 먹고살자고 하는 짓인데, 서로 돕고 살아야……."

팔봉은 말을 하다가 느낌이 이상해서 실눈을 떴다. 김 보살이 빤히 바라보고 있다는 것을 알고 깜짝 놀라서 자세를 바로잡았다.

"무슨 생각을 하고 계신 거예요?"

"아, 암것도 생각 안 했슈. 어디서 풍기는 향수 냄새가 이렇게 남자 맘을 환장하게 맨드나 하는 생각을 하고 있었지."

"어머머, 사무장님도 농담하실 줄 아시네요. 이거 싸구려 향수예요. 원래 향수를 안 뿌리는 편인데, 오늘은 신도분들이 많이 오시고 날도 더우니까 몸에서 냄새가 날 거 같아서……."

김 보살이 부끄럽다는 얼굴로 말을 잇지 못하고 고개를 숙였다.

"하여튼 김 보살님은 그 머유. 세, 센스가 보통은 넘는 거 가튜. 오늘 같은 날은 바쁘고 함께 땀도 나겠쥬. 그럴 때 향수를 뿌리믄 땀 냄새가 안 난다, 이거쥬?"

팔봉은 김 보살이 빤히 바라보고 있으니까 민망해서 앉아 있을 수가 없었다. 일어나서 점잖게 말하는 것에 그치지 않고, "그람 수고 좀 해 줘유."라고 속삭이면서 어깨를 툭툭 두들겼다. 손끝이 짜릿하도록 뜨거워지는 것을 느끼며 천천히 밖으로 나갔다.

작년에 탱화를 새로 한 대웅전 앞에는 연단이 준비되어 있었다. 연단 앞에는 햇볕을 피할 수 있도록 그늘막이 쳐져 있다. 그늘막 밑에는 남자 신도들이 동사무소에서 빌려 가지고 온 접이식 의자 열 개가 늘어서 있다. 그 뒤로는 신도들이 앉을 수 있도록 야외에서 사용하는 돗자리 이십여 장이 깔려 있었다. 돗자리는 모두 포장용 테이프로 연결해 놔서 바람이 불어도 펄럭거리지 않았다.

높이 이 미터의 납작한 바위에 '청정 도량 관음사'라고 쓰여 있는 절 입구 앞에는 안내라는 가슴 띠를 한 신도 회장이며 간부들이 오는 신도들을 맞이하고 있었다. 절에 시주 좀 넉넉히 하는 신도들은 곧장 요사로 안내하고, 파출소장이나 동장, 학교 교장 같은 기관장은 청운이 기거하는 청운전으로 안내했다.

"박카스 한 병씩 돌리지."

팔봉이 입구에 서 있는 홍보 부장을 조용히 불러서 지시했다.

"팥죽을 몇 시에 끓일까유?"

오늘 책임지고 주방을 보기로 한 서 보살이 팔뚝까지 오는 시뻘건 고무장갑을 끼고 와서 팔봉에게 물었다.

"그런 거는 앞으로 총무에게 물어봐유. 나는 시방 몸이 열 개라도 부족해유. 열 시에 법요식이 시작돼서 적어도 한 시간은 할 거잖유. 법요식이 끝나믄 부처님 관불 의식을 해야잖유. 관불 의식이 끝나고 바루 먹는 것이 좋겠구먼. 딱 열한 시 삼십 분에 먹을 수 있도록 끓이믄 되겠네유. 이따 총무가 말하겠지만 청운전으로 들어가는 상에는 과일도 푸짐하게 신경 써 줘유. 하여튼 오늘은 서 보살 역할이 젤 커유. 서 보살이 워티게 요령 있게 하느냐에 따라서 사월 초파일 행사를 잘하고 못하고 차이가 난다 해도 과언이 아니니께."

팔봉은 나름대로 사람 부리는 방법도 터득했다. 기본적으로 어느 정도는 투자하는 것이 중요하다. 투자하는 방법에 꼭 돈을 주는 것이 능사는 아니다. 돈이 궁한 사람에게는 돈이 쥐약이지만, 먹고살 만한 집의 신도는 명예를 줘야 하고, 놀기 좋아하는 사람에게는 가끔 술집으로 데리고 가서 사는 재미를 불어넣어 줘야 하고, 고집이 센 신도는 처음부터 고집을 꺾어 놓아야 부려 먹기가 쉽다. 서 보살은 아들이 은행에 다니고, 딸이 세무사라 먹고사는 데는 걱정이 없다. 스스로 주방장을 자처하고 나선 것도 돈보다는 명예를 얻기 위함이라는 것을 팔봉은 알고 있었다.

"걱정 마셔유. 청운전으로 올릴 공양은 제가 직접 챙기고, 착오 없이 해낼 테니까."

"저도 보살님만 믿어유."

송연이 뭔가 할 말이 있는 표정으로 다가오고 있었다. 팔봉은 서 보살의 어깨를 쳐 주고 나서 일부러 요사 뒤쪽으로 걸어갔다. 곁눈질로 보니까 송연이 뒤따라온다.

"아까 회의 때 한 말 땜시 이라는 거유?"

요사 뒤에는 산자락이다. 바위가 여기저기 튀어나와 여름에는 앉아서 쉬기 좋을 정도로 시원하다. 팔봉이 요사 모퉁이를 돌아서는 송연에게 대뜸 물었다.

"아닙니다. 아까는 진우 스님 앞이라서 반박했지만, 정식으로 사과드리겠습니다."

송연은 우선 누가 엿듣는지 사방을 살폈다. 아무도 엿듣는 사람이 없다는 것을 확인하고 나서 팔봉 앞에 고개를 조아렸다.

"나도 스님하고 무슨 유감이 있겠슈. 스님이 잘돼야 관음사도 잘되는 거 아뉴. 그라고 스님은 술을 드시면 곡기를 끊잖유. 그것 땜시 조계종에서도 파계를 당했잖유. 이른 데까지 와서도 정신을 못 차리믄 워쩌자는 거유. 인제 정신 차리고 어디 조용한 산골에 말사라도 지어 나가야 할 스님이 안타까워서 한 말잉게 서운하게 생각하지는 마슈."

"제가 서운하게 생각하면 인간도 아닙니다. 솔직히 저는 사무장님 아니시면 이 관음사도 바람 앞에 촛불이라는 점을 잘 알고 있습니다. 늘 주지 스님보다 크게 생각하고 있다는 점만 알아주십시오."

"허, 별소리를 다 하시느만. 하여튼 내가 송연 스님하고 진우 스님을 참말로 각별하게 생각하고 있다는 것만 알고 있으믄 틀림없을 뀨. 요번 행사 끝나고 우리 세 명이 천호동이나 미아리 가서 코가 삐뚤어지도록 마시고 와유. 그 대신 도량 안에서는 절대로 술 드시믄 안 돼유. 신도들한테 들키면 나도 용빼는 재주가 없응께."

팔봉은 송연의 말이 아니더라도 언젠가는 청운하고 헤어질 생각이다. 청운 모르게 시간만 나면 천수경이니 금강경이니 하는 불경을 암송하고, 불전을 자주 들여다보는 것도 목적이 있기 때문이다.

"어제 이 지역 국회의원 보좌관이 왔었습니다. 주지 스님한테는 자세하게 보고를 드리지 않았습니다. 그냥 오늘 법요식에 김태용 국회의원님이 참석하고 싶어 한다는 보고만 드렸습니다. 그런데 제가 보좌관에게 뭐라고 했는지 아십니까?"

"김태용 국회의원님이 참석한다는 말은 나도 들었는데."

"이 절의 실질적인 책임자는 사무장님이라고 말했습니다. 그랬더니 국회의원님한테 그렇게 보고하겠다고 하더군요."

"차, 참말로 그랬단 말유?"

"제가 아무리 바람 따라 떠돌던 땡중이지만 그 정도 눈치도 없는 줄 아십니까?"

"하여튼 송연 스님은 이런 절에 있기는 아까운 분이랑께."

팔봉은 회의 시간에 송연을 너무 다그쳤나 하는 생각이 들 정도로 기분이 좋았다. 송연의 등을 툭 쳐주고 나서 터져 나오려는 웃음을 참으며 마당으로 나갔다.

학기말 시험을 끝낸 학생들은 이미 여름방학에 들어갔고, 시험이 한 두 과목 남은 학생들은 도서관에서 공부를 하거나 시원한 나무 그늘 밑에 있는 벤치에 앉아서 그룹 스터디를 하기도 했다.

여름방학 전후에 시작되는 농촌 봉사 활동은 학교에서 승인해 주지 않았다. 승인해 주지 않는 것에 그치지 않고 떠나려는 학생의 학부모에게 편지를 보냈다. 농촌 봉사 활동이 농촌에도 도움이 되지 못하고, 학생 자신에게도 도움이 되지 않고 자칫 잘못된 쪽으로 흘러갈 수 있으니 자제해 달라는 내용이다. 학교와 일부 학부모들이 반대하니까 농촌 봉사 활동도 예전처럼 떠들썩하지 않고 조용하게 진행되고 있었다.

문태영은 소파에 앉아서 7월 29일부터 8월 13일까지 미국 로스앤젤레스에서 열리는 제23회 하계 올림픽 기사를 보기 시작했다. 이번 대회는 사상 최대로 285명의 선수단을 파견한다고 나와 있었다. 500일 동안 사용한 훈련비만 해도 46억 원이고 파견비 8억 원을 포함하면 모두 54억 원이 투자된 선수단은 올림픽에서 양궁 등을 비롯해서 7개의 금메달을 목표로 하고 있었다.

"손기정 선수가 베를린 올림픽 금메달을 딸 때 달고 뛰던 삼백팔십이 번을 달고 사십팔 년 만에 엘에이에서 성화 주자로 뛴다는구먼⋯⋯. 대단하지 않나? 칠십이 세가 된 양반이 엘에이에서 성화 주자로 뛰기 위해 매일 새벽에 일어나서 일 점 오 킬로를 뛰었다네⋯⋯."

문태영은 앞자리에 앉아 있는 진규가 들으라는 목소리로 중얼거리고 나서 신문을 탁자 위로 던졌다. 싸늘하게 식은 커피를 한 모금 마시고 나서 조용히 잔을 내려놓고 진규를 바라본다.

"그동안 교수님께서 음으로 양으로 도와주신 것 정말 고맙습니다. 이

상황에서는 그 말씀밖에 드릴 수가 없구먼유……."

진규는 마음속으로 길게 심호흡을 했다. 기독교 회관에서 열리는 '농민 문제의 현황'이라는 토론회에 초청 연사로 참석해 달라는 부탁을 받았을 때부터, 잘못되면 교수 임용에 걸림돌이 될지 모른다는 생각을 전혀 하지 않은 것은 아니다. 하지만 막상 문태영으로부터 이번 임용 심사에서 제외되었다는 말을 듣고 나니까 허탈했다.

"자네가 잘못되었다는 말은 아닐세. 내가 자네를 구제해 줄 힘이 없다는 점이 문제지."

"아닙니다. 저도 작년 울림에 투고했던 전적도 있고 해서 자중했어야 하는데, 교수님의 은공을 생각해서라도 가톨릭농민회 측의 부탁을 냉정하게 뿌리쳤어야 했는데 그러지 못한 점 송구스럽게 생각하고 있습니다."

"기회가 아주 없는 것은 아니니까 다음 학기를 기다려 보는 것이 좋겠네. 그리고 자네가 가톨릭농민회 회원이라는 점을 위에서 알고 있더만……."

"위에서라면?"

진규는 대전에 전국 본부를 두고 있는 가톨릭농민회 회원으로 활동하고 있었다. 전국 10개 도에 교구 연합회와 70여 개 군 협의회를 거느리고 있는 가톨릭농민청년회는 20년 이상의 역사를 가지고 있으며 회원 수만 해도 10만 명이 넘는다. 진규는 안전기획부 요원이 정보를 주더냐고 물을 수가 없어서 짤막하게 반문했다.

"자네가 짐작하고 있는 대로라네."

문태영도 총장실에 상주하는 안전기획부 요원이 말해 주었다는 말은 차마 할 수가 없었다.

"고맙습니다."

진규는 자신이 이미 블랙리스트에 올라 있을 것이라고 믿어서 더 이상 할 말이 없었다.

"자네한테 노파심에 한 가지 물어보고 싶은 것이 있는데 오해는 말아 주게. 자네 혹시 교단에 서는 것을 원치 않고 있나?"

문태영은 진규를 바라봤다. 대전에서 웬만큼 행세를 하는 사람치고 박진규를 모르는 사람이 없다. 총장도 진규가 결혼할 때 화환을 보냈을 정도로 충일병원 사위로 유명 인사가 되어 버렸다. 그만큼 안전기획부나 보안사며 경찰 당국이 주시하는 위치가 되어 버렸다. 안전기획부로부터 임용 불가 판정을 받은 것도 진규의 영향력이 그만큼 커졌다는 증거일 것이다. 그런데도 여전히 진보 단체에 글을 싣고 연설을 계속하는 저의를 알 수가 없어서 일단 운을 뗐다.

"무슨 뜻으로 묻는 것인지……."

"액면 그대로네. 자네가 진정으로 교단에 서서 후배들을 가르치고 싶은 마음이 있는 건지 묻는 거라네."

"당연히, 가르치고 싶습니다. 하지만 현실이 저를 받아 주지 않으니……."

"현실은 자네를 받아 줄 준비를 이미 다 해 놨는데, 자네가 그 현실을 거부하고 있다는 생각은 안 하는 건가?"

"저의 부모님은 농사를 짓고 있슈. 거의 맨손으로 또랑을 개척해서 과수원으로 만들었습니다. 겨울에 바깥 온도가 영하 삼십 도가 넘는데도, 저하고 어머니하고 할아버지하고 돌을 주워다 담을 쌓고, 산에서 지게로 흙을 파다가 과수원을 만들었습니다. 만약 어머니가 그곳에다 과수원을 만들 생각을 하지 못했다면 저는 지금 이 자리에 없었을 것입니다. 어머니는 사라호 태풍으로 과수원이 쑥대밭이 되었을 때도, 묘목이 모조리……."

"잠깐, 지금 나한테 농촌 계몽 운동에 관해서 강의를 하고 있는 건가?"

문태영이 화를 낼 수는 없고 어이없다는 표정으로 묻고 나서 식은 커피로 입을 축였다.

"죄송합니다. 기독교 회관에서 연설해 달라는 부탁을 거절할 수 없다는 이유를 말씀드린다는 것이, 이상한 방향으로 흘렀구면유."

"하여튼 나는 끝까지 자네 편에 서 있었다는 점을 알아주길 바라네. 그렇게 알고 다음 기회를 노려보자구."

문태영은 진규가 농민 운동 쪽에 관심을 갖고 있다는 점을 확실히 파악한 이상 뭐라고 할 말이 없었다. 일어서서 손을 내밀었다.

"죄송합니다. 교수님."

진규는 두 손을 내밀어 문태영이 내민 손에 악수를 하고 연구실을 나갔다. 창문 밖에는 칠월의 햇살이 캠퍼스를 환하게 비추고 있다.

이주희가 기다리고 있을 등나무 벤치로 걸어가는 걸음이 한없이 무겁기만 하다.

한 달 전에 기독교 회관에서 농민 문제를 주제로 연설해 달라는 청탁을 받고 이주희와 심각하게 논의했었다.

"난, 진규 씨를 믿어. 진규 씨도 나를 믿고 있잖아."

이주희의 대답은 명쾌했다. 망설이지도 않고 마음대로 결정하라는 반응을 보였다.

"만약 이번에 내가 연사로 나가면 농민 위에 군림하는 농협 조합에 대한 연설을 할 참여. 그것이 정부 당국에 포착되면 요번 교수 임용에서 탈락될지도 몰라. 그래도 괜찮겠어?"

"진규 씨, 난 진규 씨가 가는 길은 무조건 옳다고 봐. 진규 씨가 어떤 길을 가도 동행한다고 했잖아. 그리고 요즘은 팔십 년대 광주사태 때 해직됐던 교수들도 재임용하는 추세이니까 반드시 비관적이지는 않다고 봐. 희망을 가지고 추진해 보라구."

"나는 이럴 때 내가 결혼을 잘했다는 생각이 드는구면."

"그럼 내가 섭섭한데? 나는 진규 씨를 볼 때마다 결혼 잘했다는 생각이 든다구."

"고마워. 주희 씨 믿고 토론회에 참석한 모든 농민들이 감동받을 만한 연설을 해 볼게."

이주희로부터 격려의 말을 듣고 나니까 망성일 이유가 없었다.

이주희는 등나무 밑에 있는 벤치에 앉아서 무슨 책인가 보고 있었다. 진규는 이주희를 보는 순간 교수 임용에 탈락되었던 서운함이 조금은 가시는 것 같았다. 이주희가 모르게 길을 돌아서 벤치 뒤로 살금살금 걸어갔다.

"누구게?"

"피, 이러면 내가 누군지 모를 줄 알지?"

이주희는 등 뒤에서 눈을 가린 남자가 진규라는 걸 금방 알았다. 시치미를 뚝 떼고 장난스럽게 물었다.

"누구?"

진규는 가능한 한 자신의 목소리를 숨기기 위해서 짧게 물었다.

"누구긴 누구야. 손이 따뜻한 걸 보니 김 박사님 맞네. 김 박사님 오늘은 향수 냄새가 다르네? 내가 사 준 향수가 아닌 거 같아……."

"김 박사라는 놈이 뉘여?"

진규가 짐짓 화난 얼굴로 물으며 손을 뗐다.

"그럼, 내가 자기 손인지도 모르고 있었으면 좋겠어?"

"그람, 첨부터 알았단 말여?"

"내가 자기 손을 언제부터 잡고 다녔는지 알아? 자기 대학교 일 학년 때부터 잡고 다녔다구."

"그려, 그걸 내가 왜 몰랐을까. 아! 오늘 바람 참 좋다. 이런 날 아무 생각 없이 어디 보문산 계곡 같은 데 들어가서 삼겹살에 소주 한잔 했으믄 딱 좋겠다."

진규는 내가 언제 장난을 걸었냐는 얼굴로 이주희 옆에 앉았다. 벤치 등받이에 양팔을 걸치고 다리를 꼰 채 먼 하늘을 바라봤다.

"우리 보문산 계곡에 있는 음식점에 갈래? 거긴 굉장히 시원하잖아."

"대한민국의 박 박사가 낮술 마시고 얼굴 시뻘겋게 해서 돌아다니면 정보부에서 가만히 있을까?"

"형편없는 박사인 줄 알고 당장 교수 임용시키라고 할걸."

"나 임용 탈락된 거 워티게 알았다?"

"자기 표정에 써 있잖아. '나, 임용 탈락'이라고 말야."

이주희가 손가락으로 진규의 이마며 볼과 턱을 콕콕 찌르며 말했다.

"나 교수 못된 거 억울하지 않아?"

"처음부터 어느 정도 염두에 두고 있었던 거잖아. 근데 나 자기한테 한 가지 의논하고 싶은 것이 있어."

이주희가 읽고 있던 문예지 「실천문학」의 표지를 덮으며 진규를 향해 앉았다.

"처음 보는 책인데, 워디서 나온 거여?"

진규가 「실천문학」을 받아서 표지를 펼치며 물었다.

"이거 지난 팔십 년 삼월에 문인들이 힘을 모아서 만든 문예지잖아. 소설가 이문구하고 시인 고은이랑 박태순, 송기원, 이시영 같은 문인이 모여서 만든 자유실천문인협의회에서 내는 거야."

"자유실천문인협의회에서 만든 문예지면 검열이 심하겠네."

"그래서 자기하고 의논하는 건데. 나도 자유실천문인협의회에 가입하고 싶어. 그동안은 내가 소극적이었잖아. 하지만 자기 아내답게 나도 내 목소리를 내면서 살고 싶어. 어떻게 생각해?"

"나한테 어떤 대답을 듣고 싶은 겨?"

"환영한다는 말을 듣고 싶어."

"자기 생각을 사랑해."

진규는 책을 이주희에게 건네주고 나서 목 뒤로 손을 뻗어 어깨를 힘껏 껴안아 주었다가 놓았다.

"그럼, 슬슬 교수 임용 탈락을 축하해 주러 갈까?"

"향숙이 누나 집에 가서 같이 축하해 주면 어때?"

"형님 집에 가려면 무엇 좀 사 가지고 가자. 형님 좋아 하는 딸기랑 과일 좀 사 가지고 가."

이주희는 진규의 손을 잡으며 일어섰다. 처음에 진규로부터 향숙이 무당이라고 소개 받았을 때 조금은 무서웠다. 그러나 결혼을 약속하고 부터 만나기 시작한 향숙은 무당이라기보다는 오래전부터 가깝게 지내오던 동네 언니처럼 느껴질 정도로 친구들과 재미 삼아 점집에서 보았던 무당의 이미지와 는 딴판으로 다가왔다.

향숙의 집에는 손님이 와 있었다. 영순이 이주희가 내민 딸기며 복숭아와 맥주 등을 반갑게 받았다.

"그럼 더 이상 정치하고는 인연이 없단 말입니까?"

"선녀님이 그라시는데 수만 명의 군사를 이끄는 운은 다했다고 하네유. 그보다는 수만 명에게 고맙다는 인사를 하며 살아가는 것이 좋대유."

"인사를 하라니? 그게 무슨 말씀입니까. 내가 그동안 누구한테 신세를 진 일도 없고, 사례해야 할 고마운 사람들이 그렇게 많은 것도 아닌데……."

진규는 이주희와 거실에 앉아 있으니까 안방에서 손님과 이야기를 주고받는 향숙의 목소리를 듣지 않을 수 없었다.

"사업을 하려면 손님을 왕처럼 모셔야 하잖아유. 사람들을 직접 상대하는 장사를 하시믄, 시방보다 훨씬 낫구먼유."

"사업을? 그렇지 않아도 정권도 바뀌고 해서 사업을 하려고 했습니다. 사람들을 직접 상대하는 장사라면 음식점 같은 것이 좋겠습니까?"

"음식점을 잘하믄 손님들이 잘 먹고 간다고 주인한테 외려 인사하잖아유. 선녀님이 구두 가게를 하라고 하시네유."

"선녀보살님 말씀이 맞는 것 같습니다. 구두 가게를 하려면 손님에게 신발을 신겨 봐야 하고, 신발을 신겨 주려면 손님 앞에 무릎을 꿇을 수밖에 없잖습니까."

"의원님 말씀을 들어 봉께, 그 말 또한 틀린 말이 아니구먼유. 밖에 손님이 와 계신 거 같아서, 오늘은 이쯤하고 또 들리셔유."

"고맙습니다. 그렇지 않아도 속이 답답했는데 확 풀린 기분입니다."

방문이 열리고 박광호가 밖으로 나왔다. 진규는 몇 번 얼굴을 본 적이 있는 박광호에게 인사를 했다.

"동생분이 오셨구먼. 교수 임용이 됐습니까?"

박광호가 반갑게 진규에게 손을 내밀며 물었다.

"먹국 먹었는데 워티게 아셨슈? 지가 오늘 교수 임용 심사가 있다는 걸?"

"내가 말씀드렸구먼. 의원님 자제분이 판사님으로 근무하시다가 변호사로 개업하셨댜. 그 말끝에 진규 야기를 물으시길래, 오늘 교수 임용하는 날인데 좀 힘들어 보인다고 말씀드렸구먼."

향숙이 방에서 나와 이주희에게 눈인사를 하고 나서 말했다.

"왜 판사를 그만두셨대유? 지가 알기로는 판사로 임용된 지 이삼 년 벡에 안 된 것 같은데."

"해가 지면 떠날 사람은 떠나고, 새로운 해가 뜨는 법입니다."

박광호는 웃는 얼굴로 진규에게 손을 들어 보이고 거실을 내려갔다. 진규는 슬리퍼를 신고 대문까지 따라 나가서 배웅했다.

"누나, 왜 판사를 그만뒀다?"

"의원님이 정권이 바뀌어서 공천을 못 받으셨잖여. 그 일 땜시 판사도 그만둘 수밖에 없었던 모양여. 그릏게만 알고 있어. 올케네 집은 모두 편안하시지?"

향숙이 뒤늦게 이주희의 손을 잡으며 거실에 앉았다.

"박 의원님이 박정희 대통령 때 사람이구먼. 그래서 공천도 못 받고, 그 아들도 이런저런 이유 때문에 강제로 퇴직했능개비구먼."

"진규야, 과일 먹자."

영순이 딸기며 복숭아를 깨끗이 씻고 깎아서 접시에 담아 들고 왔다. 향숙이 웃는 얼굴로 진규의 말을 막으며 과일 접시를 받아서 내려놓았다.

"형님, 여기서 저녁까지 얻어먹고 가도 되죠?"

이주희가 얼른 요지로 복숭아를 찍어서 향숙에게 내밀며 물었다.

"언니가 맥주도 사 왔슈. 맥주도 갖고 올까유?"

"영순이도 한잔하고 싶은 모양이구나."

"오빠, 지 나이가 몇 살인 줄 모르쥬? 저도 맥주 마시고 소주 마실 나이유."

영순은 진규가 하는 말에 혀를 낼름거리며 일어섰다.

"우리 영순이 반찬 잘하는 거 알지? 올케 머 먹고 싶은 거여?"

"갈치조림 매콤하게 조린 거 참 맛있게 먹었었는데……."

이주희가 영순을 바라보며 말했다.

"알았슈. 언니가 원하는 건데 갈치조림이 문제겠슈. 저 돼지갈비도 잘해유. 돼지갈비도 해 드릴께유."

영순이 맥주와 컵을 들고 와서 앉으며 말했다.

"교수 임용도 당분간은 힘들 거 같고 연구원직도 이번 학기로 끝나고, 이제 본격적인 실업자 신세에 접어드는 건가?"

이주희가 향숙의 잔에 맥주를 따르면서 혼잣말로 중얼거렸다.

"위기는 기회라는 말이 있잖아. 이번 기회에 연구소 하나 만드는 것이 어때?"

"무슨 연구소? 내가 문학박사잖여. 문학박사가 연구소를 만들면 무슨 문학연구소를 맨들어야 하는데, 나는 그런 것에 소질이 옲거든."

"자기가 좋아하는 정체성 문제를 다루는 민족문학연구소 어때? 간판만 그렇게 걸어 놓고 우리 민족의 정체성 같은 것을 연구하면 되잖아. 자기 좋아하는 농촌 문제도 연구하고 말야. 형님 제 생각 어때요?"

"농촌 문제라믄 진규가 전문이잖여. 올케 말대로 연구소를 차려 봐. 내 생각에는 나중에 크게 될 수 있는 바탕이 될 수 있다고 봐."

항숙이도 이주희의 생각에 찬성한다는 얼굴로 말하며 진규를 바라봤다.

"농촌문제연구소보담은 배달민족연구소를 설립해야겠구먼. 농촌 문제를 연구할라믄 먼저, 우리 민족성을 연구해야 하잖여. 쉽게 말해서 주체성을 연구해야 농민들이 잘살 수 있는 세상을 맨들 수 있단 말여. 연구소를 차릴라믄 서울로 가야 햐. 대전 바닥에는 죄다 아는 사람들이잖여."

진규는 이주희가 먼저 실마리를 풀어 주어서 싫지 않다는 표정으로 말했다.

"나도 서울에서 살고 싶어. 아무래도 지방보다는 서울에 사는 것이 내가 활동하는 데 도움이 될 거 같아. 우리 서울로 이사 가면 되겠네. 당장 이사 갈 수는 없으니까 자기가 먼저 올라가서 자리를 잡아. 난 학위 따는 대로 따라 올라갈 테니까."

"지금 논문 학기잖아. 매일 학교에 가는 것도 아니고, 서울역에서 새마을호를 타면 대전역까지 두 시간밖에 안 걸리잖아. 무궁화를 타도 두 시간 반이면 도착한다구."

"진규 말이 맞아. 부부는 같이 있어야 더 정이 드는 법이라고 하데. 진규 말대로 같이 서울로 올라가."

"그람, 진규 오빠하고 언니는 인제 자주 못 보는 거여유?"

향숙의 말에 영순이 서운하다는 표정으로 말했다.

"친정이 대전이니까 서울로 올라가도 자주 내려올 거야. 시댁도 영동이니까, 영동 내려가기 전에도 들를 수 있고"

"그람, 우리 동생 부부의 서울 입성을 위해 건배하는 일밖에 안 남아 있는 거여?"

향숙이 술잔을 들고 말했다.

"에이, 안직 올라갈라믄 멀었어. 누나는 내가 하루라도 빨리 서울로 갔으믄 좋은개비구먼."

"진규는 큰 바닥에서 놀아야 햐. 그래야 하루라도 빨리 클 수 있구먼. 그래서 올케 말이 아니더라도 언진가 기회를 봐서 서울로 올라가라는 말을 해 줄 참이었거든."

"어머, 형님 그 말이 정말이에요?"

이주희는 자신도 모르게 진규의 손을 잡았다. 보통 사람 같았으면 교수 임용에 탈락한 정신적 충격이 클 것이다. 하지만 진규는 기다리고 있던 버스를 놓치고 다음 버스를 기다리는 사람처럼 충격을 훌훌 털어 버렸다. 그만큼 세상을 보는 안목이 보통 사람보다 비범하다는 생각에 자랑스럽기만 했다.

태평천하

시훈은 일어서서 엉덩이를 털며 소를 매 놓은 쪽을 바라봤다.
송아지가 하루가 다르게 몸을 불려서 중소 이상은 된다.
소는 일 년이 넘으면 임신할 수 있다.
모두 암소니까
송아지를 네 마리 낳을 것이다.

　방천길에는 그늘이 없어도 앞으로는 도랑에서 불어오는 바람과, 등 뒤로는 비봉산에서 불어오는 바람 덕분에 시원하다. 박태수의 사과밭 원두막은 방천길에서 일 미터 정도 아래 비스듬한 경사에 서 있다. 사과 밭을 지키겠다는 용도로 지은 것이라기보다는, 일하다 잠깐씩 쉬거나 따가운 햇볕이 내리쬐는 시간에 낮잠 자는 장소로 쓰려고 지었다.
　"가만있어 봐. 한 바리, 두 바리, 시 바리, 니 바리…… 총 열두 바리 구면."
　"소 및 바린지 세 보는 거여?"
　변쌍출이 손가락으로 도랑가 풀밭 쪽을 콕콕 찌르는 모습을 바라보고 있던 박평래가 물었다.

"총 열두 바리구먼. 세월 참 좋아졌어. 옛날에는 우리 동리 소가 한 바리밖에 읎었잖여. 소 부릴 일이 있으면 면장네 소 읎으면, 장 딴 동리서 빌려 왔잖여. 근데 암만 세상이 좋아졌다고 해도, 이 쪼맨한 동리에 소 열두 바리를 멕인다는 것이 믿어져?"

"소만 많이 멕이는 줄 알아? 옛날에는 개 팔자라는 말이 있었지만 요새는 소 팔자가 개 팔자라는 말도 생겨났잖여."

변쌍출이 묻는 말에 박평래가 주머니에서 담배와 라이터를 꺼내 바닥에 내려놓으며 토를 달았다.

"태수 애비 말도 일리가 있구먼. 옛날 애기에 게으른 사람이 죽으면 소로 태어난다는 말이 있잖여. 소가 얼매나 고생을 하믄 그런 말이 생겨났겄어. 평생 고생만 하다, 죽어서도 괴기가 돼서 밥상에 오르잖여. 요새는 하루 종일 늘어지게 여물 먹고 되새김질하는 일밖에 안 항께, 소 팔자가 개 팔자라는 말이 생겨날 만도 하지. 저기 오는 사람이 기팔이 아들 시훈이 아녀?"

"깔 비러 내려오는 모양이구먼."

순배 영감이 느릿한 목소리로 하는 말에 변쌍출이 해룡네집 앞으로 걸어오고 있는 시훈을 보고 말했다. 시훈은 바지게를 얹은 지게를 지고 걸어오고 있다.

"시훈이는 사람 됐어. 츰에 소 멕이러 내려왔을 때만 해도 자가, 과연 소를 멕일 수 있을까? 소 멕인다는 핑계로 노상 학산 가서 술타령이나 하는 것은 아닐까, 하고 걱정 안 한 사람 읎을 껴."

"오죽했으믄 날망집이 역부러 해룡네한테 찾아가서 자기 허락 읎이는 절대로 술을 주믄 안 된다는 당부까지 했을까."

"사람 버리는 것도 하루아침이지만, 정신 차리는 것도 맘먹기에 달려 있능개벼."

"전부 다 그런 것은 아녀. 그릿고개 넘어 박우리 사는 하병팔이 봐. 가는 내가 알기루는 군대 갔다 와서 스물댓 살부터 술 마시기 시작한 거 가텨. 팔순이 다 돼 가는 즈 아부지, 어머는 땡볕에서 모심고 있는데, 저는 대낮부터 술에 췌서 그 동리 들판에 있는 둥구나무 밑에서 곯아떨 어져 있기 일쑤잖어. 내가 알기로는 그래도 자식이라고는 가 하나뻭에 읎어서 정신 차리게 할라고 여자를 서너 명은 더 데려다 붙였을 껴."

"내가 알기로도 세 명은 넘어. 죄다 한 달도 못 버티고 도망가 버렸잖 여."

"갸가 시훈이 또래는 될 껴."

순배 영감이 박평래와 변쌍출이 바쁠 것 없다는 얼굴로 두런두런 주 고받는 말을 바람결에 듣고 있다가 끼어들었다.

"예, 시훈이 또래는 될 뀨. 가 누이동생 남편은 삼성인가 하는 큰 회 사 부장이라고 하잖여. 가는 즈 오빠하고 딴판이래유."

시훈은 도랑가에 지게를 세워 놓고 잠시도 쉬지 않고 곧장 꼴을 베기 시작한다. 박평래가 땡볕 밑에서 꼴을 베고 있는 시훈을 기특하다는 표 정으로 바라보고 있다가 말했다.

"순전히 독학으로 대학을 졸업했다는 말은 들은 거 가텨."

순배 영감은 점심을 부실하게 먹었더니 배가 촐촐하다. 해룡네 집에 가서 시원한 막걸리 한 대접을 들이켜면 배가 불룩 일어설 것 같다고 생각하며 마른입을 짭짭 다셨다.

"저기 오는 사람이 오 씨 아녀?"

변쌍출은 무심코 둥구나무거리 쪽을 바라봤다. 오 씨가 다리를 동동 걷어 올린 핫바지 차림에 시훈이처럼 바지게를 얹은 지게를 지고 방천 길 쪽으로 걸어오고 있다.

"왜, 아녀. 오 씨도 깔 베러 가는 모양이구먼."

"시훈이하고 입을 맞췄능개비구먼. 시훈이하고 오 씨하고 아삼육이잖여. 게을러터진 오 씨도 소를 멕이는 걸 봉께, 시훈이하고 통하는 모냥여."

"하긴, 지 딴에는 영동에서 통일주체국민회의 대의원까지 했는데 광배나 철재하고 어울릴 수는 읎잖아. 나이가 한 살이라도 많은 사람하고 어울려야지."

"시훈이도 통일주체국민회의 대의원인가 하는 그거를 안 했으믄 영동에서 부자가 누구냐고, 떵떵거리며 먹고살 건데, 괜히 정치 바람이 불어서 그 멀다는 독일 가서 벌어 온 돈 죄다 까먹고 사람 폐인 다 됐었잖여."

"폐인이 된 것이 기팔이 말로는 강원도에 있는 사북인가 하는 탄광에서 탄 캐다가 데모대로 몰려서, 보안 대원들인가, 안전기획부에서 나온 사람들한테 떡이 되도록 은어맞은 담부터라잖유. 시훈이는 데모를 하지도 않았는데, 어쩌다 봉께 맨 앞에 서 있드래유. 양옆이며 뒤에 있는 사람들이 생존권을 보장하라, 어용노조는 물러가라고 꽘을 지르고 있길래 가만히 서 있을 수가 읎어서, 쇠주도 몇 잔 먹은 김에 같이 떠들었대유. 난중에 봉께 그런 모습을 저쪽에 있는 경찰이며 안전기획부에서 나온 사람이 사진을 찍어 놨드래유. 난 데모하고 싶은 생각이 손톱맨큼도 읎다. 나는 나라를 위해 딸라를 벌어들일라고 독일까지 가서 탄을 캤던 사람이다, 라고 말해도 소용이 없었다잖유. 자루를 머리에 뒤집어씌워 놓고 무작정 몽둥이로 두들기기 시작하는데 얼마나 맞았는지 깨 보니께, 온몸 여기저기 깨지고 부러지고 쑤셔서 굴신도 못 하겠드래유."

"이틀인가 사흘 동안 매타작을 당하다가, 용케 통일주체국민회의 대의원질을 해 먹었던 것이 떠올랐대유. 그래서 내가 이래 뵈도 통일주체국민회의 대의원이었던 사람이다. 당장 신원 조회를 해 보믄 알겠지만 두 번째 선거에 가서 쫄딱 망해서 돈 벌라고 탄이나 캐러 온 사람이다. 대통령을 직접 뽑았던 사람이 미쳤다고 데모를 하겠냐고 울면서 빌었대유. 그랑께 일단 고문을 멈추드니, 병원으로 보내서 나흘 동안 입원시켰다가 내보내드래유."

"시훈이는 통일주체국민회의 대의원 땜시 쫄딱 망했다가, 통일주체국민회의 대의원 땜시 목숨을 살렸구먼."

상규네가 광주리를 이고 집을 나서서 방천길 쪽으로 걸어온다. 순배 영감은 필시 막걸리나 찐 감자, 혹은 작년 가을에 산에서 주워 와서 보관하고 있던 도토리묵이든 요기할 것을 들고 올 것이라는 생각에 입안 가득 군침이 도는 것을 느꼈다.

"기팔이 말로는 줏대가 없어서 그렇대유. 기팔이가 그라는데 시훈이는 돈 좀 벌어서 편하게 살라고 하믄 꼭 옆에서 누군가 꼬신다는 거유. 츰에는 서울에서 돈 잘 벌 때, 처갓집 동네 사람이 여관을 하자는 꾐에 넘어가서 사기를 당했고, 두 번째는 영동에서 돈 좀 벌어서 살 만하니께, 의원님이 통일주체국민회의 대의원 선거에 나서라고 해서 쫄딱 망했다잖유. 요번이 세 번째래유. 요번에 소를 키워서 기반이 닦이믄 절대로 한눈 안 팔고, 크게 목장을 할 거라고 그라데유."

변쌍출도 광주리를 머리에 이고 원두막 쪽으로 걸어오고 있는 상규네를 바라보며 군침을 삼켰다.

"자네, 말을 들어 봉께 웃기는구먼. 위원님이 꼬시기는 누굴 꼬셔. 잘되믄 지 탓이고 안 되믄 조상 탓이라고 하는 말이 왜 생겼는지 알겠구먼. 아! 의원님 덕분에 모산 촌놈이 넥타이 매고 통일주체국민회의 대의원이랍시고, 군수실이며 경찰서장실을 맘대로 들락거리며 유지 행세할 때는 지가 잘나서 그라고 댕긴 거이고, 선거에서 떨어진 거는 의원님 탓이라는 것이 말이나 되능 겨. 가만히 보믄 기팔이 그 사람 저 편한 대로 말하는 데는 선수랑께……."

박평래는 볼멘 목소리로 말하다가 상규네가 원두막 앞에서 멈추는 것을 보고 입을 다물었다.

"해가 깅께, 배도 빨리 꺼지는 거 같지 않아유? 나이 드시믄 뭐니 뭐니 해도 속이 든든해야 하잖유. 그래서 탁주 한 되하고, 굴밤묵 좀 썰어 왔슈. 술 드시고 그릇이랑 주전자는 꽝우리에 그냥 담아 두세유. 지가 난중에 과수원에 볼일 보고 와서 갖고 갈 팅께유."

상규네가 광주리를 원두막에 내려놓았다. 술 주전자와 잔부터 먼저 꺼냈다. 도토리묵을 푸짐하게 담은 접시를 내놓았다. 먹기 좋은 크기로 썬 도토리묵을 미나리, 쑥갓, 상추, 골파와 함께 간장, 고춧가루로 버무리고, 참기름을 살짝 뿌려서 바라만 봐도 고소한 냄새가 코를 자극한다.

"애비나 주지……."

박평래가 침을 삼키며 바쁘게 주전자를 들었다.

"그 양반은 철용이 아부지하고 드시고 계슈. 그람 찬찬히 드셔유."

상규네는 광주리를 이고 올 때 똬리로 사용했던 수건을 펴서 땀을 닦으며 왔던 길로 되돌아갔다.

시훈은 바지게가 수북하게 꼴을 베 놓고 오 씨를 바라봤다. 늦게 도착한 오 씨는 낫이 보이지 않도록 능숙하게 풀을 베고 있다.

"쫌 도와줄까유?"

"아녀, 난 한 마리밲에 읎잖여. 다 볏으믄 선한 물에 땀이나 닦아."

오 씨는 낫을 눕혀서 손목만 이용해 빠르게 베어 버린 풀 한 아름을 안고 일어섰다. 그는 풀 더미를 바지게에 얹고 나서 이마에 맺힌 땀을 닦으며 시훈을 바라봤다. 시훈은 소가 네 마리다. 바지게에 수북이 쌓인 풀이 넘어지지 않도록 대충 끈으로 얽어매고 있다.

"백지장도 맞들면 낫다고 하잖유."

시훈은 오 씨가 꼴을 베고 있는데 혼자 도랑에 들어가 머리를 감는 것도 이상해서 낫을 들고 풀이 있는 곳으로 갔다.

오 씨는 시훈이 도와준 덕분에 금방 베려던 양만큼 꼴을 벴다. 낫을 지게에 꽂아 놓고 도랑가로 가며 물었다.

"요새는 소 값이 얼매나 한댜?"

"소 값이 좀 떨어졌다고 하드만유."

"그려, 너도나도 소를 멕잉께 소 값이 오르지는 않을 껴."

오 씨는 도랑가 앞에서 티셔츠를 훌렁 벗었다. 뒤춤에 차고 있던 수건을 빼서 들고 텀벙거리며 도랑 안으로 들어갔다.

"아부지가 그라시는데 원래 모심고 나서 이맘때믄 소 값이 내린대유. 가실에는 또 오르겠쥬."

시훈이도 윗도리를 훌렁 벗어 버리고 도랑 안으로 들어갔다. 물속에 담근 발등 위에서 햇살이 어른거리는 것을 바라보며 허리를 숙였다.

"어! 차가."

오 씨는 머리를 감기 전에 양손으로 가슴에 물을 끼얹었다. 차가운 물에 더위가 확 달아나는 것을 느끼며 팔목부터 씻기 시작했다.

"등에 물 끼얹어 줄까유?"

"좋지."

시훈은 오 씨 옆으로 갔다. 고무신을 벗어서 엎드려 있는 오 씨 등에 물을 끼얹기 시작했다.

"요새도 영동 나가는 것이 거시기 한 겨?"

오 씨가 시훈에게 엎드리라고 했다. 시훈의 등에 물을 끼얹어 주며 물었다.

"영동 나가도 알아보는 사람도 읎슈. 어쩌다 군청 직원들이 만나면 의원님 아니시냐고 인사를 하기는 하지만, 딴 사람들은 어떤 촌놈이 지나가는가 보다, 라고 생각하는 거 가튜."

"그려, 국회의원 선거에서 떨어지고 나서도 저 잘난 맛에 낯짝을 바짝 치켜들고 질바닥을 활보하는 사람들이 한둘인가?"

"국회의원들이야 원체 가진 돈이 있응께. 떨어져도 그만 붙어도 그만이지만……."

시훈은 머리를 감기 시작했다. 비누를 가져오지 않아서 물속에 머리카락을 담그고 몇 번 문지르는 것으로 끝내고 일어섰다. 박태수네 원두막에서 순배 영감이며 변쌍출과 박평래가 막걸리를 마시고 있는 모습이 눈에 띄었다.

"자네도 국회의원 선거에 나가지. 왜 해필이믄 대의원 선거에 나갔나?"

오 씨는 도랑 밖으로 나가면서 수건으로 머리카락의 물기를 닦았다.

"대통령 선거에는 못 나가유? 그 웬수 같은 돈만 있으면……."

시훈은 수건을 가져오지 않았다. 밖으로 나가서 티셔츠를 집어 머리카락의 물기를 대충 문질렀다.

"그려, 그놈의 돈이 문제지. 하지만 나 같으믄 아무리 돈이 많아도 정치는 안 하겠어."

오 씨는 넓적한 돌멩이를 들고 도랑가로 가서 발을 물에 담그고 앉았다.

"생각 잘했슈. 나는 정치라고 할 것까지는 읎지만 그 근방에서 논 적이 있잖유. 그기 마약이나 다름읎슈. 생각해 봐유. 무슨 행사가 있을 때마다 가슴에 꽃을 꽂고 맨 앞에 앉아서 유지 행세를 하잖유. 군청에 가믄 과장들이 벌떡 일어서서 의원님 오셨슈 하고 정월 초하루는 저리 가라 하는 식으로 인사를 하잖유. 저녁에는 유지들과 맥줏집으로 워디로 댕김서 술 마시느라 도끼 자루 썩는 줄 모른다믄 말 다했쥬 머."

"그때가 장시훈 일생일대의 전성기였구먼."

오 씨가 물속에서 흰색 차돌을 꺼내 만지작거리며 웃었다.

"워티게 생각하믄 전성기였고, 또 워티게 생각하믄 쥐약인 셈이유. 내 주제에 군수하고 경찰서장이며 국회의원들하고 한 방에 앉아서 술잔을 돌렸던 것을 생각하믄 전성기였고, 그런 맛을 보지 않았으믄 두 번째 선거에 안 나갔을 거잖유. 대의원을 안 했으믄 영동에서 의용소방대원으로, 양곡협회 총무로 그냥저냥 남 못지않게 사회생활 하면서 돈 아쉬운 줄 모르고 살았을 거잖유."

시훈은 물속에 담근 발 위로 손톱 크기의 송사리들이 왔다 갔다 하는 광경을 가만히 들여다보며 말했다.

"나야, 혼자 몸이라 이렇게 살든 저렇게 살든 세월만 보내면 그만이지만 시훈이는 안 그렇잖여. 지난 세월은 액땜으로 친다고 해도, 앞으로는 어떻든 여물게 살아야 늙어서 고생 안 하는 거여."

"저놈의 소만 열심히 키우면 돼유. 이번에는 참말로 딴생각 안 할 거유. 새벽마다 어머가 일어나서 밥하는 모습을 볼 때마다 죄짓고 사는 기분이 들어서 밥 먹기도 미안해 죽겠드랑께유. 며느리가 차린 밥상을 받아야 할 나이에, 소 멕인다고 혼자 내려와 있는 자식을 바라보는 부모 심정이 워떻겠슈."

"난 왜정 때 부모 다 돌아가신 후로 쭉 혼자 살아와서 잘 모르겠지만 말여. 일단 장가를 갔으면 가족을 책임지고 부양해야 한다고 봐. 장가가서는 부모한테 효도도 따로 읎어. 물론 돈이 있으믄 철 따라 옷 해 드리고, 봄가을로 꽃놀이며 단풍 귀경시켜 드리믄 더읎이 좋은 거지. 하지만 마누라하고 자식 잘 건사하고 건강하게 살고 있으면 그것이 바로 효도하는 길이라고 봐. 니 생각은 어뗘?"

"맞는 말유. 애먼 일에 신경 안 쓰고 집안일에만 신경 쓰면서 사는 것이 젤 속 편한 일인데, 내가 그걸 모르고 깨춤을 추고 있었으니 이 나이에 부모 그늘 밑에서 소나 멕이고 있잖유."

"안직 살아갈 날이 많이 남았응께 시방이라도 알믄 됐어. 그라고 모산 내려와서 술도 들 마시고, 몸도 이렇게 좋아졌응께 집 식구하고 자식들이 얼매나 좋아하겄어. 아들내미는 올게 대학교에 들어갔담서?

"딸내미가 학비 대는 걸로 하고 입학했슈. 난중에 대학 졸업하고 취직하믄 지 동생 은공을 갚아야 하니까 빚으로 공부를 하는 셈이쥬."

"동기간에 먼 빚여. 동생이 오빠 공부 갈치고 싶어서 등록금을 내주는 건데……."

"나도 츰에는 그렇게 생각했슈. 그란데 내가 동생한테 워낙 빚을 많이 지고 봉께, 동기간에 돈으로 피해를 주면 안 된다는 생각이 들데유."

"소 멕여서 돈 벌면 갚아. 그렇게 생각하고 있으면 편햐."

"그렇지 않아도 돈을 벌면 젤 먼저 경훈이한테 빚진 돈부터 갚을 생각유. 아저씨는 돈 벌어서 머할 생각유?"

"난 전축이나 괜찮은 걸로 하나 장만할 생각여. 요새는 바늘이 읎는 전축이 유행이라고 하드만."

"에이, 전축이 워티게 바늘 읎이 돌아간데유? 그런 전축도 있슈?"

"나보다 젊은 사람이 그렇게 정보가 어두워서야. 전축판이 손바닥만 햐. 바늘 대신 레이저로 쐈서 재생하는데, 소리가 요새 레코드판보다 훨씬 좋다드만. 괜찮은 것은 한 오십만 원씩 한다고 하드만."

"그라고 봉께 나도 본 거 가튜. 그건 레코드판이라고 안 부르고 디스크라고 부르던데, 소리가 엄청 깨끗하다고 하데유."

시훈은 일어서서 엉덩이를 털며 소를 매 놓은 쪽을 바라봤다. 송아지가 하루가 다르게 몸을 불려서 중소 이상은 된다. 소는 일 년이 넘으면 임신할 수 있다. 모두 암소니까, 송아지를 네 마리 낳을 것이다. 그 송아지들을 팔아서 대출금을 갚으면 암소 네 마리가 온전히 떨어진다는 결론이다.

이 년 후면 여덟 마리가 된다는 결론인가?

소 여덟 마리만 길러도 논 열 마지기 농사짓는 것보다 훨씬 이익이다. 사백 킬로가 넘으면 팔아 버리고, 송아지를 입식해서 키우다 보면 적어

도 오 년만 고생하면 스무 마리 정도로는 충분히 늘릴 수 있다는 생각
이 들면서 은근히 가슴이 펴지는 것을 느꼈다.

남자는 나이가 들면 살이 빠진다고 한다. 이동하는 나이가 들수록 살
이 찌는 것 같아서 고민이다. 요즘은 살이 너무 쪄서 반듯이 앉아 있는
것도 여간 힘든 것이 아니다. 그래서 국회에서 대정부 질문을 할 때나,
감사 때 텔레비전 생중계를 하는 날이 제일 고역이다. 텔레비전 화면에
안 나갈 때야 엎드려 있든 의자에 비스듬히 누워 있든 자세가 그게 뭐
냐고 꼬집어 말할 사람이 없지만, 국민들 앞에서는 성실한 모습을 보여
줘야 하기 때문이다.

요즘 들어서 국회 사무실이든, 영동 지구당 사무실이든 내 사무실에
있을 때는 결재하거나 귀한 손님을 접대할 때를 제외하면 거의 비스듬
하게 앉는 것이 습관처럼 되어 버렸다. 하지만 오늘은 팔자 좋게 비스듬
하게 누워 있을 때가 아니었다. 어떡하든 송미향이 윤석중한테 붙어서
협박하고 있는 걸 막지 못하면 내년 2월에 있을 국회의원 선거에서 참
패를 당할 것이 분명하다.

죽일 년!

단순히 패한다면 유권자들이 나이도 있고 하니까 선거에서 질 수도
있다고 판단할 수 있을 것이다. 그러나 송미향 때문에 참패를 당하면 다
늙어 빠진 것이, 비서하고 놀아난 것이 들켜서 참패했다고 후대에까지
국회의원 선거 때마다 사람들 입방아에 오르내릴 것이다.

"절대로 비서하고 놀아나서는 안 되는 거여. 이동하 짝 나면 개망신당
항께."

어쩌면 국회의원 후보들이 자신의 이름 석 자를 계집질의 말로가 어떻게 되느냐에 관한 확실한 교본으로 삼을 지도 모를 일이다. 국가와 민족을 위해 4선 국회의원까지 한 공로로 훈장을 받고 정계에서 은퇴하지는 못할망정 송미향 때문에 불명예스럽게 퇴진할 수는 없다는 생각을 하면 너무 분노가 치밀어 호흡이 가빠질 지경이다.

송미향 사건이 터진 것은 열흘 전이다. 그날은 마침 논현동에 세운 20층짜리 송산빌딩 준공식 날이었다.

준공식은 점심시간에 맞춰 오전 11시 30분에 하기로 했다. 준공식이라고 해서 원갑룡 의원이나 누가 격려사를 하고, 구청장이 축사를 하는 것은 아니다. 건물 입구에 쳐 놓은 테이프를 가위로 끊고 들어가서 1층 로비며, 엘리베이터며 최신식으로 지은 화장실이라든지 사무실 내부를 대충 구경한 후에 근처에 있는 호텔에서 점심 식사를 하는 것으로 끝낼 생각이었다.

"이 의원 논현동에 이 정도 빌딩을 가지고 있으면 다음 국회 때 상임위원장 자리는 차려 놓은 밥상이나 마찬가지겠습니다."

테이프 커팅을 하고 건물 안으로 30여 명의 초청객들 중에 앞장서 들어간 원갑룡은 연신 침을 삼켰다. 그도 그럴 수밖에 없는 것은 논현동에 20층짜리 빌딩 한 채만 가지고 있으면 죽는 그 순간까지 돈 걱정은 하지 않아도 되는 것은 물론이고, 의원님 소리를 죽은 후에도 들을 수 있기 때문일 것이다.

"고향에 있는 건설 회사에서 번 돈으로 옛날에 땅을 조금 사 놨슈. 그것이 운때가 맞아서 삘딩이 됐구면유."

원갑룡이 너무 침을 흘리는 모습을 보니까 괜히 죄지은 것처럼 민망스러웠다. 11월에 준공되는 신사동 20층짜리 빌딩 준공식은 취소해야겠다는 생각이 들었다.

"이 정도 빌딩은 얼마나 합니까?"

"모르겠슈. 요새는 경제가 하루가 다르게 발전하고 있응께 부동산 가격도 건물 시공할 때 다르고, 준공하고 나서 달라서……"

원갑룡이 아니었다면 "한 이백억 할라나? 그것보다 더 나가면 더 나가지, 들 나가지는 않을 规."라고 거드름을 피웠을 것이다. 하지만 말하지 않아도 원갑룡은 가격을 짐작하고 있을 것이다. 불난 집에 부채질할 필요는 없다는 생각에 말꼬리를 흐리며 구청장에게 시선을 돌렸다.

"대단하십니다. 사무실이 거의 찼군요."

연신 부러움을 감추지 못하는 얼굴로 따라다니던 구청장이 고개를 끄덕이며 말했다.

"대단하긴유. 재수가 좋았을 뿐유……"

고현수가 아니었다면 강남의 요지라 할 수 있는 논현동에 빌딩은커녕, 땅 한 평 소유하지 못했을 것을 생각하니까 너무 고마웠다. 오늘 같은 날 참석했더라면 금상첨화였을 것이라는 생각이 들어서 흐뭇하게 웃었다.

하중태로부터 전화가 온 것은 호텔에 도착해서 막 건배를 하고 난 다음이었다. 술을 마시려고 하는데 종업원이 다가와서 전화가 왔다고 귓속말로 속삭이며 카폰을 갖다 줬다.

"허! 이런 데까지 전화가 오는 걸 보니, 이 의원님도 거물이 되셨구먼."

호텔 레스토랑으로 전화가 올 리 없다는 점에 놀랄 틈도 없이 옆자리의 원갑룡이 놀란 목소리로 중얼거렸다. 그런 원갑룡 앞에서 나한테 온 전화가 맞느냐고 반문할 수가 없었다.

"차에 무선즌화기가 있슈. 글로 즌화가 온 걸 여기로 연결시켜 준 거 같구먼유."

식사 시간에 전화할 정도면 보통 급한 일이 아닐 것이다. 손에 땀이 날 지경인데 원갑룡이 군침을 삼키며 속삭였다.

"한 대에 삼백만 원 한다는 무선전화기를 설치했단 말요?"

"의원님 차에는 설치가 안 됐슈?"

"저야 국회의원 세비로 먹고사는 가난한 정치인 아닙니까?"

"알겠슈, 지가 난중에 찾아뵐게유. 저쪽에 가서 즌화 좀 받고 올게유."

원갑룡한테 삼백만 원짜리 무선전화기 한 대를 기증할 수밖에 없다고 생각하며 카폰을 들고 일어섰다.

"의원님, 듣고만 계십시오. 영동 지구당 사무실에 있는 송미향이라는 년이 윤석중에게 붙은 모양입니다."

"윤석중에게 붙었다니? 송미향이 재혼이라도 했단 말여?"

전화는 하중태에게서 온 것이다. 송미향이 윤석중에게 붙었다는 말이 불안하게 와 닿아서 의식적으로 가볍게 반문했다.

"자세한 것은 모르지만, 의원님하고의 관계를 불어 버리겠다는 전화가 왔습니다. 윤석중에게서 직접 말입니다."

"그 미친년이 나하고 먼 관계가 있다는 거여? 지구당 비서하고 국회의원 사이믄 영광인 줄 알아야지."

"말씀드리기 송구스럽지만 의원님 사무실에서 있었던 일이랑, 대전 유성 호텔에서 있었던 일을 죄다 불어 버리겠답니다."

"미친년이 따로 읎구먼. 그래서 자네가 뭐라고 했남?"

송미향이 서울로 데리고 가 달라고 사정하기에 2년 전부터 육체 관계를 끊었다. 관계를 끊은 후에도 둘만 있을 때마다 서울행을 요구했었다. 차일피일 미뤘더니 앙심을 품고 배신했다는 생각이 들면서 이가 갈렸다.

"일단 의원님하고 상의해 본 후에 전화하겠다고 했습니다."

"그년이 죽을라고 아주 빽을 쓰는구먼. 명예훼손죄로 집어 처넣을 방법은 읎나?"

"저쪽에서 무슨 증거를 가지고 있다면, 오히려 무고죄로 당할 수도 있습니다. 일단 영동에 내려가서 상황을 판단해 보고 결정하는 것이……."

"알겠구먼."

전화를 끊고 나니까 하필이면 오늘 같은 날 초를 칠 것이 뭐냐는 생각에 들어서 카폰을 내던지고 싶었다. 하지만 축하객들이 바라보고 있는 상황이라서 그럴 수가 없었다. 카폰을 점잖게 종업원에게 내밀고 허허 웃는 얼굴로 자리로 돌아갔다.

"의원님 송구스럽습니다. 이년을 감쪽같이 읎애 버릴라고 눈이 벌개지도록 찾아댕겼지만, 그림자도 찾을 수 읎습니다. 의원님 사위분이 청와대 계신 것 땜시 숨어도 아주 꽁꽁 숨어 버렸슈."

영동으로 내려가서 지구당 사무실에 들어오자마자 여도환이 죽을죄를 졌다는 얼굴로 고개를 조아렸다.

"그년한테 그만한 머리는 안 돌아가. 윤석중 놈이 시켰겄지. 까닥 잘못하믄 저도 죽은 목숨이나 마찬가징께 여간해서 들킬 수 읎는 곳으로 빼돌렸을 껴."

생각 같아서는 맨날 붙어 있으면서 그년이 딴생각하고 있는 걸 몰랐다는 것이 말이나 되느냐고 여도환을 다그치고 싶었다. 하지만 여도환을 다그쳐 봐야 누워서 침 뱉기라는 생각에 벌겋게 화가 난 얼굴로 사무실로 들어갔다.

"일단, 윤석중 그 새끼를 만나 봐. 뭘 갖고 있는지 이쪽에서 알아야 대책을 세울 거잖여."

하중태를 즉시 윤석중에게 보내고 사무실에 혼자 앉아서 곰곰이 생각해 보니 너무 화가 나서 배은망덕한 년이라는 말만 떠오를 뿐 다른 생각은 나지 않았다.

이년을 그냥 감쪽같이 납치해서 흑산도로 보내 버려? 아니지. 들례 같은 년은 근본이 없는 년이라서 흑산도에 보내도 상관없었지만 이년이 갑자기 증발해 버리믄 나를 의심할 것이잖여.

호사다마라고 했던가. 불과 몇 억의 종잣돈으로 강남에 빌딩을 두 채나 세웠다는 기쁨은 온데간데없고 송미향의 뱅글뱅글 웃는 얼굴이 자꾸 떠올라서 가슴이 답답할 지경이었다.

이럴 줄 알았으믄 들례 그년을 그렇게 야박하게 내치는 것이 아닌데……

돌이켜 보면 들례는 굴러들어 온 호박이나 다름없었다. 천치 바보는 아닌데 돈 욕심도 없고, 집에서 기르는 강아지처럼 발로 차면 차는 대로, 턱을 살살 긁어 주며 귀여워해 주면 더없이 행복해한다. 이불 속에서도 송미향처럼 뼈마디가 굳어 있지 않다. 마치 연체동물처럼 흐느적거리며 몸에 찰싹 달라붙어서 상류로 뛰어오르는 연어처럼 버둥거린다.

아녀, 들례는 부평초처름 떠돌 팔장께, 내칠 수백에 읎었겄지. 내가 내치지 않으면 딴 놈이 내쳐도 내쳤을 거여. 은혜를 모르는 이년을 위티게 잡아 처죽여야 내 속이 풀리지…….

송미향이 배신할 줄은 꿈에도 생각 못 했다. 국회의원 선거에서 떨어져 민간인 신분으로 있을 때도 송산건설에서 꼬박꼬박 월급을 줬다. 이혼녀가 성적으로 굶주리면 안 된다는 생각에 수시로 짓눌러 줬다. 그런데도 서울로 안 데리고 갔다는 점 때문에 배신했다는 걸 생각하면, 과부가 치마 걷어 올려 주고 뺨 맞았을 때가 이런 심정일 것 같았다.

"의원님, 윤석중을 만나고 왔습니다."

하중태가 긴장한 얼굴로 들어와서 조심스럽게 소파에 앉았다.

"그놈이 어디까지 알고 있나?"

"의원님이 짐작하고 계신 것보다 훨씬 자세히 알고 있습니다. 그년이 죽기 살기로 다 까발린 모양입니다."

"그래?"

이동하는 눈을 감고 소파에 비스듬하게 누웠다. 도대체 어디까지 알고 있는지 감을 잡을 수가 없었다. 남녀 관계라는 것이 백이면 백 다 그렇다. 더구나 불륜이라는 것이 남들 모르게 도둑고양이처럼 숨어 다니며 합궁하다 보니 흔적을 남기려면 무한정 남길 수 있고, 흔적을 감추려면 감쪽같이 감출 수 있어서 감을 잡을 수가 없었다.

사람 환장하겠구먼. 고 서방한테 부탁하면 식은 죽 먹기로 년을 찾아낼 수 있었지만……. 체면이 말이 아니고, 애자 귀에 들어갔다가는 당장 국회의원 그만두라고 팔팔 뛸 테지……. 아녀, 고 서방이라고 바람을 안 피울까. 남자는 숟가락 들 심만 있으믄 한눈판다는 말이 괜히 생겨난 게 아니잖여. 확 까불러 버리고 년을 찾아서 감쪽같이 없애 버려? 아녀, 다행히 년을 찾으면 좋지만, 청와대 아니라 안전기획부에서도 못 찾을 곳에 숨어 버렸다면, 망신은 망신대로 당하고, 국회의원 자리는 민들레 홀씨처럼 날아가 버릴 테지…….

무언가 깊게 생각해 보면 판을 뒤덮을 수가 나올 것 같기도 하고, 어떻게 생각해 보면 정치 인생이 여기서 끝날 것 같기도 해서 혼란스럽기만 했다. 하지만 승우에게 최소한 몇 천억 원의 재산을 남기려면 이 상황에서 벗어나야 한다는 생각에 입술을 다물고 계속 해법을 찾았다.

하중태는 윤석중하고 헤어지자마자 먼저 집으로 갔다. 안전기획부에 근무할 때 사용하던 녹음기를 챙겨 들고 발바닥에 땀이 나도록 달려왔더니 목이 말랐다. 시원한 냉수 한 그릇 마셨으면 좋겠다고 생각하다 이내 마음속으로 고개를 저었다.

그래, 나도 언제 개밥에 도토리가 되지 말라는 법은 없어.

지금 주머니 속에서는 안전기획부에 근무할 때 사용하던 일제 소니 녹음기가 돌아가고 있다. 윤석중과 대화하면서 만일에 대비해 보험을 들어 놓지 않으면 언젠가 자신 역시 송미향의 신세가 될지도 모른다는 점을 느꼈다. 그래서 녹음을 하고 있다는 걸 들켰다가는, 진노한 이동하가 자신을 알거지로 만들 것이라는 생각에 목마른 것쯤은 얼마든지 참을 수가 있었다.

"윤석중 그 새카맣게 어린 놈이 뭘 원하고 있는 거여?"

"죄송하지만 무슨 말씀이신지?"

하중태는 이동하가 꼼짝달싹하지 못할 증거를 확보하기 위해 뜨거운 침을 삼키면서 반문했다.

"젠장, 송미향 그년이 윤석중한테 붙었을 때는 최소한 몇 천만 원은 보장 받았을 거잖여. 윤석중 그 놈이 몇 천만 원을 투자했을 때야 나한테 요구하는 것이 있었을 거 아녀?"

"송구스러운 말씀입니다만 의원님이 출마를 포기하시면 송미향과 몇 년 동안 불륜을 저질렀던 일을……."

하중태는 일부러 이동하를 자극할 만한 말을 골라 하면서도 차마 입에 담을 수 없다는 표정으로 말꼬리를 흐렸다.

"불륜이라니? 그놈 입으로 내가 그년하고 불륜을 저질렀다고 했단 말여?"

이동하가 행여 말이 밖으로 새어 나갈지 모른다는 생각에 목소리를 줄이며 물었다.

"의원님이 서울로 데리고 가서서 살림을 차려 주겠다는……."

"내가 송미향 그년하고 살림을 차리겠다고 했단 말여?"

"예, 유성에 있는 호텔에서 집이며 냉장고며 전축이랑 텔레비전도 사주겠다고."

"내가 그런 말을 했단 말이지?"

이동하는 너무 화가 나서 피가 거꾸로 흐르는 것 같았다. 한편으로는 이년이 대관절 어디까지 털어놓은 것인가, 너무 궁금해서 미쳐 버릴 것 같기도 했다.

"윤석중 그놈 말이, 만약 출마를 포기하지 않으면 의원님과 송미향 사이에 있었던 일을 녹음한 테이프를 먼저 따님들에게 보내겠답니다. 이 검사님이 근무하는 검찰청의 청장에게도 보내고, 청와대에도 보내겠답니다. 그래도 효과가 없으면 그때는 테이프를 수백 개 복사해서 영동하고 옥천, 보은 시내에 뿌리겠답니다."

"죽일 놈들! 남자가 여자하고 바람 좀 피울 수 있지. 치사하게 그런

약점을 잡아서 날 매장시키겠다는 거여? 더구나 송미향 그년은 내가 거의 이십 년 동안 월급을 주고 데리고 있었던 이혼녀 아녀.”

“의원님, 좋은 소식도 한 가지 있습니다.”

하중태는 이 정도면 소기의 목적을 달성했다는 생각에 갑자기 목소리를 낮추고 긴장한 표정으로 이동하를 바라봤다.

“뭐여? 내가 출마를 포기하믄 그년이 있는 곳을 알려 주기라도 하겠다는 소식여?”

이동하도 화를 짓누르며 허리를 펴고 하중태를 가까이서 바라봤다.

“맞습니다. 의원님이 출마를 포기하시면 송미향 있는 곳을 찍어 주겠답니다. 그렇게만 된다면 의원님이 얼마든지 요리하실 수 있고, 후환도 없으실 것 아닙니까?”

“자네, 그걸 말이라고 하나?”

“의원님, 제 생각에는 의원님이 칠순 아니라 팔순까지 현직에 계시면 더없이 좋습니다. 하지만 나이 칠십 넘어서까지 현역 의원으로 활동하시는 것도 좀 그렇지 않습니까. 다음 한 번만 더 하시고 난 후에는 조용히 쉬시면서 그동안 정치를 하시면서 느끼신 점을 자서전으로 만들기도 하고, 여기저기 여행을 다니시면서 쉬시는 것이 어떻겠습니까?”

“그것도 나쁠 것이 없지. 하지만 윤석중 그놈이 악을 쓰고 있는 판국에 그림의 떡 아녀?”

“제게 좋은 생각이 있습니다. 이 기회에 지역구를 옮기는 것도 좋지 않습니까? 위에 손만 쓰시면 지팡이만 꽂아 놔도 당선될 수 있는 지역구가 얼마든지 있습니다. 그쪽으로 가면 선거비용도 지금보다 훨씬 적게 쓰실 수 있습니다. 제가 볼 때 그런 지역구를 찾는 것은 어렵지 않습니다."

"자네 말도 일리가 있구먼. 하지만 그랄라믄 현재 위원장을 쫓아내야 한다는 거 아녀?"

"의원님, 정치에서는 이 등이 필요 없고 인정사정 다 봐주다가는 결코 일 등을 못 합니다. 또, 이 등은 열 번 해도 흔적도 없지만, 일 등은 한 번만 하면 역사에 남습니다."

"하긴, 그건 그려."

이동하는 낙선하고 야인으로 살았던 뼈저린 경험을 해 봤기 때문에 하중태의 말에 공감이 갔다.

"어차피 여기서는 희망이 보이지 않으니까, 일찌감치 옮기는 것이 좋을 듯 싶습니다. 당장 내년이면 선거가 있기 때문에 공천 신청을 받기 전에 마무리해야 합니다."

"그려, 그람 일단 윤석중 놈한테는 시간을 벌어 놓고 추진을 해 보게. 만약 지팡이만 꽂아도 되는 지역구를 못 찾게 되면 여기서 싸우는 수뱍에 읎는 거 아녀?"

"그 점은 걱정하지 않으셔도 됩니다. 제가 윤석중을 다시 만나서 시간 적 여유를 달라고 하겠습니다."

"그려, 위기가 곧 기회라는 말도 있응께 열심히 노력 좀 해 봐."

이동하는 만약 지역구를 옮기게 되면 송미향에게 어떤 죄를 뒤집어씌 우든지 반드시 몇 년 동안 햇빛이 없는 데서 콩밥을 먹게 만들겠다며 이를 바드득 갈았다.

이필수가 거의 2년 만에 전주식당을 찾아왔다. 민초예는 이필수가 찾아오지 않아 연락해 볼 도리가 없었지만, 궁금해하지도 않았다. 텔레비전에서 어선이 침몰했다거나, 바다의 풍랑이 높다는 뉴스가 나올 때마다 '혹시 이 사람이 탄 배가 잘못돼서 바다 귀신이 됐나?'하는 생각이 들면 측은지심에 젖어서 잠시 눈을 감고 자신도 모르게 관세음보살을 읊조렸을 뿐이다.

"장사는 잘되나?"

하루 장사를 마치고 청소를 막 끝냈을 무렵이다. 이필수는 마치 며칠 전에 다녀갔던 사람처럼 태평스럽게 물으며 들어왔다.

"웬일이댜?"

민초예는 한술 더 떠서 이웃에서 놀러 온 친구를 대하는 표정으로 바라봤다.

"배를 팔았잖은가. 놀고먹기도 그렇고 해서 슈퍼를 차렸는데 장사는 그럭저럭 되는 편이네."

"그람 선장님이 아니라 사장님이라고 불러야 하는 거유?"

"슈퍼를 하고 있는데도 선장님이라고 부르더만. 이럴 줄 알았으면 배를 안 파는 건데."

"나도 선장님이라고 부르는 것이 좋아유. 술 한잔 하실 텨?"

"여기 와서 술 안 마시고 자면 잠 잔 거 같지가 않네."

"그람 이 층으로 올라가유."

민초예는 소주 두 병과 안주가 될 만한 것을 챙겨 들고 이필수와 함께 이 층으로 올라갔다.

"어머니 오늘 장사 잘됐슈? 아저씨 오셨네유."

유정이 거실로 나와서 민초예가 들고 있는 술이며 안주를 받다가 뒤따라오는 이필수를 보고 반갑게 인사했다.

"유정이도 올해는 중학생이 됐는가?"

"중학교 일 학년유."

"그려, 여전히 공부 잘하고 있지?"

"일 학년이 오 반까지 있는데 지난번 이 학기 중간고사에서 삼 등을 했슈."

민초예가 주방 앞으로 가서 술상을 차리면서 자랑스럽게 말했다.

"우리 어머니는 중학교 입학 검정고시에 합격했슈. 시방은 고등학교 입학 검정고시 준비 중이래유."

"유정이는 별말을 다 하느만……."

민초예는 중학교 입학 검정고시에 합격했다는 말을 들을 때마다 소녀처럼 얼굴이 붉어지는 것을 느꼈다.

"대단하네. 장족의 발전이구먼……. 참말로 대단한 일을 했네."

이필수는 민초예가 따라 준 소주잔을 들고 민초예를 바라봤다. 눈가에 잔주름이 몇 개 보인다.

표재철 집에서 대낮에 맨발로 뛰쳐나온 지가 바로 엊그제 같은데 벌써 십 년 이상 세월이 흘렀다. 많이 늙었구먼…….

민초예는 천천히 소주잔을 기울이고 있는 이필수의 얼굴을 가만히 바라본다. 내 얼굴도 저렇게 늙었을까. 그해 여름 목포의 표재철 집에서 봤던 이필수의 얼굴은 파도와 풍랑에 당당히 맞설 수 있는 구리빛 얼굴이었다. 그 얼굴은 어디로 갔는지 흔적만 남아 있는 눈 밑의 주름살이 처연하게 와 닿는다.

"내 얼굴에 뭐가 묻었는가?"

이필수가 소주잔을 내려놓고 자기 얼굴을 쓰다듬으면서 물었다.

"세월에 이기는 장사가 읎다는 말이 생각나는구먼유."

민초예는 이필수의 잔을 채워 주었다. 앞에 있는 잔을 들어서 한 모금을 입에 머금었다. 소주 맛을 음미하는 것처럼 입안에 있는 소주를 혀로 굴려서 꿀꺽 소리가 나도록 깊게 삼켰다.

"세월에 이기는 장사가 내 앞에 앉아 있지 않은가?"

"선장님 앞에 앉아 있는 사람 나이가 및 살인지 알기나 하셔유?"

"자네는 그 나이에 중학교 입학 검정고시에 합격하지 않았는가. 그만큼 세월을 이기는 사람도 드물지."

"선장님도 별말씀을 다 하시느만유……."

민초예는 검정고시에 합격했다는 말에 소녀처럼 얼굴을 붉히며 고개를 숙였다. 유정이 아니었다면 검정고시는 꿈도 꾸지 못했을 것이다.

글씨를 자유자재로 읽고 쓸 줄 알면서 새로운 취미가 생겼다. 신문을 구독하면서 아침을 먹고 나서는 신문을 읽는 것으로 하루를 시작했다. 유정이 학교 갈 준비를 하고 제 방에서 나와 말을 걸었다.

"어머니, 공부를 더 하고 싶어서 자꾸 신문을 보는 거여유."

"난 글씨를 맘대로 읽고 내 생각대로 쓸 수 있응께 공부는 다 했다고 보는구먼. 신문은 그냥 심심해서 읽는 거여. 신문을 읽으면 세상이 워티게 돌아간다는 것을 알 수 있잖여."

"어머니, 글씨를 알고 쓰는 것은 시작에 불과해유. 자연이며 과학 책을 읽으면 더 재미있슈. 이 참에 검정고시에 도전해 모시믄 워떻겠슈?"

"검정고시가 머여?"

"돈이 읎거나, 어떤 사정으로 인해서 학교에 댕기지 못한 사람들에게

학교를 졸업한 것과 같다는 자격을 주는 시험이라고 생각하시믄 돼유. 지가 도와 드릴 팅게 중학교 입학 검정고시를 한번 쳐 보믄 워떻겠슈?"

"중학교를 입학할라믄 국민핵교를 졸업해야 하잖여."

"그랑께, 중학교 입학 검정고시에 합격하믄 국민학교를 졸업한 것이나 마찬가지잖유."

"내가 할 수 있을까? 제우 글자나 읽고 쓰는 주제에?"

"요새는 환갑 지난 할머니들도 노인학교에 다니면서 글자를 배워서 검정고시 공부를 한대유."

"그람, 워디 우리 유정이 믿고 한번 해 볼까나?"

처음에 검정고시 공부를 시작할 때는 시험에 합격할 것이라는 믿음이 없었다. 단순히 공부하는 것이 좋아서 시간이 날 때마다 공부했더니, 예상 밖으로 떡하니 시험에 붙었다. 지금도 중학교 입학 검정고시에 합격했다는 통지서를 받은 날을 생각하면 가슴이 마구 뛰면서 괜히 얼굴이 붉어진다.

"그동안 별일 없었는가?"

"참! 인사도 빨리 하신다. 집에 온 지가 얼추 두 시간은 넘은 거 같은데 인제 안부 인사를 하는 거유?"

"자네야, 안부 인사가 필요 없는 사람 아닌가?"

"그람 시방은 왜 안부 인사를 하는 거유?"

민초예는 싱겁게 웃으며 이필수의 빈 잔을 채워 줬다.

"오늘이 마지막 걸음이 될 거 같아서 가만히 생각해 보니까, 자네 집에 들락거리면서 안부 인사 한번 제대로 한 적이 없는 거 같아서 한번 해 보는 거네."

"먼 소리를 한데유?"

민초예가 소주잔을 가만히 입술에 대다 말고 놀란 얼굴로 물었다.

"북망산천 앞두고 철든다고, 언제까지나 도둑처럼 왔다가 바람처럼 사라질 수는 없는 거 아닌가. 늙은 할머를 저 혼자 먹고살라고 내버려 두고 아주 대전에 눌러살든지……."

"철이 들었으믄 늙은 할머니 곁으로 가는 것이 맞아유. 그래야 북망산천에 나무하러 가시믄 지사밥이라도 차려 줄 거 아뉴."

민초예는 이필수의 말을 끊으며 말하고 나서 술잔 끝을 입술에 댔다. 조금 전과 반대로 천천히 잔을 비운 후에야 내려놓았다. 젓가락을 들어서 상 위에 대고 끝을 맞춰 해장국을 먹을 때 내놓는 깍두기 한 점을 입 안에 넣고 소리 나지 않게 씹기 시작했다.

"그래도 나는 여복이 있는 편이네. 남들은 바람나면 첩 등쌀에 몸 축나고, 재산 축나기 일쑤라고 하든데, 나는 안으로 바깥으로 내가 뭘 하든 상관도 안 하고 조용히 기다리는 사람만 있으니 여복이 있는 편이지 않는가?"

"선장님이 양반잉게 하늘이 알아보는 모양이쥬. 날 내려가실 때 여비 좀 드릴 테니까, 암 말 말고 갖고 내려가서유."

"저승 가는 여비를 벌써 줄라고 하는가?"

"선장님이 돈 생길 때마다 달라고 했으면, 원래 나는 돈 욕심이 읎는 사람이 돼 놔서, 안 줄 사람도 아니고 돈 버는 대로 줬을 거 아뉴. 다행인지 불행인지 모르지만 선장님이, 내가 늙었을 때는 돈이 필요할 거라며 한 푼도 챙겨가지 않아서 생긴 땅이잖유. 그 땅값이 솔찮게 올랐슈. 평당 오천 원씩 주고 사 놓은 땅이 삼십만 원 가는 것도 있고 길가 땅은 백만 원 가는 것도 있슈."

"자네 알고 보니 갑부구먼. 갑부가 여비를 준다고 하는데 안 받아 갈 수도 없겠구먼. 얼마나 줄 셈인가?"

"통장에 있는 돈이 천만 원은 될까? 쯤 넘으면 넘었지 천만 원이 안 되지는 않을 규. 돈뭉치를 집에 갖고 가기 위험항께 천만 원짜리 수표 한 장으로 끊어 줄께유."

"자네 시방 머라고 했는가?"

이필수가 자작으로 술을 마시다 말고 놀란 얼굴로 민초예를 바라봤다.

"짝아유?"

"아, 아니. 아까 뭐라고 했는가? 천 원을 주겠다는 말은 아닌 거 가텨서 묻는 말이네."

"천만 원을 드린다고 했슈."

민초예가 눈썹도 까닥 안 하고 태연하게 말했다.

"아, 아닐세. 내가 천만 원을 줘도 시원치 않을 판에 천만 원을 받아 간다는 것이 말이나 되는가?"

"지금 생각해 봉께 워티게 보믄 그 땅이 선장님 땅이 되기도 하느만유. 선장님이 나를 표 사장 집에서 구해 주지 않았다믄 지금쯤 목포 바다 귀신이 되어 있을 거잖유. 감사의 뜻으로 드리는 거니께 거절하지 말고 받아 주세유."

"그람, 이라믄 워떻겠는가? 자네가 다니는 원통사에 시주를 하는 거여. 원통사 스님이 불쌍한 사람들을 많이 돕는다고 했잖여. 거기다 시주를 하는 걸로 하세."

"선장님, 돈 천만 원이 짝다면 짝고 크다믄 큰돈유. 그 큰돈을 원통사에 시주하겠다는 말이 참말유?"

"나는 큰돈은 없네. 하지만 먹고살 만큼은 벌었네. 자식들은 내가 자네한테 들락거리고 있는데도 여전히 날 존경하고, 마누라도 날 하늘 아래 둘도 읎는 지아비로 섬기고 있다네. 슈퍼는 나중에야 어떨지 모르지만 시방은 먹고살 만큼 돈이 나오니까 그렇게 큰돈이 필요하지 않아."

이필수는 미소를 머금은 얼굴로 천천히 잔을 채웠다.

"그럼 이렇게 하는 거는 워떻겠슈?"

민초예는 천만 원이나 되는 거금을 일언지하에 거절하는 이필수가 너무 고마웠다. 어떡하든 도움을 줘야겠다는 생각에 이필수의 시선을 잡아끌었다.

"좌우지간 나는 자네가 주는 돈이라면 십만 원 이상은 안 받는 걸로 하고, 자네 생각을 야기해 보게……"

"내가 원통사에 천만 원을 시주할 테니, 오백만 원이라도 받아 가면 안 되겠슈?"

"자네 뜻을 내가 모르는 것도 아니네. 하지만 내가 그 큰돈을 갖고 있을 명분도 없거니와, 나는 돈이 없어도 마누라와 자식들이 있응께 살아갈 수 있지만 자네는 돈이 없으면 안 되지 않는가? 그러니 성의만 고맙게 받아들이겠네. 생각난 김에 한 가지 물어보세. 작년에 이산가족 찾기 방송에 혹시 아들내미가 나오지 않았는가?"

이필수도 민초예의 성의가 가슴이 뜨거워지도록 고마웠다. 하지만 새벽이며 한밤중이며, 한 달 만에, 어느 때는 몇 개월 만에 불쑥불쑥 찾아와도 언제나 변함없는 마음으로 대해 주었던 민초예의 착한 마음만 받아들이는 것이 도리라고 생각하며 손을 내저었다.

"선장님 생각이 정 그러시믄, 원통사에다 불쌍한 어른들을 보살펴 주는 요양원을 하나 짓겠슈."

민초예는 가슴이 아파서 일부러 이산가족 찾기라는 말은 못 들은 척했다.

"그거 좋겠네. 요양원 설립하는 날 나한테 꼭 연락하게, 내가 아무리 바쁜 일이 있어도 그 날은 찾아올 모양이니까."

"선장님 즌화번호도 모르는데 워디로 즌화를 한데유?"

"여태 내 전화번호도 몰랐나?"

"언지 알키 줬슈?"

"허어! 우리가 남이 아닌 줄 알았는데, 인제 보니 완전히 남이구먼. 내가 앞으로 또 여기를 찾아올 일도 없으니 전화번호를 알려 줌세. 종이하고 볼펜 좀 줘 봐."

민초예가 유정의 방으로 들어가서 볼펜하고 종이를 갖고 나오는데 순길이 엄마가 조심스럽게 들어 왔다.

"안직 안 갔남?"

"사장님한테 드릴 말씀이 있어서유……."

"급한 야기여?"

민초예는 순길이 엄마가 급하게 찾아왔을 때는 그만한 이유가 있을 것 같았다. 종이와 볼펜을 이필수에게 내밀고 순길이 엄마 앞으로 갔다.

"죄송하지만, 식당을 그만둬야 할 거 같아서유……."

순길이 엄마가 신발장 앞에서 이필수의 눈치를 살피며 기어들어 가는 목소리로 말했다.

"식당을 그만두다니? 집안에 무슨 일이 있남?"

"먼 야긴 줄 모르지만, 뒤쫓아 오는 사람이 없으면 들어와서 야기 좀 해 봐요"

"그랴, 먼 일로 식당을 그만둬야 하는지는 몰라도, 일루 들어와서 한 잔하면서 찬찬히 야기해 봐."

민초예는 목척시장 좁은 식당에서부터 한 가족처럼 생각해 왔던 순길 이 엄마가 갑자기 그만둔다니까 걱정이 됐다. 머뭇거리는 순길이 엄마 의 손을 잡고 거실로 들어갔다.

"더 이상 할 말이 읎슈. 사장님한테 죄송하다는 말뵉에……."

순길이 엄마는 거실 안으로 들어가고 싶지가 않았다. 하지만 민초예 가 잡아끄는 통에 술상 앞에 앉으며 고개를 숙였다.

"관두는 거야, 순길이 엄마가 우리 식당에 얽매여 있는 몸도 아닝께 순길이 엄마 맘이라고 하지만, 그동안 같이 지내 왔던 정도 있고 항께 왜 관둘라고 하는지 이유라도 알아야 할 거 아녀."

"그건 맞는 말이네. 가령 월급이 딴 집보다 짝아서 그만둔다든지, 딴 식당으로 욍기려고 간다든지, 몸이 아파서 당분간 쉬고 싶다든지, 어디 먼 곳으로 이사를 가려고 한다든지 하는 이유가 있을 거 아닌가?"

민초예가 순길이 엄마에게 술을 따라 준다. 이필수가 술 따르는 모습 을 바라보며 점잖게 물었다.

"오늘은 맨 떠난다는 사람뵉에 읎구먼. 자, 이 술 한잔 마시고 왜 나 갈라고 하는지 말해 봐. 여길 나간다는 것은 위뜬 이유가 있든지, 순길 이 엄마 편할라고 하는 건데 내가 말릴 이유는 읎잖여."

"사실은, 김 사장이라는 사람이 콩나물 해장국집을 개업한대유. 거기 주방장으로……."

순길이 엄마는 눈을 딱 감고 민초예가 권하는 술잔을 홀짝 비웠다. 안주도 먹지 않고 결심했다는 얼굴로 빠르게 말하기는 했지만 민초예의 눈동자가 커지는 것을 보고 슬그머니 입을 다물었다.

"그랑께?"

민초예가 어이없다는 얼굴로 이필수를 바라봤다.

"그럼, 일종의 스카웃이 되는 거구먼. 월급도 훨씬 많이 받겠구먼."

이필수가 잔잔하게 웃으면서 술병을 들었다. 술병이 비었다는 것을 알고 다른 소주병을 들었다. 젓가락을 이용해서 퐁 소리가 나도록 뚜껑을 열어 자기 잔에 따르기 시작했다.

"콩나물 해장국 끓이는 거야, 순길이 엄마가 십 년 가찹게 했응께 우리 식당에서 파는 거하고 똑같이 만들겠지."

"내 생각에는 절대로 똑같이 만들 수는 없다고 보네……."

민초예가 기운 없는 목소리로 하는 말에 이필수가 술잔을 비우고 나서 깍두기를 먹으며 단정 짓는 목소리로 말했다.

"왜유?"

순길이 엄마가 차마 코웃음을 칠 수가 없어서 굳은 얼굴로 반문했다.

"그거는 말해 줄 수 없지. 여기, 이 사람만 알고 있으니까."

"나는 순길이 엄마가 우리 집에서 끓이는 거하고 똑같이 끓일 수 있다고 보는데유?"

"내가 절대로 못 끓인다고 장담하지."

이필수는 민초예 자신도 모르는 노하우를 잘 알고 있었다. 민초예는 기본적으로 돈을 생각하지 않고 장사를 한다. 따라서 콩나물이며, 김치를 담는 재료나, 소뼈 등을 싱싱하고 비싼 걸로만 사용한다. 다른 식당에서는 민초예처럼 비싼 재료를 사용하지 않을 것이다. 아무리 같은 방법으로 끓여도 전주식당 맛이 나지 않을 것이라고 믿으며 자신 있게 말했다.

"지가, 그동안 보살펴 주신 은혜도 모르고 딴 데로 가는 점은 입이 열 개라도 할 말이 읎슈. 하지만 콩나물 해장국을 한두 해 끓여 본 것도 아녀유. 소뼈를 하루 종일 우려내서, 그 국물에다 콩나물을 넣고 다시 끓여서 생파를 고명으로 얹어 내믄 되는 거 아뉴?"

순길이 엄마는 민초예에게는 할 말이 없었다. 뜬구름처럼 정처 없이 왔다가 사라지는 이필수가 뭔 참견이냐는 얼굴로 반문했다.

"그렇게 간단하게 끓일 수 있는데, 김 사장이라는 사람이 왜 자네를 데리고 가려고 하겠나. 아까도 말했지만 자네를 데리고 갈 때야 월급도 여기보다 많이 주겠다는 조건을 걸었을 거 아닌가?"

"그건 맞는 말씀유. 거기서는 월급을 삼십만 원씩 준다고 했슈. 노는 날도 한 달에 세 번으로 늘려 준대유."

"제우 오만 원 더 받을라고 거기로 간단 말여?"

민초예가 한심하다는 표정으로 순길이 엄마를 바라봤다.

"오만 원이면 적은 돈이 아니네. 일 년이면 육십만 원 돈 아닌가?"

"사장님이 한 달에 오만 원씩 올려 주시믄 김 사장네 식당에 가는 건 읎었던 일로 할 수도 있슈. 쉬는 것은 시방처름 한 달에 두 번씩만 서도 돼유."

"영식이 엄마한테도 말한 겨?"

민초예가 순길이 엄마의 말에는 대답하지 않고 물었다.

“안직 말 안 했슈. 내일 야기할라고······.”

“영식이 엄마는 이번 달부터 오만 원을 올려 줘야겠구먼. 순길이 엄마는 거기 가서 삼십만 원씩 받아.”

이필수가 깍두기를 먹다 말고 재미있다는 얼굴로 민초예를 바라보며 소리 없이 웃었다.

“영식이 엄마는 설거지나 하고 해장국이나 날라 주는 일을 하는데 월급을 올려 줘유?”

“순길이 엄마가 첨부터 해장국 끓일 줄 알았던 것은 아니잖여. 목척시장에 있었을 때는 영식이 엄마가 하는 일을 했었잖여. 그기 머가 다른 건데?”

“그, 그래도 제가 더 오래 있었잖유.”

순길이 엄마가 억울하다는 표정으로 말했다.

“자네는 인제 우리 식당 직원이 아녀. 김 사장네 식당 주방장여. 그라고 내가 나중에 야기해 줄라고 참고 있었던 말이 있구먼.”

“무, 무슨 말씀인데유?”

“순길이 엄마가 언제까지 주방에서 해장국을 끓이며 살 수는 읎잖여. 그래서 내가 나중에 때가 되믄 식당을 하나 차려 줄라고 생각하고 있었구먼. 큰 식당은 못 돼도, 테이블 여섯 개 정도 놓을 수 있는 식당이믄 먹고사는 데는 지장 읎잖여. 하지만 그것도 물 건너갔구먼.”

“차, 참말이유?”

순길이 엄마가 땅을 치며 후회한다는 얼굴로 빠르게 반문했다.

“내가 볼 때 이 사람은 거짓말은 평생 해 보지 않고 사는 사람으로 알고 있네. 작은 식당 하나 정도 차려 줄 여유도 있는 사람으로 보네.”

민초예는 순길이 엄마가 묻는 말에 대답하지 않고 술을 마셨다. 이필수가 안타깝다는 얼굴로 말했다.

"사, 사장님. 지 소, 소견이 좁았슈. 김 사장네 식당 가는 거 읎던 걸로 해 주시믄 안 돼유? 월급도 안 올려 줘도 돼유. 그전대로 받고 일은 더 열심히 할 팅께 한 번만 용서해 줘유."

순길이 엄마는 이러고 있을 때가 아니라고 생각했다. 이필수 앞이든 말든 체면 차릴 때가 아니라는 생각에 무릎을 착 꿇고 앉아서 눈물을 뚝뚝 떨어트리며 두 손을 싹싹 빌었다.

"순길이 엄마가 대신 일할 직원을 구해 놓고 나서, 그만둔다는 말만 했어도 내가 읎었던 일로 해 줄 수 있구먼. 하지만 이기 머여? 날 당장 직원을 구할 수도 읎잖여. 그렇다고 식당 문을 닫을 수도 읎으니 내가 주방에 들어가서 그전처럼 해장국을 끓여 내야 하잖여. 순길이 엄마는 그런 사정을 하나도 안 봐주는데, 왜 내가 순길이 엄마 사정을 봐줘야 하능 겨?"

이필수는 민초예가 용서해 줄 줄 알았다. 그러나 용서는커녕 순길이 엄마가 반박할 수 없을 정도로 조리 있게 말하는 모습을 보고 내심 놀랐다.

시간이 있을 때마다 신문을 본다고 하드니, 식견이 늘었는가?

그럴지도 모른다는 생각이 들었다. 글씨를 알기 전의 민초예는 때 묻지 않은 보살과 같았다. 하지만 매일 신문을 읽다 보니 세상 돌아가는 이치를 터득했을 것이다. 더구나 신문에는 좋은 뉴스보다 안 좋은 뉴스가 더 많이 나온다. 신문을 열심히 탐독하는 사이에 자신도 모르게 세속의 때가 묻었을지도 모른다고 생각했다.

제30장

1
9
8
5
년

위친계

경사는 몰라도 애사 때는 백 프로 참석해서
우리가 상여를 매는 걸로 정해야 해유.
솔직히 동네 젊은이들이 없는 것도 아니고,
딴 동리서 품삯을 주고 상여꾼을 데리고 오는 것도 챙피한 일이잖유.
만약 참석 못 하면 벌금으로 쌀 한 가마니 돈을 내야 하는 거유.

둥구나무거리 주변에는 새마을 사업 전에만 해도 초가집이 옹기종기 모여 있었다. 겨울에 바람이 불면 초가지붕 위에 떨어진 낙엽이 이듬해 이엉을 해 얹을 때까지 붙어 있을 때도 있었다. 식물과 식물의 접착력 때문이다. 슬레이트 지붕으로 개량하고 나서 지붕 위에 낙엽이 달라붙는 일은 없어졌다. 빗물에 씻겨 내려가고 바람에 미끄러져 내려가서 이듬해 봄이 되면 낙엽은 흔적도 없이 사라졌다.

둥구나무거리 풍경에서 지붕만 바뀐 것은 아니다. 둥구나무 밑에서부터 골목길에서는 흙을 밟을 수가 없다. 시멘트로 가려져 버린 둥구나무거리는 겨울이면 더 춥고, 여름이면 더 더웠다. 서리가 내리기 시작하면 바닥에서 냉기가 올라와서 사람들은 일찍 발을 끊었다가, 봄이 가고 여름이 와도 한여름이 돼야 그늘 밑으로 사람들이 모여들었다.

작은설에도 시멘트 포장을 하기 전에는 동네 아이들이며 개들이 뛰어다녔으나, 시멘트 포장을 하고 나서는 냉기를 품은 시멘트 포장 위를 뛰어다니다 행여 미끄러져 무릎이라도 깨질까 봐 조심하는 바람에 둥구나무거리는 찬바람만 고여 있었다.

철용이네 사랑방에는 객지에서 살다가 설을 쇠러 온 경훈과 철용, 광성이와 그 또래들, 상규와 진규, 철재가 둥글게 앉아서 부침에 술잔을 돌리고 있었다.

"철준이는 맨날 짝은설에는 젤 바쁘구먼."

"작년 짝은추석에도 새벽 두 시에 이발이 끝났댜. 그 형은 원래 짝은설이나 짝은추석이 대목이잖여."

상규가 묻는 말에 철재가 젓가락으로 배추전을 찢다가 허리를 펴고 자랑스럽게 말했다.

"철준이는 자식이 몇 명여?"

"딸 하나유. 딸이라서 하나 더 낳는다고 하든데……. 제 술 한잔 받으세유."

철재는 경훈이 묻는 말에 대답하며 술잔을 권했다.

"팔봉이 형님도 오시라고 했지?"

진규가 광배에게 물었다.

"팔봉이 형님하고, 우리 형도 쪼끔 있으믄 내려올 겨."

경훈은 벽에 기대어 두 다리를 쭉 뻗고 있다가 오므리고 상규가 내미는 술잔을 받았다.

"그나저나 오늘 술값은 박사님이 사시는 거여?"

"술은 누가 사믄 어뜌. 모처럼 만에 동네 형님들하고 동생들이 죄다 모였는데 늦게까지 마셔 보쥬, 머."

"아녀, 이따 팔봉이 형님 내려오시믄 우리가 말 안 해도 술 산다고 큰소리칠걸. 우리 동리에서 객지 나간 사람치고 팔봉이 형님이 돈은 젤 많이 벌걸. 남가좌동에 집도 한 채 샀다잖여."

진규가 웃으며 하는 말에 상규가 경훈이 따라 주는 술잔을 받으며 끼어들었다.

"어이, 박사님 연구소가 있는 데가 시내 워디라며?"

철용이 갑자기 생각났다는 얼굴로 물었다.

"광화문 국제극장에서 서대문 가는 쪽으로 뉴욕제과가 있구면, 그 건물 이 층에 보면 배달민족연구소라는 글씨가 붙어 있어. 찾기 쉬웅께 언지 한번 경훈이 형님하고 찾아와. 내가 술 한잔 살 테니까. 아, 올 사월에 국제극장 헐린댜. 그렁께 사월 넘어서 찾아올라믄, 국제극장 자리로 찾아오면 될 껴."

진규가 철용에게 말을 하다가 경훈에게 시선을 돌리고 웃었다.

"우리야, 공짜 술 받아 준다면 광화문이 아니라 일산까지 찾아가는 승질이지…… 요새 대학생들이 하는 말이 태평로는 삼성 땅, 신문로는 현대 땅, 남대문은 대우 땅, 독도만 우리 땅이라고 하는데. 용케 광화문에 둥지를 틀었구면. 그라고 참, 생각난 김에 철재한테 뭣 좀 물어보자. 요즘 소 끔이 어뗘? 아까 형한테 들으니까 소 끔이 별로 안 좋다며?"

"그건 광배한테 물어봐유. 광배가 소 시세에 대해서는 나보다 훨씬 잘 앙께."

철재는 경훈이 묻는 말을 광배에게 넘겼다.

"안 좋아요. 작년 추석 때보다 돈 십만 원 이상은 떨어졌슈. 구정 때는 쫌 오르는가 했더니, 전국적으로 워낙 소를 많이 맥여서 그런지 이삼만 원 오르다 마네. 하긴 우리 동리만 해도 올해 송아지 날 소가 열두 바리유."

"학산까지 팔자 좋기로 소문이 난 오 씨 아저씨도 소를 맥이는 판국잉께, 더 이상 말이 필요 읎쥬. 머."

광배 말이 끝나자마자 철재가 한숨 섞인 목소리로 중얼거렸다.

"박사님 생각은 어뗘?"

"머가유?"

진규는 상규와 작은 목소리로 이야기를 주고받고 있다가 경훈이 묻는 말에 시선을 돌렸다.

"소 값이 계속 떨어질 거 가텨, 아니믄 모심을 때가 되믄 오를 거 가텨?"

"내가 전문가가 아니라서 잘 모르겠슈. 하지만 모심기하고 소 값 오르는 거하고는 상관이 읎다는 건 분명해유."

"모를 심을 때 소를 많이 부리잖여?"

경훈이 옆자리에 앉은 상규와 건너편의 철재를 번갈아 보며 반문했다.

"에이, 요새는 경운기로 논 갈잖유. 우리 동리처럼 짝은 데는 경운기지만 양산처럼 들이 넓은 동리는 트랙터로 논이나 밭을 갈고 모도 심어유. 소는 그냥 비육우로 키우는 거유."

광배가 대답하기 전에 철재가 웃음을 감추며 말했다.

"그렇구먼……"

경훈은 소 가격이 떨어지는 점에는 큰 걱정을 하지 않았다. 소를 키워서 재기하겠다는 생각에 모산에 내려와서 살고 있는 시훈이 낙담하여, 또 예전처럼 돌아가게 될까 봐 걱정이 돼서 힘없이 대답했다.

"소 값이 암만해도 심상치 않아유. 정부에서 송아지 입식 자금 이자인 삼십오억 원에 대한 상환을 일 년 동안 연장해 주기로 했잖아유. 그 말을 뒤집어 보면 당분간은 소 가격이 오를 낌새가 없다는 것을 정부에서는 알고 있다는 말로 해석할 수 있슈."

진규가 경훈을 바라보며 말했다.

"그렇지 않아도 시훈이 형님이 걱정을 많이 하는 거 가튜. 이 동리서 젤 많은 네 바리나 키우잖유. 시방까지 들어간 사료 값만 해도 만만치 않은데 소 시세가 자꾸 떨어지믄 고민이 많이 될 거유……."

광배는 말을 하다가 누군가 문을 여는 소리에 문 쪽으로 시선을 돌렸다.

"노땅들 중에서는 내가 젤 먼저 도착했구먼."

광일이 싱긋이 웃는 얼굴로 들어섰다.

"에이, 형님은 노땅 축에 안 속해유. 팔봉이 형님하고 시훈이 형님 나이는 돼야 여기서 노땅 취급 받지."

광일은 읍사무소에서 근무하다 일월 일 일 자로 군청 산림과로 발령이 났다. 이런저런 부탁할 것이 많은 상규가 진규와의 사이에 자리를 터주며 반겼다.

"니덜도 내 나이 돼 봐. 바깥출입하기가 얼매나 어려운지, 경훈이 형님은 장사 잘된다면서유?"

광일은 상규와 진규 사이에 앉기 전에 경훈에게부터 고개를 끄덕이고 나서 손을 내밀었다.

"목구멍에 풀칠 정도는 하지 머. 아부지가 그라시는데 계장으로 진급 했다며? 축하햐. 우리 동리에 공무원이 둘씩이나 있고, 박사도 있고 항 께 내가 든든하구먼."

"에이, 저는 공무원 축에도 못 들어유. 광일이 형님 정도는 돼야, 워디 가서 공직에 근무한다고 하지. 그라고 박사만 있는 것이 아뉴. 저 위에 검사님도 계시잖유."

경훈이 웃으며 하는 말에 상규가 머쓱한 표정으로 말했다.

"참, 승우도 오기로 한 겨?"

"검사님이 이런 데 오시겄어?"

철재가 묻는 말에 광배가 비웃는 목소리로 반문했다.

"승우 그렇게 보지 마. 상대해 보믄 참말로 착한 아라는 것을 알 껴. 오늘 모임은 참석 못 하지만 가입은 하겄댜. 회비도 지때 붙여 주고, 내 년 정기총회 때는 꼭 나오겄다고 하데."

진규가 광배뿐 아니라 모두가 들으라는 목소리로 말했다.

"매제는 지난 추석에 왔을 때보다 몸이 많이 분 거 가텨. 운동 좀 해 야 하는 거 아녀?"

"고물상이라는 것이 출퇴근 시간이 따로 읎고 새벽부터 캄캄할 때까 지 일을 하잖유. 정민이 엄마가 워낙 잘 챙겨 중께 살이 좀 찌는 거 가 튜."

광일이 친근하게 던지는 말에 철용이 쑥스럽다는 얼굴로 웃었다.

"에이, 엄살하고 있구먼. 금순이가 돈 잘 벌잖여. 정민이는 올해 중학 교 들어가는가?"

"아뉴, 여덟 살에 들어갔응께 올게 육 학년 올라가유."

"동생 하나 더 보지. 하나믄 외롭잖여?"

"그게……."

"그건 형님이 몰라서 그려유. 서울에는 하도 교육비며 생활비가 많이 들어강께, 하나만 낳고 정관수술 하는 남자들이 많아유."

철용이 광일의 갑작스러운 질문에 당황하자 경훈이 얼른 자연스럽게 마무리를 했다.

"광성이 처남은 왜 안 와유?"

철용이 당황했던 표정을 감추려고 물었다.

"광성이는 대전에서 옷 가게 하잖여. 옷 가게가 원래 짝은추석하고 짝은설이 대목이잖여. 오늘 밤늦게 택시로 들어온다고 하드만."

"그라고 봉께 오늘 위친계 결성하는 날 돈 많이 버는 사람만 빠지게 되는구면."

상규가 좌우를 두리번거리고 나서 말했다.

"어따 춥다! 먼 일이기에 다 늙은 노인까지 부르는 거여?"

노크 소리도 없이 문이 열렸다. 팔봉이 찬바람을 몰고 방으로 들어오며 너스레를 떨었다. 그 뒤로 시훈이 따라 들어왔다.

"어여 오셔유."

방 안에 있는 사람들은 삼촌뻘 되는 팔봉이 들어오자 모두들 일어섰다. 팔봉이 국회의원 출마라도 하는 것처럼 방 안을 돌아다니며 악수를 했다.

"여기 안주 좀 더 가져와야겠구면. 술도 더 갖고 와야겠쥬?"

철용이 누구에게라고 할 것 없이 말하며 밖으로 나갔다.

"자, 우선 여기서는 제가 젤 나이가 많은께 대표로 한 잔 쳐 드릴께 유."

팔봉이 옆에 앉은 시훈이 막걸리 주전자를 끌어당겨서 팔봉의 잔을 채웠다.

"박사님, 올 사람은 얼추 온 거 같응께, 슬슬 시작해 보지."

"그람, 제가 오늘 모이시라고 한 목적에 대해서 간단하게 말씀드리겠 슈……. 앉아서 해도 되쥬?"

경훈이 권하는 말에 진규가 일어나서 말을 하다가, 시선이 모두 위로 쏠리는 것을 보고 도로 주저앉으며 다시 말을 이었다.

"다름이 아니라 말유. 인제 우리 동네도 위친계를 만들 때가 왔다고 생각해서 형님들하고 동생들을 이 자리에 모이시라고 한 거유. 위친계 가 뭔지는 알고 있쥬?"

"그걸 모르는 사람이 있을까, 동네에 애경사가 나면 곗돈을 태워 주는 계를 말하는 거잖여."

진규의 말이 끝나자마자 광일이 빠르게 대답했다.

"그려, 우리 동리도 진작에 위친계가 있어야 했는데 쫌 늦은 감이 있 구먼. 위친계를 할라믄 먼저 회장부터 뽑아야 하는 거 아녀?"

시훈이 집에서 마신 몇 잔 술에 붉어진 얼굴로 말했다.

"회장님이야, 당연히 팔봉이 형님이 하셔야지."

"아녀, 회장을 하면 애경사가 있을 때는 백 프로 참석해야 하는데 내 가 매인 몸이라서 말여. 나보다는 광일이가 하는 것이 어뗘? 광일이는 영동 군청에 댕기고 있응게 암만해도 나보다는 고향에 가찹게 살잖여."

상규가 추천하는 말에 팔봉은 거절하고 싶지 않았다. 하지만 나이 먹은 사람이 회장을 하란다고 덥석 받아들이는 것도 민망한 일이라는 생각에 슬쩍 광일이를 추천했다.

"아뉴, 저는 공무원이기는 하지만 매인 몸이잖유. 애경사가 있는데 비상이라도 걸리믄 꼼짝없이 사무실을 지켜야 할 입장이잖유. 팔봉이 형님이 나이로 보나, 재산으로 보나 여러 가지로 볼 때 회장으로는 딱 적임자라고 생각합니다."

광일이도 회장은 하고 싶었다. 하지만 일단 양보해 보는 것이 예의라는 생각에 팔봉을 추천했다.

"그려유, 그람 또 다른 분을 추천하실 분은 안 계십니까?"

진규가 원치 않게 사회자 입장이 돼서 의견을 물었다.

"나는 박사님을 추천하고 싶은데, 박사님은 바쁘다고 분명히 거절할 것이고 말여. 이쯤해서 투표로 결정하지."

경훈이 손을 번쩍 들고 말했다.

"아이구, 안주는 이것만 해도 됐는데 뭘 이릏게 많이 가지고 오는 거여."

문이 열리면서 금순이 양손에 육전이며, 두부 부침이며, 배추전 등을 가지고 들어왔다. 그 뒤로 철용이 양동이에 절반 정도 든 막걸리를 한쪽밖에 없는 손으로 들고 들어왔다.

"광배야 많이 먹어. 광성이는 은제 온댜?"

금순이가 광배에게 살갑게 물었다.

"밤 열두 시가 넘어야 도착할걸. 누나도 막걸리 한잔 하고 가지 그랴?"

"아녀, 어머님하고 정민이하고 이것저것 배부르게 먹었구먼. 그람 찬찬히들 드셔유."

"제수씨도 같이 드시지……."

경훈이 웃는 얼굴로 말했다. 금순은 대답 대신 손을 흔들며 밖으로 나갔다.

"다 아는 사람들끼리, 투표고 머고 할 필요 읎이 팔봉이 형님으로 결정하는 것이 어뗘. 그 대신 내가 부회장을 맡을게."

광일이 투표를 해서 떨어지면 군청 계장으로서 체면이 안 설 것이라는 판단에 금순이 밖으로 나가자마자 제안을 했다.

"그것이 좋겠네유. 자, 찬성! 반대하는 사람 손 들어 봐유."

상규가 광일의 말을 기다렸다는 얼굴로 박수를 치며 말했다.

"팔봉이 형님을 회장님으로 추천합니다."

"찬성유."

"당연히 팔봉이 형님이 하셔야지."

"팔봉이 형님, 고생 좀 해 주세유."

여기저기서 박수를 치거나 환호를 하며 찬성했다.

"그라면 팔봉이 형님이 나오셔서 초대 회장님으로서 한 말씀 하시고, 총무도 뽑으시길 바랍니다. 그라고 우리 위친계 이름도 정해야쥬. 회장님, 어서 나오셔유."

진규가 일어나서 팔봉을 일으켜 세웠다.

"난 광일이 동생이 했으믄 딱 좋겠는데 동생들이 성화해대니 할 수 읎이 회장을 맡을 수밲에 읎겄네."

팔봉은 일어서기 전에 막걸리 잔부터 비웠다. 일어서서 허리춤을 바짝 추켜올렸다. 갑자기 할 말이 생각나지 않아서 손바닥을 슥슥 비비며 일행을 쭈욱 둘러보다가 잔기침을 하고 자세를 바로잡았다.

"에, 우리 동리도 진작 위친계가 맨들어졌어야 하는데, 인제라도 만들게 된 것을 다행스럽게 생각합니다. 솔직히 이런 일은 나이 먹은 사람들이 앞장서야 하는데, 동생들이 먼저 생각하게 한 점은 대단히 송구스럽습니다. 하지만 옛말에 늦었다고 생각할 때가 가장 빠르다는 말이 있고, 시작이 반이라는 말도 있습니다. 비록 일찍 시작한 딴 동리보다 늦은 감은 있지만, 한마음 한뜻으로 일치단결하면 부족함이 없을 것이라고 생각합니다. 그런 뜻에서 지가 모자란 점이 많겠습니다만 열심히 노력하겠습니다. 감사합니다."

팔봉은 일단 말하기 시작하자 스스로 놀랄 만큼 일사천리로 끝내 버렸다. 팔봉이 유식하게 말을 하자 그 자리에 있던 모든 사람들은 서로를 바라보며 잠시 말을 잃어버렸다. 하나같이 저 사람이 인천에 있는 성냥 공장에 다니던, 설날에 내려오면 범골까지 가서 나무를 한 짐씩 지고 우던 우직한 팔봉이 맞느냐는 표정을 짓고 있었다.

"자, 박수. 신임 회장님께 박수를 보냅시다."

진규가 일순간 분위기가 이상하게 흐르는 것을 느끼며 박수를 쳤다. 그때서야 다른 사람들도 일제히 박수를 쳤다.

"회장님, 이제 총무님을 선택하셔야쥬."

"에, 길게 생각해 볼 필요 읎이 우리 위친계 총무는 상규 동생이 맡았으면 좋겠습니다. 그라고 이 자리에서 회장의 권한으로 말씀을 드리는데 앞으로도 총무는 회장이 선택한 사람이 무조건 하는 걸로 하면 위떻겠슈?"

"박수!"

이번에는 경훈이 먼저 박수로 찬성을 유도했다.

"다음은 우리 위친계 이름을 뭘로 할지 결정할 차례네유."

"위친계 이름은 뭘로 하믄 좋겠는지 여기서부터 쭉 돌아가면서 의견을……."

진규의 말에 팔봉이 고개를 끄덕이며 말을 하고 있을 때였다. 철용이 긴급 제안이라며 발언을 요구했다.

"자, 철용이 동생이 긴급 제안을 했습니다. 어서 말해 봐유."

"딴기 아니고 말유. 총무님도 한 말씀해야 하는 거 아뉴?"

철용이 상규를 손가락으로 가리키며 말했다.

"그려, 그걸 깜박했구먼. 총무님도 한 말씀 하셔야지."

"에이, 총무는 그냥 회비나 걷고 즌화 연락이나 하믄 그만인데……."

상규는 말과 다르게 쑥스럽다는 얼굴로 뒤통수를 긁으며 일어섰다.

"무슨 말여. 총무도 회장님하고 부회장님 다음으로 삼부 요인인데, 한 말씀 하셔야지."

철용의 말에 일행은 와르르 웃으면서 상규를 지켜봤다.

"제가 원치 않게 총무로 당선됐슈. 그래도 잘 부탁드립니다."

상규는 일행의 웃음소리가 가라앉기도 전에 꾸벅 인사를 하고 얼른 주저앉았다. 꼬리를 감추던 웃음소리가 다시 와하하 터져 나왔다.

"그람, 시방부텀 위친계 이름을 한 가지씩 말해 보시길 바랍니다. 우신 우리 총무님은 뭐라고 지면 좋겠슈?"

팔봉이 시뻘개진 얼굴로 뒤통수를 긁고 있는 상규를 지목했다.

"우리 동리 뒤에 비봉산이 있잖유. 그냥 비봉산 친목회라고 하믄 어떻겠슈?"

"그거 좋네, 다음 광일이 동생."

"비봉산 밑에 있는 동리가 우리 동리만 있는 것이 아니잖유. 모리도 있고, 또 저쪽에 양산 가곡리도 있고 항께. 내 생각에는 그냥 참신하게 모산 친목회라고 하는 것이 어뮤. 모산이라는 동네 이름도 흔치 않고, 객지에 살면서도 모산이라는 이름을 떠올리믄 고향 생각이 날 거 같네유."

"저는 찬성입니다. 모산 사람이 서울 가면 모산 사람 아닌가요? 모산은 우리의 뿌리와도 같은 것이잖아유."

광일의 말에 진규가 동조했다. 진규의 말이 끝나자마자 모두들 좋다고 박수를 쳤다.

"그람 우리 위친계 이름은 모산 친목계로 정했슈. 그람 마지막으로 경조사 때 얼매씩 태워 줄 것인지, 또 친목회 기금을 모아야 하는데, 한 달에 얼매씩 회비를 내는 걸로 할지 의논해 봅시다. 가을에 한 번씩 내는 걸로 하냐, 아니면 언제 얼매씩 모으냐 하는 문제를 결정하겠습니다. 여기 서 있는 회장 생각은 경조사 때 최소한 쌀 다섯 가마니 이상은 태워 줘야 한다고 보는데, 회원 여러분의 생각은 어떤지 의견을 제시해 보세유."

"요새 쌀 한 가마니에 얼매씩이나 하나?"

팔봉이 묻는 말에 광일이 혼잣말로 중얼거렸다.

"한 육만 원씩 할걸."

광배가 철재를 바라보며 말했다.

"육만 원씩 다섯 가마니면 삼십만 원씩 태워 주자는 야긴가? 너무 많은 거 아녀. 애경사를 당할 때마다 삼만 원씩 내야 한다는 거 아녀?"

광일이가 좌우를 둘러보며 내 말이 어떠냐는 표정으로 말했다.

"글씨, 좀 많은 거 같기도 하고……."

"월급 타는 사람한테는 큰돈이 아니지만, 우리처럼 농사짓는 사람한테는 짝은 돈이 아니지."

철재의 말에 광배가 토를 달았다.

"내 말 좀 들어 봐. 애경사가 일 년에 몇 번씩 있는 것은 아니잖여. 많아야 한두 번잉게 큰 부담은 안 될 꺼여. 일단 부모님 돌아가실 때는 쌀 다섯 가마니로 하고, 우리 자식들 혼인시킬 때는 이십만 원으로 하는 것이 어뗘?"

"회장님 말씀 들어 봉게 큰 부담은 안 되겠구먼. 그람 장가 안 간 철재나 광재는 워티게 태워 주는 거유?"

팔봉의 말에 고개를 끄덕이고 있던 상규가 다시 팔봉에게 물었다.

"회원들 당사자가 잘못되거나 결혼할 때도 네 가마니로 하는 것이 어뗘?"

"우리 회원들 중에 장가 안 간 사람이 광배하고 철재밖에 없잖유. 그라고 회원들이 무슨 사고를 당하거나 잘못되는 수는 희박하니까 다섯 가마니씩 태워 주는 것이 좋을 거 같습니다."

팔봉의 말에 진규가 손을 들고 제안했다.

"우리야 좋지. 광배 너는 안 좋은 겨?"

"그려. 그렇게 결정햐. 광배나 철재도 내 동생이나 마찬가진데, 그 정도는 해 줘야지."

말없이 술만 마시고 있던 시훈이 기분 좋은 얼굴로 철재의 말에 찬성했다.

"그럼, 회장인 내가 정리해 보겠슈. 정기 회비는 한 달에 오천 원씩이고, 부모님 애사에는 쌀 다섯 가마니, 회원 당사자들 애경사에도 다섯 가마니, 자식들은 네 가마니. 좋습니까?"

"좋아유."

"친목회면 정기총회는 언제 하는 건지 그것도 정해야지."

광일이 좌우를 번갈아 보며 말했다.

"정기총회야 항상 짝은설에 하는 것이 좋겠네. 짝은설은 어채피 슬 쉬러 내려오는 날이잖어."

누군가 하는 말에 경훈이 말없이 박수를 쳐서 찬성했다.

"만장일치로 결정한 거유?"

팔봉이 좌우를 보며 물었다.

"자, 우리 모산 친목회의 발전을 위해 건배!"

여기저기서 찬성의 뜻으로 박수를 치는 사이에 상규가 손을 번쩍 들고 말했다.

"잠깐, 총무 입장으로 한 말씀 드리겠는데유. 경사는 몰라도 애사 때는 백 프로 참석해서 우리가 상여를 매는 걸로 정해야 해유. 솔직히 동네 젊은이들이 없는 것도 아니고, 딴 동리서 품삯을 주고 상여꾼을 데리고 오는 것도 챙피한 일이잖유. 만약 참석 못 하면 벌금으로 쌀 한 가마니 돈을 내야 하는 거유. 그 쌀은 회비 적립금에 집어넣을 거유. 우리 회원이 총 스물여섯 명잉께, 한 달 회비를 모으믄 십삼만 원씩 되느만유. 이건 우리 모산 친목회 이름으로 통장을 맨들어서 입금할 생각유."

"좋아유. 경사 때야 축하해 줄 사람이 많응께 회비만 내면 그만이지만, 애사 때는 회비가 문제가 아니잖유. 벌금 제도는 꼭 있어야 합니다."

철용이 큰 소리로 하는 말에 모두가 맞다는 얼굴로 고개를 끄덕거리거나 박수를 치기도 하고, 손을 번쩍 들어 찬성이라고 외쳤다.

"자, 그럼 술 마시는 거만 남아 있는 거여?"

"회장님, 긴급 제안 하나 더 하겄슈. 여러분도 조용히 하고 제 말 좀 들어 봐유."

상규의 말에 왁자지껄 먹자판으로 돌입하려던 분위기가 정지되고 모두들 상규 쪽으로 돌아앉았거나 시선을 옮겼다.

"딴기 아니고 말유. 우리 동리 젤 연장자인 순배 할아부지 있잖유. 그분 돌아가실 때는 우리 친목회에서 상을 치러 줬으믄 좋겠슈. 물론 다른 어느 애사보다 백 프로 참석해서, 우리가 상여를 매자는 거유. 여러분들 생각은 어뗘유?"

"나도 상규 말에 찬성유. 순배 할아부지는 어떻게 보믄 우리 모두의 할아부지시잖아유. 우리 어머가 그라는데, 우리가 어릴 때는 경기하는 때가 많았대유. 그때마다 순배 할아부지가 달려와서 침을 놔서 산 아들이 한두 명이 아니라고 하데유. 또, 동리서 무슨 일이 일어날 때마다 순배 할아부지가 열 일을 제쳐 두고 오셔서 어른 역할을 해 주시잖유."

상규의 말에 철용이 토를 달고 나섰다. 철용이 말을 끝내고 좌우를 둘러봤다. 모두들 시선이 마주칠 때마다 고개를 끄덕거리며 찬성한다는 표정을 지었다.

박태수네 집 거실 앞은 모두 유리로 되어 있어서 둥구나무거리가 훤히 보인다. 거실 안에는 박평래며 청산댁을 비롯해서 온 가족이 둥글게 모여 앉아서 차례를 지낸 음식을 먹고 있었다.

"인자는 오늘 온다고 했냐?"

청산댁이 떡국 그릇에서 가래떡점을 한 점씩 떠먹다가 갑자기 생각났다는 얼굴로 상규네를 바라봤다.

"사둔네 집은 장손 집이잖아요. 시아부지 형제들이 많아서 설날이나 추석에는 어른들만 와도 서른 명이 넘는대유."

"서, 서른 명이 넘다니?"

"형제들하고 사춘들도 있고 함께 시아부지 형제가 삼 형제만 돼두 서른 명 되는 건 우습겄네유."

박평래가 대단하다는 표정으로 반문하는 말에 상규가 별일 아니라는 목소리로 대꾸했다.

"이 동리는 죄다 각성바지라서 우리 집 식구가 젤 많아. 인숙이까지 시집가믄 우리도 열두 명이구먼. 자식들을 두 명씩만 낳아도 스무 명은 금방 되겠네."

박평래가 음복술을 한 잔 마시고 나서 불그스름한 얼굴로 기분 좋게 말했다.

"인숙이 너는 대관절 시집갈 생각은 있는 거여?"

상규네가 밤을 칼로 먹기 좋게 잘라서 접시에 담아 기준이와 기수 형제 앞으로 내밀며 인숙이를 바라봤다.

"시집갈 때가 되믄 어머가 걱정 안 해도 갈 꺼유."

인숙은 강훈구의 얼굴이 떠올랐다. 강훈구는 결혼을 약속했지만 언제 결혼하겠다는 언질은 주지 않고 있는 상황이다.

"너 설 쉬믄 및 살인지 알기나 햐?"

"요새 나이 따져서 시집가는 여자가 워딨어?"

"여보, 야가 하는 말 들었슈? 니 나이가 꽉 찬 서른여. 옛날 같았으믄 ……."

상규네가 기가 막힌다는 얼굴로 따지려고 할 때였다. 진규가 얼른 옆 구리를 찌르며 주방에서 설거지를 하고 있는 이주희를 눈짓으로 가리켰다.

"좌우지간 올개는 시집갈 생각하고 있어. 어머가 좋은 자리 알아볼 모양잉께."

상규네는 진규가 왜 옆구리를 찌르는지 알 것 같았다. 이주희도 서른 넘어서 결혼했다는 점 때문에 그럴 것이라는 생각에 점잖게 말하고 입을 다물었다.

"할머니, 고무 올해 시집가요?"

기준이가 젓가락으로 능숙하게 육전을 집으며 상규네에게 물었다.

"느 고무한테 물어봐. 할머도 그기 궁금항께."

"승우 작은누나는 마흔 살이 넘었어도 시집갈 걱정 안 하고 있다든데……."

"인숙아, 어머도 생각이 있어서 하시는 말씀잉께 알겠습니다, 하고 입 다물어."

상규가 주방 앞에서 설거지를 하고 있는 이주희의 뒷모습을 흘끗 바라보고 나서 작은 목소리로 말했다.

"의원님 딸은 박사 학위 따느라 시집을 안 갔고, 시방은 대학교수가 된 담에 시집을 간다고 하잖여. 그라고 의원님댁하고 우리하고 사정이 가텨? 그 집은 모산이지만, 서울 어느 장안에 내놔도 꿀릴 것이 읎는 집 이잖여."

상규네는 만에 하나 인숙이 승우를 염두에 두고 시집을 안 가고 있다면 큰일이라고 생각했다. 이주희의 뒷모습을 바라보고 나서 한결 목소리를 낮춰 꾸짖듯 말했다.

"엄마, 인숙이가 제 앞가림 못 하는 거 봤슈? 내비 둬유. 내가 볼 때 저도 다 생각이 있는 거 같응께, 인숙이 걱정은 안 해도 돼유."

"진규 말이 맞구먼. 인숙이가 어릴 때부텀 언지 지 앞가림 못 하는 거 봤남? 그렁께 너무 걱정하지 마. 때가 되믄 지가 알어서 신랑감을 데리고 올 테지."

박평래가 진규의 말이 맞는다는 목소리로 말했다.

"느덜도 대충 치우고 일루 와서 앉어라."

상규네가 주방에서 설거지를 하고 있는 이옥순과 이주희 쪽으로 시선을 돌렸다.

"동서는 그만하고 어여 서방님 옆에 앉어서 떡국 좀 먹어. 나 혼자 하는 것이 편하니께."

이옥순이 고무장갑을 끼고 부지런히 그릇을 씻으며 말했다.

"제가 음식은 못 만들어도 설거지는 자신 있어요. 제가 설거지할 테니까 형님은 어서 드세요."

이주희는 이옥순이 건네주는 그릇을 깨끗한 물에 헹궜다.

"그라지 말고 둘 다 어여 일루 와라."

상규네는 이주희가 부잣집 딸치고는 생각했던 것보다 착해 보여서 흐뭇하게 웃으며 바라봤다.

"그래유. 동서 어여 가자."

이옥순도 이주희가 충일병원장 딸이라서 손끝에 물도 안 묻히고 컸다는 점은 알고 있었다. 더구나 박사 논문을 쓰고 있으니 자신과 학력을 비교할 수 없을 정도다. 그래도 명절이나 집에 다니러 올 때마다 소매를 걷어붙이고 주방으로 달려드는 모습을 보고 생각을 바꾸었다. 친동생처럼 가깝게 느껴져서 언제쯤 오나 기다려질 지경이었다. 물 묻은 손을 앞치마에 닦고 나서 이주희의 손을 잡아끌었다.

"사둔이 이북에서 내려오신 분이라 오늘 같은 날은 쓸쓸하시겠구먼. 큰애야 엎드리면 코 닿을 때가 친정잉께 언제든 갈 수 있지만, 너는 오후에는 친정에 가 봐."

"아니에요. 오늘은 명절날이니까 여기서 보내고 내일 갈게요."

이주희는 고맙습니다, 라는 말이 저절로 나올 뻔했다. 그러나 일단 사양하는 것이 예의라는 생각에 고개를 흔들었다.

"아녀, 인자처럼 장손 집이라믄 몰라도, 달랑 사둔하고 안사둔만 계싱께, 니가 얼매나 보고 싶었어. 내가 택시 불러 줄 모양잉께, 즘심 먹을 필요 읎이 어여들 가 봐라."

박태수가 재킷 주머니에 넣고 있던 빈 소매가 빠진 것을 다시 주머니에 넣으며 말했다.

"그려, 애비 말대로 친정에 얼릉 가 봐라. 이 동리도 왜정 때 일본으로 건너가서 오사칸가 하는 데서 사는 형님뻘 되는 사람이 있는데 말여. 몇 해 전에 조총련 모국 방문 때 한 번 여길 찾아왔었거든. 그 형님이 그라시는데 일본에서 살다 봉께, 평소에는 돈 버느라 외로운 걸 모르고 살다가 명절 때가 되믄 눈물바다를 이룬다고 하드라. 사둔도 얼매나 외로우시겠냐. 번듯하게 남 보란 듯이 성공했지만 자식이 많은 것도 아니고, 달랑 너 하나뿐인데 얼매나 보고 싶으시겄어. 그랑께 어여 올라가 봐라."

"아이구, 사둔네도 시집가믄 출가외인이라는 걸 모르고 있을깨비. 시집보낼 때야 앞으로는 명절 때도 시댁에서 쇠느라고 못 보겠구나 하고 단념하고 있을 껴. 그렇게 찬찬히 놀다가 이따 저녁나절에나 올라가 봐."

박평래가 말하는 동안 못마땅하다는 얼굴로 떡국을 먹고 있던 청산댁이 반대했다.

"할머님 말씀대로 집에서는 내일쯤이나 오는 걸로 알고 계실 거예요. 저도 오늘은 할머님하고 어머님하고 같이 있고 싶어요."

진규는 이주희의 애교 섞인 말에 터져 나오려는 웃음을 참으며 청산댁을 바라봤다. 청산댁은 무조건 박평래의 말에 제동을 걸기는 했지만 웃어야 좋을지 울어야 좋을지 혼란스럽다는 표정으로 잠자코 떡국을 먹고 있다.

"진규 너한테 어제 좀 물어볼라고 했는데 서로가 바쁘다 봉께 못 물어봤구먼. 서울에서 무슨 연구소한다는 거, 그거는 잘돼 가고 있는 거여?"

박태수가 묻는 말에 상규네며 박평래도 궁금하다는 표정으로 진규를 바라봤다.

"연구소가 무슨 장사하는 데도 아니고, 책을 파는 데도 아니잖유. 열심히 하다 보면 언젠가 빛을 볼 때가 있을 거유."

"내 말은 연구소를 하니 머니 하면서 세월만 보내다 보면 언제 자식 낳고, 자립할 거냐 이거여. 눈치를 보아 하니 처갓집 도움으로 살고 있는 거 가텨서 묻는 말여."

박태수는 속마음 같아서는 얼른 손자를 보고 싶다는 말을 하고 싶었지만 이주희가 듣고 있는데 대놓고 말할 수가 없어서 에둘러 말했다.

"처갓집 도움은 안 받아유. 여기저기서 받는 원고료도 있고, 사회단체나 농민단체 같은 데 가서 강연해 주믄 다믄 얼매씩이라도 강연료를 주거든유. 둘이 사는 살림이라 돈이 많이 들어가는 것도 아니고 해서 그런대로 살림은 꾸려 가고 있슈."

"그람, 우리 진규가 처갓집 믿고 허송세월 보낼 아가 아니지. 누가 머라고 해도 이 할애비는 믿고 있구먼."

박평래가 음복술 몇 잔에 볼이 빨갛게 물든 얼굴로 해죽이 웃으며 말했다.

"할아버님, 그렇지 않아도 집에서 어떤 식으로든 도움을 주고 싶어 하지만, 저이가 결사적으로 반대하고 있어요. 그리고 저도 많이는 아니지만 여기저기 글을 써 주고 조금씩은 벌고 있어서 큰 문제는 없어요."

이주희는 온 가족이 모여서 마치 회의하듯 서로를 걱정해 주고 격려해 주는 가족 분위기가 너무 좋았다. 자신이 이렇게 좋은 가족의 구성원이 되었다는 점을 생각하면 가슴이 뿌듯해서 저절로 웃음이 나왔다. 웃는 얼굴로 박평래를 바라보며 말했다.

"동생이 빨리 서울서 자리를 잡아야, 우리 기준이하고 기수를 서울로 유학 보낼 수 있잖여."

상규가 이제나저제나 이 말할 기회를 기다리고 있었다는 얼굴로 슬그머니 말했다.

"지는 그냥 촌에서 공부해도 저만 잘하믄 얼매든지 서울대학에 갈 수 있다고 하는데, 기준이 아빠가, 여기서 일 등 해 봤자 서울에 가믄 삼십

등 안에 들지도 못한다면서……."

상규와 입을 맞춰 놨던 이옥순이 이주희의 눈치를 살피면서 말꼬리를 흐렸다.

"올해 기준이 중학교 들어가지?"

진규가 젓가락을 상 위에 내려놓고 기준에게 웃는 얼굴로 물었다.

"학산 중학교에 들어가유."

기준이 긴장한 얼굴로 대답했다.

"작은아빠하고 작은엄마 있는 서울에서 학교 다니고 싶어?"

"저도 공부 열심히 해서 사법 고시에 합격하고 싶기는 한데……."

기준이 이옥순의 눈치를 살피며 부끄럽게 말했다.

"어이구, 우리 증손자가 사법 고시 합격해서 검사가 되고 싶은 겨? 오늘 할아부지 기분 최고로 좋구먼. 에따, 할아부지가 오늘 기분 너무 좋아서 돈 좀 줄 모양잉께 이리 오니라."

박평래는 어린 기준의 말이기는 하지만 날아갈 것처럼 기분이 좋았다. 조끼 주머니에 손을 집어넣어서 상규와 진규가 봉투에 넣어 준 돈중에 만 원짜리 한 장을 꺼내 내밀었다.

"할아부지, 저는 의사 될 거유. 의사!"

"그려 우리 기수도 일루 와라."

"할아부지 안 돼유. 아까 세뱃돈 주셨잖아유."

박평래의 말에 기수가 좋다는 얼굴로 일어섰다. 이옥순이 기수와 기준을 가볍게 노려보며 손을 저었다.

"아녀, 우리 증손자들이 판검사, 의사가 된다는데 이 할애비가 가만히 있을 수는 없잖여. 어여 일루 와서 돈 받아 가라."

"할아부지 고맙습니다. 열심히 공부해서 진짜로 사법 고시에 합격하고, 의사가 되겠습니다. 하고 받아 가, 어여."

박태수도 기분이 좋았다. 기특하다는 표정으로 기준이 기수 형제를 바라보며 손짓으로 불렀다.

"작은아빠도 우리 기준이와 기수가 큰 꿈을 가지고 있는데 모르는 척하면 안 되겠구먼. 열심히 일 해서 이 학년 때는 서울로 불러올릴 팅께, 그렇게 알고 있어."

"안 돼유. 안직 동서 공부도 안 끝났고, 조카도 안 봤는데 난중에 고등학교 들어갈 때나 워티게 생각해 보든지 해야지……."

진규가 웃으며 하는 말에 이옥순이 고개를 흔들며 반대하는 척 했다.

"아니에요. 저는 괜찮아요. 둘이 있는 것보다 조카들하고 같이 살면 더 좋죠. 사람 사는 재미도 있고요. 형님, 저는 혼자 자라서 가족이 많은 집이 정말 부러웠거든요. 저이가 좋다고 하면 저는 무조건 찬성이에요."

이주희가 기준이와 기수가 박평래에게 얻은 만 원짜리를 소중하게 접어서 주머니에 넣는 모습을 지켜보다 이옥순의 손을 잡고 말했다.

"아녀, 맘은 고맙지만 그것이 도리가 아녀. 일단 니덜 맘은 고맙게 받아들이는 거로 할 텨. 하루라도 빨리 연구소가 자리 잡히믄 그 때 새로 야기하는 걸로 하는 것이 좋겠구먼."

상규네가 소쿠리에 부침 종류를 섞이지 않게 내려놓으며 고개를 흔들었다.

"아따, 너는 무조건 반대하는 것도 안 좋은 겨. 진규 내외가 여유가 있응게 조카들을 데리고 있을라고 하지. 빚을 내서 데리고 있을라고 하지는 않을 껴. 그리고 형편이 좀 어려우믄, 니가 매달 생활비하고 학비를 보내 주면 되잖여. 말이 나온 김에 하자믄, 나는 의원님댁 승우도 서울서 고딩핵교를 졸업했응께 서울대학교를 졸업하고 검사님이 되셨다고 봐. 우리가 영 먹고사는 형편이 어려운 것도 아닝께, 중핵교 이 학년 때는 올려 보내는 것이 좋다고 봐."

청산댁이 상규네의 말을 막고 나섰다. 박평래는 오늘따라 청산댁이 옳은 말을 한다는 생각에 토를 달지 않고 상규네의 반응을 지켜봤다.

"어머님, 돈만 있다고 사람을 거둘 수 있는 것이 아뉴. 더구나 공부하는 학생들이라 이런저런 신경이 여간 쓰이는 것이 아닐 뀨. 당장 며느리가 대전에 있는 학교에 논문 쓰러 갈 때는 지덜이 끼니를 해 먹어야 하잖유. 그렇다고 손자들 땜시 식모를 둘 수도 읎는 노릇이잖유. 또 손자도 보지 않은 사둔댁 보기도 민망한 노릇이고……."

"어머니, 저한테 좋은 생각이 있어요. 대전 저희 친정집에서 학교를 다니면 어때요? 대전 친정집에는 밥해 주는 아줌마가 있어요. 아버지하고 어머니도 두 분이서 적적한데 얼마나 좋으시겠어요. 당신 생각은 어때요?"

상규네가 하는 말을 가만히 듣고 있던 이주희가 반짝이는 눈빛으로 말했다.

"글쎄……."

진규는 이주희의 말대로 장인, 장모라면 적극적으로 환영할 것 같았다. 하지만 어렵게 대해야 할 사돈네 집이라는 생각에 상규네를 바라보며 표정을 살폈다.

"느덜은 워티게 생각하나?"

"글쎄유."

이옥순은 상규네가 묻는 말에 찬성하면서도 선뜻 대답할 수가 없어서 상규를 바라봤다. 상규의 표정도 싫지 않은 것 같았다. 옆자리에 앉은 기수의 머리를 쓰다듬고 있는 표정에 미소가 담겨 있다.

"사람은 도리라는 것이 있는 거여. 사돈하고 사이가 얼매나 어려운 사이여. 더구나 니덜 처갓집도 아니고, 진규 처갓집이잖여. 정 대전서 공부를 갈치고 싶으면, 즈덜끼리 자춰를 하거나 하숙을 시키는 것이 낫지. 안직 나이가 어려서 즈덜끼리 사는 것이 미덥지 않으믄, 차라리 향숙이네 집에 멕기는 것이 훨씬 나아. 거기는 여자들찌리 사니께, 우리 손자들이라도 같이 있으면 얼매나 든든하겄냐. 공짜로 있자는 것도 아니고 쌀말이나 보내 주고, 즌기세나 수도세로 다믄 얼매씩 보내 주믄 누이 좋고 매부 좋은 식이지. 그렇게 사돈집에 보낼 생각은 아예 안 하는 것이 좋을 거여."

"그람, 우리 향숙이네 집에 보낼까?"

상규는 상규네의 말이 옳다는 생각에 이옥순을 바라보며 눈을 반짝였다. 하지만 이옥순은 무당 집에 자식들을 보내고 싶지 않아서 글쎄유, 라고 애매하게 대답했다.

맞선

집안이 대단하다고 들었어요.
아버님은 국회의원이시고 매형은 청와대에서 근무하시고,
누님 두 분이 박사님인 데다, 작은 매형은 교수님이라고 들었어요.
저는 학교 다닐 때 영문과를 다녀서 영어를 조금 했었지만 졸업하고
일 년 정도 놀다 보니 다 잊어버렸어요.

승우는 시청 앞에 있는 프라자호텔 앞에서 차를 멈췄다. 도어맨에게
자동차 키를 맡기고 곧장 커피숍으로 올라갔다.

퇴근 무렵이라 커피숍 안에는 손님들이 많았다. 조용한 자리를 찾다
가 창문 옆자리가 비어 있는 것을 보고 그쪽으로 갔다. 창문 밖으로 시
청 건물이 한눈에 보였다. 어둠에 싸여 있는 시청 건물은 창문에 불이
켜져 있는 곳이 많았다. 시청 광장에서 시원하게 물줄기를 쏘아 올리던
분수대는 여름과 다르게 차가운 정적에 싸여 있었다.

"나 오늘 맞선 보러 가는구먼."

승우는 이동하의 거듭된 권유로 여자를 만나기는 하겠지만, 아무리
조건이 좋아도 결혼하겠다는 생각은 없었다. 인숙에게 말을 안 하면 그
뿐이라는 생각에 처음에는 인숙에게 맞선 보러 간다는 말을 안 하려고

했다. 하지만 인숙에게 거짓말을 하면 안 된다는 생각이 들어서 오후에 전화를 했었다. 이런저런 말끝에 지나가는 말처럼 맞선 보러 간다는 사실을 털어놓고 말았다.

"참말로?"

인숙이 뜻밖이라는 목소리로 반문했다.

"니가 싫다면 일이 바빠서 약속 장소에 못 나간다고 할 수도 있구먼."

인숙이 놀라는 목소리가 너무 반갑게 들려서 생각지도 않은 말을 하고는 반응을 기다렸다.

"이미 약속을 했다면 나가 줘야 하는 거 아녀? 여자분이 실망하잖여."

"내가 선을 본다는데 너는 괜찮은 겨?"

"글쎄, 기분이 묘한데. 우리 승우가 드디어 결혼을 하는구나, 하는 생각이 드네⋯⋯."

"인숙아, 니 눈에는 내가 아직도 중학생으로 보이는 거냐?"

"무슨 말을 하고 싶은 거여? 나는 이승우를 대한민국의 미래를 책임져 나갈 유능한 검사님으로 생각하고 있는데."

"나, 오늘 저녁에 선 보기로 했단 말여. 우신건설 외동딸하고 시청 앞에 있는 프라자호텔에서 만나기로 했단 말여. 더 말해 줄까?"

"나한테 듣고 싶은 말이 머여?"

인숙이 잠깐 동안 침묵하다가 차분한 목소리로 물었다.

"니가 선 보는 데 나가지 말라고 하면 안 나갈 수 있다고 했잖여."

"너는 니 말대로 중학생이 아녀. 사법 고시에 합격한 검사님이여. 그런 일은 너 혼자 충분히 판단할 수 있다고 믿어. 그렇게 알고 전화 끊을게. 잘 있어."

인숙이 냉정하게 말하고 일방적으로 전화를 끊었다. 승우는 화가 나서 다시 전화번호를 눌렀다.

"이거 한 가지만 분명히 알고 있어. 나는 세상이 두 쪽 나는 한이 있더라도 박인숙과 결혼할 거야."

"스, 승우야!"

인숙이 뭐라고 말하려는 사이에 전화를 끊어 버리고 말았다. 창문 밖으로 보이는 하늘은 잔뜩 찌푸려 있었다. 엉뚱하게 눈이 올 것 같다는 생각이 들었다. 낮게 내려앉은 하늘을 바라보는데 이상하게 눈물 한 방울이 또르르 흘러내리는 것을 느꼈다.

승우는 벽시계를 바라봤다. 우미선이라는 여자가 올 시간이 이미 지나고 있었다. 퇴근 시간이지만 차가 밀리는 편은 아니다. 우미선이 갑자기 무슨 일이 생겨서 안 나왔으면 좋겠다고 생각하며 종업원을 불러서 신문을 갖다 달라고 했다.

신문의 1면에 전국 자동차 등록 대수가 1백만 대를 돌파했다는 헤드라인 기사가 시선을 사로잡았다.

'전국의 자동차 수가 1백만 대를 넘어섰다. 본지가 전국 시·도를 통해 집계한 3월 말 현재 등록 차량 대수는 승용차 51만 1천579대, 버스 11만 280대, 화물차 36만 6천389대, 특수차 1만 4천888대 등 모두 1백만 3천136대로 밝혀졌다. 이는 지난해 연말 94만 8천319대보다 5만 4천817대가 늘어난 것으로 올 들어 하루 평균 609대의 자동차가 늘어난 셈이다. 차종별로는 승용차가 가장 많다. 자가용 승용차가 이처럼 크게 늘어난 이유는 이 기간 동안 국내 자동차 회사들이 새 모델을 개발해 시판하기 시작했기 때문인 것으로 보인다. 전체 자동차 수는 10년 전인 74년

말의 17만 7천505대와 비교하면 약 480%에 해당하는 82만 5천600여 대가 늘어난 것으로 매년 평균 8만 대 꼴로 증가한 셈이다……'

승우는 신문을 읽다가 인기척을 느끼고 고개를 들었다. 푸른색 투피스를 얌전하게 입은 여자가 미소를 지으며 서 있다.

"저, 이승우 검사님이세요?"

"네, 제가 이승우입니다. 우미선 씨입니까?"

"제가 좀 늦었죠?"

"아, 아닙니다."

승우는 고개를 흔들며 자신도 모르게 벽시계를 바라봤다. 약속 시간보다 삼십 분이나 늦었다. 처음 맞선을 보지만 약속 시간보다 삼십 분이나 늦게 온 여자치고 당당해 보여서 혼란스러웠다.

"사진보다 훨씬 미남이시네요."

우미선은 승우가 일어서서 의자를 빼 주기를 기다렸다. 하지만 승우가 일어날 기미를 보이지 않고 민망한 웃음만 짓고 있는 것을 보고 할 수 없이 의자를 빼서 앉았다.

"밖에 많이 춥죠?"

승우는 엉뚱하게 물으며 비로소 우미선의 얼굴을 자세히 바라봤다. 거리를 걸어가면 남자들이 한 번쯤은 뒤돌아볼 만한 미모다. 하지만 어딘지 모르게 꾸민 것 같은 느낌을 지울 수 없었다.

"운전기사가 호텔 앞에까지 태워다 줬어요. 집에 가는 길은 검사님이 태워 주실 거죠?"

우미선은 물을 한 모금 마시고 다시 승우를 바라봤다. 검사라고 해서 딱딱한 이미지거나 엄숙한 스타일인 줄 알았다. 단정하게 넥타이를 맨

차림에 나이보다 어려 보이는 이미지를 풍기는 호남형이라서 마음에 딱 들었다.

"댁이 강남 아닙니까?"

"네. 논현동이에요."

"저는 종로입니다."

"그럼, 집에까지 안 데려다 주시겠다는?"

"그 대신 택시를 태워 드리겠습니다. 어제 새벽까지 일해서 지금 너무 피곤하거든요."

승우는 결혼하지도 않을 여자를 논현동까지 태워다 주고 싶지 않아서 거짓말했다.

"기사를 부르면 되니까 피곤하시면 택시를 태워 주지 않아도 돼요. 그런데 검찰청에서는 매일 새벽까지 일을 하나요?"

"오늘은 과장님께 특별 허락을 받고 일찍 퇴근했습니다. 평소에는 열한 시 이전에는 퇴근을 못 합니다."

"어머머, 검사시면서 그렇게 일이 많으세요? 제가 알기로는 검사실에 수사계장도 있고 여직원도 있다고 하던데……."

우미선이 다시 물을 마시려다 말고 의외라는 표정으로 물었다.

"판사님들은 더 바쁘십니다."

"그럼 데이트는 언제 하나요?"

"전, 아직 데이트를 해 본 적이 없습니다."

종업원이 조용히 다가와서 메뉴판을 승우 앞으로 내려놓자, 승우는 메뉴판을 펼쳐서 다시 우미선 앞으로 내밀었다. 문득 인숙의 얼굴이 떠올랐다.

데이트를 해 봤나?

데이트가 무엇인지 모른다. 대학에 들어가서도 곧장 사법 고시를 목표로 공부만 했기 때문에 개인적으로 여학생과 만나서 음식을 먹거나 영화를 보거나 거리를 거닐어 본 적이 없다. 인숙이하고는 만나서 커피를 마시고 밥을 먹고 헤어지기 바빴다.

"저는 커피를 마시겠어요."

"식사 전인데 괜찮겠슈?"

"어머, 아직도 사투리를 쓰세요?"

우미선이 하얀 이를 반짝이며 웃었다.

"가끔 저도 모르게 나옵니다. 저는 홍차를 마시겠습니다."

승우가 메뉴판을 종업원에게 돌려주며 말했다.

"젊으신데도 건강을 많이 챙기시나 보네요. 요즘 젊은이들답지 않게…… 검사님들은 모두 그래요?"

우미선은 자신이 커피를 주문했으니까 승우도 당연히 커피를 주문할 줄 알았다. 실망한 표정을 감추려 했지만, 자신도 모르게 비꼬는 투로 말했다.

"밤새워 일할 때는 잠을 쫓으려고 커피를 다섯 잔 이상 마실 때도 있습니다. 나와서라도 덜 마셔야죠."

"어머, 밤새도록 일할 때도 있나요?"

"그렇게 일하는 직장이 많은 걸로 알고 있습니다. 검찰청도 그중에 하나로 볼 수 있쥬."

"모든 검찰청이 밤새워 일하는 것은 아니잖아요. 아버지 회사에도 보면 기획실이나, 경리부 같은 곳은 밤늦게까지 일하는 직원들이 많지만 다른 부서는 늦어도 여덟 시 전에는 모두 퇴근한다고 그러던데……."

커피가 왔다. 우미선은 승우가 설탕과 프림을 타 주기를 기다리며 눈치를 살폈다.

"아무래도 지방 검찰청은 서울보다는 사건이 적기 때문에 덜 바쁠 것이라는 생각은 드네유."

승우는 우미선의 얼굴은 바라보지도 않았다. 홍차가 뜨거워서 천천히 컵 언저리를 입술에 대고 한 모금 마셨다.

"집안이 대단하다고 들었어요. 아버님은 국회의원이시고 매형은 청와대에서 근무하시고, 누님 두 분은 박사님인 데다, 작은 매형은 교수님이라고 들었어요. 저는 학교 다닐 때 영문과를 다녀서 영어를 조금 했었지만 졸업하고 일 년 정도 놀다 보니 다 잊어버렸어요. 하지만 외국 여행을 하면서 불편을 느낄 정도는 아니에요. 대학 다닐 때도 방학 때마다 외국에서 지냈거든요."

우미선은 생각 같아서는 영국이며 미국, 프랑스 등 자신이 다녀 본 나라에 대해서 자랑하고 싶었다. 하지만 조신하게 굴어야 한다고 몇 번이나 당부했던 아버지인 우신국의 말을 떠올리며 적당히 자랑만 했다.

"영문과를 졸업하셨나요?"

"네. 이대 영문과를 나왔어요."

우미선은 이 정도면 당신 신붓감으로 적당하지 않느냐는 얼굴로 커피잔을 들었다.

승우는 더 이상 물어보고 싶은 생각도 없었다. 어서 대충 식사나 끝내고 갔으면 좋겠는데 우미선이 밥 먹으러 가자는 말을 꺼낼 기미가 안보인다. 홍차도 특급 호텔 거라 그런지 사무실에서 마시는 티백 차보다

맛이 없다. 물을 한 모금 마시고 나서 혼잣말로 중얼거렸다.

"음악이 좋네요……."

"어머, 음악도 좋아하시나 보다. 저는 공부만 하는 공부 벌레인 줄 알았는데. 저는 영문학을 전공했지만 팝송보다는 클래식 음악을 더 좋아하거든요. 지금 흘러나오고 있는 음악이 폴 모리아의 고독한 양치기 아니에요?"

"네, 저도 좋아하는 음악입니다. 폴 모리아가 작곡해서, 폴 모리아 악단이 연주하는 음악으로 알고 있습니다."

승우는 '클래식이란 전통적 작곡법으로 작곡해서 바이올린이나 피아노 같은 고전 악기로 연주하는 음악이 아닌가?'라고 마음속으로 반문하면서도 고개를 끄덕거렸다.

"클래식을 좋아하시는 모양이군요. 다른 취미는 또 뭐가 있어요? 저는 여행도 좋아해요. 그동안 여행 가 본 곳 중에 가장 인상 깊었던 곳은 파리에 있는 몽마르트르 언덕이에요. 화가들이 좋아하는 몽마르트르 언덕 다음으로는 개선문이 있는 샹젤리제 거리도 좋았어요."

"여행을 하고 나면 기분이 어때요?"

"기분 좋죠."

승우가 뜬금없이 묻는 말에 우미선이 이제 막 파리에서 돌아온 여행자처럼 피곤한 얼굴로 대답했다.

"아니, 그런 것보다는 뭔가 얻어 온다든지, 아니면 삶의 변화를 느낀다든지 하는 여행에서 느낄 수 있는 어떤 감회나 인생의 변화 같은 것이 있을 것 아닙니까?"

"글쎄요? 그런 말은 처음 들어 보는 군요."

우미선은 승우에게 엉뚱한 면이 있다는 생각에 빙긋 웃었다. 여행을 갈 때 영국에 가면 영국 음식을 먹고, 핸드백이나 구두며 옷이나 사고, 미국에 가면 미국에서 좋다는 관광지에 가서 재미있게 즐기다 오면 그뿐이지, 삶의 변화를 느낀 적은 없었다.

"식사는?"

승우는 괜한 질문을 했다는 생각에 얼른 화제를 바꿨다.

"이 호텔 레스토랑에 가면 만 오천 원짜리 코스 요리가 있어요. 드셔 보셨어요?"

"둘이 먹는데 만 오천 원씩입니까?"

승우는 점심을 구내식당에서 먹거나 청사 근처에 있는 식당에서 이천 원짜리 설렁탕이나 곰탕, 혹은 칠백 원짜리 자장면을 먹는다.

"호텔에서 식사 안 해 보셨나 보다. 일 인분에 만 오천 원짜리면 싼 거예요. 이만 원 정도는 줘야 먹을 만해요."

우미선은 시간이 흐를수록 승우한테 마음이 끌리는 것을 느끼며 코 먹은 목소리로 속삭였다. 아버지 우신국의 말에 의하면 승우의 아버지인 이동하는 재산도 많다. 강남에 빌딩도 두 채나 있고, 고향에 건설 회사와 꽤 큰 정미소도 있다고 한다. 그런데도 호텔 음식을 먹어 보지 않았다면 고시 공부만 하느라 다른 데 한눈팔지 않았다는 증거로 볼 수밖에 없었다. 승우 같은 남자하고 결혼하면 얼마든지 인생을 즐길 수 있다는 생각에 반짝이는 시선으로 바라봤다.

"검찰청 선배님하고 호텔 뒤에 있는 설렁탕 전문점에서 설렁탕을 먹어 본 적 있거든요. 그쪽으로 가시겠습니까?"

"설렁탕을 좋아하시나 보다. 이 호텔에도 한식당 있거든요. 그럼 거기

가서 설렁탕 먹죠. 저도 승우 씨 덕분에 오랜만에 설렁탕 한 그릇 먹어 보죠."

"미선 씨는 설렁탕이나 한식 안 좋아하세유?"

"저는 한식보다는 양식이 좋아요. 하지만 승우 씨가 좋아한다면 저도 앞으로 한식을 좋아하도록 노력해 볼게요. 어서 가시죠."

우미선은 어떤 일이 있어도 승우를 붙잡아야겠다고 생각했다. 재산도 그 정도면 친구들 보기에 부끄럽지 않을 것 같았다. 더구나 사(士) 자가 붙은 직업 중 으뜸이라 할 수 있는 검사다. 얼굴도 미남형에다 시누가 될 사람들도 박사들이고 그 남편들은 청와대에 근무하거나 대학교수다. 이 정도 집안의 남자와 결혼할 수 있다면 설렁탕 한 그릇 정도는 문제가 되지 않는다는 생각에 핸드백을 들며 일어섰다.

"저 때문에 안 좋아하는 음식을 먹으면 안 돼쥬. 그냥 레스토랑으로 갑시다."

"아니에요. 승우 씨가 좋아하는 걸로 먹어요. 근데 승우 씨는 여자하고 언제 데이트 했어요?"

우미선은 승우가 여자를 배려하는 마음까지 있다는 것을 알고 감격했다. 다른 손님들이 보라는 듯이 팔짱을 끼고 싶은 충동을 짓누르며 카운터 앞에서 물었다.

"데이트는 안 해 봤다고 아까 말한 걸로 아는데……."

승우는 지갑을 꺼내 신용카드와 함께 영수증을 내밀면서 우미선과 거리를 두고 떨어졌다.

"아 참, 고시 공부만 하느라 데이트는 안 해 봤다고 하셨지. 그럼 오늘 저와의 데이트가 첫 데이트네요?"

"글쎄유……."

승우는 인숙의 얼굴이 떠오르는 것을 느끼며 말꼬리를 흐렸다.

"조금 전에 여자하고 데이트는 안 해 봤다고 하셨잖아요."

"그게, 좀 애매하네유……."

승우는 카드 영수증에 사인을 하다 말고 우미선을 바라봤다. 질문의 의도를 짐작할 수 있었지만 우미선과 데이트하고 싶은 생각은 들지 않았다.

호텔 안에 있는 한식당에 들어간 승우는 메뉴판을 보고 놀랐다. 설렁탕 한 그릇 가격이 무려 팔천 원이다.

"저희 호텔에서는 미국산 어린 송아지 뼈를 스물네 시간 이상 고아서 설렁탕을 만들고 있답니다."

승우가 메뉴판을 보고 고개를 갸웃거리는 모습을 본 여자 종업원이 미소를 띤 얼굴로 부드럽게 말했다.

"우리나라도 소가 넘쳐나는 걸로 알고 있는데."

"한우는 미국산 어린 송아지 맛을 따라갈 수 없습니다. 그래서 특급 호텔의 한 식당에서는 미국산 어린 송아지를 특별히 수입해서 사용하고 있습니다."

"지금 이분이 어느 소를 사용하느냐고 묻는 것이 아니잖아요. 이런 호텔에서는 외국 손님이 많이 올 텐데 우리 우수한 한우를 사용하는 것이 어떠냐는 뜻으로 하는 말이잖아요. 어서 설렁탕이나 갖고 오세요."

우미선은 승우가 팔천 원짜리 설렁탕 가격을 가지고 따지는 것이 아니라는 생각에 짜증 난 얼굴로 종업원을 노려봤다.

"미선 씨도 저하고 같은 생각을 하고 있었군요."

승우는 가격이 너무 비싸서 질문한 것이지만 할 말이 없어서 어깨를 으쓱거렸다.

"승우 씨는 계속 공부만 하셔서 세상 물정을 잘 모르시는 거 같아요. 호텔에서 비싼 미국산 송아지를 수입해서 팔고 싶겠어요? 부자들이 한우보다는 미국산을 더 찾으니까 할 수 없이 미국산을 수입하는 거예요."

우미선이 자랑스럽게 말하며 남자와 만나 식사를 하면서 처음으로 존경스런 눈빛으로 승우를 바라봤다.

저녁 무렵이다.

애자는 초인종이 울리는 소리에 습관처럼 벽시계를 바라봤다. 학원에 갔던 성찬이 올 시간은 아니다.

누구지?

다 저녁 무렵에 찾아올 사람이 없다고 생각하며 인터폰을 들었다. 뜻밖에도 말자가 현관 앞에 서 있었다.

"어쩐 일이니? 연락도 없이."

"세미나 때문에 올라왔다가 시간이 나서 저녁이나 얻어먹고 늦게 내려가려고."

말자는 슈퍼에서 사 가지고 온 고기며 맥주가 든 봉지를 애자에게 내밀며 아파트 안으로 들어갔다.

"성찬이는?"

"영어 학원 갔잖아. 아직 올 시간이 안 됐어."

"형부는 몇 시에 퇴근해?"

"어제 안 들어왔으니까 오늘은 여덟 시나 아홉 시쯤 퇴근하겠지."

"안 들어오다니? 아빠처럼 딴살림 차린 거야?"

"네 형부가 그런 배짱이라도 있으면 좋겠다. 직장에 일이 많아서…….
우선 뭐 좀 마실래?"

애자는 말자가 사 가지고 온 것들을 주방 식탁 위에 올려놓고 냉장고
앞으로 갔다.

"캔 맥주 사 왔거든, 목마른데 그거나 하나 마실까? 근데 형부 일이
그렇게 많아?"

말자는 거실을 한번 휘 둘러보고 나서 괜히 안방 문을 열었다. 침대
위에 있는 이불이 얌전하게 깔려 있지 않고 아침에 나온 그대로 헝클어
져 있다. 성찬이 방도 한번 살펴보고 나서 식탁 의자에 앉았다.

"바쁘다니까 바쁜 줄 알지. 내가 근무하는 걸 지켜본 것도 아니잖아."

애자는 말자가 사 온 캔 맥주를 냉장고 안에 집어넣었다. 대신 냉장고
안에 있던 병맥주를 꺼내 들어 식탁에 내려놓았다.

"요즘 형부하고 사이가 안 좋구나?"

애자가 찬장에서 컵을 고르는 모습을 지켜보며 말자가 중얼거렸다.

"안 좋을 것도 없고, 좋을 것도 없지. 원래 부부는 그렇게 사는 거 아
닌가?"

"언니, 나 아직 미스라는 거 알고 있지?"

"그게 무슨 말야?"

애자는 맥주잔을 꺼내지 않고 와인잔 두 개를 꺼내서 식탁에 내려놓
았다. 안줏거리를 찾아서 다시 냉장고 문을 열었다.

"그렇지 않아도 독신으로 살까 갈등하고 있는 동생에게 희망적인 메
시지는 주지 않고 있잖아."

"세상에는 착한 사람들이 그렇지 않은 사람들보다 더 많이 살고 있잖아. 그게 세상을 움직이게 하는 힘 아냐?"

애자는 햄에 달걀옷을 입혀 부쳐 놓은 반찬을 꺼내 들고 말자 반대편 의자에 앉았다.

"언니네 부부 사이는 좋은 편이야, 아니면 건조한 편이야?"

말자는 맥주를 마시기 전에 햄 조각을 먹으면서 애자를 바라봤다. 어딘지 모르게 쓸쓸하고 외로움에 젖어 있는 얼굴이다.

"건조한 편이라고 하면, 우리 말자 시집가는 데 지장 있으니까 좋은 편이라고 해 두자. 요새도 강의 나가니?"

애자는 와인잔에 보기 좋을 만큼 맥주를 따라서 말자 앞으로 내밀었다. 자신의 잔에 맥주를 따르다 말고 말자를 바라봤다.

"배운 것이 도둑질이라는 말이 있잖아. 올해는 어떡하든 전임이 돼야 할 텐데⋯⋯."

"영자처럼 시집부터 가는 게 어때?"

"근데 형부 퇴근하기 전에 이렇게 술 마셔도 괜찮은 거야?"

"맥주도 술이니?"

"하긴, 맥주 정도는 현대인에게 음료수지."

"시집을 안 갈 거면 모르지만 시집가려면 한 살이라도 어릴 때 가는 게 낫지 않겠어?"

"영자는 후회하고 있어. 나보고 전임 자리 얻기 전에는 절대로 시집가지 말래. 최 서방도 영자가 전임 자리 노리는 데 비협조적이고⋯⋯."

"박사 교수도 좋지만 박사 엄마도 괜찮잖아."

애자는 천천히 잔을 비웠다. 길게 숨을 내쉬고 나서 잠시 동안 빈 잔을 바라보다 잔을 채우기 시작했다.

"언니, 무슨 일이 있지?"

말자가 느닷없이 애자의 허를 찔렀다.

"난 이 세상에서 아버지처럼 수완이 뛰어난 사람 처음 봤어. 너 성남시가 어디 붙어 있는 줄 아니? 광주군하고? 전라도 광주시 말고 말야."

애자는 결혼도 안 한 말자에게 건조한 결혼 생활에 대해서 말해 주고 싶지 않았다. 햄 조각을 먹고 있는 말자를 바라보며 은근슬쩍 말을 돌렸다.

"아버지가 그러시는데 성남시하고 광주군하고 붙어 있다고 하시던데? 지도에서 찾아보니까 천호동 쪽하고 성남하고 붙었든데?"

"아버지는 국회의원 선거 때문에 거길 처음 가 보셨대. 그런데 거기서 떡하니 당선되셨잖아. 세계적인 토픽감 아냐? 명색이 국회의원인데 어쩜 주소를 옮기신 지 반년도 안 돼서 당선될 수 있지?"

"이상할 것도 없어. 아버지는 성남시가 처음이지만, 성남시나 광주군에서 민주정의당 선거운동을 하는 사람들은 그쪽에서 뿌리를 내리고 사는 사람들이잖아. 유권자들이 아버지를 보고 표를 주는 건 아니잖아. 선거 운동원들이 아버지가 훌륭한 정치인이라고 홍보하니까 그 말을 믿고 아버지한테, 아니 좀 더 정확하게 말한다면 민주정의당이 좋으니까 민주정의당 후보한테 표를 준 건데 뭐가 이상해?"

"너는 그렇게 합리적인 애가 왜 아직 전임이 못 됐냐?"

"정치하고 학문은 다르거든. 한 잔씩 더 할까? 점심때 교수들하고 토스트 한 조각으로 때웠더니 빈속이라 그런지 술이 잘 받네."

"니 정치적인 논리대로 니 형부한테 부탁 좀 해 보지 그러니?"

애자가 한심하다는 표정으로 말자를 바라보고 있다가 맥주를 꺼내기 위해 일어서며 말했다.

"그렇지 않아도 교수님이 그러시더라구. 형부가 청와대에 근무하시면 약발이 빠를 거라고 말야."

"약발이라니?"

"그런 게 있어."

"대관절 대학교수가 뭐가 그렇게 좋은 거니. 좋은 남자 만나 시집가서 애 낳고 행복하게 살면 그게 여자의 행복 아니니?"

애자가 말자의 빈 잔을 채워 주고 나서 의자에 앉으며 말했다.

"언니 지금 행복해?"

"불행하다고도 볼 수 없지."

애자는 갑자기 눈물이 핑 돌았다. 슬쩍 고개를 돌려 눈물을 닦고 나서 애매하게 웃으며 말자를 바라봤다.

"난 언니가 갑자기 형부랑 결혼하겠다고 할 때부터 불행해질지 모른 다고 예감했어. 형부한테는 사랑하는 여자가 있었잖아. 백인경이라 고……. 물론, 언니가 백인경 씨로부터 형부를 빼앗았다는 추론을 해 본 적은 없어. 하지만 서로 신뢰를 주고받는 커플이 될 거라는 생각은 들지 않았어."

"그때 왜 말리지 않았니? 이 결혼은 불행해질 거라고……."

애자는 눈물이 흐르는 것을 느꼈으나 닦지 않았다. 맥주를 천천히 마시고 난 다음에야 입술에 묻은 술을 닦아 내듯, 양손으로 눈물을 닦았다.

"언니가 너무 행복해 보였거든. 다른 한편으로는 형부가 성공해서 야

생화처럼 살고 있는 언니를 화분 안으로 옮겨 심을 수 있는 능력이 있다고 판단했어. 절반은 맞아떨어진 셈이지. 언니하고 결혼을 약속한 후에 곧바로 옛날 중앙정보부인 안전기획부에 특채로 뽑혔잖아. 정권이 바뀐 후에는 안전기획부에서 근무한 배경으로 청와대에 입성하고…… 때가 되면 최소한 정부 부처 국장이나 차관, 어쩌면 장관이 될지도 모르지…….”

말자는 애자가 눈물을 보이니까 가슴이 짠해지면서 눈물이 났다. 눈물이 흐르기 전에 닦아 내고 독백하는 듯한 목소리로 말했다.

“성찬이 아빠의 목적도 바로 그거야. 최소한 정부 부처의 국장급 이상은 되어야 한다는 거야. 그동안 나는 가정이나 지키면서 성찬이만 돌보고 있으라는 거지. 나는 충실하게 그 길을 걸어왔고……. 지 아비의 성공을 기원하면서 열심히 살다 보니 얼굴에 주름살이 보이기 시작하더라. 그때부터 이건 아니라는 생각이 들었어. 그렇다고 무슨 방법이 있는 것도 아니잖니. 내가 너 같은 입장이면 뭐든 할 수 있겠어. 하지만 난 가정주부야. 가정주부는 가정이라는 울타리 안에서만 살아갈 수밖에 없어…….”

“예전에 언니는 이러지 않았잖아. 언니 기억나? 중학교 다닐 때 언니가 들례라는 여자 집에 가서 뭐라고 하고 왔잖아. 그때 몇 학년이었는지 알아? 중학교 이 학년 때였잖아. 그런 모습이 언니의 진짜 모습이라고 그런데 왜 이렇게 약해졌어? 언니 지금 얼굴이 어떤지 알아? 죽지 못해 사는 사람처럼 보여. 여자는 거울을 안 보기 시작하면 이미 여자로서의 기능을 잃어버리는 거래. 제발 거울 좀 보면서 살아. 언니가 뭐가 부족하다고 이렇게 좁은 집에서 사육당하는 것처럼 살고 있는 거야? 언니네도 강남으로 이사 가. 요즘은 서울 산다고 하면, 강남에 사느냐 강북에 사느냐고 묻는다잖아."

말자는 자기가 한 말에 감정이 복받쳐서 자꾸만 눈물이 났다. 화장지를 꺼내서 사각으로 접어 눈물을 콕콕 눌러 닦으면서도 울음 섞인 목소리로 말했다.

"나도 내가 왜 이렇게 변했는지 모르겠어. 성찬이 아빠를 고등학교 다닐 때부터 사랑했거든. 결혼해서는 사랑하는 사람을 내조하는 게 최고의 행복이라고 생각했어. 다른 생각은 안 하고 성찬이 아빠만 바라보면서 살았어. 근데 언제부턴가 성찬이 아빠는 성공을 위해서 살고 있고, 난 그런 성찬이 아빠만 바라보며 살고 있었다는 걸 성찬이를 낳고 난 후에, 한참 만에야 알았지 뭐야. 부부라는 것이 서로를 바라보며 살아야 하는데 말야……."

"언니, 지금이라도 늦지 않았어. 언니 생활을 즐기면서 살아. 그것이 최선의 방법이라고 생각해."

"나도 내 생활을 즐기며 살려고 자동차도 사고 그랬잖아. 이 아파트에 나하고 처지가 비슷한 은영이 엄마라는 여자가 있거든. 처녀 때 은행에 다니던 여잔데, 그 여자하고 어울리는 것이 유일한 낙이야. 첨에는 은영이 엄마하고 교외로 드라이브도 나가고, 같이 소주병 비우고 하는 것이 재미있더니 그것도 반복되다 보니까……."

전화벨이 울렸다. 애자는 눈물을 닦으며 일어섰다. 거실로 가서 테이블 위에 있는 수화기를 들며 소파에 앉았다.

"난데, 오늘 급하게 처리해야 할 일이 있어서 집에 못 들어가겠네. 그렇게 알고 성찬이하고 일찍 자."

"말자가 올라왔어요. 서울에 무슨 세미나가 있어서 올라왔다가 당신한테 할 말도 있고 해서 들렀다는데……."

애자는 고현수가 집에 들어오지 않겠다는 말은 무감각하게 받아들였다. 더구나 성찬이가 집에 왔는지, 학원에 있는지 정도의 안부는 물어보는 것이 가장의 역할이라는 생각에 거두절미하고 본론만 말했다.

"그래, 그럼 어서 바꿔 봐."

애자는 알았노라는 말도 하지 않고 수화기를 내려놓았다. 옆으로 물러나 앉으며 말없이 손짓으로 말자를 불렀다.

"처제, 연락 좀 하고 올라오지 그랬어. 가는 날이 장날이라고 오늘 급한 일이 있어서 집에 못 들어가겠네. 나한테 하고 싶은 말이 있다며?"

"다음에 만나서 말씀드릴게요. 전화로 말씀드릴 상황이 아니라서요……."

"이 전화는 특별 회선이라서 괜찮아. 무슨 말인지 해 봐."

"아니에요, 다음에 말씀드릴게요. 그럼 수고하세요."

말자는 그렇지 않아도 애자를 슬프게 만드는 고현수가 미웠다. 그런데다 오랜만에 만난 처제를 사무적인 목소리로 대하는 것이 싫어서 일방적으로 전화를 끊었다.

"전화로라도 말하지 그랬니?"

"언니가 형부 땜에 울고 있는데 부탁한다는 말이 나와?"

"내가 언제 니 형부 땜에 울었다고 그러니? 그냥 신세 한탄한 것뿐인데. 모산 집에는 자주 내려가니?"

애자는 고현수도 안 들어오는데 박순자에게 전화나 해야겠다는 생각으로 수화기를 들었다. 전화를 받은 박순자는 학원에 간 은영이 집에 오는 대로 가겠다고 대답했다. 시계를 보니까 성찬이 도착할 시간이다. 식탁을 치우려고 일어서며 말했다.

"집에 가면 시집가라고 노래를 부르는 통에 가기 싫어. 참, 언니 충일병원 알지?"

말자가 남은 맥주를 마저 마셔 버리고 지나가는 말처럼 물었다.

"충일병원이 왜?"

"우리 동네 등구나무거리 사는 박진규 알지?"

"진규? 그래. 언젠가 군대에 있을 때 휴가 왔다고 우리 집에 인사하러 온 적 있었어. 성찬이를 임신했을 때였어. 엄마가 그러는데 군대 제대하고 충남대학교 박사 과정 다닌다고 하던데. 학위는 땄니? 진규가 충일병원에 입원이라도 한 거야?"

애자는 빈 맥주병을 베란다 빈 병 모으는 곳에 갖다 두고 나서 반찬들을 식탁 위에 내놓기 시작했다.

"박사 학위는 땄대. 그런데 박사 학위가 중요한 게 아니고 톱뉴스는 따로 있어."

말자는 식탁 의자에 앉았다. 애자가 냉장고에서 꺼내 놓은 반찬을 식탁 가운데로 옮겼다.

"톱뉴스?"

"언니도 놀랄걸."

말자가 말하려는데 초인종이 울렸다. 애자는 말자에게 잠깐 말을 끊으라는 눈짓을 해 보이며 현관 앞으로 갔다.

"누가 왔는데?"

"성찬이."

애자는 시간을 확인하고 나서 현관문을 열었다.

"이모 오셨네?"

성찬이 애자 옆에 서 있는 말자를 보고 반갑게 말을 걸었다.

"우리 성찬이도 다 컸네. 학원에서 오는 길이야?"

애자가 성찬이 등에 지고 있는 가방을 받아 드는 사이에 말자가 성찬이 얼굴을 쓰다듬으며 말했다.

"내년에 고등학교 가잖아. 근데 이모는 언제 갈 거야?"

"왜?"

"오랜만에 왔으니까 자고 가야지. 엄마 혼자 심심하니까 잘됐네."

"어이구, 우리 성찬이가 엄마 걱정하는 걸 보니 다 컸네. 근데 이마에 여드름 좀 봐. 좋아하는 여학생 생겼냐?"

"너 혹시 은영이 좋아하니?"

말자가 묻는 말에 성찬이 얼굴을 붉히는 것을 보고 애자가 물었다.

"은영이가 누구야?"

말자가 재미있다는 얼굴로 애자에게 물었다.

"이모, 은영이는 이백삼 호에 사는 친구야. 그냥 친구."

성찬은 애자를 노려보고 나서 방으로 뛰어들어 갔다.

"같은 아파트 사는 여학생이야?"

"아까, 이웃에 나하고 신세가 비슷한 여자가 산다고 했잖아. 처녀 때 은행원이었던 그 여자 딸내미야. 국민학교 때부터 같이 다녔으니까 친구라면 친구라고 할 수 있지."

"어릴 때는 친구였다가 나이가 들면 이성으로 보일 수도 있겠네……."

"이모! 친구라고 했잖아. 그냥 친구!"

성찬이 방에서 말자가 하는 말을 엿듣고 큰 소리로 말했다.

"진규가 충일병원하고 어쨌는데?

애자가 말자에게 그만 놀리라는 표정을 지으며 옆구리를 찌르고 물었다.

"진규가 충일병원 사위가 됐잖아."

"뭐라고? 내가 알기로 충일병원장한테 자식이라고는 딸 하나밖에 없는데, 충남대학교 국문과 다니는 딸 말야."

"진규도 충남대학교 국문과 다녔잖아. 근데 진규가 학교 다니면서 날렸나 봐. 그것 때문에 반했는지 모르겠지만 말야. 진규가 그 딸하고 결혼해서 지금은 서울에 살고 있나 봐."

"지, 진규가 박사 학위를 땄다면 문학박사일 거잖아. 그럼 병원은 어쩌고?"

"몰라, 소문에는 진규가 병원은 물려받지 않는 조건으로 결혼했다는 거야. 그래서 병원을 무슨 재단으로 만들어서 사회에 환원시킬 준비를 하고 있다는 소문을 들었어."

"야! 나는 박진규 개가 검정고시 쳐서 충남대학교에 들어갔다는 말을 들었을 때부터 보통은 넘는 애라고 생각했지만 상상 이상인데. 하여튼 그 집안은 되는 집안인 거 같아. 도랑을 막아서 삼천 평짜리 과수원을 만들어 놓은 것 좀 봐. 요즘 보면 누가 그 과수원 땅이 원래는 도랑이었다고 믿겠어."

"내가 왜 진규 이야기를 했는지 알아?"

"그건 또 무슨 말이야?"

"형부하고 진규가 다른 점이 바로 그거야. 진규는 막말로 병원을 물려

받겠다고 하면 제 것이나 다름없잖아. 근데 진규는 몇 천억 원짜리 병원을 과감하게 사양했잖아……."

"그만해. 니 형부도 알고 보면 불쌍한 사람이잖아."

애자는 말자가 무슨 말을 하려는지 이해할 것 같았다. 오직 성공만을 향해 치닫고 있는 고현수를 자신도 타인처럼 바라보고 있는데, 말자까지 그런 시선으로 바라보면 안 된다는 생각에 말을 끊었다.

"밥 먹고 공부하고 있어. 엄마는 이모하고 잠깐 어디 좀 다녀올 테니까."

성찬이 옷을 갈아입고 밖으로 나왔다. 식탁 위에 밥이 한 그릇밖에 없는 것을 발견하고 애자와 말자를 번갈아 바라봤다. 말자가 성찬이 좋아할 만한 반찬을 앞으로 옮겨 주며 부드럽게 말했다.

애자가 설거지를 끝낼 즈음에 박순자가 초인종을 눌렀다. 애자와 말자는 곧장 밖으로 나가서 그녀와 함께 엘리베이터를 탔다.

"언젠가 내가 말했지? 대전에서 사는 내 여동생."

"결혼한 동생? 아니면……."

애자가 속삭이는 말에 박순자가 반갑게 웃으며 말자에게 인사했다.

"어머! 저 아직 미스예요. 제가 그렇게 늙어 보여요?"

말자가 새침한 표정으로 반문했다.

"아, 아니에요. 미스처럼 보이는데 뭐."

"미스면 미스지, 미스처럼 보이는 것은 뭐예요."

"아이구, 내가 말실수했네요. 반가워요. 나는 애자 씨하고 단짝 친구인 박순자라고 해요. 내 기억이 틀림없다면 말자 씨죠? 아들 낳으려고 이름을 말자라고 지었다는 말도 들었어요."

박순자가 먼저 말자의 손을 잡고 흔들며 너스레를 떨었다.

맥주와 통닭을 파는 가게는 초저녁이라 손님들이 없었다. 세 명은 구석진 자리를 차지하고 앉아서 생맥주와 통닭을 주문했다.

"관념! 관념의 차이라는 것을 알아야 한다구요. 순자 언니? 관념이라는 것이 뭔지 아세요?"

세 명은 오랜만에 만난 친구들처럼 웃고 떠들며 술과 통닭을 먹었다. 세 명 중에 맥주를 가장 많이 마신 말자가 통닭 조각을 들고 흔들면서 박순자를 바라봤다.

"내가 비록 고등학교를 나왔지만 관념이 뭐라는 것 정도는 알지. 근데 이 상황에서 관념이 왜 중요한 거야?"

박순자가 붉게 충혈된 눈을 깜박거리면서 물었다.

"내가 볼 때 두 분은 가정주부라는 고정관념에서 벗어나지 못하니까, 맨날 궁상만 떨면서 살고 있는 거예요. 지금이 몇 년돈지 아세요? 지금은 팔십오 년이라구요. 내년 구월이면 우리나라에서 아시안게임이 열려요. 삼 년 후면 올림픽이 열리구요."

"우리가 무슨 운동선수도 아니고, 아시안게임이며 올림픽이 우리하고 뭔 상관이 있다는 거야?"

애자도 오랜만에 말자와 함께 수다를 떨며 술을 마시니까 기분이 좋았다. 소녀처럼 어깨를 흔들면서 물었다.

"조선 시대 현모양처처럼 살던 시대는 지났다는 거지. 이제는 자동차 안에서 전화를 거는 세상이라구. 언제든 전화하고 싶으면, 삐삐를 쳐서 전화를 오게 만드는 과학 시대라구. 내년 하반기부터는 집에서 컴퓨터로 모르는 사람하고 서로 문자를 주고받는 비디오텍스 시대가 열린다구요."

"비디오텍스가 뭐야?"

애자가 박순자를 바라보고 나서 물었다.

"집에 컴퓨터만 있으면 내 마음대로 사진이나 글 같은 것을 컴퓨터에 올릴 수 있는 거야. 그 사진이나 글을 보고 싶은 사람은 아무나 볼 수 있는 거지. 일종의 쌍방향 통신이라고 할 수 있어. 컴퓨터만 있으면 내가 하고 싶은 말이나 쓰고 싶은 글을 얼마든지 나를 모르는 상대방과 공유할 수 있는 원리를 비디오텍스라고 하는 거야. 내년 하반기부터는 천리안이라는 이름으로 그 서비스가 시작된다구. 이런 시대에 살면서 언제까지 남편 원망만 하면서 살 거야?"

"도대체 우리한테 원하는 게 뭐야? 우리한테 애인이라도 구하라는 거야?"

박순자의 목소리가 갑자기 커졌다. 어느 틈에 여기저기 자리를 차지한 남자 손님들이 박순자를 바라봤다. 박순자는 아무 말도 안 했다는 얼굴로 시치미를 뚝 떼고 술잔을 들었다.

"두 분 지금 옷 입은 것 좀 봐요. 여기 남자들이 많이 오는 곳이잖아요. 그런데 집에서 설거지할 때나 입는 옷을 입고 뭐하자는 거예요?"

"우린 술 마시러 왔잖아."

"술 마시는 데 옷을 잘 입고 다닐 필요는 없지."

박순자의 웃으며 하는 말에 애자가 덧붙여 말했다.

"두 분 모두 정체성을 잃어버렸군. 여자는 태어날 때부터 남자에게 예쁘게 보이고 싶은 유전자가 있잖아. 남자는 여자 앞에서 강하게 보이고 싶은 유전자를 안고 태어나는 법이라구. 동물의 세계에서 강하지 못하

161

면 암컷을 차지할 수가 없단 말야. 그래서 암컷도 수컷에게 예쁘게 보이려고 노력하잖아. 여자가 남자 앞에서 예쁘게 보이고 싶은 욕망을 잃어버렸다면 이미 여자로서의 정체성을 잃어버린 셈이지."

"박사님, 아줌마들 앞에서 문자 쓰지 마시고 좀 더 쉽게 말해 줘. 그러니까, 아줌마처럼 살지 말고 여자처럼 살아야 한다는 거야?"

애자는 박순자가 묻는 말에 술이 확 깨는 것을 느꼈다. 고현수와 결혼하고 난 이후로 한 남자의 아내로, 한 아이의 엄마로 살아왔을 뿐이지 여자로 살았던 적은 없었다. 하지만 여자도 남자처럼 한 인간이다. 방종하지 않는 범위 내에서 얼마든지 자유롭게 살아갈 권리가 있다는 생각이 들었다.

애물단지

사료 값 대느라 논 다섯 마지기 있는 거 다 팔고,
그것도 부족해서 동생 결혼 패물까지
소 아가리에 다 처넣고도 빚이 천칠백만 원이나 늘었다잖유.
할 수 없이 소를 다 팔아 버려도 농협 빚이 백삼십만 원에,
축협 빚 백십만 원하고, 사채가 또 얼매나 남았다고 하데유.

날망집은 삐익거리는 날카로운 잡음 소리가 새벽 공기를 뚫는 소리에
눈을 떴다. 다시 눈을 감고 돌아누우려는데 새마을 노래 소리가 들려오
기 시작한다. 잠깐 누웠다가 길게 하품을 하고 일어나 앉았다. 방문 밖
은 훤하게 밝았는데 방 안은 깜깜하다.

"에이그, 저놈의 새마을 노래 소리 좀 안 듣는 세상에 살았으믄 좋겠
구먼."

옆에 누워 있는 장기팔의 졸린 목소리가 어둠 속에서 들려온다.

"새벽종이 울렸으믄 일어나야지……."

날망집은 또 하품이 나왔다. 입이 찢어지도록 하품을 하고 방문을 바
라본다. 방문의 창호지는 봄에 새로 붙였다. 그런데도 두 군데가 찢어지

거나 구멍이 났다. 덧붙인 문종이에는 어둠이 묻어 있다.

"여기가 무슨 학교여? 아니믄 절간이나 교회여? 왜 새벽마다 종이 울려야 하는데……."

"이이가 꿈을 꿨나? 왜 새벽부터 신소리여. 구장은 머 할 일이 읎어서 비 오는 날 빼놓고 새벽마다 회관에 내려가서 저 노래를 틀겄슈. 구장도 당신처럼 아침까지 자고 싶을 뀨. 하지만 나라에서 시키는 일잉께, 술에 절어서 곯아떨어졌다가도 새벽이믄 어김없이 노래를 틀잖유. 잠 깼으믄 그만 일어나유. 불 킬 모양잉께."

"꿈이 영 안 좋단 말여……."

장기팔은 이불을 걷어차고 잤더니 몸이 서늘했다. 이불을 끌어다 덮고 날망집의 반대 방향으로 돌아누웠다.

"좋은 꿈은 야기하고, 나쁜 꿈은 야기 안 하는 것이 좋지."

장기팔은 날망집이 중얼거리는 말에 꿈 이야기는 안 하는 게 좋겠다고 생각하며 잠을 청했다.

"자유?"

"잠자는 사람한테 자유? 라고 하믄 워틱하자는 거여."

"잠자는 사람이 워티게 말을 한댜. 무슨 안 좋은 꿈을 꿨길래, 새벽부터 아무 죄도 읎는 새마을 노래를 붙잡고 원망을 하는 거유?"

"안 좋은 꿈은 야기하지 말라면서?"

"야기를 안 할 생각이었으믄, 애당초 츰부터 꿈 야기를 하지 말았어야지……."

"아, 글씨 낮잠을 자는데 말여, 누가 마당에서 두런두런 야기를 하고 있드라구. 보니까 시훈이하고 오 씨더란 말여. 무슨 야기를 저리 다정하게 하고 있나, 생각하다가 다시 잠을 자는데, 아 글씨!"

"왜유, 둘이 싸우기라도 한 거유? 그럴 리가 읎을 텐데?"

장기팔이 어이없다는 목소리로 말을 끊자, 날망집이 바짝 긴장한 얼굴로 물었다.

"글쎄, 시훈이는 술을 안 마시겠다고 하는데, 오 씨는 술을 마셔야 된다면서 싸우드란 말여. 가만히 생각해 봉께, 오 씨 놈이 괘씸하드라구. 그렇지 않아도 시훈이가 요새 소 값이 하루가 멀다 하고 하락하는 통에 맘이 새까맣게 타들어 가고 있잖여. 그런 판국에 자꾸 술을 마시라고 하는 꼬락서니를 봉께 여간 부애가 나는 것이 아니더라구. 그래서 에이, 이눔의 새끼가 나이 좀 많다고 지 맘대로 술을 멕일라고 하나 싶어서 내가 가만히 안 두겠다는 생각에 눈을 뜰라고 했구먼. 아, 그런디 눈이 안 떠지는 거여."

"누, 눈이 왜 안 떠진데유?"

방 안을 깜깜하게 껴안고 있던 어둠이 어느새 희뿌옇게 녹아들었다. 날망집은 장기팔을 향해 돌아앉았다.

"글씨 말여. 그 머여, 부레풀로 눈꺼풀을 붙여 논 거츠름 암만 용을 써도 안 떠지는 거여. 그란데도 마당에서는 술을 마셔라, 못 먹겄다 하고 쌈이 붙은 거여, 사람 환장하겄더라고"

"아이고, 누가 자는 사람 눈을 붙여 놨댜. 나 좀 부르지 머했어?"

날망집이 꿈치고는 너무 이상해서 무릎을 치며 안타까워했다.

"하여튼 바깥에서 싸우는 소리는 다 들리는데 눈이 안 떠징께 환장하겄더라고 그래서 막 손등으로 눈을 문질렀드니, 희미하게 눈이 떠지는 거여. 마당을 바라봉께, 오 씨는 보이지 않고, 아 글씨!"

"누, 누가 마당에 있었던 거여?"

날망집이 장기팔 옆에 바짝 붙어 앉으며 물었다.

"순배 영감 아들 형제가 시훈이한테 술을 마셔라, 하고 시훈이는 안 마시겠다, 하고 쌈을 하잖여. 근데 신기하게 꿈속에서도 말여, 저, 저 사람들은 둥구나무에서 죽은 사람들인데, 위째 우리 집 마당에 왔을까 하는 생각이 들던 말여."

"아이구, 무시라. 참말로 순배 영감 아들 형제더란 말여?"

"아! 내가 신새벽부텀 읎는 말을 져내겄어? 그래서 내가 야들아, 니덜은 둥구나무에서 죽은 아들인데 워티게 우리 집 마당까지 왔냐? 라고 물었구먼. 그랬드니 눈이 번쩍 떠지는 거여. 마당이 환한데, 순배 아들 형제는 온데간데읎더라니께."

"그려, 헛것이 뵀구먼. 암만 꿈이라도 죽은 형제가 잘 알지도 못하는 시훈이하고 어울릴 리는 읎지."

"아! 가들이 시훈이를 왜 몰라? 나이 차이가 나긴 하지만 한동리 살았는데."

"그런가? 그건 그렇다 치고, 우리 시훈이는 뭘 하고 있었슈?"

"나도 그것이 궁금했구먼. '야가 갑자기 워디로 갔나?' 하고 마당으로 나가 봤단 말일씨. 그랬더니 시훈이가 옛날 삽짝거리 밖에 앉아서 혼자 술을 마시고 있더란 말여. 그래서, 야가 술을 마시고 싶으면 집에 들어와서 마실 일이지. 왜 남부끄럽게 삽짝 밖에서 술을 마실까 하는 생각이 들어서 살살 가 봤구먼. 맨바닥에 술잔을 놓고 먹는 것이 아니라, 쪼맨한 상에다 술안주가 있는 접시하고 막걸리 잔 만 있능 겨. 술안주가 먼가 하고 가만히 바라봉께, 접시도 아닌 문종이 오린 것에 돼지괴기 한 점에, 적 한 쪼가리, 절편 한 쪼가리만 있더란 말여."

"사, 사잣밥 아녀?"

"그려, 나도 니가 왜 사잣밥을 먹고 있냐? 라고 물어봉께 시훈이가 뭐라고 말을 할라는데, 둥구나무거리에 누가 뭘 팔러 왔는지 스피커에서 노랫소리가 막 나오기 시작하드만. 그 통에 눈을 떠 봉께, 새마을 노래소리가 들리드만."

"참, 별난 꿈을 다 꿨구먼. 꿈은 반대라고 하지만, 시훈이가 사자 밥상 앞에 앉아 술을 마시는 꿈은 좀 그렇구먼."

날망집은 새벽부터 안 좋은 말을 하고 싶지 않아서 혼자 구시렁거리는 목소리로 말하며 일어섰다. 윗목에 벗어 놓은 치마에 경훈이 장기팔한테 입으라고 보내 준 낡은 와이셔츠를 걸쳐 입고 방문을 열었다. 마당에는 새벽이슬이 축축하게 묻어 있다. 멀리 둥구나무는 희미한 안개에 가려져 있다. 고무신을 신고 뜰에 내려서면서 시훈이 방을 바라본다. 신발이 보이지 않는다.

오 씨 집에 가서 자는 모양이구먼.

시훈은 가끔 오 씨 집에 가서 놀다가 잠을 자고 아침 먹기 전에 들어온다. 대수롭지 않게 생각하며 정지 안으로 들어갔다.

간이 상수도가 생기기 전에는 아침밥을 짓기 전에 공동 우물에 가서 물부터 한 동이 이고 올라와야했다. 하지만 간이 상수도가 생긴 이후로는 공동 우물에 갈 일이 별로 없다. 아궁이에 불을 뗄 필요도 없다. 전기밥통에 밥을 안쳐 놓고 나서, 된장찌개는 석유곤로에 끓이거나, 석유가떨어졌을 때는 아궁이 앞에 삼발이를 세워 놓고 아이들이 소꿉장난하는 것처럼 마른 솔가지 몇 개만 집어넣어도 금방 보골보골 끓는다.

날망집은 대충 아침상을 준비해 놓고 외양간 앞으로 갔다. 외양간 안에는 어미 소 네 마리하고 송아지 네 마리가 있다. 송아지 네 마리 중에 두 마리는 암송아지다. 송아지 입식 자금을 대출 받아서 송아지 네 마리를 마리당 백만 원씩 총 4백만 원에 사들였다. 일 년이 넘게 송아지를 낳도록 자란 암소 가격이 85만 원밖에 나가지 않는다. 원래 암소는 송아지를 낳기 때문에 황소보다 훨씬 비싼 가격에 거래되었으나, 요즘은 송아지를 낳을 수 있다는 점 때문에 오히려 황소보다 15만 원이나 더 싸다.

느덜이 복덩이가 아니고, 웬수다 웬수여. 여물 안 먹고 사는 소는 읎나…… . 내다 버릴 수도 읎고, 키우자니 열병이 나서 죽겠고…… .

날망집은 크고 검은 눈을 껌벅거리며 어미 곁을 떠나지 않는 송아지들을 바라본다. 요즘 송아지 시세는 33만 원 수준이다. 암송아지는 그마저 길러 봐야 새끼를 낳으면 더 부담이 간다는 점 때문에 20만 원 정도밖에 나가지 않는다. 오죽하면 개 값보다 싼 것이 암송아지 값이라는 말이 나돌고 있을 정도이다. 그렇다고 해서 살아 있는 동물을 굶겨 죽일 수는 없다. 어제 시훈이 베다 놓은 풀을 여물통에 넣어 주기는 했지만 허겁지겁 풀을 먹는 소들이 밉기만 하다.

"야가, 어젯밤에 오 씨하고 술을 마셨나?"

시훈은 아침상을 차려 놨을 때까지 오지 않았다. 날망집은 아침을 짓는 사이에 장기팔의 꿈은 까마득하게 잊어버렸다. 밥상을 방 안에 들여놓고 문밖을 바라본다. 이 시간쯤이면 시훈이 까치집 모양으로 헝클어진 머리카락에, 잠을 설친 듯 푸석한 얼굴로 들어와서 세수를 하는 둥 마는 둥 밥상 앞에 앉아 있어야 한다.

"밥상만 들여놓고 머하는 거여?"

장기팔이 방 안에서 상체를 내밀고 날망집을 불렀다.

"시훈이가 오 씨 집에서 자고 오능개뷰. 올 시간이 됐는데……."

"아따, 서너 살 먹은 아도 아닌데 멀 기다려. 밥 먹고 있으믄 오겄지. 어여 들어와."

장기팔은 별일 아니라는 얼굴로 방문을 닫았다.

"하여튼, 그놈의 소 땜시 애타는 사람들을 전국적으로 따지믄 바글바글할 겨."

날망집은 시훈이 하루가 다르게 하락하고 있는 소 값 때문에 오 씨와 함께 늦도록 횟술을 마시고 늦잠을 자는 중이라고 생각했다. 방으로 들어가서 밥상 앞에 앉기는 했지만 입맛이 돌지 않는다.

"오늘이 학산 장인가?"

장기팔이 밥을 먹기 전에 된장찌개를 수저로 떠먹으면서 중얼거렸다.

"장 보러 갈 일도 읎는 사람이 장은 왜 찾아유?"

"소 시세 좀 보러 갈라고 그라지."

"소 시세 보러 가서, 속상하다고 술이나 퍼마시고 올라고 수작 부리는 거 아뉴?"

날망집은 밥알이 아니라 모래알을 씹는 것 같았다. 그래도 한술 떠 넣어야 일할 수 있다는 생각에 빈 그릇에 밥을 몇 수저 덜었다. 된장찌개를 넣어 쓱쓱 비비며 건성으로 물었다.

"남편한테 수작이라니? 수작이라니?"

소 시세가 하루가 다르게 내리는 통에 속이 상하기는 장기팔도 마찬가지다. 수저로 날망집의 얼굴을 찌를 것처럼 휘두르며 노려봤다.

"내 말은 지난 장날에도 소 값이 내렸는데, 오늘이라고 해서 오르겠냐 이 말유. 가 봤자, 속상항께 술이나 푸고 오면, 아침에 속 쓰리다고 익모초 즙을 짜내라, 선한 물외 냉국이 먹고 싶다 하면서 해장 타령이나 할 것 같아서 하는 말이잖유."

날망집은 한풀 꺾인 목소리로 말을 하고 나서 밥을 한 수저 떠먹었다. 짭짤하니까 그런대로 먹을 만하다.

"시훈이 그놈은 이럴 때일수록 정신 바짝 차리고, 소 시세가 워티게 되는지, 소 입식 자금 대출 연장이 언제까진지, 이런저런 일을 챙기지 않고 허구한 날 술타령이나 항께 나도 속이, 속이 아녀."

장기팔도 별 뜻 없이 숟가락을 휘둘렀다는 표정으로 힘없이 시선을 내리고 마음속으로 길게 한숨을 내쉰다.

"야가 선할 때 깔이나 한 짐 벼다 놓을 생각은 안 하고 여태까지 퍼질러 자고 있는 모양이구먼."

날망집이 허기나 메울 정도의 밥을 먹고 나서 수저를 내려놓았다. 전기밥통을 사용하고 나서는 숭늉 구경하기가 힘들다. 명절 때나 장기팔 생일 때 등 가마솥에 밥을 할 때나 숭늉이 나온다. 물 주전자를 끌어당겨서 장기팔이 마실 물 한 대접을 비워 놓고 문 앞으로 가서 앉았다. 멀리 둥구나무거리가 한눈에 들어온다. 그 뒤로 박태수네 일곱 마지기 논이며, 방천길 너머 과수원 도랑까지 눈 아래로 보인다.

"한번 가 봐. 이슬 마르면 소 풀도 멕여야 하잖여. 아무리 소 값이 개 값이라고 해도 먹일 때는 먹여야 할 거 아녀."

날망집이 밥을 절반도 먹지 않고 수저를 내려놓으니까 장기팔도 입맛이 달아났다. 수저를 내려놓고 물을 마셨다. 담배를 꺼내 들고 날망집

옆으로 갔다. 아침부터 파리가 날아들어 온다. 외양간이 없을 때는 아침 파리는 보기 힘들었다. 외양간이 생기고 나서는 파리며 모기에, 냄새까지 기승을 부린다. 그래도 소가 재산이라는 생각에 꾹 참고 지냈다. 하지만 소 여덟 마리가 애물단지로 변하고 나서는 바람 따라 흘러 들어오는 외양간 냄새가 역겹기만 하다.

"에이그, 소가, 소가 아니고 아주 웬수덩어리랑께."

날망집은 시훈이 오면 어차피 아침상을 차려야 한다는 생각에 밥상을 윗목으로 옮겼다. 파리가 달라붙지 못하도록 밥보자기로 덮어 놓고 밖으로 나갔다.

"워디 가는 거유?"

해룡네 집에서 막걸리 한 되를 받아 가지고 오던 광일네가 날망집을 보고 물었다.

"오 씨 집에 가는 질인데, 아침부터 워딜 갔다 오는 겨?

날망집은 구장이 아침부터 술을 찾는개비구먼, 이라고 생각하면서도 모르는 척 물었다.

"요새는 아주 부자가 같이 술을 찾는 통에 사람 환장하겄어. 즈 애비가 아침마다 술을 찾는다는 걸 내동 알고 있음서, 해장술 할라고 받아다 논 술을 엊저녁에 철재하고 홀랑 마셔 버렸으믄 새벽같이 술을 받아다 놔야 할 거 아녀."

광일네가 주전자를 들어 보이며 구시렁거렸다.

"광일네가 이해햐. 광배하고 철재도 속이 속은 아닐 껴. 이 동리서 갸들이 젤 먼저 소를 멕이기 시작했잖여. 소를 멕여서 포도밭을 꾸민다고 말여. 그란데 요새 소 끔이 개 끔이나 마찬가징께, 속이 오죽 타겄어."

날망집은 광일네가 말을 안 해도 이해가 간다는 표정으로 말하고 나서 한숨을 내쉰다.

　"날망집 형님은 먼 말을 그렇게 한댜?"

　광일네가 갑자기 눈꼬리를 치켜세우며 날망집을 노려봤다.

　"내가 머라고 했는데?"

　"시훈이가 소를 멕이게 된 것이 우리 광배 책음이라는 것처럼 들링게 하는 말이지."

　"그기 먼 말여?"

　"아! 아까 바로 요 앞에서 우리 광배하고 철재가 이 동리서 젤 먼저 소를 멕이기 시작했다고 했잖여. 그기 무슨 말여. 광배하고 철재가 소를 멕이지 않았다믄 우리 시훈이도 소를 멕이지 않았을 거이고, 소를 멕이지 않았다믄 축협에서 소 입식 자금 대출을 받지 않았을 것이라는 뜻 아녀?"

　"아주, 소설을 쓰는구먼. 그렇게 머리가 잘 돌아가는 여자가, 워티게 서방 하나 건사하지 못하고 허구한 날 해장술이나 받아다 줄까."

　날망집은 너무 어이가 없었다. 그렇다고 '그 말은 오해여, 난 암 생각 읎이 한 말이란 말여.'라고 속내를 드러내고 싶지도 않았다. 광일네의 말을 듣고 가만히 생각해 보니 틀린 말이 아니다. 광배나 철재가 송아지 입식 자금을 받아 소를 키우지 않았다면 시훈이 서울에서 내려오지 않았을 것이라는 생각이 들어서 야무지게 되받아쳤다.

　"형님, 시방 머라고 했어? 소, 소설을 쓰다니? 내가 아침저녁으로 술 주전자나 들고 다닝께, 나를 우습게 보고 그런 말을 하능 겨? 말이야 바른 말이지만, 시훈이가 소 멕이기 전에는 인간 취급이나 받았남? 통일주체국민회원가 먼가 하는 걸로 다 말아먹고 서울 가서 폐인처럼 살던 아가 소 멕이러 내려와서 인간 취급 받게 된 은공은 다 어디로 가고, 시방 먼 소리를 하는 거여."

"아이구, 은공? 그놈의 은공 두 번만 받았다가는 집 대들보 무너지겄구먼."

"변소간에 갈 때 맘하고, 나올 때 맘하고 다르다는 말이 왜 생겨났는지 인제야 알았구먼. 송아지 들여놓을 때만 해도 우리 광배 땜시 시훈이 살판났다고 아침저녁으로 만날 때마다 옛날 원님 대하듯 할 때는 은제고 야! 세상 참 무섭구먼. 소 값이 개 값이 됐다고 같은 동리 살면서도 이렇게 말이 바뀌나……."

골목 안에서 광일네와 날망집이 주고받는 목소리가 조금씩 커지자 여기저기서 나온 사람들이 슬금슬금 모여들기 시작했다. 황인술도 막걸리 받으러 간 여자가, 인간 같지도 않은 해룡네하고 먼 쓸데없는 말을 주고받고 있기에 소식이 없나 하는 생각에 슬슬 대문 밖으로 나갔다.

"여기서 머하고 있는 거여?"

"광일이 아부지 마침 잘 나오셨구먼. 아 글씨, 이 여핀네가 소 값 떨어진 것이 우리 광배 탓이라고……. 어이구 분해라, 내가 이런 말을 듣고도 이 동리서 살아야 하나……."

광일네는 황인술이 놀란 목소리로 묻는 말에 천만 응원군을 만난 얼굴로 눈물부터 뿌리기 시작했다.

"어머머! 아이구 동리 사람들, 츰부터 여기 있었던 사람 읎슈? 있으믄 손들어 봐유. 내가 이 나이가 되도록 서 있는 자리에서 한 발짝도 안 움직이고, 그짓말하는 사람 오늘 츰 봤네. 내가 은제 광배 땜시 소 값이 떨어졌다고 했어? 내가 은제?"

날망집은 너무 분해서 견딜 수가 없었다. 광일네 앞으로 바짝 붙어 서서 차마 머리끄덩이는 잡아당길 수 없다는 얼굴로 삿대질을 하며 발악했다. 그 소리에 외양간 앞에서 소들을 바라보고 있던 장기팔이 놀란 얼굴로 뛰어나왔다.

"어여 집에 들어가. 막걸리 받아 오라믄 암 소리 말고 막걸리나 받아 올 일이지. 아침 댓바람부터 인간 같지도 않은 것하고 시방 먼 짓꺼리를 하고 있는 거여!"

황인술은 대충 상황을 짐작할 것 같았다. 소 값이 폭락한 것 때문에 날망집이 광일네한테 안 좋은 말을 한 것이 싸움의 발단이 되었을 것이라고 짐작했다. 그는 광일네를 몰아붙이는 척하며 날망집을 뭉게 버렸다.

"구장, 시방 머라고 했어? 머? 인간 같지도 않은 것이라니. 구장은 인간 같은 놈이라서 해장부텀 마누라한테 술심부름이나 시키고, 어지 마신 술이 들 깨서 해롱거리고 있는 거여?"

장기팔은 상황 판단이고 머고 할 것이 없다고 생각했다. 보나마나 광일네하고 황인술이 죄 없는 아내를 몰아붙였을 것이라고 판단했다. 판에 끼어들자마자 대뜸 입술에 거품을 물며 황인술에게 삿대질을 했다.

"머! 노, 놈이라니? 시방 나한테 놈이라고 했슈?"

황인술은 장기팔의 말처럼 어제저녁 늦게까지 마신 취기가 아직 남아 있었다. 발끈한 얼굴로 장기팔에게 대들었다.

"놈이 아니믄 술 탁보라고 할까?"

"수, 술 탁보? 나한테 언지 술 한잔 받아 준 적 있슈? 술이나 한잔 받아 주고 그런 소리 하믄 믿지나 않지. 나잇살이나 처먹었다고……."

황인술도 요즘 소 값이 개 값으로 변하고 나서 외양간 냄새를 맡을 때마다 아주 죽을 지경이었다. 새벽부터 날망집이 소 값 타령으로 기분을 잡치게 했다는 생각에 해서는 안 될 말까지 내뱉어 버렸다.

"머! 나잇살이나 처먹었다고?"

장기팔이 와락 달려들어서 황인술의 멱살을 움켜잡았다.

"이, 이 손 못 놔?"

황인술이 장기팔이 움켜잡은 손을 풀려고 양손으로 잡고 비틀려 할 때였다. 해룡이가 아래서 헐레벌떡 뛰어 올라왔다. 황인술과 장기팔 가운데 서서 가쁜 숨을 진정하려고 아랫배를 잡고 헉헉거렸다.

"넌, 머여?"

장기팔이 황인술의 멱살을 더 힘껏 움켜잡고 해룡을 노려보며 거칠게 물었다.

"시, 시훈이가 또, 또랑가에서……."

"시, 시훈이가 또랑에서 머?"

해룡의 말에 장기팔이 야가 시방 무슨 말을 하고 있느냐는 표정으로 날망집을 바라봤다. 날망집이 해룡이 손을 잡고 물었다.

"자, 자갈밭에 두, 둔너 있어."

"자, 자갈밭에 둔너 있다니, 누가?"

장기팔이 황인술의 멱살을 잡던 손을 놓고 해룡이를 향해 돌아섰다.

"시, 시훈이. 두, 둔너 자."

"우리 시훈이가 또랑가에서 둔너 잔단 말여?"

날망집이 믿어지지 않는다는 얼굴로 물었다.

"으, 응. 수, 숨 안 셔."

"수, 숨을 안 쉬다니? 그건 또 먼 말여?"

황인술이 놀란 얼굴로 도랑 쪽을 바라보고 나서 해룡이에게 빠르게 물었다.

"모, 몰라. 수, 숨 안 셔. 빠, 빨리 가 봐."

"해룡이 야가 시방 머라고 하는 거여?"

장기팔이 내가 언제 네 멱살을 잡았느냐는 얼굴로 황인술에게 물었다.

"그, 글씨유. 시훈이가 먼가 잘못됐⋯⋯."

"아이고, 시훈아!"

황인술의 말이 끝나기도 전에 날망집이 철퍼덕 주저앉으며 땅바닥을 치고 통곡하기 시작했다.

"이놈의 여핀네가 미, 미쳤나!"

장기팔도 해룡이의 말이 믿어지지 않았다. 온몸의 힘이 갑자기 빠져나간 듯 다리가 후들거려 서 있을 수가 없었다. 담벼락을 잡고 도랑 쪽을 바라봤다. 시야가 노랗게 보일 뿐 도랑이 보이지 않았다.

"시훈이가, 약을 먹었나?"

구경꾼들 중 누가 짤막하게 외치는 말에 황인술이 언덕을 뛰어 내려가기 시작했다.

"어째!"

"해룡이 말이 참말로 맞을까?"

"수, 숨을 안 쉰다잖여!"

"어이구! 참말이믄 어쩐댜!"

"이 동리서 이런 일이 한 번도 안 생겼었는데!"

"그러게 말여!"

황인술의 뒤를 이어서 다른 이들도 앞다투어 언덕을 내려가기 시작했다. 장기팔은 비틀거리는 걸음으로 날망집의 손을 잡아 일으켰다.

"차, 참말로 우리 시훈이가!"

날망집이 내가 언제 대성통곡했느냐는 얼굴로 중얼거리며 언덕을 내려가기 시작했다.

"그, 그럴 리가 읎을 껴."

장기팔은 입안이 바짝 마르는 것을 느끼며 날망집의 뒤를 따라 걸었다.

"머, 먼 일여?"

둥구나무 밑에 앉아 있던 박평래가 허둥거리는 걸음으로 내려오는 황인술을 바라보다 변쌍출에게 물었다.

"왜, 나한테 물어. 구장한테 물어야지."

변쌍출은 황인술이 방천길 가는 쪽으로 달려가는 모습을 보고 일어섰다.

"아까 해룡이가 뛰어 올라감서 시훈이가 어쩌고저쩌고 하든데, 먼 일이 생겼는가?"

순배 영감이 느릿하게 일어서서 지팡이를 짚고 걸으며 말했다.

"암만해도 무슨 일이 생긴 거 같은데?"

박평래가 변쌍출을 바라보며 같이 가 보자는 표정을 지었다.

"내 생각도 그려."

변쌍출은 침을 꿀꺽 삼키고 나서 사람들 뒤를 따라 걸었다.

"저, 저기 시훈이가 있구먼."

제일 먼저 방천길 위로 올라간 황인술이 숨을 가쁘게 몰아쉬느라 허리를 굽혔다가 펴며 도랑 쪽을 가리켰다.

"차, 참말인가 보네."

"시훈이가 죽었단 말일씨."

황인술은 동네 사람들이 방천길로 올라서기 전에 시훈의 주검이 있는 곳을 향해 내달렸다.

"시, 시훈아!"

황인술이 시훈에게 가까이 가는 순간 농약인 '후라단'의 냄새가 코를 찔렀다. 논에 뿌리는 이화명충 퇴치제인 후라단은 0.6g만 마셔도 절명하는 살충제다. 시훈의 옆에는 후라단 약병이 누워 있었다. 시훈이 후라단을 마시고 자살했다는 생각이 드는 순간 가까이 다가갈 수가 없었다. 황인술은 갑자기 목이 콱 막혀 버린 것을 느끼며 비명처럼 시훈이를 불렀다.

상규로부터 전화를 받은 진규는 새마을호를 타고 영동에 도착했다. 역 앞에서 곧장 택시를 타고 모산으로 향했다.

"모산에 머 큰 일이 났슈?"

영동에서 모산까지 택시를 대절하는 사람은 드물다. 대부분 학산까지는 버스를 타고 가서, 삼거리에 대기 중인 택시를 타고 가기 마련이다. 운전사는 굳은 얼굴로 옆자리에 앉아 있는 진규에게 말을 걸었다.

"동네 형이 농약을 마셨다는 전화를 받고 서울에서 내려오는 길유."

"예?"

운전사가 놀란 얼굴로 진규를 바라봤다.

"자세한 것은 모르지만 소를 먹이러 서울에서 내려왔는데, 소 값이 폭락한 것을 비관해 약을 먹었다는거 가튜."

진규는 창문 밖을 바라봤다. 택시가 아리랑고개를 넘어서 본격적으로 속력을 내기 시작했다. 길가에 서 있는 미루나무의 그림자가 보이지 않는 것을 보니 날은 밝지만 해는 넘어간 모양이다.

"좌우지간 소 땜시 죽는 사람 여럿이네. 영동 주곡리에 사는 어떤 사람은 재작년에 소 열 마리를 백오십만 원씩 주고 샀다잖유. 작년에 소를 팔라고 항께 한 마리당 구십만 원 주었다고 하길래, 소 값이 오르겠지 하는 생각에 계속 길렀대유. 소를 사육할라면 사료를 멕여야 할 거 아뉴. 사료 값 대느라 논 다섯 마지기 있는 거 다 팔고, 그것도 부족해서 동생 결혼 패물까지 소 아가리에 다 처넣고도 빚이 천칠백만 원이나 늘었다잖유. 할 수 없이 소를 다 팔아 버려도 농협 빚이 백삼십만 원에, 축협 빚 백십만 원하고, 사채가 또 얼매나 남았다고 하데유."

"그 사람도 농약을 먹었데유?"

진규가 무거운 목소리로 물었다.

"죽고 싶어도, 소 여물을 썰 때 잘못해서 딸내미 손목을 싹둑 했대유. 그 딸내미가 불쌍해서 죽지는 못하고 남자는 한 달에 이십만 원 받기로 하고, 여자는 십만 원 받기로 하고 남의 집 살러 갔다고 하데유."

"현명한 분이구먼. 죽을 맘을 갖고 하면 못 할 것이 뭐가 있겠습니까."

택시는 갈치고개를 넘어가느라 속도가 느려졌다. 진규는 자신도 모르게 길게 한숨을 쉬고 나서 정면을 바라봤다. 돌산에 길을 내 버려서 양

쪽으로 벽바위가 서 있다. 그 벽바위에 소나무 한 그루가 자라고 있는
것이 보인다.

"근데, 농약 먹은 사람하고 일가유?"

운전사가 심심한 얼굴로 물었다.

"친목회 회원이기도 하지만, 너무 화가 나서 내려오지 않을 수 없더라
구요."

"화가 나다니?"

"그 형님이 얼마나 착한 줄 모릅니다. 너무 착해서 어릴 때는 순딩이
라고 불렀을 정도라고 하데유. 그 형님이 무슨 죄가 있습니까? 잘살려고
노력한 죄밖에 없는 거 아닙니까? 그런 형이 왜 젊은 나이에 스스로 목
숨을 끊었겠습니까? 정부에서 소 사육 마릿수를 늘린 것도 부족해서, 마
구잡이로 쇠고기를 수입하는 바람에 소 값이 폭락한 것이잖아유. 결국
정부에서 간접 살인을 한 것이나 마찬가지라고 생각합니다."

"신문기자유?"

운전사가 새삼스럽게 진규를 바라봤다. 넥타이를 매지 않은 차림에
여름 양복을 걸쳤다. 요즘 젊은이들한테 유행하는 캐주얼 바지에 랜드
로바를 신은 모습이 신문기자나 학자처럼 보였다.

"신문만 보면 누구나 알 수 있는 사실유. 소 값 폭락은 백 프로 정부
책임입니다. 농민들은 열심히 소를 먹여서 부자가 되고 싶은 희망을 품
은 죄밖에 없습니다."

"신문에 뭐라고 났는데유? 우린 당최 신문을 안 보는 승질이라서
……."

모산까지 가까운 거리는 아니다. 운전사는 심심하던 차에 잘됐다는

얼굴로 진규의 대답을 재촉했다.

"아무리 탁상공론에 인이 박힌 농림부지만 이번에는 너무 했습니다. 지난 유월 말을 기준으로 전국에서 기르는 소가 몇 마린 줄 압니까? 젖소 삼십팔만 마리를 포함해서 삼백삼만 사천 마리나 됩니다. 팔십일 년 말에는 백오십만 육천 마리였는데 사 년 반 동안 무려 두 배 이상이나 늘었으니 소 값 파동이 안 올 리 있슈?"

"왜 그렇게 갑자기 소가 늘었슈?"

택시는 일자도로로 접어들었다. 운전사는 다른 도로와 다르게 일직선으로 쭉 뻗어서 일자도로라 불리는 도로를 시원스럽게 달리면서 어느새 관심이 쏠리는 것을 느끼며 물었다.

"정부가 복합영농장려시책을 벌이면서 일 년에 사백억 원에서 오백억 원씩 송아지 입식 자금을 풀었지 않습니까. 너도나도 소를 키우게 되니까 소 값이 오르는 것은 당연지사고, 소 값이 막 오르니까 새마을 단체나 국회며 내무부에서 앞장서서 소를 수입해야 한다고 큰소리쳤었고요. 거기에다 수산청에서도 어부들한테 부업으로 소 사육을 권장했을 정도니 소가 전국적으로 넘쳐 나지 않을 턱이 없쥬."

"한마디로 정치하는 사람들이 한 치 앞을 못 봤다는 말이구면."

"소만 늘어난 것이 아니쥬. 소를 키우는 목적이 뭡니까? 요새는 소로 농사짓는 농가가 별로 없고 순전히 비육우로 키운단 말입니다. 국내에 있는 쇠고기도 넘쳐 나는데 팔십일 년도부터 사 년간 황소 칠십팔만 마리에 해당하는 쇠고기를 수입했다는 것이 말이나 됩니까?"

"좌우지간 농부만 봉여. 나는 신문도 잘 안 보고, 라디오에서 뉴스도 안 듣는 편이지만 농민들이 대접 받을 때는 선거 때밖에 없는 거 가튜.

그 외에는 맨날 찬밥 신세여. 막말로 옛날에는 월급으로 쌀 한 가마니 값 받으면 잘 받는다고 쳤잖유. 근데 요새는 회사원들 월급만 해도 쌀 댓 가마니는 살 수 있을 규. 그기 먼 소리유? 농민들은 논 한 마지기에서 쌀 두 섬 소출할라믄 농약대니, 비료대니, 머니 해서 제우 본전이나 할까 말까 한데…… 금방 고등학교 졸업하고 워디 취직을 해도 쌀 몇 가마니 택은 벌잖유."

"농사가 천하의 근본이라는 말이 왜 생겨났슈? 제가 생각할 때 먹거리를 자급자족하지 못하면 외세에 약할 수밖에 없습니다. 우리나라 정치인들은 그걸 명심해야 하는데……"

진규는 택시가 모산으로 들어가는 길에 접어드는 것을 보고 입을 다물었다. 자신도 모르게 가슴이 들먹거리도록 길게 한숨을 쉬었다. 친목회를 결성하는 날 술 취한 얼굴로 들어와서 말없이 앉아 있던 시훈의 얼굴이 떠오르면서 눈물이 핑 돌았다.

"시훈이 때문에 오는 거여?"

진규는 둥구나무거리에서 택시를 세웠다. 요금을 지불하고 돌아서는데 박평래가 집 앞에서 물었다.

"예, 어디 가시는 길유?"

"시훈이네 집에 가잖여. 아까까지 거기 있다가 변소 갈라고 집에 들렀구먼. 지금 다시 올라가는 길여. 상규한테 즌화 받았냐?"

박평래가 뒷짐을 지고 진규를 따라 언덕길을 올라가면서 물었다.

"예……"

"서울 일은 바쁜 것이 읊어?"

"내일 오후에 와이엠씨에이에서 연설할 것이 있어서 아침 기차로 올라가 봐야 해유."

"그람, 찬찬히 내려오지 않구선."

"딴 사람도 아니고 동네 형님이 잘살아 볼라고 노력하다가 뜻대로 안 돼서 그렇게 됐는데, 아무리 바빠도 내려와 봐야쥬."

"그려, 그기 사람의 도리여. 저만 살겠다고 이럴 때 안 내려오면 은근 히 사람들이 갈구게 되는 거여."

박평래는 보면 볼수록 대견하다는 얼굴로 진규를 바라보며 장기팔 집 으로 가는 골목 어귀를 돌아섰다.

진규는 사람들이 모여 있는 장기팔 집을 바라봤다. 새마을운동으로 블록 담장을 한 철문 앞에 병풍을 쳐 놓았다. 거리가 멀어서 자세히 알 수 없지만 대문 옆에 병풍을 쳐 놓은 것으로 보아서 그곳이 빈소인 것 같았다. 그 광경이 이상해서 박평래에게 물었다.

"왜 밖에다 병풍을 쳐 놨슈?"

"옛날부터 밖에서 죽으면 집 안으로 들여놓지 않는 법이잖여."

"왜유?"

"잡귀들이 따라 들어와서 나쁜 짓을 한다잖여……."

대문 앞에 서 있던 철재며 광배, 오전에 내려온 경훈이와 철용이 등이 진규를 에워싸고 악수를 청했다. 진규는 그들과 간단하게 인사하고 마 당 안으로 들어갔다. 시훈이 살던 방에 순배 영감이며, 변쌍출과 장기팔, 황인술 등이 앉아 있었다. 그들에게 한꺼번에 인사했다.

"아이구, 진규야 니가 우리 시훈이 원수 좀 갚아다오. 시훈이가 뭔 죄 가 있냐? 잘살아 볼라고 소 멕인 죄밖에 읊잖여. 축협 놈들이 싼 이자로 송아지 입식 자금을 대출해 주지만 않았어도 우리 시훈이 저렇게 되지 않았을 껴."

장기팔이 뛰어나와서 진규의 손을 잡고 눈물을 철철 흘렸다. 그 소리에 안채의 방문이 열렸다. 안채에는 날망집을 비롯해서 청산댁이며 모리댁, 광일네 등 여자들이 앉아 있었다.

"뭐라고 말씀드릴 수가 없구먼유."

진규는 장기팔의 잡은 손을 어루만지며 슬픔을 묵직하게 간직한 목소리로 말했다.

"좌우지간 이 동리서 너만큼 배운 사람이 읎고, 너만큼 사리 판단을 잘하는 사람이 읎는 걸로 알고 있구먼. 니가 우리 시훈이 웬수를 갚아주지 못하면 난 너무 억울해서 눈을 감고 죽을 수가 없을 껴……."

"아부지 고정하세유. 우선 시훈이 형한테 인사부텀 해야 하잖유."

경훈이 대문 밖에서 들어와 울고 있는 장기팔을 부축해 방 안으로 들어갔다.

"그려, 그려. 이따 꼭 좀 나를 보자. 내가 할 말이 태산 같이 많응께."

"예. 이따 뵙겠습니다."

진규는 공손하게 인사를 하고 대문 밖으로 나갔다. 병풍 앞에는 빈소가 차려져 있다. 시훈이 활짝 웃고 있는 사진 앞 향로에서 향이 타오르고 있다. 상복을 입은 시훈의 아들 영호가 대나무 지팡이를 짚고 정신이 반쯤 나간 얼굴로 서 있다. 빈소 앞에 앉아 있는 선미가 고개를 숙이고 손으로 입술을 틀어막은 채 연신 어깨를 들썩거린다.

"이리 와서 술 한잔 햐. 오늘 안 올라가지?"

진규가 영정 앞에서 상주와 인사를 마칠 때까지 기다리고 있던 경훈이 진규의 손을 잡고 두레상 앞으로 가며 물었다.

"내일 아침 일찍 올라가야 하기 때문에 장지까지는 가지 못할 것 같 네유."

"그려, 이렇게 와 준 것만 해도 얼마나 고마운지 몰라."

두레상에는 막걸리와 소주, 급하게 삶은 돼지고기와 김치, 부침 등이 준비되어 있었다. 경훈이 술 냄새를 풍기며 소주병을 들었다.

"진규 형, 진규 형이 워티게 좀 해 볼 수 읎어?"

진규가 말없이 소주잔을 비우고 있는데 술에 취한 광배가 앞자리에 앉아서 대뜸 분통을 터트렸다.

"광배야 진정햐."

경훈이 침통한 얼굴로 철재가 따라 주는 술을 받으며 말했다.

"형님, 이것이 진정하고 고정할 문제가 아뉴. 저도 축협서 이백만 원 대출 받고, 내 돈 육만 원 들여서 송아지 백삼만 원짜리 두 바리를 들여 났슈. 시방 네 바리 기르고 있지만 죄다 팔아 봐야 이백오십만 원밖에 못 받아유. 얼른 보면 백오십만 원 남은 거 같쥬? 이자가 일 년에 십육 만 원 돈유. 이 년이면 삼십이만 원유. 사료 값이 마리당 육십만 원은 들 어가유. 송아지 입식 자금 이백만 원은 고사하고, 그동안 사료 값 대느 라고 농협에서 아부지 이름으로 대출 받은 돈이 삼백만 원이 넘어유. 일 년 동안 쎄 빠지게 농사져 봐야, 차 띠고 포 띠고 나믄 제우 인건비나 건져유. 이런 판국에 오백만 원 돈을 워티게 갚아유? 솔직히 죽었다 깨 어나도 못 갚아유. 하지만, 나유! 죽을라고 소 멕인 거 절대 아뉴. 나 김 철재, 송아지 입식할 때만 해도 꿈이 컸슈. 여기 광배 사둔하고 포도밭 꾸밀라고 송아지 입식을 했슈. 시훈이 형도 여기 내려와서 외양간을 질 때 얼마나 좋아했는지 알아유? 그 좋아하던 술도 끊고……."

185

뒤늦게 합류한 철재가 진규의 잔에 소주를 채워 주고 나서 자신의 가슴을 손바닥으로 두들기다 결국 고개를 숙이고 아이처럼 엉엉 하며 소리 내어 울기 시작했다.

"철재야, 너 술 너무 많이 마신 거 같구면. 광배 처남, 철재 좀 집에 데려다 주고 와."

철용이 처연한 얼굴로 흐느끼고 있는 철용의 등을 두들기며 광배를 바라봤다.

"매형, 철재 야 술 많이 안 마셨슈. 나나 철재나 제정신이 아닝께, 시방까지 살아 있는 거유. 제정신으로는 참말로 못 살아유. 생각해 봐유, 아침마다 여물 달라고 음메에 하는 소리만 들으면 사람 미쳐 돌아 버리겠당께. 살아 있는 짐승을 굶겨 죽일 수는 읎잖유. 남들 하기 쉬운 말로 풀만 멕이면 소를 키울 수 있다고 하든데 그건 모르는 말유. 하루 한 끼 이상은 사료를 줘야 살이 붙어유. 소 시세는 하루가 다르게 내려가는데, 비싼 사료를 주는 놈이 제정신이 백힌 놈이냐 이거유?"

"학산 장날 우시장에서 들어 봉께, 경상도 워디서는 소 멕이는 사람이 얼마나 부애가 났든지 도청 앞으로 송아지를 끌고 가서, 도살해 버렸다는 거여. 경상도 또 어디는 농민들이 소를 끌고 가서 고속도로를 막고 소 값을 보상해 달라고 했다는데, 우리도 먼가 보여 줘야 한다구. 어채피 이놈의 소 있어 봤자, 빚만 느는 경께, 영동 군청 앞으로 끌고 가서 무슨 수를 써도 써야 하는 거 아녀? 그래야 이 가슴에 찰흙으로 착착 이겨 놓은 거 같은 억울함이 없어질 거잖여."

광재의 말이 끝나자마자 철재가 자기 가슴을 주먹으로 두들기며 울분을 터트렸다.

"철재야, 광재야 느덜은 잘못 읎구먼. 느덜은 아무 잘못도 없어. 잘못이 있다면 농사지은 죄밖에 없어. 하지만 농사짓는 것이 죄라면 우리 아버지도 죄인이고, 어머니도 죄인이라고 볼 수밖에 읎어. 할아부지, 할머니가 죄인이라면 여기 앉아 있는 나도 죄인일 수밖에 없다고 봐."

진규가 소주 한 잔을 천천히 들이켜고 나서 안주도 먹지 않고 철재와 광재의 손을 잡고 입을 열었다.

"누가 우릴 죄인으로 만든 겨?"

경훈이 무겁게 물었다.

"소 사육 수를 늘린 정치인들이 만들었다고 볼 수 있슈. 농림부에서는 소 사육 수가 너무 많다고 반대했지만, 국회에서 소를 수입하라고 아우성치는 통에 농림부도 결국 수락하고 말았슈. 농림부가 뭐 하는 데유? 쉽게 말해서 농민들을 잘 살게 보살피는 데가 농림부잖유. 하지만 국회의원이 압력을 가하니까, 소 수입을 늘리면 농민들이 피해를 본다는 걸 뻔히 알면서도 소를 수입한 거 아뉴."

"결국 국회의원들 때문에 소 값 파동이 왔다는 거여?"

경훈이 이가 갈리는 목소리로 물었다.

"중요한 것은 그 국회의원을 우리가 뽑았다는 겁니다. 나하고 철재, 그리고 광재, 철용이 형도 선거를 했잖여. 지난 국회의원 선거 때 내가 찍어야 할 후보에 대해서 꼼꼼히 검토해 봤어? 이 후보를 찍어야 형이 살고 있는 지역이 발전할 수 있는지 미래에 대해서 예측해 봤남?"

"누가 그런 걸 생각하고 선거를 하냐. 남들이 누구 찍으면 좋드라, 하면 암 생각 읎이 그 후보 찍는 거지. 나만 그런 것이 아니고, 여기 있는 사람 다 그렇게 선거할걸."

철용이 붉게 충혈된 눈으로 좌우를 두리번거리며 당연하다는 표정으로 말했다.

"그래서 정치인들이 농민들을 우습게 보는 거여. 농민들은 농사만 잘 지면 본분을 다하는 것으로 생각하고, 정치는 정치인들이 하는 거라는 생각을 하고 있응께 오늘날 이런 비극이 벌어지게 된 거여. 정치인들이 농민들을 무섭게 생각하고 있어 봐. 소 값이 좋다고 해서 무조건 수입했다가 나중에 소 값이 폭락하면 농민들이 들고 일어날 것이라는 점을 염두에 두고 있었으면 이런 일은 절대로 일어나지 않았을 거여."

"그럼, 진규 형 말은 우리가 국회의원을 잘 뽑아야 이런 일이 두 번 다시는 일어나지 않는다는 거여?"

"정치는 국회의원이 하는 것이 아녀. 우리가 정치를 한다고 생각을 해야 하능 겨. 무슨 말이냐면, 국회의원을 뽑을 때 막걸리 받아 주고, 관광이나 시켜 준다고 해서 무조건 찍으면 안 되는 거여. 진짜 정치를 잘하는 국회의원은 막걸리를 받아 주지도 않고, 자기 돈 들여서 관광도 시켜 주지 않는단 말여. 내가 정치를 한다는 생각으로 진짜 정치를 할 수 있는 사람을 뽑으면, 그 사람이 우리가 원하는 대로 정치를 해 줄 거 아녀. 그것이 결국 우리가 정치를 하는 것이나 마찬가진 겨."

"에이! 씨발."

진규가 차분한 목소리로 하는 말을 가만히 듣고 있던 철재가 원통해서 못 살겠다는 얼굴로 소주병을 꽉 움켜잡았다. 옆에 앉아 있던 철용이 한 손으로 가만히 술병을 빼앗자, 분해서 견딜 수가 없다는 얼굴로 두레상을 내려쳤다.

"박사는 역시 머가 달라도 다르구먼. 그려, 진규 말이 맞구먼. 나도 고

물상 부지를 공지시가로 헐값에 준다고 해서 선거운동을 한 적이 있어. 진규 말을 들어 봉께, 그 국회의원이 서울에 있는 우리 동리를 위해 해 준 것이 암것도 읎어. 선거할 때뿐이더라니께.”

　진규가 말하는 동안 고개를 *끄*덕*끄*덕하고 있던 경훈은 철재와 다르게 존경 어린 눈빛으로 진규를 바라봤다.

제31장

1
9
8
6
년

고백

난 아버지에 대한 일을 잊을 수가 없구먼.
아버지의 딸인 내가 워티게 아버지의 없어진 팔 생각을 잊어버릴 수 있겠어.
그러나 노동계에 뛰어든 건 아버지 때문이 아니야.
오히려 어렸을 때부터 너무 고생만 하시는
어머니의 영향이 크다고 볼 수 있지.

창문 밖 마당에 서 있는 목련꽃 몽우리가 금방이라도 꽃잎을 터트려버릴 것처럼 부풀어 있었다. 바람은 차가웠지만 양지 쪽에 파릇하게 얼굴을 내밀고 있는 새싹들은 찬바람에 아랑곳없이 하루가 다르게 키를 키우고 있다.

아직 난로를 철거할 시기가 아니어서 불을 피우고 있지만 창문을 파고드는 햇볕이 뜨거워서 검사실은 땀이 날 지경이었다. 승우는 재킷을 벗고 소매를 걷어 올린 와이셔츠 차림으로 장영호의 구속영장을 검토하고 있다가 문이 열리는 소리에 고개를 들었다.

"검사님, 보안법 위반 혐의로 유치하고 있는 장영호란 놈입니다."

박 계장이 청바지 차림의 수척한 청년을 데리고 들어와 책상 앞에서 멈췄다.

"앉아."

승우는 짤막하게 지시하고 다시 경찰서에서 작성해 올린 구속영장을 펼쳤다.

"여기 앉아, 임마."

박 계장이 보조 의자를 영호 옆으로 옮겼다. 일부러 영호의 어깨를 아프도록 움켜잡고 찍어 눌렀다.

"장영호?"

"예……."

승우가 서류를 읽어 보며 고개를 들지 않고 짤막하게 불렀다. 영호는 고개를 빳빳하게 들고 승우를 바라봤다. 그러나 목소리에는 힘이 들어가 있지 않았다.

"군대까지 갔다 온 놈이 아직도 철이 안 들었나?"

승우는 구속영장을 검토하다가 적이 놀랐다. 장영호의 본적이 자신하고 같은 모산이었기 때문이다. 부친은 작년 소 값 파동 때 농약을 먹고 자살했던 날망집 아들 장시훈이다.

내가 잘못 본 것은 아니지?

승우는 자신의 눈을 믿을 수가 없어서 내용을 다시 읽어 봤다. 헌법 철폐 투쟁에 끼어든 동기가, 아버지의 자살은 정부의 잘못된 농업 정책에서 비롯된 것이고, 이 정권이 바뀌어야 다시는 아버지처럼 억울하게 생을 마감하는 농부들이 없을 것이라는 믿음 때문이라고 진술했다.

곤란하구먼.

현행 형사소송법에서 법관이나, 법원 사무관 등이 불공평한 재판을 할 우려가 있는 경우 해당 법관을 그 사건에서 배제시키는 제척, 기피, 회피 등의 제도가 있다. 그러나 피의 사건에 대한 검사의 제척, 기피, 회피에 관한 규정은 없다. 장영호를 아는 사람이라고 해서 수사를 회피해야 할 의무가 없는 이상, 장영호를 수사한다고 해도 법적으로 하자는 없다. 하지만 팔은 안으로 굽는다고 전혀 모르는 피의자보다는 공정성을 잃을 수도 있다는 생각에 고민이 됐다.

"검사님이 물으시잖아! 어서 대답해."

박 계장이 다가와서 영호의 머리를 손바닥으로 내갈겼다.

"대한민국 검찰은 무고한 학생을 무조건 때려도 되는 겁니까?"

"이 자식이 아직 철이 덜 들었구먼. 너 이 새끼 나 좀 잠깐 보자. 검사님, 이놈 교육 좀 시켜서 데리고 오겠습니다."

박 계장이 한 손으로 영호의 멱살을 움켜잡고 일으켜 세웠다.

"아니, 됐습니다. 계장님은 가서 일 보십시오."

승우는 영호가 버티면 그냥 내버려 두려고 했다. 힘없이 일어나는 모습을 보니까 자신도 모르게 연민의 정이 솟아올라서 손을 내저었다.

"너, 지금부터 검사님이 질문하실 때마다 꼬박꼬박 대답해. 만약 알랑하게 진술 거부권이니, 이상한 논리에 휩싸여서 엉뚱한 짓 하면 나한테 단단히 혼날 줄 알아. 좌우지간 없는 집구석 자식들이 더 무식하다니까. 제 어미하고 여동생은 저 대학 공부 가르친다고 허리띠를 졸라매며 고생하고 있는데 팔자 좋게 데모나 하고 다니니, 나라가 편할 수 있나……. 에이, 김 양, 나 커피 한 잔 줘. 검사님도 커피 한잔 하시겠습니까?"

박 계장이 혼자 투덜거릴 때와 다르게 승우를 바라볼 때는 솜털처럼 부드러운 목소리로 손바닥을 비비며 물었다.

"저는 괜찮으니까, 이 학생한테 한 잔 갖다 줘요."

승우가 턱으로 영호를 가리켰다. 순간 영호는 자신의 귀를 믿을 수가 없다는 얼굴로 승우와 박 계장을 번갈아 바라봤다.

"감옥에 들어가서 몸에서 쉰내가 나도록 몇 년 푹 썩을 놈한테 자비를 베푸시는 겁니까?"

박 계장이 어깨를 으쓱거리며 문 앞 책상에 앉아 있는 김 양에게 눈짓을 보냈다.

"군대는 갔다 왔고……. 홀어머니는 쌀가게를 하고 있군……. 시집갈 때가 지난 여동생은 공장에 다니고 있고……. 자네가 왜 여기 앉아 있는 줄은 알고 있나? 자네는 보안법 위반 혐의로 그 자리에 앉아 있는 거야. 최소한 이 년 이상은 각오하고 있어야 해. 여길 보니까, 민민투에 가입한 지도 얼마 되지 않았군……."

승우는 혼잣말로 구속영장에 첨부되어 있는 수사 기록을 뒤적이다가 고개를 들었다. 장시훈이 어떻게 생겼는지 얼굴을 본 적은 없다. 모산 동네가 생기고 처음으로 자살한 사람이라는 것, 그 원인이 사육하던 소 가격이 절반 이하로 떨어져서 생긴 감당할 수 없는 빚 때문이라는 것, 같은 위친계 회원이라서 장례에 참석해야 하는데 바빠서 참석은 못 하고 옥천댁을 통해서 부조를 했다는 것 정도밖에 모른다. 장시훈의 아들 장영호는 서울 거리에서 흔히 볼 수 있는 운동권 학생 그 이상도, 이하도 아니다. 법대로 하자면 구속영장에 도장만 찍으면 끝난다. 그런데도 자꾸 망설여졌다.

"자, 임마. 이 커피 마시고 검사님 질문에 착실하게 대답 잘해. 오늘 운 좋은 줄 알아. 마음이 워낙 좋으신 분이라 잘 봐 주실지 모르니까."

김 양이 타 가지고 온 커피를 박 계장이 직접 영호 앞에 갖다 놓았다.

"됐습니다."

"마셔, 독 탄 거 아니니까."

승우가 친구처럼 부드럽게 말했다.

"내가 볼 때 자네는 데모할 사람이 아냐. 운동권하고는 거리가 멀다고 생각하는데 자네 생각은 어때? 자네가 운동권에 있을 자격이 있다고 생각하나?"

영호가 말없이 커피를 마시는 모습을 잠깐 바라보던 승우는 이내 고개를 숙였다. 영호가 커피 잔을 비우고 난 후에 승우를 바라보며 말했다.

"저는 이 정권이 반드시 물러나야 한다고 생각합니다. 대통령은 국민의 손으로 뽑아야지, 꼭두각시 같은 통일주체국민회의 대의원이나 대통령 선거인단이 뽑는 것은 독재라고 봅니다. 그래서 반드시 헌법을 고쳐서 대통령은 국민의 손으로 직접 뽑아야 한다는 생각은 변함없습니다."

"그런 개소리 하지 말고 자네 본심을 말해 봐. 자네가 운동권에 있을 자격이 있는지 스스로 판단해 보란 말야."

승우는 다른 피의자를 대할 때와 다르게 검사와 피의자라는 거리를 두지 않고 물었다.

"운동권에 들어가려면 시험을 봐야 하는 겁니까?"

"그 자리가 자네한테 헛소리나 지껄이라고 주어진 게 아니라는 걸 모르나?"

"제가 분명히 알 수 있는 것은 여기는 제가 있을 자리가 아니라는 점입니다."

"좋아, 그 자리가 자네 자리라는 점을 내가 조목조목 일러 주지. 한국과 미국이 우방이라는 점에 대해서는 더 이상 언급할 필요가 없고……. 팀스피릿 팔십육에 대해서는 어떻게 생각하나?"

"팀스피릿은 남한과 북한의 평화통일을 방해하는 훈련이라고 생각합니다. 왜 미국이 이 땅에 와서 군사훈련으로……."

"내가 묻는 말에만 대답한다. 알겠나?"

"질문했으면 답변해 줘야 되는 것 아닙니까?"

"내가 지금부터 질문한 부분에 대해서만 답변하면 되는 거야. 남한과 북한의 군축 회담을 어떻게 생각하나?"

"평화통일을 위해서는 남한과 북한이 즉시 군축 회담을 해야 한다고 생각합니다. 왜냐하면……."

"내가 묻는 말에만 간단하게 대답해. 한미 안보 협의회는 어떻게 생각하나?"

"한국과 미국의 안보 협의회는 미제의 침략적 허구와……."

"좋아, 아주 교과서적이군. 달달 외우고 있네. 그 머리로 공부를 했으면 올 에이에 장학금도 받을 수 있을 텐데 안타깝군. 장학금을 받아서 공부하면 자네 누이동생이 공장에서 일하지 않아도 되는 거 아닌가?"

영호는 갑자기 선미를 들먹거리니까 할 말이 없어서 자신도 모르게 고개를 숙였다.

"신민당에서 지난 이월 십이 일부터 주관하는 헌법 철폐 일천만 서명 운동은 어떻게 생각하나?"

승우가 서류를 넘기면서 지나가는 말처럼 물었다.

"일천만 서명 운동은 우리가 이월 사 일부터 먼저 시작했습니다."

"그게 중요한 게 아냐. 서명 운동을 어떻게 생각하는지만 대답해."

"파쇼 헌법은 반드시 철폐되어야 한다고 생각합니다."

"시방 자네가 반국가적인 말을 했다는 점은 인정하나?"

"반국가적인 말이 아니라, 민주주의 쟁취를 위한 발언이라고 생각합니다."

"좋아, 시방까지 자네가 대답한 것 중에 부인하고 싶은 점이 있나?"

승우는 자신도 모르게 마음속으로 한숨을 내쉰다. 영호는 완벽한 보안법 위반으로 최소한 2년 6개월 이상은 교도소에서 보내야 한다. 한마디로 자신의 의지대로 세상을 살아가는 것은 좋쳤다는 뜻이다.

이런 것이 법의 고뇌라고 하는 걸까?

그동안 수많은 피의자들을 수사하고 구속영장을 신청했다. 어느 때는 과장의 지시를 받고 직접 수사해서 공소장을 작성하기도 했다. 구속영장을 신청하거나 공소장을 작성할 때, 법전을 뒤져가며 피의자가 교도소에서 햇빛을 못 보며 생활할 기간을 산정할 때 단 한 번도 갈등을 겪어 본 적이 없었다. 그들은 죄인이고, 당연히 법의 심판을 받아서 형을 산 다음에 새사람으로 사회에 복귀하게 하는 것이 검사 본연의 임무라는 생각에만 젖어 있었다. 하지만 장영호의 구속영장에 막상 도장을 찍으려니까 망설여졌다. 모산 사람 장시훈의 아들이 아닌, 그저 현 정권을 부정하는 과격 운동권 학생이라고 판단을 내려야 된다. 하지만 자꾸 옥천댁의 말이 떠올라서 도장 찍기가 망설여진다.

"내가 이 동리 시집와서 지 손으로 농약을 먹고 죽은 사람을 본 것은 날망집 큰아들이 츰인데 말여. 상규 어머가 그라는데 날망집 아들 상 치르는 날 굉장했다고 하드라. 둥구나무거리 김춘섭 씨 막내아들하고 구장 막내아들은 장가도 안 갔잖여. 가들이 소 멕여서 포도밭을 꾸민다는 생각으로 송아지를 키우게 된 거잖여. 그 담에 오 씨며 떼보네랑 몇몇이 키우고 있는데 날망집 아들도 서울에서 내려와서 송아지를 네 바리나 들여놨잖여. 그 소 값이 이 년 만에 절반으로 뚝 떨어지는 것도 모지라서, 빚을 엄청 많이 졌나 벼. 저 땜시 지 동생도 못살게 되고, 즈덜 아부지, 어머도 못살게 돼서 세상을 살아갈 자격이 읎다는 유서를 써 놓고 농약을 마셨으니, 젊은 아들들이 가만히 있었겄어? 마침 서울에서 무슨 연구소를 한다는 진규가 내려와 있어서 다행이지. 아니믄 소가 몇 마리 죽던지 사람이 죽던지 무슨 사단이 났어도 났을 껴. 참말로 세상이 워티게 흘러가고 있는지 모르겄다.”

옥천댁은 직접 현장을 보지 않고 말만 들었어도 오금이 저렸다며 다시는 그런 일이 모산에서 일어나지 않게 고사라도 지냈어야 한다고 말했다.

“자네, 부친도 통일주체국민회의 대의원을 지내지 않았나? 그럼 자네는 자네 부친이 직접 대통령 선거를 한 것도 불명예스럽다고 생각하겠군?”

승우는 마른침을 삼키며 장영호를 바라봤다. 며칠 동안 유치장 신세를 지면서 창백한 얼굴에 광대뼈가 드러났다. 피의자들 대부분이 처음에 유치장 신세를 지게 되면 밥을 제대로 못 먹어서 며칠 만에 바짝 여위는 건 보통 있는 일이다. 하지만 장영호는 이상하게 안됐다는 생각이 들어서 수사 서류를 뒤적거리며 지나가는 말처럼 물었다.

“아버지는 통일주체국민회의 대의원에 나갈 자격이 없으신 분입니다. 그런데, 그 당시 이동하 국회의원이 아버지를 불러서 통일주체국민회의 대의원에 나가면 당선을 책임질 수 있다고 해서 나간 겁니다."

"뭐라고?"

승우는 자신의 귀를 의심하며 놀란 얼굴로 반문했다.

"검사님이 생각해 보십시오. 아버지는 국민학교를 중퇴하신 분입니다. 고향이 영동 본바닥도 아니고, 면 소재지에 있는 작은 동네에서 태어나 십대 때 서울로 가서 자수성가하신 분입니다. 그런데 어머님 고향 분에게 사기를 당해서 전 재산을 날리셨습니다. 그래도 실망하지 않고 서독으로 가서 몇 년 동안 고생하신 끝에 영동에다 집도 사고 쌀가게도 차리셨습니다……."

영호는 우리 가족은 그때가 가장 행복했다고 생각하며 고개를 숙였다. 약해지면 안 된다고 생각했으나 죽어서도 집에 들어가지 못하고 대문 앞에서 머물다 비봉산에 묻힌 장시훈의 얼굴이 떠올라서 눈물을 흘리고 말았다.

"계속해 봐."

"아버지가 생전에 국민학교라도 졸업했거나 좀 똑똑한 사람이었다면 절대로 통일주체국민회의 대의원 같은 것은 안 했을 거라고 말씀하셨습니다. 하지만 당신이 무식해서 이동하 국회의원의 말만 믿고, 두 번째 선거에 출마하는 바람에 전 재산을 탕진하고 진천에 있는 외삼촌도 못 살게 만들었다고 자책하셨습니다."

"자네는 결국 이동하 국회의원 때문에 자네 부친이 그렇게 되셨다고 믿는 건가?"

승우는 지금까지 이동하가 어떻게 정치를 하는지 알려고도 하지 않았고, 알 필요도 없다고 생각했다. 어릴 때부터 자신에게 이동하는 거목과 같았고, 돈이 마르지 않는 화수분과 같았다. 수많은 사람이 이동하에게 청탁하기 위해 집이나 사무실을 들락거리는 것으로 볼 때 능력 있는 정치인이며 사업가라고 믿고 있었다. 그런 이동하가 우매한 동네 사람을 부추겨 통일주체국민회의 대의원으로 만들었다는 말이 믿어지지 않았다. 승우는 갑자기 인숙이 이동하에 대해서 얼마나 알고 있는지 궁금했다.

"적어도 원인 제공자라고는 생각합니다."

"자넨 더 이상 데모하면 안 된다는 생각이 드는군. 왜 그런 줄 아나? 자네의 눈은 복수심에 불타고 있어. 자네 같은 사람 한 명으로 나라를 바꿀 수는 없어. 물론 자네는 계란으로 바위 치기가 될망정 내 한 몸 불사르겠다는 각오로 데모하고 있을지 모르지만 말야. 내가 볼 때는 무사히 대학 졸업하고 빨리 취직해서 어머니를 편하게 모시는 쪽이 나아. 그래야 자네 누이동생도 시집을 갈 것 아닌가. 자네 누이동생 나이가 몇 살이지? 요즘은 대체적으로 여자들이 결혼을 늦게 하는 것이 추세라고 하지만, 그건 대학을 졸업한 여자들에게 해당하는 말이지."

"검사님은 검사님 수준으로 세상을 보시기 때문에 저하고 대화를……."

영호가 승우의 말에 피식 웃으며 반론을 제기하려고 할 때였다. 상황을 지켜보고 있던 박 계장이 벌떡 일어서서 영호에게 다가가 뒤통수를 냅다 갈겨 버렸다.

"그만두세요."

승우가 부드럽게 말했다.

"이 자식이 검사님을 훈계하려고 하잖습니까? 할아버지가 손자한테 잘해 주면 수염을 잡아당긴다고 하더니 이놈이 꼭 그 짝 아닙니까? 쥐뿔도 모르는 놈이 데모한다고 설치더니, 세상이 동전만 하게 보이는 모양입니다. 너 이 자식, 또 한 번 싸가지 없이 굴 때는 뜨거운 맛을 보게될 거다. 검사님, 이런 놈은 살살 다루면 제가 무슨 나라를 구한 프랑스의 잔 다르크인 줄 안다니까요.”

승우는 박 계장의 말이 들리지 않았다. 의자를 뒤로 돌려서 창문 밖을 바라봤다. 햇살이 눈이 부셔서 하늘을 바라볼 수가 없었다. 일어나서 블라인드 커튼을 내렸다. 이내 햇빛이 차단되면서 환하던 사무실 안이 어둑해졌다.

“법의 여신이 눈을 감거나 가리고 있는 것은 이유가 있다. 법을 진행하는 사람도 눈을 뜨고 세상을 바라보게 되면 어쩔 수 없이 편견을 가지게 될 것이다. 학연이나 지연 등으로 어쩔 수 없이 어느 한쪽으로 편견이 생길 수밖에 없기 때문이다. 여러분도 피의자를 대할 때거나, 판결을 내려야 할 때 항상 눈을 감고 판결을 내려야 나중에 후회하지 않게될 것이다.”

사법 연수원에서 교수가 한 말이 생각났다. 그때는 그 말이 실감나지 않았다. 하지만 등 뒤에 장영호가 앉아 있고, 그 장영호가 검사실 피의자석에 앉게 된 배경에 이동하가 있다고 생각하니까 구속영장에 도장을 찍어야 할지, 기소유예 처분을 내려야 할지 혼란스럽기만 했다.

어둠에 싸여 있는 이 층 건물은 담이 없다. 스물네 시간 활짝 열려 있는 대문 안으로 들어서면 좌우로 단칸방이 있다. 교도소의 감방을 연상케 하는 네모난 방은 감방과 달리 철문이 아니라 황토색 페인트칠을 한

베니어판 문이 나 있다. 이 층으로 올라가는 계단 위 옥상에는 'ㄷ' 자 형태로 된 여덟 개의 방이 있고 터진 공간에는 아래층처럼 여덟 가구에서 공동으로 사용하는 수도꼭지가 있다.

이른바 닭장 집으로 불리는 이 층 건물에는 모두 열여덟 개의 방이 있지만 화장실은 아래층에 하나 밖에 없다. 보증금 50만 원에 월세가 6만 원씩이다. 한 방에 적게는 두 명, 많게는 다섯 명이 새우잠을 자는 까닭에 50명이 넘는 세입자들이 살고 있지만 화장실 문제로 큰 곤란을 겪는 경우는 드물다.

세입자들은 거의가 근처 구로공단에 있는 봉제 공장이나, 전자제품 조립 공장에서 열두 시간씩 맞교대를 하거나, 여덟 시간씩 삼 교대를 하는 공원들이다.

야간 근무자들은 각각 취향이 달라서 아침에 퇴근하자마자 빨래며 청소며 밥을 하는 사람이 있는가 하면, 곧장 잠을 자기 시작해 점심을 거르고 두 시까지 자는 사람도 있다. 늦게 잠든 세입자는 출근 시간을 앞두고 일곱 시쯤 일어나므로 화장실이 붐빌 일은 그만큼 줄어든다.

베니어판 문을 열고 들어가면 부엌이다. 연탄아궁이 앞에 쪼그려 앉으면 등이 벽에 닿을 정도로 좁은 부엌인데 부뚜막을 딛고 올라서면 바로 방이다. 모든 방에는 다락이 있다. 다락은 옆방 윗목 위로 돌출되어 있다. 언뜻 다락 넓이만큼 방이 좁아 보일 수도 있으나, 다락 밑에서 잠을 잘 수 있기 때문에 사실은 그만큼 방이 넓어졌다고 볼 수 있다. 가능한 한 많은 사람이 생활할 수 있게 만든 구조인 것이다.

어른 네 명이 누우면 적당한 넓이의 방 뒷벽에는 창문이 있다. 아래층과 다르게 2층은 여름에는 출입문과 창문을 열어 놓으면 그런대로 시원한 바람을 맞을 수가 있다. 하지만 여자들만 사는 방은 출입문을 열어 놓을 수가 없어서 아래층과 마찬가지로 찜통더위를 견뎌 내야 한다.

대문을 스물네 시간 열어 두는 이유는 새벽에 퇴근하는 삼교대 근무 자들이나 야근을 하고 다음 날 10시나 11시에 퇴근하는 근무자들이 있 기 때문이다.

7월 중순이지만 새벽 2시가 넘은 시간이라서 덥다는 것을 느낄 수가 없었다. 골목은 정적에 쌓여 있었고, 가끔 어디선가 먼 곳에서 누군가 바쁘게 걸어가는 발소리가 아련하게 들려온다. 어느 골목 앞을 지나가 면 느닷없이 개 짖는 소리가 어둠을 찢어 버리는 통에 손현주는 얼른 담벼락에 찰싹 달라붙어서 사방의 동정을 살폈다.

"우정상회라는 구멍가게 간판이 보일 거야. 거기서 오른쪽 좁은 골목 안에 닭장 집이 여러 채야. 골목 입구에서부터 세 번째 건물인데 빨간색 벽돌로 지은 이층집이야."

손현주는 입안에 가득 고여 오는 침을 삼키고 다시 걸었다. 연신 뒤를 돌아보며 뛰는 걸음으로 걷다가 보니까 강훈구가 말해 준 우정상회가 보였다. 슬레이트 지붕 처마 밑에 있는 유리 창문에 우정상회라고 페인 트 글씨로 써 진 것이 가로등 불빛에 희미하게 드러났다. 우정상회 옆으 로 골목이 있고 반대편으로도 골목이 있다.

이쪽이 오른쪽인가?

긴장이 돼서 그런지 갑자기 어느 쪽이 오른쪽인지 가늠할 수가 없었 다. 밥을 먹는 손을 들어 보고 난 후에야 그쪽 골목 안으로 들어섰다. 이 층과 삼 층으로 된 집이 줄지어 서 있는 골목으로 들어가 세 번째 건물 앞에서 멈췄다. 강훈구가 말한 것처럼 대문은 활짝 열려 있었다. 대문 안으로 들어서는 순간 막다른 골목 앞에 도착했을 때처럼 컴컴한 어둠이 앞을 가로막았다. 어디선가 풍기는 시궁창 냄새를 맡으며 어둠이 눈에 익기를 기다렸다.

이 층으로 올라가는 철제 계단의 위치를 찾고 나서 뒤돌아섰다. 하나, 둘, 셋, 천천히 숫자를 헤아리며 활짝 열려 있는 대문 밖의 동정을 살폈다. 어느 방에선가, "어머! 나여, 나랑께."하고 어느 여자의 잠꼬대가 희미하게 들려왔다. 숫자를 백까지 헤아릴 동안 뒤따르는 사람이 없다는 것을 확인하고 철제 계단에 발을 딛었다.

"이 층으로 올라가면 옥상이 있어. 디귿 자로 총 여덟 개의 방이 배치되어 있구먼. 안쪽으로 왼쪽에서 두 번째 방이 인숙이 방여."

철제 계단을 올라갈 때마다 삐그덕거리는 소리가 유난히 시끄럽게 귀를 울렸다. 행여 누군가 그 소리를 들을지 모른다는 생각에 소리가 멎기를 기다리며 올라가느라 연신 뒤를 돌아다보았다. 이층 옥상에 올라가니까 등이 시원할 만큼 시원한 바람이 불었다. 바람에 날리는 머리카락을 누르며 골목 안의 동정을 살폈다. 우정상회 쪽을 더듬어 봐도 인기척이 없다는 것을 확인하고 난 후에 인숙의 방문 앞으로 갔다.

인숙은 불을 끄고 누워서 손현주가 오기를 기다리고 있다가 깜박 잠이 들었다. 꿈속에서 누군가에게 정신없이 쫓기고 있었다. 형사인지 정복을 입은 경찰인지는 몰랐다. 그들에게 붙잡히면 매우 불행한 나날을 보내게 될 것이라는 생각밖에 들지 않았다. 어느 창고 같은 곳으로 숨어들어 잔뜩 몸을 웅크리고 숨을 죽였다. 발소리가 창고 문 앞까지 빠르게 다가와서 갑자기 멈췄다.

드, 들켰나?

구둣발로 창고 문을 차 버리고 들어올 것이라는 생각에 고개를 무릎 사이에 박고 숨소리를 죽였다. 이상하게 아무런 소리가 나지 않았다. 슬그머니 고개를 드니까 톡톡 하고 문을 두들기는 소리가 들렸다.

딴 사람인가? 아녀, 문을 잠그지 않았잖여…….

문을 조심스럽게 두들기는 소리가 멈췄다. 가슴이 마구 뛰는 것 같아서 손바닥으로 누르고 문 쪽으로 귀를 기울였다. 다시 문을 두들기는 소리가 났다. 톡톡 두들기는 소리는 일정한 리듬을 타고 있었다.

'나를 찾는 건가?' 하는 생각에 문을 향해 일어서는 순간 잠이 깨면서 문밖에서 누군가 자신을 부르는 소리가 들려왔다.

"선생님! 선생님!"

"현주?"

"네."

인숙은 얼른 문 앞으로 갔다. 베니어판 문 앞에 입을 바짝 붙이고 속삭였다. 얼굴을 알 수 없는 목소리가 빠르게 대답했다. 문고리를 벗기고 밖으로 밀었다. 손현주가 문 앞에 붙어 서 있어서 잠깐 걸렸지만 이내 열렸다.

"어여 들어와."

인숙은 손현주를 부엌 안으로 들여놓고 밖으로 나갔다. 옥상 난간으로 가서 마당이며 골목을 살펴봤다. 우정상회 앞에도 살펴보고 나서 몸을 돌렸다.

"뭣 좀 먹었어?"

손현주는 어둠 속에서 목석처럼 서 있었다. 인숙은 출입문을 닫은 다음에 부엌의 불을 켰다. 손현주는 생각했던 것보다 피부가 곱고 예쁘다.

공장 관리자가 예사롭지 않은 눈빛으로 살펴보면 단번에 위장 취업자라는 점을 눈치챌 수 있을 정도였다.

"라면 같은 것이라도……."

현주는 너무 배가 고파서 체면 차릴 때가 아니었다.

"라면은 없고, 국수 끓여 줄까?"

"고마워요."

"그려, 그람 얼른 끓여 줄 팅게 방에 들어가서 쉬고 있어."

인숙은 방으로 들어가서 불을 켜고 나왔다. 냄비를 들고 밖으로 나갔다. 수도꼭지를 틀어 물을 받고 있는데 205호에 사는 대구 아가씨 필순이가 들어온다.

"시방 몇 신데, 인제 오는 거여?"

"다음 교대자가 아파서 안 나오는 바람에 두 탕 떴다 아닙니꺼. 언니는 와 인제 밥 먹는데요?"

필순이는 삼교대로 근무하는 전자부품 조립 회사에 다닌다. 힘없이 이 층으로 올라와서 인숙이 묻는 말에 대답했다.

"그람, 열여섯 시간을 근무했단 말여?"

"네 시간쯤 자고 또 출근해야 합니더. 라면 끓일라고 하능교?"

필순이는 그렇지 않아도 속이 출출했다. 하지만 귀찮아서 그냥 잘 생각이었다. 인숙이 냄비에 물을 받는 걸 바라보며 물었다.

"배고파?"

"아니라예. 얼른 자고 아침에 인나서 출근해야지예."

"국시 끓일 건데, 한 그릇 갖다 줄 테니 먹고 자."

인숙은 필순이 배가 고플 것이라는 생각에 일방적으로 말했다.

"언니가 주신다면 아무리 대근해도 먹고 자야지예."

인숙은 필순이 생긋 웃는 모습에 마주 웃어 주고 나서 부엌 안으로 들어갔다. 문을 닫고 냄비를 석유곤로 위에 얹었다. 불을 붙이고 나서 찬장에 넣어 두었던 국수를 꺼냈다.

"번거롭게 해서 죄송해요."

문지방 앞에 앉은 손현주가 긴장한 목소리로 말했다.

"강 선생한테 대충 들었지만 워티게 된 건지 자세하게 말해 봐."

인숙은 국수를 찬물에 헹굴 플라스틱 소쿠리와 국수를 담을 그릇 두 개를 꺼내서 부뚜막에 올려놓으며 손현주를 힐끗 바라봤다.

"요즘 부천경찰서 권 양 사건 때문에 위장 취업자 색출 기간이잖아요."

손현주는 하루 종일 물만 마셨더니 마른 국수만 봐도 배에서 꼬르륵거리는 소리가 날 지경이었다. 문틀에 비스듬히 기대어 있다가 인숙을 향해 바로 앉았다.

"근데, 신문에 난 것이 말짱 그짓말이람서?"

"거짓말인 정도가 아니고 완전히 날조한 기사예요. 모든 신문이 짜 맞춰도 그렇게 짜 맞출 수는 없어요. 신문에는 권 양의 잠바를 벗게 하고 티셔츠를 입은 가슴 부위를 손으로 서너 번 쥐어박았다고 나왔잖아요. 그 정도로 성추행을 당했다고 고소할 수 있겠어요?"

"권 양이 조영래 변호사한테 문귀동에게 당한 그대로 말했대. 권인숙의 음부를 만지면서, 지 그걸 끄내서 몇 번이나 문질렀다고 하데. 그놈은 인간도 아녀. 지 누이 같은 학생이 큰 죄를 저지른 것도 아니잖여. 그런 학생 옷을 벗겨 놓고 그걸로 고문을 했다는 것이 말이나 되는 겨? 내가 볼 때 역사는 그짓말을 안 하니까 정권이 바뀌면 그놈은 분명히 죗값을 받을 거여."

"저희들 생각도 언니하고 같아요. 국민들을 우습게 보는 걸로도 모자라 아주 바보 취급하고 있는 거라구요. 부장검사 세 명하고 검사 아홉 명이 참고인 마흔세 명을 조사한 끝에, 성적 모욕은 없었다. 성 모욕 주장은 혁명과 폭력의 속성을 가진 급진 세력의 투쟁 전술이다, 라고 규정했는데 뭐가 달라지겠어요."

"어떡하든 헌법이 개정되지 않는 한, 달라지는 것이 없을 겨."

석유곤로에 얹은 냄비의 물이 끓기 시작했다. 인숙은 두 명이 먹을 분량의 국수를 냄비 안에 집어넣었다. 국수가 한 덩어리로 뭉쳐지는 것을 막기 위해 젓가락으로 저었다.

요즘 신문은 연일 권 양 성추행 사건에 대한 진실 게임을 하고 있었다. 권 양 사건은 지난 6월 7일 오후 9시에서 11시까지 부천경찰서 문귀동 경장이 위장 취업을 하기 위해 주민등록증을 위조했던 권 양을 조사하는 과정에서 시작됐다.

권 양은 문귀동 경장이 위장 취업을 조사하다가 갑자기 지난 5월 3일에 있었던 인천사태 관련자를 대라며 폭행과 성적 모욕을 했다고 7월 3일, 문귀동을 고소했다.

인천사태는 신한민주당에서 지난 2월 12일 직선제 개헌을 위한 천만 명 서명 운동을 개시한 이후, 그 변종으로 일어난 사태 중 하나다. 제도권 야당인 신한민주당과 김영삼, 김대중이 주도하는 민주화추진협의회가 중심이 되었으나, 30만이 운집한 광주 대회에서는 신한민주당 측의 자제 요청에도 불구하고 '광주 학살 책임자 처벌' 구호가 나타났다. 10

만 명이 모인 대구 대회에서는 재야 운동 단체인 민통련의 독자적 플래카드들이 등장하고 신민당과는 별도의 군중대회가 진행됐다.

그러자 4월 29일, 김대중 민추협 공동 의장이 소수 학생의 과격한 주장을 지지할 수 없다는 뜻을 밝히고, 다음 날 청와대 영수회담에서 이민우 신한민주당 총재가 좌익 학생들을 단호하게 다스려야 한다는 발언을 하여 급진적인 세력과 단절하겠다는 의사를 밝혔다.

이민우 총재의 입장 표명에 분노한 재야 운동권 세력은, 5월 3일 신한민주당 개헌추진위원회 인천 및 경기지부 결성대회가 열릴 예정이던 인천시민회관에서 대회 시작 전부터 격렬한 시위를 벌였고, 이에 따른 경찰 투입으로 대회는 당 지도부가 대회장으로 입장하지도 못한 채 무산됐다.

1만여 명의 시위대는 도로를 장악하고 산발적인 시위를 하다가 오후가 되면서 스크럼을 짜고 화염병과 돌을 던지며 경찰과 충돌했다. 시위대는 신한민주당의 각성을 요구하고 이원집정(二元執政) 개헌 반대를 외치며 국민 헌법 제정과 헌법 제정 민중회의를 소집할 것을 주장했다. 이 사태로 319명이 연행되었고 129명이 구속됐다.

권 양에게 고소를 당한 문귀동 경장은 허위 사실이라 주장하며 명예훼손죄로 권 양을 맞고소해서 쌍방이 진실 게임을 하고 있다. 신문과 방송은 지난 7월 17일 날짜에 일제히 성적 모욕은 없었다는 기사를 실었다. 결국, 문귀동 경장에게는 파면과 함께 기소유예 처분이 내려졌고, 부천경찰서장 등 3명은 직위 해제됐다. 하지만 홍성우, 조영래, 이상수 변호사 등 권 양의 변호인 9명은 "검찰의 수사 결과 발표가 진상을 은폐하고 있다."라고 주장하며 "사건의 진상을 밝히기 위해 서울 고법에 재정

신청을 하겠다."라고 밝혔다. 재정신청은 고소나 고발 사건에 대해 검사가 불기소 결정을 내렸을 때, 고소인이나 고발인이 그 결정에 불복하여 피의자를 공판에 회부해 줄 것을 직접 관할 고등 법원에 청구하는 걸 말한다. 이에 덧붙여 변호인 측은 "정부 당국이 문 경장을 파면하고 부천경찰서장 3명을 직위에서 해제하면서도 문 경장을 기소유예 한 조치는 납득할 수 없다고"라고 밝혔다.

인숙은 국수에 아무런 고명도 얹지 않고 이틀 전에 담가 두었던 총각김치와 간장만 상에 얹어서 방으로 내밀었다. 나머지 한 그릇에는 간장으로 적당히 간을 하고 총각김치를 접시에 담아 들었다.

"어딜 가려구요?"

손현주가 인숙이 방으로 들어오길 기다렸다가 밖으로 나가려는 인숙에게 물었다.

"대구 사는 아가씬데, 교대자가 결근해서 두 탕을 근무하고 아까 들어왔잖여. 거기 갖다 주고 올 팅께 어여 먹고 있어. 난 필순이하고 야기 좀하고 올 테니께."

인숙은 밖으로 나가서 필순과 다른 세 명이 자취하고 있는 방 문을 열었다. 필순은 그 사이에 옷도 벗지 않은 채 잠들어 있었다. 얼마나 대근했으면, 하는 생각에 눈물이 핑 도는 것을 느끼며 필순을 깨웠다.

"언니 잘 먹겠습니다. 그릇은 아침에 갖다 줄께예."

필순은 부뚜막에 내려앉았다. 그녀는 인숙이 내미는 국수와 총각김치를 담은 접시를 받아서 침을 삼키며 인사했다.

"천천히 먹어."

인숙은 필순이의 어깨를 토닥거려 주고 나서 밖으로 나갔다. 새벽 3

시쯤 되었을까. 이 방 저 방에서 출근 준비를 하는지 불이 켜진다. 인숙은 손현주가 부담 없이 국수를 먹을 시간을 주려고 옥상 난간 앞으로 갔다. 벽돌로 무릎 높이까지 쌓은 난간에 걸터앉아서 아래층을 내려다봤다. 문틈으로 불빛이 새어 나오는 곳이 여러 군데 있다. 문을 열고 나와서 화장실에 가는 긴 머리의 여자가 보였다. 그녀는 옥상에서 누군가 내려다보는 줄도 모르고 볼일을 보려고 앉은 다음에야 문을 닫았다. 다른 방의 문이 열리고 수건을 목에 걸고 세숫대야를 든 두 명의 여자가 나와서 수돗가로 갔다.

인숙은 하늘을 바라봤다. 반팔 티셔츠를 입어서 새벽바람에 소름이 돋았는지 살갗이 오돌토돌하다. 총총하게 떠 있는 몇 개의 별을 가만히 바라보고 있는데 얼마 전 일요일 점심때 만난 승우의 얼굴이 떠올랐다.

구로역 근처의 커피숍에 들어가서 커피를 주문하고 난 후였다. 승우가 물컵을 어루만지면서 망설이는 표정으로 입을 열었다.

"날망집 알지?"

"모산?"

"그려, 작년에 그 집 아들이 또랑가에서 농약을 마셨다는 거 알고 있지?"

"그람, 그때 소를 멕이는 집마다 굉장했었다고 하드라……. 날망집에서 또 무슨 일이 일어난 겨?"

인숙이 긴장한 얼굴로 허리를 숙이며 물었다.

"넓게 보면 그 집 일이라고 할 수 있지. 날망집 손자에 관한 일이니까."

커피가 왔다. 승우가 인숙의 컵에 설탕과 프림을 타 주면서 조용한 목소리로 말했다.

"날망집 손자 누구? 작은아들도 자식들이 있잖여."

"죽은 장시훈 씨의 아들 이름이 장영호여. 군대를 제대한 후에 대학에 들어갔는데 지금 삼 학년이거든. 그 학생이 연루된 보안법 위반 사건을 내가 맡게 됐어."

"데모를 했구먼."

인숙은 더 이상 물어볼 필요가 없다는 얼굴로 단정 지으며 커피 잔을 들었다.

"중요한 건 그 학생이 데모를 하게 된 원인이 우리 아버지에게 있다는 거여."

승우가 고개를 숙이고 설탕과 프림을 탄 커피를 찻숟가락으로 저으면서 우울하게 말했다.

"그기 먼 말여? 장영호가 데모한 거하고 의원님하고 뭔 상관이 있다고?"

인숙이 커피를 마시려다 말고 내려놓았다. 테이블 위에 두 팔을 얹고 궁금해서 견딜 수가 없다는 얼굴로 승우를 바라봤다.

"내 입으로 말하기 괴롭지만 너한테는 꼭 말해 주고 싶었구먼……."

승우는 먼저 커피를 한 모금 마셨다. 이어서 물컵을 들었다. 물은 마시지 않고 물컵을 바라보면서 장영호가 헌법 철폐 투쟁을 할 수밖에 없었던 이야기를 담담한 표정으로 말했다.

"그 말이 참말여?"

인숙이 믿을 수 없다는 얼굴로 반문했다.

"내가 묻고 싶은 말은, 너도 아버지가 정미소에서 다친 것 때문에 노동계로 뛰어들었냐는 거야. 물론 그 배경에는 우리 아버지가 있겠지……."

승우는 우리 아버지 때문에 나하고 결혼을 전제로 사귀는 것이 마음에 걸리느냐고 묻지는 못했다. 침통한 얼굴로 말하고 나서 물컵을 내려놓고 커피 잔을 들었다. 이미 식어 버린 커피를 연거푸 두 모금 마시고 나서 조용히 컵을 내려놓으며 인숙을 바라봤다.

"장영호는 어떻게 됐어? 구속시킨 거여?"

인숙이 승우의 말을 무시하고 물었다.

"원래 보안법 위반은 엄하게 구형을 때리게 되어 있어. 하지만 기소유예로 풀어 줄 수밖에 없었어. 만약 장영호를 구속한다면 평생 후회할 것 같은 생각이 들더라……."

"잘했구먼. 역시 승우는 나를 실망시키지 않구먼. 너무 고마워서 눈물이 날라고 하네."

인숙은 손을 뻗어서 승우의 양손을 잡았다. 여느 때보다 승우의 체온이 따뜻하게 전해져 오는 것 같았다.

"내가 묻는 말에 대답해 줘."

승우가 인숙이 잡은 손을 빼서, 도로 인숙의 손을 잡고 간절하게 물었다.

"승우야, 난 아버지에 대한 일은 잊을 수가 없구먼. 아버지의 딸인 내가 워티게 아버지의 없어진 팔 생각을 잊어버릴 수 있겠어. 그러나 노동계에 뛰어든 것은 아버지 때문이 아니야. 오히려 어렸을 때부터 너무 고생만 하시는 어머니의 영향이 크다고 볼 수 있지."

"그럼 우리 아버지를 용서해 줄 수 있어?"

"내가 왜 의원님을 용서해 드려야 하는데? 원래 용서라는 것은 상대방이 잘못을 했거나, 그 비슷한 일이 있을 때 피해를 당한 사람이 가해자한테 베푸는 관용이잖여. 난 의원님한테 당한 것이 없으니까 용서해 드릴 것도 없어."

"그 말 진심으로 받아들여도 돼?"

"승우 오늘 참말로 이상하구먼. 내가 언제 승우한테 거짓말하는 거 봤어?"

"맞아. 인숙이가 나한테 거짓말한 적이 없었지. 내가 준 반지, 간직하고 있지?"

승우가 인숙의 손가락을 매만지며 물었다.

"응, 그걸 어떻게 잃어버려. 잘 간직하고 있구먼."

"난 그 반지를 줄 때 직접적으로 말은 안 했지만, 사시에 패스했을 때 프러포즈를 하려고 했었어. 그래서 그 반지에 내 이니셜을 새겨 넣은 거여."

승우는 몇 번이나 고백하려고 벼르던 말을 털어놓았는데도 속이 시원하지가 않았다. 오히려, 아직은 말하지 말았어야 했다는 생각이 들어서 이내 후회가 됐다.

"승우야, 우린 친구야. 어릴 때부터 서로를 너무 잘 알고 있는 친구잖여."

인숙이 승우가 잡은 손을 빼고, 다시 승우의 손을 힘주어 잡으며 말했다.

"부부도 얼마든지 친구처럼 살 수 있다고 봐."

"물론 그렇게 살아갈 수도 있지. 그리고 네 솔직한 맘을 말해 줘서 참말로 고마워. 하지만 난 아직 마음의 준비가 안 돼 있구먼."

"당장 대답해 달라는 말은 아녀. 난 얼마든지 기다릴 수 있응게."

"커피 마셔. 그리고 점심 먹으러 나가자."

인숙은 승우의 말에 뭐라고 대답할 수가 없었다. 승우와 친구 같은 부부로 살아갈 자신도 없었지만 활짝 웃으며 커피 잔을 들었다.

"인숙이 언니 아녀유? 거기서 뭐 해유?"

인숙은 등 뒤에서 들려오는 목소리에 하늘을 바라보고 있던 시선을 돌렸다. 봉제 공장에 다니는 명순이가 출근 복장 차림으로 서 있었다.

"출근하는개벼?"

"예, 오늘도 엄청 더울라나 봐유. 별이 저리 총총 떠 있는 걸 봉게."

인숙은 명순의 목소리에서 상규네의 얼굴이 그려지는 것을 느끼며 하늘을 다시 바라봤다. 명순의 말대로 하늘에는 조금 전보다 더 많은 별들이 떠 있었다.

손현주는 상 앞에 앉아 있다가 문을 열고 들어서는 인숙을 보고 일어섰다.

"다 먹었어?"

"설거지는 제가 할게요"

"아냐, 난 원래 이런 건 아침에 한꺼번에 하거든."

인숙은 상을 받아서 부뚜막에 내려놓고 방 안으로 들어갔다.

"죄송해요. 번거롭게 해 드려서."

"그런 말은 생략하기로 하고 강 선배님 말로는 세 명이 걸렸다고 하

217

든데, 두 명은 경찰에 끌려갔고……."

"제 생각에는 누군가 제보한 것 같아요. 그렇지 않으면 딱 찍어서 저하고 혜순이하고, 민영이를 사무실로 오라고 할 리가 없잖아요."

"의심 가는 사람이 있어?"

"아직은 긴장이 풀리지 않아서 누가 제보했는지…… 아, 짐작 가는 사람이 있어요. 혜순이가 속한 조의 작업반장이 좀 수상해요. 혜순이 조 작업반장이 은근히 혜순이를 찍었거든요. 시간만 있으면 혜순이 근처에서 얼쩡거리고, 퇴근 후에 순대 먹으러 가자, 극장 구경 가자고 했다가 거절당하면 야근을 시키거나, 일부러 어려운 작업을 시키고는 했거든요."

"그럼, 그 작업반장을 포섭해서 노조를 만들지 그랬어?"

"그럴 수가 없는 게 작업반장이 총무과장 동생이거든요……."

"그럼 노조는 진척이 없었구먼?"

"아니에요. 구로구청에 노조 설립 신청서를 냈었어요. 하지만 반려당했어요. 그런데 반려당한 이유가 뭔지 아세요? 제가 다니는 회사 이름이 주식회사 성안산업이잖아요. 그걸 성안산업 주식회사라고 잘못 기재한 것 때문이에요……."

"내가 설립 신고서를 낼 때는 맞춤법이며, 띄어쓰기까지 세세하게 본다고 했잖여. 구청에서는 설립 신고서를 안 받아 줄라고 눈이 벌개져서 반려시킬 빌미를 찾는다고 몇 번이나 말했잖여. 그건 그렇고 권 양 봉께, 주민등록증 위조했다고 사문서 위조와 절도죄를 뒤집어썼더라. 걸리면 무조건 구속잉께, 낮에는 밖에 나가지 말고 집에서 책이나 보고, 라디오 방송이나 듣고 있어. 내가 안전하게 숨어 있을 곳을 물색해 볼 팅게. 그리고 숨어 있느라 대근할 팅께 어여 눈 좀 붙여."

인숙이 윗목 쪽에 담요를 깔아 주며 말했다.

"고마워요, 선생님……."

손현주는 체면을 차리기에는 몸이 너무 무거웠다. 인숙의 말이 끝나자마자 곧장 담요에 누웠다. 만약 경찰이나 형사들에게 걸리면 인숙도 무사하지 못할 것이라는 부담감이 갑자기 밀려왔다. 그래서인지 금방 눈이 감기지 않았다.

로열박스

원갑룡은 전반기 부의장에 당선됐다.
부의장에 당선되니까 사무실 평수부터 달라지고,
사무실에서 근무하는 직원들도 두 배로 늘었고,
차량 지원은 물론이고 청와대도 무시로 드나든다.
슬그머니 욕심이 생겨서 은근한 목소리로 물었다.

오늘 비가 온다는 뉴스는 없었는데 가랑비가 내리다가 그쳤다.

하늘은 흐렸지만 잠실 올림픽 체육관을 가득 메운 7만 5천여 명의 관중들은 손에 땀을 쥐고 개막식의 팡파르가 울리기를 기다렸다. 대형 전광판에는 '제10회 아시아경기대회 86.9.20~10.5'라는 글자가 쓰여 있었다. 그 옆의 대형 화면은 관중석에 가득 찬 시민들의 모습을 보여 주고 있다.

대단하구먼…….

이동하가 앉아 있는 두 줄 앞에는 사마란치 국제올림픽 위원장과 네비올로 국가올림픽 연합회장이며, 셰이크 파아드 아시아올림픽평의회 회장을 중심으로 이세기 체육부 장관이며 박세직 서울아시안게임조직위원회 위원장이 앉아 있었다. 김종하 대한체육회장과 나카소네 일본 총리며 염보현 서울시장도 앉아 있었다. 그들과 말을 주고받을 거리에 턱 앉아 있다는 것은 가문의 영광이고, 하늘에서 이병호가 돌보지 않았다면 불가능한 일이라는 생각이 들었다.

"세 시에 개막식이 시작되죠?"

"예, 그런 걸로 알고 있슈."

이동하는 옆자리의 원갑룡이 속삭이는 말에 손목시계를 봤다. 이십 분 정도 남았다. 침을 꼴깍 삼키고 또 어떤 유명한 인물들이 와 있는지 사방을 두리번거렸다.

"지역구 관리는 잘 되어 가고 있습니까? 원래 그 바닥이 첨에는 아무것도 모르고 받아들였다가도 재선 때는 꼭 브레이크를 거는 지역입니다."

"은퇴를 해야쥬. 칠순 잔치 하고도⋯⋯."

이동하는 원갑룡이 묻는 말에 아무 생각 없이 대답하다가 원갑룡이 자신보다 나이가 두 살이나 많다는 것을 떠올리고는 입을 다물었다.

"뭘 모르시고 하는 말씀인데, 정치인이라는 것이 현직에 있을 때는 정승 부럽지 않지만, 일단 현직에서 떠나면 끈 떨어진 갓입니다. 머리에 쓰는 갓도 양반의 상징 아닙니까? 임금님 갓 빼놓고는 모든 갓이 머리통보다 작아서 끈이 없으면 실바람에도 날아가 버린답니다. 권력의 끈으로 단단히 매고 있어야 여간한 바람에도 날아가지 않는다, 이 말입니다. 더구나 의원님은 재산 있겠다, 아직 오십 대 못지않게 건강하겠다, 뭐가 부족해서 벌써 은퇴하려고 합니까?"

원갑룡이 볼 때 이동하는 돈이 필요할 때 언제든 손만 벌리면 척척 나오는 은행 저금통장과 같다. 더구나 국회의원 5선을 하고도 정치판에 변변한 인맥을 만들지 못할 정도로 융통성도 없다. 그저 가려운 데만 살살 긁어 주면 제가 최곤 줄 알고 날뛰는 어릿광대 같기도 하다. 자신이 다시 한번 국회의원을 해 먹으려면 이동하가 필요하다는 생각에 점잖게 충고했다.

"근데 말유. 영동 같으면 원래 제가 놀던 바닥이라서 어떤 놈은 믿을 만한 놈이고, 저놈은 돈만 몇 푼 쥐어 주고 상대해서는 안 될 놈이고, 요 놈은 돈이고 술이고 필요 없이 말만 잘하면 간이고 쓸개고 다 빼줄 놈 이라는 것을 알겠슈. 하지만 성남시는 영 딴판이란 말유. 다 그놈이 그 놈 같고, 이놈이 이놈처럼 뵈이는 것이 영 헷갈려유. 분명한 것은 이놈 이고 저놈이고, 워틱하믄 저한테 한 푼이라도 더 뜯어낼 수 있을까, 고 런 궁리만 하는 거 같아서 영 맘에 안 들어유."

"허, 하나만 아시고 둘은 모르시는구먼. 그 대신 영동처럼 사생결단하 는 식으로 선거운동을 할 필요는 없잖습니까. 대충 선거운동 하는 흉내 만 내도 이 등하고 표 차이가 엄청나다는 거 직접 확인해 보지 않았습 니까?"

"그건, 그려유. 만약 영동에서 그렇게 선거운동을 했다가는 떨어지기 로 작정한 놈처럼 뵈였을 거유. 영동에서는 새벽부터 나가서 밤 열한 시 까지 악수를 하고 댕기고 집에 들어오믄 아무 생각도 없슈. 낮에 누구하 고 악수를 했는지, 워디 가서 즘심을 먹었는지, 저녁은 머하고 먹었는지 아무것도 생각 안 나고 머리가 텅 빈 것처름 완전 등신이 따로 읎당께 유."

"그래서 세상이 공평하다는 겁니다. 어느 한쪽이 힘들면, 어느 한쪽이 편하게 되어 있는 것이 세상 원리 아닙니까?"

"부의장님 말씀을 듣고 봉게, 세상이라는 것이 참말로 공평하다는 생각이 드느만유. 그람 의원님 말씀대로 한 번 더 해 볼까유?"

원갑룡은 전반기 부의장에 당선됐다. 부의장에 당선되니까 사무실 평수부터 달라지고, 사무실에서 근무하는 직원들도 두 배로 늘었고, 차량 지원은 물론이고 청와대도 무시로 드나든다. 슬그머니 욕심이 생겨서 은근한 목소리로 물었다.

"요번에는 건설 상임위원장에서 안타깝게 탈락했지만, 후반기에는 분명히 될 수 있습니다. 후반기에는 상임 위원장 한번 해 보시고, 십삼 대에는 부의장 정도는 하셔야 가문의 족보 맨 위로 올라갈 거 아닙니까?"

"저는 부의장까지는 욕심 안 내유. 상임 위원장이라도 한번 해 봐야, 몇 십 년 동안 나라에 충성한 대가를 받는 셈 칠 수 있는데……."

이동하는 원갑룡이 짐작한 대로 원갑룡도 국회 부의장을 하는데 자신이 못 할 것이 뭐가 있느냐는 생각에 은근히 주먹에 힘이 들어가는 것을 느꼈다.

"부의장이라도 하시고 은퇴하실라믄 지역구 관리를 잘해야 합니다. 철새처럼 또 다른 곳으로 가서 지팡이를 꽂을 수는 없는 거 아닙니까? 위에서도 한 번은 편리를 봐주지만 두 번 이상은 아무리 많은 정치헌금을 내도 불가능합니다. 막말로, 돈 싸 들고 국회의원 한번 해 먹으려고 줄 서 있는 부자들이 십 리는 될 겁니다."

"명심하겠습니다. 당장 내일 등산회를 맨들어야겠구면유. 지가 볼 때 지역구 관리는 그기 젤 약발을 잘 받드라구유. 산이라는 것이 한번 오르기 시작하면 중독이 되잖유. 게다가 공짜로 차 태워 주고, 밥 주고, 술

준다는데 싫다는 놈 누가 있겠슈……"

이동하는 대회 개막을 알리는 우렁찬 팡파르 소리에 목소리가 묻히는 것을 느끼며 입을 다물었다.

메인스타디움에서 여고연합고적대의 퍼레이드가 시작됐다. 7만 5천 명의 관중들은 숨소리 하나 크게 내지 않고 일사불란하게 움직이는 고적대의 퍼레이드를 지켜봤다. 애국가가 연주될 예정이니 관중석에 앉아 있는 내외빈 여러분은 일어서 주시기 바란다는 아나운서의 말이 흘러나왔다.

이동하는 가슴에 손을 얹고 태극기를 바라봤다. 자신도 모르게 감격의 눈물이 흐르는 것을 느꼈다. 원갑룡이 볼까 봐 눈물을 닦지 않았다. 태극기를 바라보고 있으니까 영동 군청에서 예비군의 날 기념식에서 홀대를 받았던 때가 떠올랐다.

그려, 살아 정승이지, 죽으면 개나 소나 머가 달라……

원갑룡의 말처럼 현직에 있어야 대접을 받지, 아무리 빌딩이 몇 채라도 국회의원 명함이 없으면 한낱 졸부에 불과할 것이다. 영동에 내려가도 군수나 경찰서장이 개가 닭 쳐다보듯 할 것이 뻔하다.

등신 같은 놈, 그까짓 소 몇 마리 땜시 목숨을 버려? 그런 놈은 진작 죽어 없어져야 햐.

권력의 무상함을 뼈저리게 느낀 놈은 장시훈일 것이라는 생각이 들었다. 설탕 맛을 본 놈만 소금이 얼마나 짜다는 것을 느끼는 법이다. 놈이 도랑가에서 술에 취해 농약을 마실 때는 통일주체국민회의 대의원일 때 화려했던 시절을 생각했을 것이다.

여하튼 죽는 그날까지 권력을 쥐고 있어야 하는 겨. 그렇지 않으면 언제 장시훈 신세가 될지 모르지…….

애국가가 끝났다. 내외빈 여러분은 자리에 앉으라는 방송이 흘러나온다. 이동하는 절대로 장시훈의 전철을 밟지 않겠다는 생각에 어깨에 힘을 주고 천천히 앉았다.

애국가가 끝나고 27개 참가국 중 가나다 순으로 해서 네팔 선수단이 전통 의상 차림으로 경기장에 나타났다. 레바논과 말레이시아에 이어 주최국인 한국은 27번째로 입장했지만 가장 뜨거운 박수를 받았다. 이동하는 체면상 일반 관중들처럼 손바닥이 아프도록 박수를 치지 않았다. 대충 박수 치는 시늉을 내며 원갑룡에게 귓속말로 속삭였다.

"슬슬 나가 볼까유?"

"어디 좋은 데 있습니까? 맘먹고 여기까지 왔으니까 성화대에 불을 붙이는 것까지는 봐야 하지 않을까요?"

"그까짓 거 봐서 뭐해유. 배도 촐촐한데 워디 가서 몸보신이나 하는 것이 나라를 위해 일하는 데 도움이 되지 않을까유?"

"그것도 나쁘지 않지만……."

"룸살롱 아시쥬?"

"룸살롱은 밤에만 하는 데 아뉴?"

원갑룡이 구미가 당긴다는 얼굴로 속삭였다.

"여기가 강남 아뉴. 대한민국 강남에 읇는 것이 워딨겠슈. 이 시간쯤에 문을 여는 룸살롱도 있슈."

"영동에서 송미향인가 하는 그 비서 때문에 골치깨나 썩은 걸로 알고 있는데, 그 여잔 어떻게 처리했습니까?"

"시방 대전교도소에 있을 거유. 알고 봉께, 그년이 공금을 손댔지 뭐유. 봐 줄라고 했었는데 선도 차원에서 이 년 정도 교도소 가서 근신 좀 하고 있으라고 했슈."

"순순히 말을 듣던가요?"

"윤석중한테 사기까지 쳤드라구유. 지가 입만 열면 이동하 정치 인생은 끝난다, 머 그런 식으로 공갈을 쳐서 오백만 원을 받아 처먹었대유. 윤석중이 사기죄로 집어 넣겠다고 핳게 지가 버틸 재간 있슈? 그런 골치 아픈 야기는 그만하고 룸살롱이나 가유. 여대생들이 따라 주는 양주 한 잔이믄 보약이 따로 읎잖유."

"명색이 내가 국회 부의장인데 여대생과 바람피우다 걸리면?"

"아따, 룸살롱에서는 이 사장님이잖유."

"좌우지간 의원님 입담에는 내가 못 당한다니까. 슬슬 나가 볼까요?"

원갑룡의 말에 이동하는 옆자리 동료 의원에게 화장실 좀 다녀오겠다고 점잖게 말하고 일어섰다.

이동하는 승용차에 올라타자마자 최광수에게 역삼동에 있는 '백작'이라는 룸살롱으로 가자고 지시했다.

"나 이동하유. 시방 부의장님하고 역삼동에 있는 백작에 있응게 빨리 오셔유."

이동하는 원갑룡과 룸에 들어갔다가 다시 나왔다. 카운터로 가서 우신건설 우신국에게 전화 하고 화장실에 들렀다가 다시 룸으로 들어갔다.

"난 솔직히 서진회관 지하 룸살롱에서 일어난 살인 사건 이후, 룸살롱 출입을 삼가 왔습니다. 왠지 이런 데 와 있으면 다른 어딘가에 조직폭력배들이 술을 마시고 있을 것 같은 생각이 들어서 말입니다."

원갑룡이 고급스럽게 꾸민 실내를 두리번거리며 혼잣말로 중얼거렸다.

"그때 네 명이 죽었쥬? 무서운 놈들유. 아무리 깡패들끼리지만 회칼이며 야구방망이로 사람을 그렇게 죽일 수가 있겠슈?"

"더 잔인한 것은 죽은 놈이나 찌른 놈들이 서로 모르는 사이도 아니고 고향 국민학교 선후배라니 세상 말세 아닙니까?"

원갑룡은 이제나저제나 여대생들이 하늘거리는 원피스 차림으로 들어오길 고대하면서도 말을 멈추지 않았다.

"그래서 승용차에 실어서 병원 계단에 버리고 달아났구먼유. 좌우지간 무서운 놈들유. 그중 한 명은 바로 그날 광복절 특사로 풀려났다고 하데유. 그날 서진 룸살롱에서 술을 마신 것도 광복절 특사로 풀려난 사람을 축하해 주는 자리였다잖유."

"회칼로 고향 선후배들을 찔러 죽인 놈들 두목이 국회의원이 될라고 정관계에 로비를 엄청 했다는 거 알고 있습니까?"

"저도 사진 봤슈.

"놈들이 친선 체육대회를 할 때는 검사 부장이 축사를 읽었다지 뭡니까? 좌우지간 이 나라의 정신이 썩어 빠진 국회의원이며 검사들은 죄다 이북으로 보내 버려야 합니다. 참, 자제분도 검사죠?"

"예, 서울 지검에 근무하고 있구먼유. 부의장님께 말씀드리지 않고 손님을 초대했는데유. 우신건설 우신국 회장을 불렀슈. 그분 딸하고 제 자식하고 혼담이 오가고 있구먼유."

"우신건설이라면 아파트 건설 회사로 유명하지 않습니까?"

원갑룡은 이동하가 우신국을 불렀을 때야 떡값이 생기는 건수가 동반

될 것이라는 생각에 호감을 보였다.

"아파트 하면 현대아파트하고 우신아파트 아녀유? 현대아파트야 워낙 유명한 아파트지만, 사실 우신아파트가 훨씬 나아유. 의원님도 아파트 한 채는 가지고 있어야 될 것 같아서 불렀슈."

"허, 난 아파트 살 돈도 없고, 아파트가 있어도 필요 없는데……."

"의장님한테야 서대문에 있는 주택이 낫지만, 자제분들은 아파트가 좋을 거유. 요새 젊은이들은 죄다 아파트를 선호하잖유. 제 여식도 아파트에 살고 있슈. 청와대 정무수석실에 근무하는 그 사위하고유."

"사실, 큰아들이 지방에서 근무하다가 요즘 서울로 발령이 나서 아파트를 하나 장만해 주나, 전세를 얻나, 주택을 사나 고민하고 있던 참입니다. 요즘 강남의 괜찮은 평수 아파트 한 채 가격이 주택 두 채 가격이라서 말입니다."

"아파트 전세도 웬만한 것은 평당 백만 원은 줘야 해유. 서른 평짜리면 삼천만 원이라는 야기잖유. 요새 개포 지구 아파트가 뜬다잖유. 그쪽은 서른 평짜리가 이백만 원에서 이백오십만 원씩 나가유. 우신에서도 거기에 아파트를 짓고 있슈. 그랑께 주택 두 채 값이라는 말이 나올 만하쥬."

"개포 지구 아파트라면 투자가치도 있다고 하든데?"

"여부가 있겠슈……."

이동하는 문이 열리는 소리에 고개를 돌렸다. 웨이터가 맥주와 양주, 안주가 든 접시를 들고 들어온다. 그 뒤에 마담과 20대 초반으로 보이는 호스티스 두 명이 미소를 짓고 있다.

"회장님이 오늘 개시해 주시니까 장사 잘되겠네요. 회장님이 오시면 항상 장사가 잘되더라……."

마담은 뒤따라온 아가씨들을 이동하와 원갑룡 옆자리에 배치했다. 그녀는 이동하 반대편 자리에 앉아 양주를 따면서 말은 이동하에게 하고 시선은 원갑룡을 바라봤다.

"앞에 계신 분이 서초동에 빌딩을 여러 채 가지고 계신 분여. 오늘 잘 보여야 단골로 오실 꺼."

"어머, 홍 마담이에요 잘 부탁드려요 현지야, 어서 술 따라 드려야지. 애가 대학교 일 학년이거든요 오늘 첨 나온 애라서 서툰 점이 있을 거예요. 귀엽게 봐 주세요 어서 인사드려."

"김현지예요 사장님 잘 부탁드립니다."

"쯔쯔, 이렇게 어린 학생이 돈 때문에 이런 데 나오고 있구먼."

원갑룡은 말과 다르게 현지가 따라 주는 술을 받으며 군침을 삼켰다.

"저는 미혜예요. 김미혜."

이동하 옆자리에 앉은 파트너가 찰싹 달라붙어서 사과 조각을 이쑤시개로 찍어 이동하 입에 갖다 대며 방긋 웃었다.

"그럼, 재미있게 보내세요 술 부족하시면 요기 있는 인터폰으로 말씀하시면 됩니다."

홍 마담이 자신의 역할은 끝났다는 얼굴로 일어섰다.

"쪼끔 있다가 나 찾는 분 오시믄 일로 안내햐."

이동하는 홍 마담에게 짤막하게 이른 뒤 김미혜의 가는 허리를 우악스럽게 껴안았다.

"너, 정말로 여대생이냐?"

원갑룡이 직접 현지에게 술을 따라 주며 은근하게 물었다.

"학생증 보여드릴까요?"

"아, 아녀. 불쌍해 보여서 물어본 것뿐여. 어쩌면 손이 이렇게 이쁘냐?"

원갑룡은 술잔을 내미는 현지의 작은 손을 덥석 잡고 침을 삼켰다. 이동하는 원갑룡에게 뒤지지 않겠다는 표정으로 김미혜의 작은 얼굴을 두 손으로 잡아당기며 입술을 문지르기 시작했다.

"너희들은 잠깐 나가 있어라. 딴 테이블에 가지 말고 반드시 일루 와야 한다."

홍 마담이 들어와서 손님이 왔다고 말했다. 원갑룡은 아쉬운 얼굴로 파트너를 내보냈다. 옷매무새를 가다듬고 점잖게 술잔을 들고 있는데 우신국이 들어왔다.

"부의장님, 제가 아까 말씀드린 우신건설 우 회장님유."

"갑자기 불쑥 인사드리게 돼서 죄송합니다. 우신국입니다."

우신국은 명함을 꺼내서 원갑룡에게 내밀었다. 원갑룡이 명함을 두 손으로 받아서 한번 읽어 보고 조심스럽게 양복 안주머니에 넣었다.

"남자끼리 이런 데서 못 할 말이 머 있슈. 괜히 즘잖 떨고 있으면 술맛 달아날 수도 있응께, 본론으로 들어가쥬, 머."

이동하가 우신국에게 술을 따라 주면서 너스레를 떨었다.

"하여튼 이 의원님 입담에는 못 당한다니까. 까짓것 좋습니다. 남자끼리 악수도 했으니까, 우린 서로 남이 아니고 동집니다. 동지."

원갑룡은 우신국이 그냥 오지는 않았을 것이라는 생각에 기분 좋게 말했다.

"아이구, 그렇게 말씀하시면 저는 황송해서 뭐라고 말씀을 드릴지 모르겠습니다."

우신국이 벌떡 일어서서 구십도 각도로 허리를 숙여 보이고 나서 앉았다.

"관광호텔 어쩌고저쩌고하는 거, 그거 어떻게 잘돼가유?"

이동하가 원갑룡이 들으라는 목소리로 말했다.

"부의장님, 요즘 관광호텔 허가가 많이 완화됐지 않습니까?"

"그거야, 오늘 개막한 아시안게임이며, 이 년 후에 있을 올림픽 때문에 호텔이 부족해서 한시적으로 풀어 준 것으로 알고 있는데……."

원갑룡은 이동하가 우신국을 부른 이유를 알 것 같았다. 잘게 웃으면서 양주잔을 들었다. 이동하가 얼른 술을 채운다.

"제가 이 동네에 호텔급 시설을 갖춘 여관을 하나 갖고 있습니다. 뭐, 이름이 여관이지, 간판만 관광호텔로 바꿔 달면 별 네 개 정도는 충분히 받을 수 있는 시설입니다. 목욕탕의 욕조며, 세면기는 모두 수입품입니다. 객실에 있는 침대며 테이블이나 의자도 이탈리아에서 직수입한 제품입니다. 복도의 카펫도 싸구려 제품이 아니고 평당 몇 십만 원짜리로 깔아 놨으니까요. 그래서 지금도 알게 모르게 단골손님들이 많습니다. 주로 정치인들이라든지, 사업하는 사람들이 많이 찾습니다."

우신국은 일단 말을 끊고 나서 원갑룡의 눈치를 살폈다. 원갑룡이 관심이 있는 건지, 없는 건지 반대편 벽에 걸려 있는 액자만 바라보고 있다. 액자에 무슨 그림이 있는지 슬쩍 바라봤더니 요즘 미국에서 한창 뜬다는 여배우 브룩 쉴즈의 반나체 사진이다.

"장사가 잘된다면서, 왜 관광호텔로 변경 신청을 하려고 합니까?"

"원래 숙박업소라는 것이 객실 영업만 가지고는 수지가 맞지 않습니다. 의장님께 솔직히 말씀드리겠습니다. 관광호텔로 허가를 받아야 나이트클럽도 하나 만들 수 있고, 사우나나 터키탕도 만들 수 있는 것 아닙니까? 나이트클럽 하나하고 사우나탕만 가지고 있으면 당장 호텔 가격이 열 배 이상 뜁니다."

"우 회장님, 세상에 공짜는 읎잖유."

이동하가 이쯤에서 내가 나설 때라는 얼굴로 말했다.

"남자들끼리 있는 자리니까 확실하게 말씀드리겠습니다. 저희 회사에서 지금 개포 지구에 아파트를 짓고 있습니다. 사십오 평짜리는 평당 삼백만 원씩 합니다. 그거 한 개 드리겠습니다."

우신국이 양주 한 잔을 홀짝 마시고 나서 밤말은 쥐가 듣고, 낮말은 새가 듣는다는 말을 떠올리며 작은 목소리로 말했다.

"여관을 관광호텔로 변경하는 거 말처럼 쉽지는 않을 겁니다. 하지만 법을 하느님이 만든 것도 아니고, 사람이 만든 법 아닙니까. 어디 한번 만들어 봅시다."

평당 삼백에 사십오 평이면 일억 삼천오백만 원이다. 결코 작은 돈이 아니다. 원갑룡은 길게 생각해 볼 필요가 없다는 얼굴로 회심의 미소를 지었다.

모산은 새마을 회관이 들어서고 나서 새로운 풍습이 자리 잡았다. 마을 회의가 있을 때 새마을 회관이 들어서기 전에는 주로 해룡네 집이나, 구장의 집에서 열렸다. 해룡네 집에서 마을 회의를 할 때는 으레 막걸리 잔이 돌기 마련이다. 그러다 보니 구장 집에서 회의를 해도 막걸리 주전자는 필수품이 되어 버렸다. 하지만 새마을 회관에서는 막걸리 주전자가 등장하지 않았다. 술 생각이 나면 회의가 끝난 다음에 생각이 맞는 몇몇끼리 해룡네 집으로 향할 뿐이다.

"오늘 먼 회의를 할라고 모이라고 하능 겨?"

박평래가 한참 동안이나 기침을 하고 나서 방으로 들어오며 누구에게 라고 할 것 없이 물었다.

"일루 와. 여기가 뜨싱게. 아여, 누가 보일라 좀 살펴봐. 보일라를 안 틀었는지 아랫목도 죽은 시어머니 뱃가죽 같구먼."

"팔봉이 아부지도 별말씀을 다 하시느만. 왜 해필이믄 죽은 시어미 뱃 가죽이랴."

새마을 부녀회장 봉산댁이 일어서서 밖으로 나가며 중얼거렸다.

"먼 회의를 할란가는 모르지만 구장은 왜 안 온댜?"

"방송하고 나서 춘셉이하고 태수하고 길동이하고 해룡네 집에서 한 잔씩 하고 있잖유."

박평래가 중얼거리는 말에 장기팔이 입을 쩝쩝거리다 대답했다.

"자네도 거기서 한잔했능개비구먼."

변쌍출이 길게 하품을 하고 나서 말했다.

"기팔이 이 사람 하루라도 술 안 먹는 날 봤남? 혼자 가서 한잔하고 있다가 구장을 봤겠지."

박평래는 안됐다는 표정으로 장기팔을 바라봤다. 시훈이가 죽은 이후 로 장기팔은 술 힘으로 살아가고 있다. 날망집은 거의 석 달 열흘 동안 울음으로 밤을 새우다가, 요즘은 서울에 있는 큰며느리 집에 가 있다.

"시훈이 어머가 빨리 내려와야 술을 들 마실 거여."

광일네가 모리댁과 무슨 말인가 하고 있다가 동정 어린 시선으로 장기팔을 바라봤다.

"기팔이, 나 같은 사람도 여즉 살아 있잖여. 시훈이야 그릏게 됐다지만 자네 안식구가 안됐잖여. 자네 안식구를 생각해서라도 술 좀 작작 마셔."

"알겄슈. 날부터는 술 안 마실께유."

"대답이나 안 하믄 밉지나 않지. 형님이 술 좀 그만 마시라고 하면 백 번이면 백 번 죄다 술 안 마신다고 해 놓고, 이튿날 보면 코가 자두처럼 빨개지도록 술 마시고 돌아댕기잖여. 요번에는 지발이고 말 좀 들어. 그래야, 시훈이 어머도 맘 잡고 내려올 거 아녀. 좌우지간 그놈의 소 땜시 사람 여럿 잡구먼. 요 압시, 진규 텔레비에 나왔었잖여. 봤남?"

박평래가 다른 사람들이 들으라는 목소리로 물었다.

"형님이 보라고 해서 봤잖유. 농민 무슨 단체 대표로 나와서 이 땅에 소 값 파동 같은 것이 두 번 다시 나와서는 안 된다고 말하데유."

"그 말을 역부러 했다능 겨. 모산 사람들 생각해서 말여. 그랑께 날부텀이라도 정신 차리고 살아야지. 은제까지 이릏게 살 텨……."

박평래가 은근히 진규 자랑을 하고 있을 때 밖에서 여러 명이 문 앞으로 오는 소리가 났다.

"구장 입만 입이고, 여기 앉아 있는 사람들 입은 주딩인가?"

황인술이 냠냠거리는 얼굴로 들어서는 모습을 보고 변쌍출이 빈정거렸다.

"태수가 한 잔 산다길래 날도 춥고 해서 한잔했슈. 다들 모였슈?"

황인술은 장기팔에게 히죽 웃어 보이고 나서 책상 앞으로 갔다. 손뼉을 쳐서 시선을 모으고 나서 냠냠거리며 사람들을 바라봤다.

"보일라 온도 올렸슈. 쪼끔 있으믄 방이 뜨거워 질 거유."

봉산댁이 들어오면서 말했다.

"앞으로는 회의가 있으믄 방에 불부텀 넣어. 젊은 사람들이야 모르겄지만, 나나 여기 형님 같은 경우는 목숨이 걸린 문제여."

변쌍출이 못마땅하다는 얼굴로 말했다.

"예, 명심하겠슈. 원래 불 당번은 새마을 부녀회장인 봉산댁유. 봉산댁, 팔봉이 아부지가 하시는 말씀 잘 들었지?"

"월급을 주는 것도 아니고⋯⋯."

봉산댁이 요즘따라 자신을 멀리하는 황인술을 흘겨보며 구석 자리로 가서 앉았다.

"에, 동리를 위해서 봉사하는 것은 원래 월급이 읎슈. 그렇게 알고 제 말 좀 들어 봐유. 오늘 이렇게 모이시라고 방송한 것은 다름이 아니라, 시방 까닥 잘못하믄 서울 바닥이 아니라, 경기도 전체가 물바다가 될 위급한 상황에 빠졌슈."

"평화의 땜인가 그걸 맨들어야 된다는 말을 할라고 그라느만."

아랫목에 앉아서 양손을 허벅지 밑에 끼고 앉아 있던 순배 영감이 중얼거렸다.

"맞아유. 어르신 말씀대로 시방 전 국민적으로 평화의 땜 성금을 모으고 있는 중유. 그 땜이 오죽 중요했으면 대통령님도 직접 텔레비 방송국에 나와서 성금을 내셨겠슈. 그래서 우리 학산면도 얼만가를 내야 할 처지에 놓였슈. 다른 면은 면민과 면장 이름으로 해서 케이비에스에 성금을 낸 데가 많아유. 우리 학산면도 진작에 내야 하는데, 면장님이 우리 면민들을 위해서 '그런 거는 돈 많은 사람들이 내는 거이지, 농민들이 저 살기도 바쁜데 무슨 성금이냐. 외려 농민들이 성금을 받아야 할 처지다.'라는 생각에 성금 낼 생각을 안 했대유⋯⋯."

"면장 이름이 뉘여. 그 누군지 모르지만 참말로 우리 농민들을 생각하시는 면장님이시구먼. 박수!"

김춘섭이 막걸리 몇 잔에 붉게 물든 얼굴로 박수를 쳤다. 몇몇이 얼떨결에 박수를 치다가 흐지부지 가라앉았다.

"그래서 말유. 우리 동리에서도 다문 얼매씩을 걷어서 모산 사람 일동, 그렇게 써서 성금을 내야겠슈."

황인술은 말과 다르게 성금을 낼 때는 '모산 구장 황인술 외 동네 사람들'이라고 봉투에 큼지막하게 써서 낼 생각이다.

"우리나라는 참말로 희한한 나라구먼. 나라에서 땜을 맨드는데 왜 우리가 돈을 내야 한다는 거여? 우리가 세금을 안 내는 것도 아니고 농지 세며 주민세를 꼬박꼬박 내는데, 그 세금으로 맨들어야 하는 거 아녀? 내 말이 틀렸으믄 워디 뭐라고 말 좀 해 봐."

오 씨도 시훈이가 죽은 이후 부쩍 술 먹는 날이 많아졌고 매사에 불만이 많다. 술 냄새를 풍기며 황인술에게 삿대질을 했다.

"옳지. 오늘 오 씨 모처럼 만에 바른 말 잘 나오는구먼. 계속해 봐."

장기팔이 듣던 중 반가운 말이라는 얼굴로 박수를 딱 소리 나도록 치며 추임새를 넣듯 말했다.

"내 말이 바로 그거여. 양산강을 막아 땜을 만드는 것도 아니고, 강원도 워디다 땜을 건설하는데 왜 애먼 충청도 사람들이 돈을 낸댜?"

"아! 집에 텔레비며 라디오는 그냥 장식품으로 갖다 논 규? 텔레비 뉴스 안 봐유?"

변쌍출이 따지는 말에 황인술이 답답하다는 표정으로 물었다.

"뉴스에서 빨갱이들이 금강산 땜을 맨들면 우리도 땜을 맨들 수밖에 없다고 머라고 하든 거 같든데?"

"땜을 만들라믄 돈이 들어가잖유. 돈!"

"참말로 답답하구먼. 아, 팔봉이 아부지 말씀은 글씨 땜을 만들든 도로를 내든 그건 정부에서 할 일이지, 국민들 돈 거둬서 할 일이 아니라는 거 아녀. 정부에는 땜을 맨들 돈이 없응게, 국민들이 도와 달라. 이렇게 말을 하든지, 그기 아니믄 요번에 맨든다는, 그 머여. 펴, 평화의 땜은 특별한 것이니까 국민들의 성금으로 맨들어야 한다든지, 하는 식으로 왜 성금을 내야 하는지 우리가 알아야 할 거 아녀. 하다못해 이웃에 돈을 빌리러 갈 때도, 나 오늘 영동에 뭣 좀 사러 가야 하는데, 돈이 달랑 떨어졌구먼. 담 장날에 콩을 좀 팔아서 갚을 팅게 좀 뀌줘, 이런 식으로 말하잖유. 근데 그것도 아니고, 국민이 무슨 돈 내는 기계도 아니고 툭 하믄 무슨 성금 내라, 무슨 기금 내라, 그렇게 시도 때도 읎이 돈을 걷을라믄 세금은 미쳤다고 내능 겨? 차라리 세금을 내지 말고 그때그때 필요한 돈을 얼매씩 걷는 거이 낫지."

"나야말로 답답하구먼. 정부에서 무슨 성금 걷을 때 오 씨 말대로 여차여차해서 성금을 걷는다고 명확하게 설명해 주는 거 봤슈? 당장 독립기념관 성금 걷을 때 봐유. 독립 정신을 기르기 위해서는 국민 여러분들이 성금을 내야 한다, 그렇게만 말해도 삼성이며 현대니 금성이니 하는 큰 회사에서 몇 억 원씩 성금을 내기 시작항께, 우리 같은 쪼무래기들도 할 수 읎이 내는 거잖유. 그라고 말이 나와서 가만히 생각해 봉께, 은근히 기분 나쁘구먼. 아! 성금을 받아서 내가 챙기는 것도 아니고, 내 이름으로 생색내는 것도 아니고, 동리 사람들찌리 술 받아 먹자는 것도 아니고, 순전히 나라를 위해 내자는 건데, 왜 나한테 승질을 내는 거여? 나한테 평소에 유감 있는 거 아녀?"

"잠깐, 잠깐! 구장 내 말 좀 들어 봐. 오 씨도 가만히 있어. 내가 한마디 할 모양잉께, 나도 뉴스를 들어서 우리가 왜 돈을 내야 하는지 정도는 알고 있구먼. 무슨 말인고 하믄 말여. 정부에서 기본적으로 농민들한테 도움을 줬으믄 줬지, 돈을 뜯어먹을라고는 안 할 거여. 일일이 우리한테 설명 안 해도 성금을 받을 만한 거라서 받는다, 이거지."

황인술의 목소리에 힘이 들어가는 것을 느낀 박평래가 점잖게 나서서 중재를 시작했다.

"그걸 뭘로 증명한댜?"

"아! 텔레비도 안 봐? 현대니 삼성이니 큰 회사부텀 시작해서 무슨 무슨 회사며, 조합이네, 학교네, 신문사네 하면서 성금을 내잖여. 그 사람들이 우리보다 들 똑똑해서 성금을 내는 거여? 그 사람들 중에는 우리 진규처름 박사도 있고, 미국 유학까지 댕겨온 사람들도 있을 껴. 그 사람들도 다 성금을 내야 함께 내는 거잖여. 구장, 내 말이 틀렸남?"

변쌍출이 반문하는 말에 박평래가 답답하다는 목소리로 말하고 나서 황인술에게 물었다.

"당연히 지당하신 말씀이쥬. 텔레비서 보셔서 잘 아시겠지만유. 이북 빨갱이들이 시방 금강산 땜을 만들고 있잖유. 금강산 땜에서 즈덜 맘대로 물을 이억 톤이나 삼억 톤만 방류해도 말짱하게 맑은 날에도 홍수가 진 것처름 한강 근처가 물바다가 된대유. 그건 약과고, 몇 년 후에 금강산 땜에 저수량이 이백억 톤쯤 될 때, 빨갱이들이 우리나라를 망하게 할

속셈으로 금강산 땜을 일부러 폭파시키믄 서울은 완전히 끝나유. 서울 여의도에 있는 육삼삘딩 있잖유. 우리나라에서 젤 큰 육십삼 층짜리 삘딩 말유. 그것도 물에 잠긴대유."

황인술이 한껏 목소리를 낮춰서 어린애들에게 귀신 이야기를 해 주는 표정으로 좌중을 돌아다보며 말했다.

"세상이 머가 이렇게 어수선햐. 지난 십일월 중순에는 이북의 김일성이가 사망했다고 방송에서 쥉일 떠들었잖여."

"왜 아녀, 위대한 김일성 수령이 열차 안에서 총격으로 사망했다고 이 북에서 막 떠들었다고 했잖여."

"나중에 알고 봉께 김일성이가 반대파를 숙청할라고 꾸민 술책이라고 드러났잖여."

"김일성이가 죽었다고 떠들 때는 온 나라가 들썩거리는 것처름 방송을 해대더니, 그짓말이라는 방송은 나오기는 나왔남?"

"잠깐 나왔었잖아유. 열두 시 마감 뉴스에 나왔든가? 아니면 아침 여섯 시 뉴스에 나왔든지, 하여튼 들은 거 가튜."

박평래와 변쌍출이 주고받는 말에 장기팔이 술 냄새를 풍기며 끼어들었다.

"자, 자! 지방 방송국은 고만 끄시고, 본론으로 들어갑니다. 지난 십이월 일 일부터 성금을 모으기 시작했는데 어제 십팔 일 날짜로 삼백사십억 원을 모았대유. 우리 동리에서도 오만 원을 낸 독립기념관 성금이 삼백구십억 원이라고 하든데 금방 따라잡을 수 있다고 하데유. 그래서 드리는 말씀인데, 우리는 얼매씩 걷으믄 좋겠슈?"

황인술은 시간을 끌어 봤자 오만 잡소리가 다 나올 것이라는 생각에 다시 한번 박수를 쳐서 시선을 집중시켰다.

"한 이백 원씩 걷으믄 안 되었어? 막걸리 한 되 팔아 봐야 돈 백 원 남을까 말깐데. 이백 원 낼라믄 막걸리를 두 되 팔아야 하잖여."

늦게 도착한 해룡네가 모두가 들으라는 목소리로 말했다.

"자, 딴 사람 말해 봐유."

이백 원씩 걷으면 만 원도 되지 않는다. 황인술은 '저 주책을 발로 확 차 버려?'라고 마음속으로 생각하면서도 겉으로는 점잖게 말했다.

"솔직히 이백 원은 딴 동리 보기 쩨쩨하잖유. 오백 원씩은 걷어야 체면이 서지."

"그려, 요새 돈이 아무리 궁해도 서울이 물바다가 되믄 워짜. 이 동리에서도 서울에 올라가 있는 사람들이 많잖여. 당장 우리 철용이부텀 시작해서, 며느리하고 날망집 아들 경훈이며, 한둘이 아니잖여. 갸들을 생각해서라도 오백 원씩은 내야 할 껴."

떼보 엄마의 말에 철용네가 당연하다는 얼굴로 찬성했다.

"사둔 생각도 가텨?"

황인술이 차마 안사돈에게 화를 낼 수는 없고 김춘섭에게 시선을 돌렸다.

"긴 말 필요 읎고 돈 천 원씩은 내야 한다고 봐유. 제가 알기루는 박우리 사람들은 우리 동리보다 가구 수가 짝은데도 이천 원씩 걷었대유. 우리 철준이 말로는 딴 동리 사람들은 보통 천오백 원 이상은 걷었다고 하데유."

김춘섭이 철용네를 흘겨보고 나서 황인술에게 시선을 돌렸다.

"철준이 아들 돌이 언지여? 딸은 돌잔치를 안 했지만 아들은 돌잔치를 해 준다고 안 했남?"

황인술이 "우리 동네도 천오백 원씩 걷는 것이 좋겠네유."라는 말을 하려고 목을 가다듬을 때였다. 해룡네가 일부러 무릎걸음으로 철용네 옆에 가서 앉으며 물었다.

"양력으로 명년 일월 스무닷세잖여. 왜 해룡네가 돌 반지라도 한 개 해 줄라고?"

"우리 손자 돌잔치 할 때 오백 원 부조했잖여. 내가 이래 봬도 주고받는 것은 정확히 하는 사람여. 철용이는 서울에서 돌잔치를 했응께 그냥 넘어갔지만, 철준이는 학산에서 하믄 그냥 넘어갈 수가 읎잖여."

"그람, 오십 원만 할 텨? 그때 오백 원 폭은 요새 오십 원밖에 안 되는데?"

"날 뭘로 알고 그른 말을 하능 겨……."

"손자는 그 머셔, 대학 들어가는 하, 학 먼가 하는 셤은 잘 봤댜?"

모리댁이 옆에서 물었다.

"몰라, 지 말로는 서울대학에 들어갈 정도는 되는데, 지가 좋아하는데 들어갈 점수는 못 된댜. 그래서 재수를 한다고 하드만."

"허! 서울대 들어갈 정도면 셤을 잘 봤능개비구먼."

"아! 해룡네 손자야 학산상고에서 천재라고 소문났잖여."

"허, 해룡네 돈 많이 벌었능개비구먼. 손자 재수시킬라고 하는 걸 봉께."

"지가 아르, 먼가를 함서 돈도 벌고 공부도 할 수 있당께, 그라라고 했지 머. 우리 찬수가 이날 이때까지 틀린 말 하는 거 봤남?"

해룡네는 여기저기서 정신없이 묻는 말에 턱을 좌우로 흔들면서 자랑스럽게 반문했다.

"해룡네, 잠깐만. 그런 말은 이따 시간이 많을 때 초곤이 하는 것이 좋아. 시방은 회의 중이잖여. 회의 몰라? 여러 사람이 한자리에 모여서 상의하는 거. 여기 계신 분들도 다들 바쁜 사람들여. 해룡네가 그라고 있으믄 다른 사람들이 겉으로는 말을 안 하지만 맘속으로는 푼수 떤다고 욕햐. 그랑께, 날 좀 살려 주는 셈 치고 내 말 좀 들어 봐."

"그려. 일단 구장님 말씀하는 것 좀 들어 봐. 그래야 회의가 빨리 끝날 거 아녀. 구장님, 어여 계속하세유."

박태수가 해룡네를 흘겨보며 말했다.

"그람 결론을 짓겠슈. 우리 동리도 천오백 원씩 걷는 걸로 합시다. 제우 오백 원 차인데, 모산 사람들이 쩨쩨하게 천 원씩 걷었다고 말이 나오믄 체면 상하잖유. 어르신, 제 생각이 어떠유?"

황인술은 비교적 금전적으로 넉넉한 박평래를 찍어서 물어봤다.

"한 집에서 천오백 원씩 내는 거잖여. 우린 두 집 살림잉게 하는 말여."

"그람유, 한 집에서 천오백 원씩 내면 되는 거쥬. 또 물어볼 사람 읎으믄, 천오백 원씩 내는 걸로 결정한 거유. 시방 돈 있는 사람은 여기서 내시고, 주머니에 돈이 읎는 분들은 우리 집으로 갖고 오면 돼유. 그라고, 막걸리 한 잔씩 생각나시는 분은 해룡네 집으로 가유. 지가 한잔 살 모양잉게."

황인술은 처음부터 오만 원을 예상하고 있었다. 천오백 원씩 내면 오백 원씩은 잘라먹을 생각을 하니 기분이 너무 좋았다.

제32장

1
9
8
7
년

삼고초려

손기문은 장사가 예상했던 것보다 잘돼서 봉천 중앙시장 안으로 가게를 옮겼다. 가게를 이전하면서 본격적으로 장사를 할 생각으로 대원들을 정리했다. 퇴직금 조로 월세방 한 칸 얻고 당분간 먹고살 수 있을 정도의 금액인 백만 원씩을 지불했다.

"언제든 힘들면 찾아와. 내가 도와줄 수 있는 한도 내에서 도와줄 팅께."

손기문은 떠나는 대원들과 일일이 악수하고 살다가 힘들면 봉천동 중앙시장 안에 있는 협동상회로 찾아오라고 당부했다. 손기문과 함께 장사를 하기로 한 종갑이와 콩새, 메뚜기도 떠나는 대원들과 진심으로 아쉬움의 눈물을 나누었다.

봉천동 중앙시장 안에 있는 협동상회는 건평 15평에 방 한 칸과 부엌이 딸린 가게다. 부엌 옆에는 쉽게 상하는 채소를 보관해 줄 세 평짜리 냉장고를 들여놓았다. 장사는 재건대 안에 있는 퀀셋 막사에서 할 때보다는 덜 됐지만 시장 안에 있는 채소 가게 중에는 제일 잘되는 편이라서 만족했다.

음력설이어서 월요일이 됐지만 가게 문을 열지 않은 곳이 많았다.

손기문은 아침 일찍 일어나서 오늘 노인들에게 점심을 대접하기 위해 예약한 제일식당으로 전화를 걸었다.

"우리는 떡국만 준비하면 된다고 했잖습니까?"

"예, 떡하고 반찬은 우리가 준비해 갈 거유."

"모두 팔십 명이라고 했죠?"

"팔십 명은 오기로 했지만 더 올지도 모르니까 넉넉잡아서 백 그릇 끓일 준비해 놓으셔유."

"예, 알겠습니다. 정확히 열두 시에 드실 수 있도록 준비하겠습니다. 몇 시쯤 오실 계획이세요?"

"우린 열 시쯤에 식당에 도착할 거유. 그람 이따 봐유."

손기문은 식당에 걸었던 전화를 끊고 나서 떡집에 전화를 걸었다. 떡집은 시장 안에 있는 잉꼬떡집이다.

"절편하고 바람떡하고 두 가지 한 말 반씩 해서 세 말, 지금 찌고 있응께 열 시쯤 충분히 배달해 줄 수 있슈."

잉꼬떡집에 전화를 하고 나서 음료수와 소주, 과자에 과일을 주문한 마트에 전화하는 것으로 점검은 끝났다.

"가게에 있는 삼촌들한테 전화하세요. 아침 다 됐다고."

강순녀가 방으로 들어와서 물 묻은 손을 수건에 닦고 잠들어 있는 경재를 깨웠다.

"경재 잘 잤어? 어서 씻고 할아버지께 진지 드시러 오시라고 해야지."

경재는 쉽게 일어나지 않았다. 손기문이 아이를 일으켜 세워 앉혔다. 경재는 손기문의 품에 들어가 다시 눈을 감았다. 손기문이 등을 토닥거리며 부드럽게 말했다.

열한 시 반이 넘어가자 제일식당에는 동네 노인들이 한두 명씩 도착하기 시작했다. 노인들을 안내하는 역할을 맡은 종갑이 문 앞에서 한 분한 분 손을 잡아서 식당 안으로 안내했다. 식당 홀에는 먼저 온 노인들이 약속이나 한 것처럼 텔레비전을 지켜봤다.

"한 테이블에 네 명씩 계산해서 떡이랑 과일이랑 접시를 만들면 될꺼."

주방 안은 정신이 없을 정도로 바쁘게 움직였다. 한쪽에서는 떡과 과일 접시를 만든다. 또 한쪽에서는 치약이며 칫솔, 비누 등이 들어 있는 선물 박스를 쇼핑백에 넣느라 분주하고, 주방장이 떡국 끓이는 것을 도와주는 등 부산스럽게 식사 준비를 했다.

"형님, 얼추 다 오신 거 가튜."

종갑이 주방으로 들어와서 손기문을 찾았다.

"및 명인지 세 봤남?"

"정확히 팔십세 분이 오셨슈."

"장인어른은?"

"아까 오셨슈."

"그려, 그람 어여 접시를 날라. 올 추석에는 봉사할 사람들을 및 명

더 동원시켜야겠어. 그렇지 않아도, 영동고물상 장 사장도 우리하고 같이 하자고 하드만. 우리 가게 옆에 있는 창녕상회 김 사장도 봉사 활동을 하고 싶다고 하든데……."

손기문은 접시를 나르기 전에 먼저 손부터 씻었다. 옷에 묻은 파 조각이며, 이런저런 티끌을 털어 내고 주방 밖을 바라봤다. 홀과 방이 가득 차도록 노인들이 앉아 있다. 주방장에게 어젯밤부터 끓인 사골 국물에 가래떡을 넣으라고 지시하고 밖으로 나갔다.

"손 서방 일루 와 보게."

강찬복이 손기문을 보고 엉거주춤 일어나서 불렀다.

"오셨네유."

"이 사람이 우리 사위여. 해마다 이맘때믄 어렵게 사는 노인들을 불러서 식사 대접을 하고, 선물을 준 지가 햇수로 거의 십 년은 넘구면."

강찬복이 자랑스럽게 주위 사람들에게 손기문을 소개했다.

"대단하구면. 요새는 돈 있는 사람들이 더 짜다고 하든데……."

"복도 많지, 저렇게 착한 사위를 두다니……."

강찬복은 양쪽에서 한마디씩 하니까 은근히 어깨에 힘이 들어가는 것을 느끼며 흐뭇하게 웃었다.

"시방 텔레비서 뭐라고 하는 거여?"

옆머리에 얼마 남지 않은 머리카락도 백발인 노인 한 명이 텔레비전을 바라보다가 옆에 앉아 있는 넥타이 차림의 노인에게 물었다.

"양력으로 정월에 경찰들이 애먼 대학생을 죽인 사건이 있었잖여. 서울대학교 학생인데……. 그 학생을 고문해서 죽게 한 경찰이 더 있었다는구면."

"에이, 경찰이 애먼 대학생을 죽이다니. 왜정 때나 인공 치하도 아니고 민주주의 사회에서 그기 말이나 되능 겨?"

"시방 텔레비서 나오잖여. 박종철 고문치사 사건이라고"

"참말로 그런가? 나는 당최 귀하고 눈이 어두워서 텔레비전에 바짝 붙어 앉아 있지 않고는 먼 말을 하는지 잘 몰라서……."

백발 노인은 여전히 넥타이의 말을 믿지 못한다는 표정을 풀지 않았다.

"국립과학수사연구소 황적준 박사가 말했다잖여. 물고문과 전기고문 흔적이 있다고 말여."

"그 말이 참말이라믄 세상이 워티게 흘러갈라고 이라는지 모르겄구먼."

넥타이가 정색을 하고 하는 말에 백발 노인은 느릿한 목소리로 말하며 혀를 찼다.

"어떻게 오셨슈?"

종갑은 식당 앞에 고급 승용차가 멈추는 것을 보고 의아한 표정으로 바라봤다. 승용차 문이 열리고 모직 코트를 입은 젊은이가 운전석에서 빠르게 내려 뒷문을 열었다. 차 안에서 뚱뚱한 50대 대머리가 내렸다. 종갑은 자신도 모르게 식당 안을 살폈다. 오늘은 장사를 안 하는 날이다. 의아한 얼굴로 가까이 다가오는 남자들에게 물었다.

"오달식 국회의원님이십니다. 저는 보좌관 조동잽니다."

젊은 남자가 종갑에게 명함을 내밀며 부드럽게 말했다.

"그런데유?"

종갑이 명함의 앞뒤를 살펴보며 퉁명스럽게 물었다.

"동장님이 말씀 안 하십니까? 오늘 여기서 노인분들 대접하는 데 의원님이 참석하시겠다고……"

"우린 동장님한테 오늘 노인잔치 한다고 말씀 안 드렸는데, 워티게 알았댜. 잠깐만유."

"동장님이 까먹었나 보네요. 의원님, 들어가시죠."

조동재가 오달식에게 허리를 숙여 보이며 종갑이 앞으로 다가갔다.

"자, 잠깐만유. 우리가 잔치하는데 왜 의원님이 오시는데유?"

종갑이 당황한 얼굴로 조동재를 가로막았다.

"뭣 땜시, 그라는 거여?"

손기문이 소란스러운 기척에 밖으로 나가서 물었다.

"형님, 이분이 국회의원이래유. 근데 우리 노인잔치 하는 걸 알고 찾아오셨슈."

"아, 선거 때 우리 채소 가게에 오신 분이시구먼. 안녕하십니까? 근데 여기는 웬일이셔유?"

손기문은 국회의원이라는 말에 오달식을 자세히 바라봤다. 선거 때 악수를 한 번 한 적이 있는 남자다. 어리둥절한 얼굴로 종갑을 바라보고 나서 물었다.

"손기문 씨죠? 좋은 일을 많이 하신다고 들었습니다. 동장한테서 전화가 왔더군요. 오늘 구정 때 외롭게 보내신 분들에게 떡국이며 다과를 대접하는 노인잔치를 한다고 말입니다. 그래서 제가 위로차 들렀습니다."

오달식이 조동재를 제치고 손기문 앞으로 나가서 손을 내밀었다.

"아, 그러세유? 이왕 오신 김에 떡국 한 그릇 들고 가셔유."

손기문은 어이가 없기는 하지만 국회의원이 위로차 왔다는데 할 말이 없었다. 옆으로 비켜서며 안으로 안내했다.

"그러면 좋겠지만, 점심때는 하얏트 호텔에서 외국 손님과 약속이 있어서 말입니다."

오달식은 말없이 안으로 들어갔다. 뒤따르던 조동재가 손기문에게 귓속말로 속삭였다.

"잠깐만 여기 좀 보십시오. 오달식 국회의원님이 오셨습니다. 다 같이 박수로 환영해 주세요."

조동재가 재빠르게 오달식보다 먼저 카운터 앞으로 갔다. 그는 먼저 시선을 집중시킨 다음에 박수를 쳤다.

"국회의원님이?"

"그람, 오늘 떡국을 의원님이 내시는 건가?"

"그런개벼. 그랑께 의원님이 오셨겄지."

노인들이 혼란스럽다는 얼굴로 손기문과 오달식을 번갈아 바라보다 싱겁게 박수를 치고 나서 두런두런했다.

"그럼, 의원님께서 한 말씀 하시겠습니다. 조용히 해 주십시오."

조동재의 말에 손기문이며 종갑이, 메뚜기 등은 황당한 얼굴로 서로를 바라보며 어이없다는 표정을 지었다.

"에······."

오달식은 손기문이 어이없다는 표정을 짓든 말든 카운터 앞으로 가서 넙죽 인사를 하고 목청을 가다듬은 뒤 다시 입을 열었다.

"우선 이렇게 와 주셔서 대단히 감사합니다. 저는 방금 보좌관에게 소개를 받은 국회의원 오달식이라고 합니다. 날씨도 추운데 겨울을 보내시느라고 얼마나 고생이 많으십니까. 그래서 제가 봉천동 동장을 찾아가서 끼니를 굶는 어르신들이 있는지, 연탄이 떨어져서 냉골에서 밤새 떨고 계시는 분은 안 계신지 찾아뵙고, 조치를 취하라고 지시했습니다. 에! 지금 일부 불순분자들 때문에 나라가 매우 어지럽습니다. 헌법은 여기 서 있는 저 같은 국회의원들이 되도록이면 약자 편에 서서 오랜 시간 동안 고심 끝에 만들어 내는 것입니다. 그런데도 일부 대학생들이나 운동권 학생 출신이며 야당 의원들이 법을 바꿔야 한다고 말도 안 되는 소리를 지껄이고 있습니다. 만약, 그 사람들 말처럼 법을 바꾸면 당장 이북 놈들이 쳐들어올지도 모릅니다. 그렇게 되면 우리나라는 또다시 옛날 육이오 때처럼 전쟁을 치러야 합니다. 이 나라에 또 전쟁이 나면 좋겠습니까?"

"천만의 말씀, 이산가족 방송 때 내가 얼매나 울었는데……."

"그려, 전쟁이 또 한 번 나면 우리나라 국민 절반은 죽는다고 하든데 전쟁이 나면 안 되지."

"좌우지간 요새 젊은것들은 고생을 안 해 봐서 똥인지 된장인지 모른다니까. 데모하는 놈한테 보릿고개가 뭔지 단단히 교육을 시켜야 해."

강찬복은 말을 하면서도 오달식이 왜 와서 떠드는지 궁금했다.

"여기 모이신 분들은 죄다 전쟁을 경험해 보신 분들이라, 빨갱이들이 얼마나 무서운 놈들인지 잘 아실 겁니다. 작년 아시안게임이 열리기 전인 구월 십오 일에도 김포공항에서 시한폭탄이 터져서 다섯 명이 죽고 서른 명 이상이 부상을 당했지 않습니까? 그 범인들을 아직도 못 잡았습니다. 그래서 드리는 말씀인데 내년 선거에는 어떠한 일이 있더라도 민정당 국회의원을 찍어야 합니다. 만약 신민당이나 다른 당 후보를 찍으시면 내후년에 열리는 올림픽이 열리지 않을지도 모릅니다. 그렇게들

아시고 차린 음식은 변변치 않지만 오랜만에 비슷한 처지의 이웃들과 만났으니 즐거운 시간을 보내시길 바랍니다. 그럼 이만 저는 국정이 바빠서……."

"의원님!"

오달식이 마무리를 하려고 할 때였다. 강찬복이 손을 번쩍 들어서 말을 막았다.

"의원님께 하시고 싶은 말씀이 계십니까?"

오달식 뒤에 서 있던 조동재가 빠르게 물었다.

"이왕 귀한 걸음 하셨으니까 드리는 말씀인데유. 오늘 떡국이며, 과일, 떡이며 음료수랑 술을 준비한 우리 사위 손기문한테 수고했다는 말씀 한마디 해 주세유."

강찬복은 일부러 모든 사람들이 들으라는 목소리로 말했다.

"아 참, 하마터면 진짜 중요한 분 소개를 안 시켜 드릴 뻔했군요. 손기문 씨 이 앞으로 나오시죠."

오달식은 순식간에 얼굴이 시뻘겋게 달아오르는 것을 느끼며 멀뚱히 서 있는 손기문을 바라보고 억지로 웃었다.

"아, 아뉴. 저는 됐슈. 칭찬 들을라고 오늘 자리를 마련한 것은 절대로 아뉴. 그냥 우리 동생들하고, 명절도 지나고 함께, 외롭게 설을 보내신 분들에게 따뜻한 떡국에 술이라도 한 잔 대접해 드리자는 뜻으로 자리를 마련한 거유."

손기문이 쑥스럽다는 표정으로 말을 끝내자마자 강찬복이 요란스럽게 박수를 치기 시작했다. 그것을 신호로 다른 노인들도 일제히 손바닥이 아프도록 박수를 치기 시작했다. 거의 동시에 오달식이 떴다는 정보를 뒤늦게 들은 관변 단체 회장들이며, 지역 유지들이 앞다투어 우르르 들어왔다.

"우, 우리를 반기는 건가?"

"그런 거 같은데, 우리가 들어오자마자 박수를 치기 시작했잖아."

"돈 한 푼 내지 않고 공치사 받는구먼. 우리도 박수를 쳐 줘야 되는 거 아니겠어?"

"그래, 답례를 해야지."

관변 단체 회장이며 지부장들은 어색하게 웃으며 노인들을 따라서 박수를 치기 시작했다.

"가, 감사합니다."

오달식은 눈에 익은 관변 단체 지부장이며, 유지들이 박수를 치기 시작하자 가만히 서 있을 수가 없었다. 학교 운동장에서 선거 연설을 하기 전처럼 양손을 들어 흔들고 넙죽 절을 하기는 했지만, 왠지 찝찝해서 도망치듯 밖으로 나갔다.

서울역에서 택시를 탄 이주희는 국제극장 앞에서 내렸다. 문 닫은 지 꽤 됐지만 건물을 헐지 않은 국제극장에서 서대문 쪽으로 뉴욕제과가 있다. 이 층 유리에는 배달민족연구소라는 글씨가 쓰여 있다.

이주희는 뉴욕제과에 들러서 커피와 먹을 수 있는 바게트 빵을 사 들고 이 층으로 올라갔다. 진규는 창문을 등지고 출입문을 향해 앉아 책을 보고 있었다.

"전화도 하지 않고 웬일이야?"

진규는 노크도 하지 않고 들어서는 이주희를 보고 반갑게 일어섰다.

"갑자기 보고 싶어서 왔지."

"학교는?"

이주희는 박사 학위를 받고 지방대학에 전임 교수로 임용돼서 이번 학기부터 강의를 하고 있었다. 진규는 읽던 책을 덮고 사무실 가운데 있는 응접 소파로 갔다.

"요즘 학교 축제 기간이잖아. 출판사에 들러서 시집 나온 거 당신 주려고 먼저 한 권 가지고 왔어."

이주희는 가지고 온 시집을 진규에게 내밀고 나서 다용도실로 들어갔다.

"시집 나왔다고 학생들에게 강매하는 거 아냐?"

진규가 문이 열려 있는 다용도실 쪽을 바라보며 물었다.

"그럴 배짱이 있으면 박진규 씨를 만나지도 않았을 거야. 점심 안 먹었을 거 같아서 빵 사 왔는데……."

이주희는 커피포트 스위치를 올리고 커피 잔 두 개를 준비했다.

"괜찮지."

"내가 왜 갑자기 여기에 왔는지 궁금하지 않아?"

이주희가 커피와 빵이 담긴 쟁반을 들고 다용도실을 나가면서 물었다.

"내가 보고 싶어서 왔다고 하지 않았나?"

"물론 그것도 있지만, 더 중요한 것도 있어. 알아맞혀 봐."

이주희가 진규 앞에 커피 잔을 내려놓으며 의미심장한 미소를 지었다.

"글쎄?"

255

진규는 시집을 보던 시선을 이주희에게 옮겼다. 건너편 소파에 앉아 있는 이주희의 얼굴에 홍조가 번져 있다. 무슨 좋은 일이 있는 것 같았다. 뭐지? 시집 나온 것은 이미 받았기에 모르는 사실이 아니다. 무슨 문학상을 받게 되었나? 그건 아닌 것 같았다. 문학상 정도 가지고 자랑할 이주희는 아니다.

"힌트 줄까?"

"힌트를 좀 줘야 맞추겠는데."

"사람에 관한 것."

"병원에 간다고 하더니?"

진규가 그다음 말을 잇지 못하고 활짝 웃는 얼굴로 이주희를 바라봤다.

"응, 삼 주가 지났대."

이주희가 진규 못지않게 웃는 얼굴로 말했다.

"사, 삼 주면…… 사, 오, 육…… 내년 일월이면?"

진규가 너무 기뻐서 말을 잇지 못하는 얼굴로 이주희를 바라봤다.

"그래서 내년 여름 학기는 휴직하려고."

"축하해. 이주희 씨 참말로 축하해. 가만있어 보자, 이럴 것이 아니라 장인어른한테 전화부터 드려야겠구먼."

진규가 일어서서 전화기 앞으로 갔다.

"시댁 할아버님한테 먼저 전화드려. 언제부터 손주를 기다리고 계셨는데……."

"아녀, 우린 형이 있잖여. 장인어른하고 장모님은 얼매나 기뻐하시겠어. 당신들의 첫 손주잖여……."

이주희는 진규의 배려에 눈물을 글썽이며 감격했다.

진규는 서둘러 충일병원에 전화를 걸어서 원장실을 대달라고 했다. 신호음이 울리더니 비서의 목소리가 들려왔다. 신분을 밝히니까 이내 이석균의 목소리가 들려왔다. 이석균은 이주희가 임신했다는 말을 듣고 나서 너무 놀라 잠시 말을 잃었다.

"추, 축하하네. 박 서방, 지금 어딘가?"

수화기를 통해서 이석균이 의자에서 벌떡 일어나는 소리가 들렸다.

"서울 제 연구소에 같이 있습니다. 바꿔 드리겠습니다."

진규가 전화를 바꾸어 주는데 이주희는 벌써 감격의 눈물을 흘리고 있었다.

"난 솔직히 내가 임신할 거라는 상상은 손톱만큼도 안 했어. 그냥 진규 씨하고 친구처럼, 때로는 부부처럼, 어느 때는 비슷한 목적을 갖고 자주 만나는 동료처럼 대하며 살고 있었거든. 근데 임신 소식을 듣고 나니까 나도 여자구나, 라는 생각이 드는 거 있지? 그러면서 내가 정말 좋은 엄마가 될 수 있을까 덜컥 겁이 나는 거야."

이주희가 전화를 끊자 옆에서 기다리고 있던 진규가 그녀를 끌어안았다. 이주희는 진규의 품에 안겨서 감격에 젖은 목소리로 속삭이며 어깨에 얼굴을 묻었다.

"당신은 진짜로 좋은 엄마가 될 수 있어. 그건 장담햐."

"무엇으로?"

이주희가 얼굴을 들고 진규를 바라봤다. 진규의 눈가에도 기쁨의 눈물이 맺혀 있다.

"이주희가 나 같은 놈을 선택했잖아. 충분히 편하고 원하는 대로 살

수 있는데도 가시밭길을 선택했잖아. 세상에 그렇게 아름다운 마음씨를 가진 엄마도 드물지."

"그렇게 생각해 주니 고마워. 나 정말 지금 너무 행복한 거 있지."

"그람, 시방까지 행복하지 않았던 거여?"

"아냐, 진규 씨가 나하고 결혼해 주겠다는 말을 듣고 난 이후로는 늘 행복했어……. 가만있어 봐. 지금 이러고 있을 때가 아니잖아. 어서 할아버님께 전화 드려. 할아버님께는 내가 전화할 거야."

이주희가 박태수의 집에 전화를 걸고 있는데 노크 소리가 들려왔다. 진규는 이주희에게 계속 전화하라고 손짓해 보이고 나서 출입문을 열었다. 40대 중반의 정장을 입은 남자가 서 있었다.

"아침에 전화 드린 통일민주당 창당 준비 위원 전경구입니다."

전경구는 웃는 얼굴로 품 안에서 명함을 꺼내 진규 앞으로 공손하게 내밀었다.

"저는 정치하고는 거리가 멀다고 말씀드렸잖습니까."

진규는 명함을 받지 않을 수가 없었다. 명함을 받아 들고 이주희를 바라본다. 누구하고 통화하는지 모르지만 눈물을 글썽이며 좋아하고 있다.

"일단 제 말씀을 듣게 되면, 제가 왜 박사님에게 정치를 권할 수밖에 없는지 이유를 알게 될 겁니다. 들어가서 말씀드려도 되죠?"

"아, 예. 괜찮습니다. 집사람입니다."

"아! 이주희 시인님이시자, 대학교수시죠?"

전경구가 진규와 악수하며 영광이라는 얼굴로 이주희를 바라봤다.

"그걸 어떻게 아셨습니까?"

"박사님을 저희 통일민주당으로 모시기 위해 준비 작업을 좀 했습니다."

이주희는 밖에 손님이 와 있는 것을 알고 전화를 끊었다. 얼른 테이블 위에 있는 빵과 커피 잔을 쟁반에 담아서 다용도실로 들어갔다.

전경구는 소파에 앉지 않고 이주희가 다용도실에서 나오기를 기다렸다가 명함을 내밀었다.

"시인님보다는 교수님이라고 부르는 것이 낫겠죠? 저는 통일민주당 창당 준비 위원인 전경구라고 합니다."

"통일민주당?"

이주희가 명함을 받으며 진규를 바라봤다.

"네, 김영삼 총재님이 앞장서셔서 이번 달 말일에 창당 대회를 열 겁니다."

"그럼 박사님께 정치하시라고 권유차 오신 거예요?"

이주희가 어깨를 으쓱거리며 별일도 다 있다는 얼굴로 진규를 바라봤다.

"네. 총재님의 특별 지시가 계셨습니다. 농민들의 권익을 위해서는 박사님 같은 분이 필요하다구요."

"총재님이 절 어떻게 아셨는지는 모르겠지만 전 정치하고는 거리가 멉니다."

"커피 드시겠어요?"

주희도 전경구가 헛걸음을 한 것이라고 생각하면서도 진규의 연구소에 온 손님이라는 생각에 커피를 끓여 내왔다.

"박사님, 지난 이월 이십육 일 전국농민협의회를 창립하는 날 참석하셨죠?"

"그렇습니다만……."

"전국에 있는 열다섯 개 지역의 농민 회의가 모여서 협의회를 창립했다는 것은 대단한 사건 아닙니까?"

"저는 그런 협의회가 진작에 생겼어야 한다고 보는 사람 중의 한 명입니다. 농민들은 항상 당하고만 사는 것이 현실 아닙니까? 농민들이 제목소리를 내지 않은 것이 가장 큰 원인이라고 봅니다. 팔십오 년에 있었던 소몰이 투쟁이라든지, 팔십육 년에 있었던 무안의 수입 개방 저지 운동처럼 소규모로 움직이는 것보다는 전국적인 협회가 결성되어서 한목소리를 내는 것이 중요합니다."

"박사님이 정치를 하셔야 하는 목적 중에 한 가지를 말씀드리겠습니다. 우리나라 신문이나 방송 어디에서도 농민들의 입이 되어 줄 농민협회를 창립했다는 기사를 내보내지 않았습니다. 그것이 무엇을 의미하는지는 말씀을 드리지 않아도 박사님은 잘 아실거라고 믿습니다."

"국회에서 떠든다고 권력자가 수용한다는 보장이 있는 것도 아니지 않습니까. 그것보다는 끊임없이 제도를 개혁해 나가는 것이 효율적이라고 생각합니다."

"박사님이 정치를 하셔야 하는 두 번째 이유를 말씀드리겠습니다. 박사님, 지난 이월에 부산에서 있었던 노무현 변호사 영장 청구 사건 혹시 아십니까?"

전경구가 커피를 한 모금 마신 후에 잔을 내려놓으며 물었다.

"신문에서 본 적이 있습니다. 검찰이 시국 관련 변호를 맡은 변호사 두 명을 구속하려고, 당직 판사한테 구속영장을 신청했는데, 당직 판사가 볼 때 구속 사건이 아니라서 기각하지 않았습니까? 보통 판사한테

영장을 기각당하면 재청구할 때는 구속 사유를 보강하거나, 재수사해서 다시 영장을 청구하는 것이 원칙 아닙니까? 그런데 감사들은 그날 밤 변호사 두 명을 반드시 구속하라는 지시를 윗선 어디서 받았는지, 서류 보강은 하지 않고 다른 두 명의 판사를 찾아가서 발부해 달라고 한 사건 아닙니까? 결국 세 명 모두에게 기각당했지만 말입니다."

진규는 전경구가 묻는 말에 신문에서 봤던 내용을 말해 줬다.

"이월 칠 일 부산극장 앞에서 오백여 명이 모인 군중들하고 박종철 이칠 추도회를 끝내고 연좌농성을 주도했던 노무현 변호사와 김광일 변호사가 경찰에 연행됐습니다. 원래는 문재인 변호사하고 세 명이 주도했는데, 검찰은 문 변호사만 훈방 처리하고 노무현 변호사와 김광일 변호사에 대해 구속영장을 신청했습니다."

"그 사건은 심각하게 받아들이고 있습니다. 검찰이 법관을 판결을 존중하지 않는다는 것은, 법보다는 권력의 힘을 우선시한다고 볼 수밖에 없기 때문입니다. 커피 식기 전에 드세요."

"고맙습니다."

전경구는 커피 잔을 들었다. 진규와 이주희에게 가볍게 목례하고 나서 커피 잔을 입술에 갖다 댔다.

1981년 9월에 일어난 부림 사건은 '부산의 학림(學林) 사건'이라는 뜻에서 붙여진 명칭이다.

부산 지역에는 학생, 교사, 회사원 등이 양서협동조합을 통하여 사회과학 서적을 읽는 독서 모임이 있었다. 부산 지검 공안 책임자인 최병국 검사의 지휘하에 경찰은 영장 없이 그들을 체포한 뒤, 짧게는 20일에서 길게는 63일 동안 불법으로 감금하며 구타 및 고문을 자행했다. 몇몇이

다방에 앉아서 나눈 독서 모임이 정부 전복을 꾀하며 '이적 표현물 학습과 반국가 단체 찬양 및 고무 죄'를 범한 반국가 단체로 몰리게 된 것이다.

검사 측은 이들에게 국가보안법 · 계엄법 · 집시법(집회 및 시위에 관한 법률) 위반 혐의를 적용하여 징역 3~10년을 구형했고, 재판정은 5~7년의 중형을 선고했다. 당시 변론은 부산 지역에서 변호사로 활동하던 노무현 · 김광일 변호사 등이 무료로 맡았다. 노무현은 고문당한 학생들을 접견하고 권력의 횡포에 분노하여 이후 인권 변호사의 길을 걷고 있다.

"교수님이 직접 타신 커피라 그런지 커피 향기 속에 시 향기가 물씬 풍기는 것 같습니다."

전경구가 커피 잔을 소리 나지 않게 내려놓으며 웃었다.

"고맙습니다."

이주희는 진규를 바라보며 살짝 웃었다.

"노무현 변호사님은 대단하신 분입니다. 그분은 고졸 출신으로 사법고시에 합격하셨습니다. 원래 시국 사건하고는 상관없던 분이었는데, 팔십일 년에 있었던 부림 사건 때부터, 시국 사건이라면 무조건 앞장서고 계십니다. 박사님도 검정고시로 대학에 가신 분 아닙니까? 투철한 목적의식이 없이는 힘든 일이라고 봅니다."

"말씀 도중에 죄송하지만 제가 한 말씀 드려도 될까요?"

말없이 대화를 지켜보고 있던 이주희가 미소를 띤 얼굴로 전경구에게 양해를 구했다.

"아! 말씀하시죠."

"제가 알고 있는 박사님은 정치하고는 거리가 먼 분이에요. 재야에 묻혀서 연구나 하시고 여기 저기 강의와 원고 집필만으로도 바쁜 분이거든요. 선생님의 말씀은 고맙지만, 받아들이시지 않을 것 같군요."

이주희가 하는 말에 진규는 나도 같은 생각이라는 얼굴로 전경구를 바라봤다.

"총재님께서는 삼고초려를 하는 한이 있더라도 꼭 모시고 싶다고 하셨습니다. 지난 사월 십삼 일 전두환 대통령이 특별 담화를 통해서 헌법 개정 논의를 금지한다고 하지 않았습니까? 그것이 뭘 뜻하는 겁니까?"

전경구는 이주희가 말하는 동안 고개를 끄덕끄덕하고 있다가 웃는 얼굴로 말했다.

"그거야, 체육관 선거로 정권을 물려주겠다는 수작 아닙니까?"

진규가 자신도 모르게 분노하는 목소리로 반문했다.

"맞습니다. 민정당에서는 개헌을 하겠다고 약속하지 않았습니까. 지금 이 정권은 독재로 가고 있다는 증겁니다. 그렇지 않고는 민주화를 부르짖는 대학생을 고문으로 죽게 하고, 검사가 판사 알기를 우습게 알지 않을 것입니다. 문제는 독재가 깊어질수록 빠져나가기는 더 힘들다는 점입니다."

"만약 노태우도 직접 선거를 하지 않고 체육관 선거로 당선된다면……. 그럴 리야 없지만 말입니다. 만약 노태우가 체육관 선거로 대통령이 된다면 이 나라에는 엄청난 비극이 옵니다."

"설령 체육관 선거로 당선된다고 해도 곪은 상처를 치료하지 않으면 언젠가 곪아 터집니다. 박종철과 같은 희생자가 다시는 나오지 않게 하려면 헌법을 바꾸는 길밖에 없다고 봅니다. 만약 헌법을 바꾸지 않으면 언젠가 곪아 터질 것입니다. 현재 정치인들은 곪은 상처를 치료할 능력이 없다고 봅니다."

전경구는 김영삼이 박진규를 어떡하든 데리고 오라는 이유를 알 것 같았다. 박진규는 흙 속에 묻혀 있는 진주다. 대전에서 출마한다면 충일병원의 사위라는 프리미엄이 붙을 것이다. 문학박사에다 어느 정도 인지도가 있어서 국회의원 선거에 나가면 당선은 문제없을 것이다. 무엇보다 박진규의 진가가 제대로 발휘된다면 김종필의 신민주공화당 텃밭에 통일민주당 깃발을 꽂을 수 있을 것이다. 전경구는 어떡하든 박진규를 설득해야 한다는 생각에 부드럽게 물었다.

"그럼 누가 치료한다고 봅니까?"

"민중입니다. 사일구 때도 정치권에서 민주주의를 회복한 것이 아니고, 대학생들을 비롯한 국민들이 앞장서서 민주화를 이룩하지 않았습니까? 대학생들과 시민들이 피를 흘리며 데모할 때 정치인들은 무엇을 했습니까? 원님 덕분에 춤춘다고, 안전한 곳에서 부채질만 하고 있지 않았습니까?"

"시대는 변했습니다. 지금은 데모에 데 자만 꺼내도 보안법에 걸려서 최소 이 년 이상은 감옥살이를 해야 합니다. 그리고 각 대학마다 중정 요원을 파견해 사일구 때보다 더 정교하게 국민을 옭아매고 있어서 정치적인 힘이 없으면 어렵습니다."

"앞으로는 개인 통신 시대가 옵니다. 시방도 웬만한 집에는 피시라고 부르는 개인용 컴퓨터가 있지 않습니까? 아무리 국민의 입과 귀를 막아도, 피시 통신을 막을 수는 없다고 봅니다. 대학생들을 비롯해 컴퓨터 통신을 하는 세대가 대부분 사회 정세에 민감하다는 점은 환영할 만한 일입니다. 세월이 흐를수록 국민 의식은 높아질 것이라고 봅니다. 신문과 방송을 장악한다고 해서 정권자들 마음대로 국민을 움직일 수 없는 시대가 올 겁니다."

"오늘은 여기까지인 것 같습니다. 하지만 앞으로 두 번이 더 남아 있습니다. 총재님께서 만약 박사님을 모시고 오지 않으면 저도 필요 없다고 하셨으니까요."

전경구는 이주희가 없는 날 다시 찾아와야겠다고 생각하며 일어섰다. 진규에 이어서 이주희에게 정중하게 인사하고 돌아섰다. 오늘은 성과가 없었지만 진규를 설득할 수 있다는 자신감에 걸음이 무겁지는 않았다.

눈 오는 밤

서울은 사람 살 데가 못 돼유. 저만 그런 것이 아니라,
시골에 고향이 있는 사람들은 죄다 그렇게 생각하고 있을 규.
부자가 못 되더라도,
먹고살 정도만 돈을 벌어도
모산으로 내려가서 아부지 어머 모시고 살아야쥬.

관음사 마당에는 밤에도 대낮처럼 밝힐 수 있는 등이 매달려 있었다.
밤 아홉 시 정각이 되자 마당을 밝히는 불이 꺼졌다. 순간적으로 어둠이
내려앉는가 했더니 청운이 기거하는 청운전에서 불빛이 희미하게 마당
을 비춘다. 그 불빛 사이로 벌레 먹은 낙엽 한 잎이 어디선가 날아와서
스르르 주저앉는다.

"그러니까, 사무장은 내가 불전함의 돈을 빼내고 있다, 이 말인가?"

청운의 앞에는 소주병과 요즘 젊은 층들이 자주 찾는 맥주와 프라이
드치킨이 있다. 청운이 날갯살을 발라 먹으며 팔봉에게 물었다.

"스님이 뺐다는 말은 안 했슈. 불전함 열쇠를 가지고 있는 사람이 스
님하고 나하고 둘밖에 없다고 말했을 뿐이지."

팔봉은 맥주잔에 소주를 절반 정도 따랐다. 두 모금 정도 마신 다음에 잔을 내려놓고 치킨 한 조각을 들었다.

"사무장 시방 뭔가 착각하고 있는 모양인데 이 절을 이만큼 키운 사람은 나라는 걸 잊었나 보군. 물론 절을 인수할 때 사무장하고 나하고 돈을 절반씩 내기는 했지만, 내가 없으면 신도들을 오백 명이나 모을 수 있었다고 생각하나?"

청운은 가능한 한 돈 이야기를 계속해 봤자 자신이 불리하다고 판단했다. 그것보다는 이왕 말이 나온 김에 같은 동업자 신분이 아니라, 누가 주인인지를 확실하게 말해 두는 것이 좋다는 생각에 코웃음을 쳤다.

"스님은 스님 때문에 절이 이만큼 커졌다고 생각하시는 거유?"

팔봉은 나야말로 가소롭다는 얼굴로 청운을 바라봤다.

"한 가지만 묻지. 신도들이 나를 보고 여길 오는 건가? 사무장을 보고 오는 건가?"

"저도 한 가지만 물어볼께유. 누가 스님을 앉아서 천 리를 보는 신통방통한 스님으로 만들었슈? 신도들이 만들었슈? 아니면 스님 앞에 앉아 있는 변팔봉이 만들었슈?"

"지금 나하고 싸우자는 건가?"

청운은 괜히 말을 꺼냈다고 생각했다. 일단 후퇴하는 것이 좋다는 생각에 화난 얼굴로 물었다.

"스님이 이 절의 주인 아뉴? 나는 스님 방에 불이나 때고, 마당이나 쓰는 불목지기나 마찬가진데 싸움을 걸 자격이 있남유?"

팔봉은 이참에 돈 분배 방법을 확실하게 해 두겠다는 생각에 물러서지 않았다.

"좋아, 나이 든 내가 양보하지. 사무장 생각은 어떻게 하면 좋겠다는 건가?"

청운이 볼 때 팔봉은 이제 천호동에서 리어카 장사나 하고 저녁에 포장마차에서 홍합 국물에 막소주나 마시던 하루살이가 아니다. 신도들 중에는 학교 선생도 있고, 대학을 나온 사람도 있고, 유식한 사람도 있기 마련이다. 그들과 자주 상대해서 그런지 생각하는 것도 보통은 넘는다. 사기꾼으로 치자면 일꾼이 아니고 접시를 돌릴 수 있는 자격이 있는 오야 정도는 된다. 일단 시간을 벌어 보자는 생각에 한 발 물러섰다.

"제가 그동안 스님 대우를 하지 않았다면 이런 말을 하지도 않았을 규. 하지만 신도들이 스님한테 직접 주는 돈에 대해서 제가 단 한마디라도 하는 거 봤슈? 그라고 말이 나온 김에 하는 말이지만 불전함에 넣는 돈은 아무도 모르게 혼자 넣는 돈이라 성의 표시에서 끝나는 돈유. 하지만 스님한테 직접 내미는 돈은 금액을 알 수 있으니까, 최소한 만 원 이상이라는 점은 알고 있다 이거유. 그래서 하는 말인데 불전함 돈은 스님이 절대로 욕심내서는 안 되는 돈이라 이거유. 만약 내가 스님 입장이었다면 말유. 불전함 돈은 사무장 몫으로 돌려 버리고, 나는 신도들이 주는 돈만 챙기겠슈. 내 말이 틀렸슈?"

팔봉은 남은 소주를 마저 비우며, 들고 있던 치킨 조각을 먹느라 잠시 말을 끊었다.

"그래서 불전함을 사무장한테 달라 이건가?"

관음사에는 기도하는 날이 많다. 일 년의 명절이라 할 수 있는 사월 초파일을 제외하고도, 정기적으로 초하루 기도, 보름 기도가 있고, 매월 십팔 일은 관음보살의 날이다. 계절 따라 방생의 날도 있고, 수시로 특별 법회가 있다. 그 때는 봉투보다는 불전함으로 돈이 들어간다. 청운은 그 돈이 결코 적은 돈이 아니라는 생각에 차갑게 웃으며 반문했다.

"제가 이 절에 안직도 붙어 있는 것은 최소한의 양심과 의리가 있기 때문유. 신도들이 스님한테 직접 내미는 돈은 타치 안 하겠슈. 그 대신 스님도 불전함의 손을 안 댔으면 좋겠슈. 어채피 그 돈은 한 달에 한 번씩 결산해서 스님하고 저하고 오십 대 오십으로 나누는 돈이잖유. 제가 원하는 건 그거유. 그거는 분명히 약속해 주세유."

"좋아, 약속하지."

청운은 입안이 쓰기는 했지만 팔봉의 말에 반박할 근거가 없어서 빈 맥주잔에 소주를 조금 따랐다.

"스님이 시방 한 약속은 지금까지 저 모르게 불전함에 손댔다는 사실을 시인한 걸로 받아들이겠슈. 그렇다고 스님한테 무슨 원망을 하겠다는 말은 아뉴. 이 변팔봉, 충청도 놈이잖유. 충청도 놈은 원래 뒤끝이 읎슈."

"사무장 시방 뭐라고 했는가? 부처님을 믿는 내가 지금까지 불전함에 손을 댔다는 건가?"

청운이 소주를 마시다 말고 느닷없이 뒤통수를 맞은 기분으로 물었다.

"저는 원래 뒤끝이 없는 놈이라고 했잖유. 그랑께 사업 야기나 합시다. 저한테 기가 막힌 아이디어가 있슈."

"아냐, 나도 뒤끝이 없는 놈이지만 똥 밟은 기분으로는 사업 야기 할 수가 없네."

청운은 이대로 넘어갔다가는 계속 팔봉에게 끌려다닐 것이라는 생각에 술잔을 내려놓고 팔봉을 노려봤다.

"저는 스님 체면을 지켜드리고 싶응께 지나간 것은 읇었던 일로 치고, 사업 야기나 해유."

"야! 변팔봉 많이 컸다. 내 체면을 지켜주기 위해서 날 도둑놈으로 몰겠다?"

"증인도 읇이 이 변팔봉이 그런 말을 할 줄 아슈?"

청운이 거칠게 나오자 변팔봉도 이 순간이 오길 기다렸다는 얼굴로 비웃었다.

"즈, 증인이라니?"

청운은 변팔봉이 커도 너무 컸다는 생각에 당황했다.

"스님, 저는 스님을 존경해유. 그라고 이 절에서 스님이 대빵인데, 스님한테 찍히믄 이 절 출입을 못한다는 결론 아뉴. 이 변팔봉, 나 살자고 남한테 원망 들으며 사는 놈 아뉴. 그랑께, 이쯤에서 그만두고 사업 야기나 해유."

변팔봉이 생각하는 증거는 불전함의 돈이 예상하고 있었던 것보다 많이 모자란다는 정황뿐이다. 그 범인은 불전함 열쇠를 가지고 있는 청운밖에 없다. 증인이 있다고 큰소리치면서 계속 밀고 나가면 청운이 고개를 숙일 수밖에 없다는 생각에 까불지 말라는 식으로 말했다.

청운은 알코올중독 끼가 있는 송연의 얼굴을 먼저 떠올렸다. 놈은 술만 받아 주면 아무 생각 없이 말을 하는 놈이다. 여자를 좋아하는 진우는 비밀이 많은 놈이라서 비밀을 지켜 줄 줄도 아는 놈이다. 분명 자신이 불전함에 손대는 것을 송연이 우연히 엿보고 나서 변팔봉에게 말해줬을 것이라고 믿고 싸늘하게 웃었다.

"사무장이 입을 안 열면 내가 알아보는 수밖에 없겠구먼."

"스님, 아까부터 저는 뒤끝이 없는 놈이라고 하지 않았슈. 그런데 왜 자꾸 뒤끝이 있게 만드는지 모르겠구먼유. 굳이 증인을 찾지 않아도, 스님께서도 불전함에 손을 댔다고 시인하셨잖유."

"내, 내가 언제 불전함에 손을 댔다고 자꾸 헛소리를 하는 건가?"

청운이 한풀 꺾인 목소리로 반문했다.

"그럼, 증인하고 싸우기라도 할 생각유? 정 증인이 누군지 궁금하시다면 알려 줄 수도 있슈."

"진우 그놈은 아니고, 송연이라는 놈이군?"

"진짜 대책 없는 양반이시네. 그람 맘대로 해 봐유. 어디 절이 잘 움직이는지 두고 볼 모양잉께."

팔봉은 더 이상 상대할 가치가 없다는 얼굴로 일어서려고 휴지로 손에 묻은 기름기를 닦아 내기 시작했다.

"내, 내 말을 오해하고 있는 모양인데. 내 말은 어차피 이 절에서는 우리 둘이 서로 믿지 않으면 안 된다는 뜻이잖아. 그러려면 송연 같은 알코올중독자는 내보내야 한다는 말을 하려고 했던 거네."

청운은 한순간 팔봉이 그만둬도 답답할 것이 없다고 생각했다. 그러나 당장 인터폰으로 정보를 알려 줄 사람이 없어진다는 생각이 번뜩 들었다. 팔봉을 대신할 사람을 구할 때까지는 붙들고 있어야 된다는 생각에 거짓말처럼 표정을 바꾸고 말했다.

"죄송하지만 송연이나 진우는 절대 아뉴. 그랑께 쓸데없는 오해는 그만하슈. 원래 한 번 실수는 병가지상사라는 말도 있잖유."

"병가지상사?"

청운이 이놈 봐라, 하는 얼굴로 반문했다.

"수많은 병사들의 목숨을 책임지고 있는 장군도 실수를 할 수 있는 법 아뉴. 그렇게 불전함 껀은 잊어버려유. 외려 비 온 뒤에 땅이 굳는다는 말처럼, 요번 일을 계기로 스님하고 저 사이의 신뢰가 더 굳어질 수도 있는 거 아뉴?"

"좋은 말이구면. 사무장이 화끈하게 말하니까 나도 화끈하게 사과하겠네. 다름이 아니고 말여, 천 보살 있잖은가?"

청운이 조금 전과 딴판으로 음모를 꾸미는 얼굴로 속삭였다.

"진우 그놈이 넘보던 인삼 장수를 말하는 거유?"

"그렇다네. 그 천 보살이 갑자기 급전이 필요하다면서 돈을 좀 빌려 달라고 하더군."

"신도가 스님한테 돈을 빌려 달라고 해유?"

팔봉은 어이없다는 얼굴로 웃었다. 신도가 스님, 그것도 주지 스님에게 돈을 빌려 달라고 하면, 이미 주지와 신도 사이가 아니고 남녀 사이일 것이라는 생각이 번뜩 들었다.

"그 보살이 시장 안에서 계를 하지 않는가."

"계를 해유?"

팔봉은 천 보살과 청운이 보통 사이는 아니라고 생각하면서도 놀란 척하는 얼굴로 반문했다.

"천 보살이 오얀데 열두 명이 일 년에 오백만 원짜리 계를 한다고 하드만. 근데 곗돈을 줘야 하는데, 그 돈을 모래내 시장 안에서 쓰리 맞았다고 갑자기 전화가 왔지 뭔가. 다행히 통장에 이백오십만 원은 있는데 이백오십만 원이 부족하다고 울면서 얘기하길래……."

"불전함에 이백오십만 원이 들어 있지는 않았을 거인데?"

"물론, 천 보살이 일단 급전으로 채워 놓았으니까 일주일에 얼마씩만 빌려 달라고 사정하는 통에……."

"스님, 도박판에서 여자한테 홀리믄 백이면 백, 돈을 잃게 되어 있다는 거 몰라유?"

"그람?"

청운은 나름대로는 프로라고 자부하고 있었다. '천 보살이 왠지 이상하게 쉽게 몸을 주더라니, 돈이 목적이었구먼.'이라는 생각이 들어서 쓰게 웃었다.

"시방까지 천 보살한테 간 돈이 얼마나 되는 거유?"

"톡 까놓고 그때그때 기록해 놓지 않아서 정확히 얼만지는 모르겠네."

청운은 소주를 따라 마시고 치킨 대신 절인 무를 입에 톡 털어 넣고 팔봉의 눈치를 살폈다.

"스님, 가랑비에 옷 젖는다는 말 들어 보셨쥬?"

"그렇게 많은가?"

"그동안 불전함에서 비는 돈이 대략 천만 원은 넘는 거 가튜. 즘에는 곗돈으로 시작했다가 난중에는 인삼을 띠러 금산에 가야 한다, 머 그런 식으로 손을 벌렸겄쥬."

"사무장이 그런 걸 어떻게 아는가?"

"스님한테는 신도들이 꼭 할 말만 할 거유. 하지만 저한테는 세상 돌아가는 야기 다 해 줘유. 그러다 봉께 별 잡스러운 말도 다 듣게 되잖유. 결론은 스님이 걸려도 드럽게 걸렸다는 거유."

"드럽게 걸리다니? 나를 그렇게 호락호락하게 보지 말게. 그런 넌한테는 세상이 제 맘대로 안 된다는 걸 알려 줘야지."

"위험한 상상하지 마셔유. 스님이 더 이상 돈을 안 주겠다고 하믄, 신도들한테 스님하고 같이 잤다는 말을 하겠다고 협박할 거유."

"그, 그렇다고 마냥 돈을 줄 수는 없잖은가?"

"더 이상 돈을 줘서는 안 되쥬. 시방까지 준 돈을 이자까지 쳐서 받아 내야지."

"그, 그럴 수가 있겠나?"

청운은 언제부터인지 팔봉에게 말려들고 있다는 걸 알아챌 틈이 없었다. 팔봉이 자신 있게 말하며 여유롭게 술을 마시는 모습을 지켜보며 침을 삼켰다.

"그 대신 조건이 있슈."

"무, 무슨 조건인가?"

"내가 천 보살한테 받아 낸 돈 중에 칠십 프로는 내 차지고, 스님 차지는 삼십 프로유."

"그, 그야 그 돈만 받아 낼 수 있다면……."

청운에게 변팔봉은 더 이상 사무장이 아니었다. 언제든 기회가 되면 내쳐 버릴 소모품도 아니다. 뛰는 놈 위에 나는 놈 있다더니 변팔봉이 바로 나는 놈이라는 생각에 찬성을 할 수밖에 없었다.

"저한테 생각이 있으니까 스님은 다시는 천 보살 그 년을 만나지 마세유. 만나자고 전화가 오면 아프다고 하거나 꿈에서 부처님의 계시가 있었는데 당분간은 여자를 멀리해야 한다고 핑계를 대세유. 그건 그렇게 마무리 짓기로 하고 인제 슬슬 사업 야기나 하쥬."

"무슨 사업인가?"

"우리 절에 금불상을 모시는 거유."

"금불상이라면? 금으로 만든 불상을 모시자는 건가? 설령 신도들한테 시주를 받아서 금불상을 모셨다 하더라도 팔아먹었다가는 당장 은팔찌 차고 학교에 들어가야 할걸."

"당연하쥬. 하지만 십팔 케이로 만든 금불상도 금불상이잖유."

팔봉은 청운이 어떤 반응을 보일지 슬쩍 떠봤다.

"아이디어는 좋은데, 누가 긁어 보기라도 한다면 금방 들통 날 거 아닌가? 전문가가 볼 때는 금방 알아차릴 수도 있을 테고."

"에이, 저승사자 손을 잡고 있지 않은 이상 누가 감히 부처님 몸에 칼을 댄데유. 하지만 스님 말씀처럼 금은방을 하는 신도라믄 순금으로 맨들었는지, 십팔 케이로 맨들었는지 금방 알아차릴 수 있을 거유."

"진짜로 금불상을 모시자는 말은 아닐 테고?"

청운은 점점 팔봉에게 빨려 들어가고 있는 것을 느끼면서도 기분이 나쁘지 않았다. 사기를 치기 위해 기술자한테 역할 분담에 대해서 설명 받을 때처럼 묘한 웃음을 지었다.

"높이 오십 센티에 넓이가 삼십 센티 정도의 금불상을 맨들려면 금이 얼마나 들어갈까유?"

"그거야, 불상 두께를 얼마나 하느냐에 달렸겠지. 일 센티로 하느냐, 아니면 이 센티로 하느냐에 따라서 얼마든지 달라질 수 있는 거 아니겠나?"

"바로 그겁니다. 일단 삼억 원을 목표로 사업을 진행해 보쥬. 순금으로 불상을 만들어도, 그 안에 무쇠 덩어리는 얼매든지 채워 넣을 수 있잖유."

"진짜, 아까운 머리군. 처음부터 이 바닥에 뛰어들었으면 지금쯤 강남에 빌딩 몇 채 정도는 세웠을 텐데."

청운은 시뻘겋게 취기가 오른 얼굴로 자신도 모르게 감탄한 듯 손뼉을 딱딱 쳤다.

"스님한테 배운 철학유. 스님이 처음 포장마차에서 만났을 때 뭐라고 하셨슈? 자고로 머리가 좋은 사람은 앉아서 편하게 많은 돈을 벌 수 있는 법이라고, 머리가 나쁜 사람은 힘들게 일해서 적은 돈밖에 못 버는 게 자본주의 구조라고 말했잖유. 진짜로 그 말이 딱 맞아유. 저는 솔직히 열심히 노력해야 부자가 될 수 있다고 생각했었거든유. 그런데 아무리 열심히 노력해도 점점 못살게 되더라 이 말유. 하지만 요새처럼 노력은 안 하고 머리만 굴링께, 외려 열심히 일해서 못살 때보다 점점 더 잘살게 되드라 이거유."

"내가 고양이 새낀 줄 알고 길었더니 범의 새끼를 길렀구면."

청운은 혀를 차며 술잔을 들었다.

"부자하고 놀면 양주를 공짜로 은어먹는 법이지만, 가난뱅이하고 놀면 막걸리 한 잔도 돈을 거둬야 마실 수 있잖유. 강남에 빌딩을 못 세우라는 법도 읎쥬. 금불상을 맨들어서 강남에 분원을 내는 거유. 큰물에서 놀아야 빌딩을 세울 수 있는 거 아니겠슈?"

팔봉은 남들도 다 사는 강남 빌딩을 나는 사면 안 되는 법이 있느냐는 생각에 회심의 미소를 지으며 치킨을 우적우적 씹어 먹었다.

문밖에는 함박눈이 소리 없이 내리고 있었다. 바람이 불지 않아서 직선으로 내리는 눈은 가로등 위며 쌀가게 유리 창문틀에까지 차곡차곡

쌓여만 갔다. 가끔 굵은 철사 줄을 돌리는 것 같은 소리를 내는 바람이 불면 가로등 위에 쌓여 있던 눈송이가 퍽 소리를 내며 눈밭에 처박혔다. 유리 창문은 저 혼자 서글프게 요동치다, 바람 소리가 멎으면 시치미를 뚝 떼고 창백한 눈을 번뜩거렸다.

쌀가게 밖에만 조용한 것이 아니다. 가겟방 안에도 따뜻한 침묵이 감돌고 있었다. 장기판이며 날망댁, 진천댁과 경훈, 오숙자는 양반다리를 하거나 다리를 한쪽으로 눕히고, 혹은 벽에 기대어 말없이 텔레비전을 응시하고 있었다.

텔레비전에서는 제13대 대통령에 당선된 노태우 당선자의 부인인 김옥숙 여사의 인터뷰 내용이 방영되고 있었다.

'노태우 대통령 당선자의 숨은 조력자인 부인 김옥숙 여사는 선거운동이 치열했던 지난 한 달 동안 매스컴이나 대중 앞에 거의 모습을 드러내지 않은 채, 꾸준히 득표 활동을 했던 것으로 알려졌습니다. 김옥숙 여사는 지난 유월, 남편이 민정당 대통령 후보로 추대되던 때 잠실체육관의 단 아래에 앉은 이후, 유세 때에도 군중 속에 섞여서 깃발을 흔들며 미소를 지었을 뿐 항상 수줍은 소녀처럼 모습을 드러내지 않았습니다. 남편의 건강을 위해 유세 도중에는 꼭 보약을 끓여 몸보신을 하도록 하는 등 세심한 배려로 내조해 왔습니다. 키가 크고 계란형 얼굴의 미인인 김 여사는 한복을 주로 입는 편이며 주위에서 조금만 웃겨도 얼굴이 빨개질 정도로 수줍음이 많은 성정으로 알려졌습니다……'

"아부지는 어지 선거 때 누구 찍고 올라오셨슈?"

경훈이 벽에 기대어 한쪽 다리만 뻗고 있다고 오므리며 장기팔을 바라봤다.

"누굴 찍긴, 노태우를 찍었지."

장기팔은 저녁 먹을 때 소주를 한 병이나 비웠다. 그런데도 간단하게 차린 술상 앞에 혼자 앉아서 천천히 소주잔을 기울이다 당연하다는 표정으로 경훈을 바라봤다.

"진짜로 노태우를 찍었슈?"

"나만 노태우를 찍은 것이 아녀. 우리 동리 사람들 죄다 노태우를 찍은 것으로 알고 있구먼. 노태우를 안 찍으면 박정희 때 중앙정보부장을 하고, 국무총리를 하던 김종필을 찍어?"

"내 참. 이라니까 우리 같은 놈은 맨날 죽어라 죽어 하능 겨."

"노태우를 찍으믄 안 되능 겨?"

장기팔이 술안주로 콩자반 몇 개를 찍어 먹다가 물었다.

"아! 형이 왜 죽었슈? 소 땜시 죽었잖유."

"야가 시방 무슨 말을 할라고 이라는 거여?"

장기팔이 진천댁의 눈치를 살피며 날망집에게 물었다.

"서울에서는 노태우를 찍으믄 안 된다고 하는 모양유……."

날망집은 장기팔 혼자 해를 보내게 할 수는 없다는 생각에 내일 영동으로 내려갈 생각을 하고 있었다. 막상 집에 내려가려니까 시훈이 혼자 생활하던 방이 자꾸 마음에 걸려서, 그 방을 때려 부수냐, 도배를 새로 하냐 고민하고 있던 중이었다. 그녀는 장기팔이 묻는 말에 건성으로 대답하고 진천댁을 바라본다. 자식들 때문에라도 열심히 살 작정으로 마음을 다져먹고 쌀장사를 하고 있는 며느리가 여간 고맙지가 않다.

"서울 사람들이야 김대중이나 김영삼을 찍는다고 하데. 하지만 영동 사람들은 거지반 노태우를 찍었을 거여."

"아부지, 노태우도 원래는 체육관에서 대의원들이 선거로 뽑아서 대통령이 되기로 했다는 거 알아유?"

"야가, 즈 아부지가 촌에 산다고 영 암것도 모르는 깜깜무식쟁이인 줄 아나벼. 아! 원래는 전두환처름 통일주체국민회의 대의원 선거로 뽑기로 했잖여. 그런데 국민들이 반대항께, 노태우가 민정당 대표 신분으로 헌법을 고쳐서 옛날 이승만 때처름 국민들이 직접 투표를 하게 바꼈다고 하데."

"그건 순 그짓말유. 유월 이십오 일 날 우리가 데모를 해서 헌법을 바꾼 거유."

"우리라니? 너도 영호처름 데모를 했단 말여? 그러다 걸리면 끌려갈라고? 그런데 요새 영호는 데모 안 하냐?"

장기팔이 깜짝 놀란 얼굴로 경훈에게 묻다가 진천댁을 바라봤다.

"지난번에 검찰청 검사 앞에까지 갔다 왔잖유. 거기서 지가 가서 지장 찍고 데리고 옴서 단단히 말해 놨슈. 또 한 번만 내가 검사 앞에 가서 각서에 지장 찍는 일이 생기면, 에미는 없는 셈 치고 너하고 선미하고 둘이 살 생각하라구 말유."

"검찰청까지 끌려간 일이 있었단 말여? 왜 나한테는 암 말도 안 한 겨?"

날망집은 이미 알고 있다는 표정으로 아무 말도 안 했다. 장기팔이 경훈에게 시선을 돌리고 빠르게 물었다.

"영호도 두 번 다시는 데모 안 하겠다고 각서를 썼슈. 그리고 머 좋은 일이라고 아부지한테까지 즌화를 해유."

"조카한테는 데모하믄 절대로 안 된다고 해 놓고, 너는 데모했단 말여?"

"저만 한 것이 아뉴. 이 동리 사는 철용이하고, 고물상에서 일하는 짱구하고 서울대학교 학생들하고 광화문까지 걸어갔슈."

"그냥 걸어가기만 했다니 다행이구먼. 걸어 댕기는 사람도 데모했다고 잡아 처넣으면 서울 사람 죄다 잡아 처넣어야 하잖여."

"그기 아뉴. '호헌 철폐! 독재 타도! 직선제 쟁취하여 군부 독재 타도하자!'라고 외치면서 데모했슈. 저녁 여섯 시가 됭께, 회사에서 근무를 끝낸 넥타이 맨 월급쟁이들이 엄청 많이 모였슈. 좌우지간 세상에 태어나서 그렇게 많은 사람들이 모인 것은 첨 봤슈. 사람만 많이 모인 것이 아뉴. 택시하고 버스에서는 계속 빵빵거리면서 경적을 울리고, 빌딩에서는 꽃다발이며 휴지를 막 밑으로 던지며 우리한테 용기를 줬슈."

"내 원 참! 영호는 몰라도, 니가 멀 안다고 여기서 광화문까지 걸어감서 데모를 했다?"

장기팔이 아무래도 믿을 수 없다는 얼굴로 물었다.

"제가 왜 몰라유? 정치는 국회의원들이 하는 것이 아니고 국민들이 해야 하는 거유. 무슨 말이냐 하면, 막걸리 받아 주고 고무신 사 주는 국회의원은 절대로 찍어 주면 안 된다는 거유. 진짜로 우리를 위해서 무언가를 해 줄 국회의원을 찍어야 우리 동리가 발전할 수 있다는 거유."

"난 도시 먼 말을 하는지 모르겠구먼. 아! 난도 옛날에 이동하 의원이 영동에서 나왔을 때 우리 동리 춘셉이 말처럼 딴 사람을 찍고 싶었어. 헌데, 팔은 안으로 굽는다고 말여, 이왕이믄 잘나나 못나나 우리 동리 사람을 찍어 주는 것이 인지상정여. 그라고 정치라는 것이 아무나 하는 것이 아니고, 날 때 부텀 관운이라는 걸 타고난 사람이 따로 있는 거여.

대나가나 정치하다가는……."

장기팔은 시훈이 얼굴이 불쑥 떠올랐다. 눈물이 콱 솟으려 해서 입을 다물고 묵묵히 빈 잔에 술을 채웠다.

"서방님 말씀이 맞다고 봐유. 술이나 받아 주고, 비누나 설탕이나 돌린다고 해서 아무나 막 찍으면 고양이한테 생선을 맡기는 거하고 똑같다고 하데유. 그래서 선거는 잘해야 한대유. 이 동리 사람들 중에 제가 아는 사람은 죄다 김대중 아니면 김영삼을 찍었슈."

"며느리가 그렇게 말하면 할 말은 읊기는 하지만, 난 도시 머가 먼지 모르겠구먼."

장기팔은 진천댁까지 나서서 경훈이 편을 드니까 할 말이 없었다. 잠자코 술을 마시고 안주를 뭐 먹을까 술상을 바라보다가 마른 북어포를 들었다.

"저는 아버님 말씀이 옳다고 봐요. 사람은 원래 태어날 때부터 팔자를 타고 태어난다고 하잖아요. 당장 모산에 있는 박태수 씨네 집 좀 봐요. 그 집은 옛날에는 별 볼 일 없었다잖아요. 하지만 시방은 서울 어디다 내 놔도 안 빠질 정도로 살고 있는 걸 보세요. 그 집 작은아들은 박사라면서요? 그것도 검정고시로 대학에 들어갔다고 하데요. 그런 걸 봐서, 아버님 말씀처럼 사람은 제 팔자가 따로 있는 거 같아요."

오숙자는 요즘 들어서 건강이 조금씩 좋아지고 있는 편이다. 한쪽 무릎을 세우고 앉아서 구석에 가만히 앉아 있다가 조용한 목소리로 말했다.

"동서, 혹시 시훈이 아부지를 염두에 두고 하는 말 아녀? 아버님 앞이라서 말을 안 할라고 했지만 해도 너무하는구먼. 시훈이 아부지가 그릏게 된 것이, 시훈이 아부지 잘못은 아니라고 수도 읎이 말했잖여. 막말로 서방님이 돈 안 빌려 주셨으면 통일주체국민회의 선거에도 안 나갔을 거잖여. 거길 안 나갔으면 강원도도 안 갔을 거고, 강원도에 가서 만신창이가 되도록 맞지 않았으면, 모산에 소 멕이러 내려갔겠어? 누군 입이 없어서 가만히 있는 줄 알아?"

"형님이 뭘 오해하시는 모양인데 저는 그거 다 잊어버렸어요. 광주사태 때 죽은 동생들이 갑자기 생각나서 한 말이에요. 제 말이 이상하게 들렸다면 사과할게요."

진천댁의 말이 끝나자마자 오숙자가 이내 풀 죽은 목소리로 말하고 고개를 숙였다.

"어머! 동서 미안햐. 내가 요새 그라믄 안 된다고 생각하면서도 신경이 너무 예민해져서, 오해했구먼. 동서, 참말로 미안햐. 서방님 죄송해유……."

진천댁이 사과하다 말고 고개를 숙인 채 눈물을 떨어트렸다.

"형수님, 저 사람도 다 이해해유. 그라고 형수님도 인제 형님 생각에서 벗어나야 해유. 아! 세상에 갑자기 남편을 잃어버린 사람이 한둘이 아니잖유. 당장 지난달 이십구 일 날 대한항공 비행기가 소련 놈들이 쏜 미사일에 격추돼서 백십오 명이 하늘나라로 갔잖유. 그중에 현대건설 소속으로 중동에서 근무했던 사람들이 오십육 명이나 섞였대유. 그 사람들 대부분이 가장이잖유. 그날 죽은 사람들의 가족도 형수님이나 이 사람처럼 암 생각 없이 있다가 졸지에 가족을 잃어버린 꼴잉께, 속이 워떻겄슈."

"양력으로 지난 팔월 스무아흐레 날은 오대양인가 하는 회사 사람 서른두 명이 용인에 있는 공장 천장에서 자살했잖여. 그런 것을 보믄 숨을 쉬고 있다고 해서 살아 있는 것이 아녀. 사람이나 하루살이나 죽는 것은 똑가텨."

장기팔은 시훈의 죽음을 생각하면 생각할수록 허무해서 자신도 모르게 지난 8월에 터진 오대양 사건을 거론했다. 오대양 사건은 지난 8월 29일 오대양이라는 회사 직원 서른두 명이 변사체로 발견된 사건을 말한다. 경찰에서는 자살로 보고 있으나 아직 확실한 사인은 밝혀지고 있지 않았다.

"저야 살아 있응께 자식들 보고 워티게 살아가든 살아갈 수 있슈. 쌀가게에 멍하니 앉아 있다가 갑자기 죽는 영호 아부지 생각하믄 시방도 눈물이 나는데, 동서 맘은 더할 거잖유."

"형님, 저는 괜찮응께. 형님도 하루 빨리 안 좋은 일은 잊어버리시고 자식들 생각해서 사세요."

"당신도 한잔할 텨?"

장기팔은 며느리들이 서로 위로하고 위로받는 광경을 물끄러미 바라보고 있으려니까 마음이 짠했다. 빈 잔에 술을 따르고 문득 날망집을 바라봤다. 날망집도 마음속으로는 울고 있을 것이라는 생각에 술잔을 내밀었다.

"줘 봐유."

날망집은 그렇지 않아도 며느리들이 주고받는 말에 마음이 심란하던 중이었다. 힘없이 대답하며 장기팔 옆으로 당겨 앉았다.

"어머님, 모산에 내려가셨다가 맘이 영 안 편하시믄 다시 올라오셔유. 애들도 어머님이 집에 계시니께 좋아하잖아유."

날망집은 진천댁이 하는 말을 듣고 대답을 미룬 채 장기팔을 바라봤다.

"올라오긴 멀 올라와. 서울에 올라와 영 살 생각 읎으면 죽이 되든 밥이 되든 모산에서 살아야지."

장기팔은 어림없다는 표정으로 말하기는 했지만 자신이 없어서 날망집의 눈치를 살폈다. 날망집은 표정 없는 얼굴로 천천히 술을 마시고 있다.

"형님, 여기 있슈?"

밖에서 유리 창문 열리는 소리와 함께 철용의 목소리가 들려왔다.

"철용이가 웬일이지? 눈이 엄청 내리는구먼. 날 차가 댕길지 모르겠네."

경훈이 일어서서 방문을 열었다. 가겟문 밖으로 온통 눈 천지다. 철용과 금순이 정민이를 데리고 눈을 흠뻑 맞은 모습으로 들어온다.

"아저씨 날 아침 일찍 내려가신다고 하셨잖여. 날 아침 일찍은 못 올 것 같아서 채비라도 좀 드릴라고 왔구먼."

철용은 머리카락이며 어깨에 소복하게 내려앉은 눈을 털어내는 둥 마는 둥 정민의 몸에 내려앉은 눈을 털어냈다.

"채비는 무슨 채비, 내가 드리믄 되는데……."

"정민이 엄마가 잠바도 한 벌 샀구먼. 내려가실 때 따습게 입고 내려가시라고 말여."

철용은 정민의 손을 잡고 방으로 들어갔다. 오숙자는 말없이 웃는 얼굴로 금순의 손을 움켜잡았다가 이내 눈물을 떨어트린다.

"또 왜 그랴? 정민이 아빠가 이 시간이믄 배가 출출하실 거라면서 순대하고 뭣 좀 사 왔구먼. 형님 접시 좀 내봐 봐."

금순이 동정 어린 눈빛으로 오숙자의 등을 두들겨 주고 나서 진천댁을 바라봤다.

"빈손으로 와도 되는데……."

진천댁은 말꼬리를 흐리며 부엌으로 나갔다.

"형님, 영호는 자?"

"영호, 제 방에서 컴퓨터 하고 있을걸."

"정민아, 너는 영호 형한테 컴퓨터 알켜 달라고 햐. 갈 때 아부지가 부를 팅께. 알았지?"

금순이 비닐봉지에 담아 가지고 온 재킷을 꺼냈다. 모자가 달린 재킷이 따뜻해 보였다. 장기팔이 가만히 앉아 있을 수 없다는 얼굴로 주머니를 뒤지며 정민이에게 손짓했다.

"정민아, 이리 와 봐. 할애비가 돈 좀 줄 모양잉께. 날 맛있는 거 사 먹어라."

"괜찮아유."

정민이 철용의 눈치를 살폈다. 철용이 손을 내저으며 정민을 영호의 방 쪽으로 밀었다.

"아녀, 내가 다 생각이 있어서 줄라고 하는 겅께. 어여 일루 와."

"정민아, 할아부지 고맙습니다 하고 받아라. 알았지?"

철용이 하는 수 없다는 얼굴로 정민이를 장기팔 쪽으로 보냈다.

"올게 및 살여?"

장기팔이 만 원짜리 한 장을 정민에게 내밀며 물었다.

"내년에 중학교 삼 학년 올라가유. 이거 한번 입어 보셔유."

금순이 점퍼를 들고 장기팔 앞으로 갔다. 모자에 털이 달린 오리털 재킷이다.

"느 시아부지나 친정아부지나 사 줄 거이지. 나한테까지⋯⋯."

장기팔은 민망한 얼굴로 일어섰다. 금순이 입혀 주는 대로 옷을 입었다. 금순이 모자까지 씌워 준다. 방 안이라서 그런지 지퍼를 닫으니까 후끈후끈하다. 그동안 황인술에게 음으로 양으로 못되게 굴었던 것이 미안해서 고개를 들지 못할 지경이다.

"딱 맞네유. 죄송해유. 저희가 사 드려야 하는데⋯⋯."

진천댁이 접시를 들고 방으로 들어오면서 말꼬리를 흐렸다.

"형님이 그런 말씀을 하면, 우리가 서운하지. 나는 아저씨를 친정아버님처럼 생각하고 있는데⋯⋯.시방은 옷이 쫌 크지만, 겉에 양복을 입고 입으시믄 딱 맞겠네유. 아줌마 것도 사 왔는데 한번 입어 보셔유."

"아, 아녀. 나는 됐구먼."

날망집이 부러운 눈빛으로 장기팔을 바라보고 있다가 화들짝 놀란 얼굴로 뒤로 물러나 앉았다.

"엄마, 괜찮으니까 한번 입어 봐유."

경훈이 웃는 얼굴로 거들었다.

"나, 나까지 신경 안 써도 되는데⋯⋯."

날망집은 말과 다르게 금순이 다른 비닐봉지에서 빨간색 점퍼를 꺼내자 슬그머니 일어섰다.

"어머님, 그 옷 입으시니까 새댁 같으시네유."

진천댁이 순대며 돼지간과 돼지머리 등을 접시에 담고 있다가 웃는 얼굴로 바라본다.

"그람, 이거 너 줄까?"

날망집이 금방이라도 옷을 벗어 줄 기세로 물었다.

"아, 아녀유. 어머님한테 딱 어울리는데유, 머."

진천댁은 고개를 흔들며 얼른 뒤로 물러나 앉았다.

"술도 두 병 사 왔슈. 제가 한잔 따라 드릴께유."

철용이 소주병을 꺼내 뚜껑을 따 달라는 표정으로 경훈에게 내밀었다.

"한 손으로 따른다고 속으로 욕하지 마셔유."

"요, 욕하긴. 별말을 다 하는구먼."

경훈이 한 손으로 술을 따르며 웃었다. 장기팔이 천부당만부당하다는 얼굴로 얼떨결에 두 손으로 술을 받았다.

"너도 한잔햐."

장기팔이 술을 달게 비우고 나서 술잔을 내밀었다.

"형도 한잔햐."

철용이 한 손으로 술잔을 받으면서 경훈에게 말했다.

"오늘 저녁에 술 파티나 해 볼까. 형수님하고 제수씨들도 일루 와유."

"그려, 오늘 같은 날은 한 잔씩 해야 잠이 잘 오는 법여. 그렇게 어려 일루 와서 앉아라."

경훈의 말이 끝나자마자 날망집이 기다렸다는 얼굴로 진천댁에게 손짓하며 말했다.

"참, 경훈이 형이 이 말 하지 말라고 했는데, 아줌마가 걱정할깨비 미리 말을 해 줘야겠구먼. 어제 철재하고 광재가 시훈이 형님 방, 도배 새로 깨끗하게 해 놨대유. 내일 내려가시믄 방도 뜨끈뜨끈하게 군불을 때

놓으라고 했슈."

"그, 그기 무슨 말여?"

"형수님이 걱정하시는 말을 듣고, 경훈이 형이 저한테 말하길래 제가
모산에 즌화를 했슈. 그랑께 날은 새 잠바 입고 내려가서, 새로 도배
싹 한 방에서 기분 좋게 주무셔유."

"처, 철용아. 고맙구면. 참말로 고맙구면……. 그렇지 않아도 그 방만
보믄 자꾸 시훈이 생각이 나서……."

날망집이 철용의 손을 두 손으로 잡고 주름진 얼굴에서 맑은 눈물을
떨어트렸다.

"어머님, 영호 아부지도 어머님이 편하게 계셔야 하늘에서 좋아할 거
잖유. 그랑께, 인제 그만 보내 주세유……."

진천댁이 눈물 젖은 목소리로 날망집의 허벅지를 가볍게 두들기며 위
로했다.

"좌우지간 나는 느덜 둘이 친동기간 이상으로 지내는 걸 봉께 참말로
좋다. 참말로 좋구면……."

장기팔은 '이럴 때 시훈이까지 있었다면 오죽 좋겠냐'라는 말을 목구
멍 안으로 삼키며 턱을 쓰다듬었다.

"너무 우애가 좋응께 이 동리 사람들은 죄다 이종사촌인 줄 알고 있
슈. 아들끼리도 얼마나 친하게 지내는지 몰라유. 그랑께 서울 걱정은 마
시고, 모산 가셔서 좋은 생각만 함서 사셔유. 경훈이 오빠도 언진가 돈
많이 벌믄 모산 가서 좋은 집이나 한 채 져 놓고 농사 지면서 사는 것이
소원이래유."

금순이 장기팔의 속마음을 이해한다는 얼굴로 말했다.

"서울은 사람 살 데가 못 돼유. 저만 그런 것이 아니라, 시골에 고향이 있는 사람들은 죄다 그렇게 생각하고 있을 규. 부자가 못 되더라도, 먹고살 정도만 돈을 벌어도 모산으로 내려가서 아부지 어머 모시고 살아야쥬."

경훈이 장기팔에게 술을 따라 주며 말했다.

"그날이 언제나 올지……."

날망집은 길게 한숨을 내쉬며 순대를 손으로 집어서 소금을 묻혀 입에 넣었다. 비닐로 싼 것 같은 순대가 그런대로 맛이 있었다.

제33장

1
9
8
8
년

수석 합격

혹 모산에 사는 좀 모지란 그 사람을 말하는 건가?
고수머리가 묻는 말에 털모자가 황인술을 바라보며 물었다.
모산에서 모지란 아는 해룡이 하나뿐에 읎잖유.
그럼, 서울대에 수석으로 합격한 김찬수라는 아가
바로 그 해룡이 자식이라는 거유?

학산 삼거리에는 '모산 마을 김찬수 서울대 수석 합격'이라는 큰 글씨 밑에 작은 글씨로 '모산마을 구장 황인술 외 일동'이라는 현수막이 겨울 바람에 펄럭이고 있었다.

"김찬수라는 아가 뉘여?"

버스를 타기 위해 정류소 안으로 들어가던 50대 중반의 고수머리가 옆 사람에게 물었다.

"글씨? 서울대를 갈라믄 영동농고를 댕겼든지 영고를 댕겼을 거 아녀? 모산 사는 아가 영동 학교에 댕긴다는 말은 못 들어 봤는데……."

귀를 덮는 털모자를 쓴 남자가 중얼거리며 뒤돌아섰다. 현수막을 다시 한 번 읽어 보고 고개를 갸웃거리며 정류소 안으로 들어갔다. 정류소 안에는 연탄난로가 타고 있었다. 벤치에 앉은 사람은 한 명도 없고 모두 난로를 중심으로 서 있었다.

"서울대에 수석으로 합격했으면 판검사가 되는 건 따 놓은 당상 아녀. 누군지 모르지만 진짜로 좋겠구면."

"자식 복이 넘쳐 났구먼. 넘의 집 아들은 서울대에 수석으로 합격했다는데, 우리 집 놈은 고등학교를 댕기는지, 놀러 댕기는지 모르겠어. 학교 입학하고 나서 통신표를 단 한 번도 뵈 준 적이 읎당께."

"그라고 봉께 모산 터가 좋옹개벼. 모산 사는 박태수 아들은 박사잖여."

"박사는 암것도 아녀."

"허! 서울대에 수석 합격하는 것도 굉장한 일이지만, 모산 같은 촌구석에 살면서 박사를 따는 것도 엄청난 일이라고 보는데."

"그 박사가 충일병원 원장 사위라는 거는 모르는구면?"

"충일병원 원장은 딸이 하나밲에 읎다면서, 또 이북 사람이라서 일가도 읎을 텐데……. 그라믄?"

"인지서 귓구멍이 뚫렸능개비구먼. 좌우지간 모산 땅이 좋기는 좋은 모양여……."

모자가 달린 재킷을 입은 중년 남성은 말을 하다가 모산 구장 황인술이 들어서는 모습을 보고 입을 다물었다.

"담배 줘유."

"무슨 담배유?"

"요새 젤 존 담배가 머유?"

"요새 팔팔이 젤 비싸잖유. 한 갑 드릴까유?"

"한 보루 신문지에 싸서 줘유, 따로 한 갑 주고……."

황인술은 주인이 담배를 싸는 동안 난롯가로 갔다. 사람들 틈을 비집고 들어가 뒤돌아서서 밖에서 기다리고 있는 해룡네를 바라본다. 한복을 입고, 스웨터를 입은 해룡네의 모습이 봄에 꽃놀이 가는 차림으로 보인다.

"혹시 모산 구장 아뉴?"

"그런데유?"

고수머리가 쭈빗한 얼굴로 묻는 말에 황인술이 퉁명스럽게 반문했다.

"아까, 여기 들어오다 봉께 모산 마을 김찬수라는 아가, 서울대에 수석 합격했다고 하든데 대관절 뉘집 자식유?"

"알란가 모르겠네. 해룡이라고"

황인술이 경운기를 몰고 오느라 언 손을 쓱쓱 비비며 물었다.

"해룡이라니?"

"혹, 모산에 사는 좀 모지란 그 사람을 말하는 건가?"

고수머리가 묻는 말에 털모자가 황인술을 바라보며 물었다.

"모산에서 모지란 아는 해룡이 하나뿐에 읎잖유."

"그람, 서울대에 수석으로 합격한 김찬수라는 아가 바로 그 해룡이 자식이라는 거유?"

"자식이라고는 가 하나뿐에 읎슈."

차부상회 주인이 담배를 신문지에 싸다 말고 황인술의 말에 고개를 번쩍 들고 이해할 수 없다는 표정으로 바라봤다. 이내 문밖에서 한겨울인데도 봄옷 차림으로 덜덜 떨고 있는 해룡네를 바라본다. 가끔 해룡이와 장날에 모습을 드러내는, 모산에서 술청을 열고 있는 여자다.

허! 개천에서 용이 나도 유분수지…….

해룡이까지는 봤지만 손자가 어떻게 생겼는지 본 적은 없다. 하지만 콩 심은 데 콩 나고, 팥 심은 데 팥 나는 법이다. 삼거리에서 장사를 하고 있자면 학산면 소문은 이발소 못지않게 빠르다. 해룡이 마누라도 소문에 들으니 안성 사람으로 해룡이처럼 정신이 모자란다고 한다. 그런 부부 사이에서 서울대에 수석으로 합격한 자식이 있다는 게 도무지 믿어지지 않았다.

"해룡네가 아까 준 돈 만 원짜리로 육천 원짜리 팔팔 한 보루 샀구먼. 면장한테 가는 데 빈손으로 갈 수는 읎잖여."

"당연하지, 워티게 그냥 갈 수 있었어. 근데 왜 날 보자고 하는 건지 참말로 모르겄어?"

해룡네가 황인술을 따라서 면사무소 쪽으로 향하며 허연 입김을 토해 냈다.

"내 생각에는, 찬수가 서울대에 수석 합격한 것 땜시 격려차 오라고 하는 거 같기는 한데, 자세히는 모르겄구먼. 근데 반드시 그런 거 같지는 않구먼. 내가 면장 승질을 알거든, 시방 면장은 구장들을 은근히 우습게 보는 승질이 있어. 그라고 면장이 군청에서 과장으로 근무하다 왔잖여. 광일이한테 들어 봉께, 윗사람한테는 엄청 잘하는 승질이랴. 아랫사람한테는 호랭이처럼 굴면서 말여."

"그람, 왜 날도 추운데 집에 멀쩡히 잘 있는 사람을 오라 가라 하는 건지 모르겄구먼."

해룡네는 좀 보기 싫더라도 점퍼를 입고 나올걸, 하는 생각에 뼈저리게 후회하며 동동걸음으로 황인술을 따라갔다.

"어이구, 모산 구장님 오셨네유. 어서 와유, 밖에 엄청 춥쥬? 오늘 영하 십구 도라고 하는데 체감 온도는 한 삼십 도쯤 될 뀨."

황인술이 면사무소에 들어서자 출입문 쪽에 앉아 있던 직원이 일어서서 반겼다.

"면장님은?"

"안에서 기다리고 계셔유."

직원은 카운터 안으로 들어오라고 손짓하고 면장실 쪽으로 향했다.

"여기는 딴 세상이구먼."

해룡네는 면사무소를 들어서는 순간 후끈후끈한 기운이 얼굴을 확 덮어 버리는 느낌에 숨이 멎는 것 같았다.

"쥥히 하고 날 따라와. 그리고, 면장이 묻는 말 외에는 절대로 멋대로 지끼지 마."

황인술이 해룡네를 향해 돌아서서 귓속말로 빠르게 속삭였다.

"구장님은 내가 대나가나 지끼는 팔랑개빈 줄 아나벼."

해룡네는 기분 나쁘다는 얼굴로 입술을 삐죽거리며 황인술을 따라갔다.

"어이구, 이분이 학산면의 자랑, 김찬수 군의 조모님이신가?"

황인술이 면장실로 들어갔다. 면장 조태식이 황인술하고는 악수를 하는 둥 마는 둥 해룡네의 손을 반갑게 잡았다.

"조모?"

해룡네가 얼른 이해가 되지 않는다는 얼굴로 황인술을 바라봤다.

"할머니."

"아, 예. 지가 우리 찬수 할머유."

해룡네는 뒤늦게 조태식이 자신을 지칭한다는 것을 알고 자랑스럽게 웃으며 소파에 앉았다.

"아이구, 그냥 오셔도 되는데……."

"여기는 김찬수 군 고등학교 삼 학년 때 담임 선생님유. 김찬수 군하고 같이 나올 줄 알았는데?"

조태식은 황인술이 말없이 내미는 담배를 받아서 테이블 밑에 넣었다. 먼저 와서 기다리고 있던 홍 선생을 소개하고 나서 아쉬운 표정으로 해룡네를 바라봤다.

"우리 찬수하고 같이 오라는 말은 못 들었는데? 시방이라도 즌화해서 오라고 할까유?"

해룡네가 황인술을 바라보다 조태식에게 시선을 돌리고 물었다.

"아니, 그럴 것이 아니라 수일 내에 학교에 인사 한번 하러 오라고 하셔유. 교장 선생님도 많이 보고 싶어하시니께유."

조태식이 말하기 전에 홍 선생이 먼저 웃는 얼굴로 대답했다.

"뭘 타고 오셨슈? 뜨거운 인삼차 한 잔 드시믄 추위가 확 가실 뀨."

여직원이 김이 모락모락 나는 인삼차를 들고 들어왔다. 면장이 얼른 인삼차 한 잔을 해룡네에게 안겼다.

"찬수는 물어보나마나 기숙사에 들어가겠네유?"

조태식이 인삼차를 후후거리며 식혀서 마시고 있는 해룡네에게 물었다.

"글씨유, 거기까지는 안직 안 물어봤슈. 하지만 서울에 아는 집이라고는 쥐뿔로 읎응께, 기숙산가 하는 거길 들어갈 수벢에 읎슈. 여기 앉아 계신 구장님의 딸, 그렇게 왼쪽 팔이 읎는 철용이 식구가 그 집 아들 공부도 알겨 줄 겸 데리고 있으라고 하믄 몰라도……."

"따님이 서울 살아유?"

"아! 예."

조태식이 갑자기 묻는 통에 해룡네를 노려보고 있던 황인술이 당황한 얼굴로 대답하느라 뜨거운 인삼차를 꿀꺽 삼켰다. 뜨거운 것이 식도를 타고 내려가면서 짜르르한 감촉에 속이 타 버리는 것 같았다. 하지만 방정맞게 뜨겁다고 할 수 없어서 침을 꿀꺽 삼키며 주먹을 꽉 쥐고 부르르 떨었다.

"따님 집에서 김찬수 군을 하숙시킬 수 있슈?"

"그, 그 생각은 안 해 봤는데유? 우리 금순이하고 김 서방한테 물어봐야 하는데……."

조태식이 뜬금없이 묻는 말에 황인술은 이건 또 무슨 뚱딴지같은 말이냐는 표정을 지었다.

"그렇다면 좋은 수가 있습니다. 서울에 내 동생이 살고 있슈. 서울대학교가 있는 신림동에서 크게 하숙집을 하거든유. 그래서 드리는 말씀인데, 김찬수 군을 공짜로 데리고 있겠답니다."

"누가유?"

"아, 물론 제 동생이쥬."

"왜유?"

해룡네는 이 나이가 되도록 누구한테 도움을 받아 본 적이 없었다.

"아, 그거야 고향 사람이 서울대에 수석으로 합격했응께, 사 년 동안 하숙비를 안 받고 공짜로 봉사하겠다는 생각입니다. 이를테면 향토 사랑이라고 할까, 뭐 그런 거유."

"하숙비가 얼매씩 한데유?"

"독방이 십오만 원씩 한다고 하데유."

"그람 일 년이면 얼마다?"

해룡네가 혀를 차며 황인술에게 물었다.

"대학생들이야 일 년에 오 개월은 방학 아뉴. 방학 때 집에 와 있는 걸로 계산하믄 칠 개월잉께……."

"근데 면장님, 찬수는 기숙사에 있겠다고 하던데유?"

황인술이 면장에게 무슨 꿍꿍이가 있을 것이라는 생각에 말을 가로막고 나섰다.

"워녕 그려. 우리 찬수가 돈을 얼매나 애끼는데, 그리고 가는 남한테 신세 지는 거 엄청 싫어하는 승질유. 근데 우리 찬수가 참말로 기숙사에 들어간다고 그랬슈?"

해룡네가 아무생각 없이 말을 하다가 황인술에게 갑자기 물었다.

"그람, 내가 물어봤구먼. 서울에 일가도 읎는데 하숙을 할 거냐, 자취를 할 거냐 물었더니 기숙사에 있겠다고 하드라구."

황인술은 찬수에게 직접 들은 것처럼 능청스럽게 거짓말을 했다.

"기숙사비는 공짠 줄 아슈?"

"내가 알기로는 연대나 고대가 팔구만 원씩 하니까, 서울대도 못 줘도 칠만 원은 줘야 할 거유."

면장이 코웃음 치는 말에 홍 선생이 점잖게 끼어들었다.

"서울대가 아무리 학비가 싸다고 하드라도, 서울에서 공부시킬라믄 한 달에 십만 원씩은 보내 줘야 할 거유."

"그람 안 되는데, 우리 찬수가 서울대학교를 갈라믄 작년에 갔슈. 그란데도 꼭 수석으로 합격해서 장학금을 받겠다는 생각으로 재수했슈. 재수하면서도 집에서 돈 일 원도 안 갖고 갔어유. 대전에 있는 독서실 총무로 취직해서 월급을 얼매씩 받음서 공부해 갖고 요번에 그 머유, 일 등으로 들어간 거유. 그란 아가 한 달에 집에서 십만 원씩 부쳐 달라고 하겠슈?"

"내 말은 학교에서 장학금은 주지만 기숙사비하고 책값이며, 저 쓸 돈은 안 준다 이거유."

조태식이 답답하다는 얼굴로 말하고 나서 다리를 꼬고 앉았다.

"면장님께서 하실 말씀은 뭐유?"

황인술이 더 이상 참지 못하고 노골적으로 물었다.

"아까 말했잖유. 내 동생이 하숙비 안 받고 공짜로 졸업할 때까지 데리고 있겠다고 말유."

"향토 사랑으로?"

황인술이 기가 막힌다는 얼굴로 비아냥거렸다.

"아, 우리 아들이 동생 집에서 고등학교를 댕기거든유, 동생 아들도 중학교 삼 학년짜리가 있슈. 하숙비를 안 받는 대신 시간 날 때마다 틈틈이 가들 공부 좀 알켜 주믄 누이 좋고 매부 좋은 거 아뉴? 구장님 인삼차 마셔유."

조태식은 황인술이 문제라는 생각에 직접 찻잔을 들어서 권했다.

"그건 눈 감고 아옹 하는 식이라고 생각하는데유?"

홍 선생이 가만히 들어 보니까 자신을 들러리로 불렀다는 생각이 들어서 면장의 말에 제동을 걸었다.

"그건 무슨 말유?"

조태식이 이놈 주둥이 막아 놓으니까, 엉뚱한 주둥이가 떠든다는 생각에 눈을 치켜떴다.

"서울대 수석으로 입학하면 과외해 달라고 사방팔방에서 몰려올 거유. 개인 과외로 일주일에 두 시간씩 네 시간만 가르쳐도 돈 칠, 팔십만 원은 우습게 벌어유. 찬수가 지금은 암것도 모르고 면장님 동생 집에서 있겠다고 할지 모르지만, 찬수 머리 좋은 것은 영동군에서 소문났슈. 난중에 무슨 욕을 은어먹을라고"

"선생님, 차, 참말로 일주일에 네 시간씩 갈쳐도 칠, 팔십만 원씩 벌어유?"

황인술이 이건 또 무슨 조화냐는 얼굴로 찻잔을 내려놓으며 빠르게 물었다.

"더 많이 받으면 받았지, 들 받지는 않을 거유. 서울대 수석 합격이 아니더라도 오십만 원은 너끈히 받고 있응께."

홍 선생의 말에 조태식은 시뻘겋게 달아오른 얼굴로 천장을 바라봤다. 뭐라고 말하기는 해야 하는데, 속셈을 바닥까지 홀라당 까 보인 꼴이 돼서 무슨 말을 해야 할지 생각이 나지 않았다.

"에이, 과외 그거는 불법이잖유. 돈 백만 원씩 받으면 뭐해유. 경찰한테 걸리면 당장 퇴학당하는데……"

황인술은 문득 텔레비전에서 과외는 불법이라는 뉴스를 들었던 것이 생각났다. 김찬수는 효자라고 소문났다. 한 달에 칠, 팔십만 원씩 받으면 오십만 원씩은 집에 보내 줄 것이다. 해룡네는 술청을 닫고 이동하 못지 않게 으스대고 다닐 것이다. 그런 꼴은 못 봐준다는 생각에 비웃는 목소리로 말했다.

"내비 둬유⋯⋯. 독서실 총무를 하면서 재수한 끝에 서울대학교에 수석 입학하믄 뭐햐. 돈 몇 푼 아낄려다 전과자가 손주 맨들겄다는데⋯⋯."

조태식은 뜻밖에 탈출구를 찾았다는 생각에 어깨가 들썩이도록 코웃음을 치며 해룡네를 바라봤다.

"면장님, 찬수 할머를 부른 건 하숙집 때문이유?"

황인술이 계속 앉아 있어 봤자 열불 나는 이야기만 나올 것이라는 생각에 입술을 핥으며 물었다.

"아뉴, 신문에 난 거 야기 좀 하고 군수님이 내려 주신 격려금 좀 드릴라고 오시라고 했슈. 원측은 제가 직접 찾아뵙고 전해 드려야 하지만 워낙 공무가 바빠서⋯⋯."

"격려금이라니?"

"찬수가 공부하느라 애먹었다고 군수님이 돈 좀 주셨다는구면."

황인술은 격려금이라는 말에 금방 '오늘 동네잔치를 열어야겄구면.'이라고 생각하며 해룡네가 묻는 말에 귓속말로 속삭였다.

"하여튼 그동안 고생 많았슈. 신문에는 김찬수 군이 충청북도 도지사한테 효행상도 받았다고 하든데 앞으로는 고생할 일은 없고, 팔자 좋게 전국 유람이나 하며 살 일만 남았네유."

조태식이 일어서서 해룡네에게 봉투를 건네주고 손을 내밀었다. 해룡네는 황망한 얼굴로 일어나 봉투를 반으로 접어서 스웨터 주머니에 집어넣고 조태식의 손을 두 손으로 잡았다.

"봉투 인 줘봐."

황인술이 면사무소 밖으로 나가자마자 해룡네가 입은 스웨터 주머니

속에서 봉투를 꺼냈다.

"얼매여?"

"십만 원뱎에 안 되는구먼. 면장 새끼는 한 푼도 안 넣었다는 야기잖여. 오늘 군수님한테 격려금도 받고 했응께, 간단하게 동리 사람들한테 막걸리나 돌리지 머."

"이 돈은 안되아. 우리 찬수 서울 갈 때 채비라도 줘야 하는 돈이라 함부로 쓰면 안 되는 돈여."

해룡네가 황인술이 들고 있는 봉투를 낚아챘다. 반으로 접고, 또 반으로 접었다. 치마를 홀러덩 걷어 올려서 속바지 주머니에 집어넣었다.

"아까는 내가 면장이 헛소리를 하길래, 딴소리를 했는데 말여. 과외가 법으로 금지되어 있는 것은 사실여. 하지만 서울 사는 학생들 칠팔십 프로는 과외를 받는댜. 그라고 암만 법으로 금지되어 있으믄 뭐햐. 입주 과외라는 것이 있구먼. 그게 먼가 하믄, 부잣집에 들어가서 아예 눌러살면서 과외를 하는 거여. 그람 그 집 친척인 줄 알지, 누가 과외를 한다고 생각하겠어. 해룡네는 아까 면장이 한 말처럼 이제 아주 팔자가 늘어진 거여. 그까짓 막걸리 팔어서 한 달에 얼매나 벌었어?"

황인술이 삼거리 쪽으로 걸어가면서 키가 작은 해룡네 귀에 맞추느라 고개를 숙이고 허연 입김을 연신 토해 냈다.

"무슨 돈을 벌어? 제우 우리 식구 먹고살 만큼 버는 거이지. 난 찬수가 대전 독서실에서 받은 월급도 서울에서 학교 댕길 때 필요할 것 같아서 한 푼도 안 썼구먼. 죄다 집에다 모아 놨어. 그 돈만 해도 돈 백만 원은 될 껴. 근데 법으로는 금지해도 있는 집에서는 죄다 과외를 하는구먼?"

"그걸 말이라고 햐. 당장 찬수 담임 선생이었던 홍 선생이 말하잖여. 홍 선생은 면장하고 달라. 교육자여 교육자. 교육자가 하는 말이 찬수 정도믄 한 달에 칠, 팔십만 원은 우습게 번다고 하잖여. 지가 독방을 쓰면서 하숙한다고 쳐도, 당장 학비가 안 들어갈게 삼십만 원이믄 떡을 치잖여. 독서실 총무 하면서도 돈 십만 원씩 송금해 주던 아잖여. 사십만 원씩 해룡네한테 착착 송금해 주믄 당장 술청 문 닫아야 햐. 해룡이하고 안성댁하고 스이 택시 맞춰서 오늘은 남해로 회 먹으러 가고, 낼은 진해로 벚꽃 귀경함서 살 날만 남았단 말여. 그까짓 돈 십만 원은 새 발의 피지, 머."

"그럼 내가 가만히 있으믄 안 되겄구먼. 워티게 하믄 좋을까?"

해룡네는 찬바람이 쌩쌩 몰아치는 통에 귀며 콧등에 얼음이 맺히는 것 같았다. 양쪽 손바닥으로 귀를 문지르며 황인술을 바라봤다.

"막걸리나 한 섬 주문하고, 돼지나 한 마리 잡아. 원래 서울대학교에 들어가면 누구든지 그 정도는 하잖여. 당장 의원님도 승우 서울대학교에 들어갔다고 돼지를 두 마리나 잡았잖여. 앞으로 해룡네도 그 집 부럽지 않게 떵떵거리며 살 날만 남았는데 그까짓 돼지 한 마리가 대수여? 우신 추운데 짬뽕이나 한 그릇씩 먹자구."

황인술은 태화루 앞을 지나가려니까 갑자기 얼큰한 짬뽕에 소주 한 잔이 생각났다. 해룡네야 뒤따라오든 말든 태화루 쪽으로 방향을 틀었다.

"아이구, 이게 뉘여. 손자가 서울대학교에 수석으로 합격한 그분 아녀? 축하해유. 참말로 학산의 자랑유. 어짜믄 그렇게 손자를 똑똑하게 키웠슈? 우리 집에 오시는 선생님들이 가끔 손자가 똑똑하다는 말을 하기는 했지만, 서울대학교에 수석으로 합격할 정도로 똑똑할 줄은 몰랐슈. 오늘 구장님한테 단단히 한턱 내야겠네."

태화루 주인은 보이지 않고 주방장 병락이 난롯가에서 꾸벅꾸벅 졸고 있다가 혀가 돌아가는 대로 너스레를 떨었다.

"여기 삼선 짬뽕, 고춧가루 좀 팍팍 집어넣은 거하고, 해룡네는 머 먹을 텨?"

황인술이 난롯가에 앉으며 주문을 하다 해룡네를 바라봤다.

"난 뜨끈한 우동이 좋아."

"그려, 난 삼선 짬뽕 곱빼기 주고, 해룡네는 우동 한 그릇 줘. 소주도 한 병 주고."

"계산은 해룡네가 하는 거쥬?"

병락이 계산만큼은 깔끔하게 해야 한다는 생각에 해룡네를 바라봤다.

"그랴, 까짓거 나도 돈 쓸 줄 아는 사람여. 내가 돈 낼 모양잉께, 어여 소주부텀 갖고 와. 추운데 하도 떨었더니 배창자까지 얼어붙은 거 가텨."

"아까 그거는 그렇게 결정한 거지? 돼지하고 막걸리 말여."

"딴 사람들도 죄다 돼지를 잡는다는데, 나는 소 한 마리라도 잡고 싶은 심정여. 소를 잡으믄 찬수가 머라고 할겡께, 돼지나 잡지 머. 한 이백 근짜리로……."

"생각 잘했구먼. 내가 그람 얼른 돼지 장사하는 곽 씨한테 즌화를 해야겠구먼……."

황인술은 해룡네가 배가 부르면 딴생각을 할지도 모른다는 생각에 얼른 일어났다. 전화기 앞으로 가서 전화번호를 적어 가지고 다니는 손바닥 절반 크기의 수첩을 꺼냈다. 곽 씨에게 전화를 걸어서 아! 곽 사장여? 나 모산 구장인데 말여, 돼지 한 이백 근짜리 있나? 있으면 말여. 시방 모산으로 실어 와. 아! 그럴 게 아니라 말여. 내가 경운기를 끌고 학산에 내려왔거든. 그렁께, 삼거리로 돼지를 실고 오믄 되겠네. 아! 그람 돈이야 내가 책음지고 받아 주지. 그려, 그려. 그람 이따 봐 라고 매끄러운 목소리로 말했다.

이동하는 수화기를 내려놓는 순간 눈앞이 뿌옇게 변하며 머리가 핑 도는 것 같은 현기증에 사로잡혀서 의자에 털썩 주저앉았다.

"왜, 왜 그러십니까?"

이동하가 원갑룡과 전화하는 동안 긴장한 얼굴로 서 있던 하중태가 당황한 얼굴로 이동하를 부축하려고 달려들었다.

"괘, 괜찮여."

"원 의원님도?"

"원갑룡이가 문제가 아녀."

이동하는 원갑룡도 공천에서 탈락한 이상 더는 기댈 언덕이 못 된다고 생각했다. 더구나 원갑룡의 나이로 다음 선거를 기대하는 것은 무리다. 무소속으로 나설 자금도 없을 것이다. 별 볼 일 없는 전직 의원으로 살아갈 것이라는 생각에 자신의 미래를 보는 듯 서글퍼졌다.

이럴 줄 알았으면 영동에서 버텨 보는 건데, 송미향 그년 땜시 신세 고달프게 생겼구먼.

영동에서 낙선했을 때는 그나마 고향이기 때문에 그럭저럭 전직 의원으로 대우를 받을 수 있었다. 하지만 객지에서 국회의원질을 하다가 내

307

려가면 영동 사람들이 더러운 물건을 바라보듯 할 것이다. 한마디로 찬밥 신세가 아니라 쉰밥 신세가 된다는 결론이다.

"의원님 시원한 물이라도 한 잔 가져올까요?"

이동하는 하중태가 걱정스럽게 묻는 말에 괜찮다고 말하려 했으나 입이 떨어지지 않았다.

내가 왜 이러지?

입을 떼려고 해도 입술이 움직이지 않았다. 순간 더럭 겁이 나서 상체를 벌떡 일으켰다. 하지만 생각뿐이지 상체가 움직여지지 않았다.

내가 죽은 건가?

갑자기 육체는 죽어도 영혼은 살아 있다는 말이 생각났다. 그렇다면 누군가 보여야 하지만 아무것도 보이지 않았다. 누군가 몸을 흔드는 느낌이 점점 강하게 전해져 올 뿐이다.

"의, 의원님! 괜찮으세요?"

하중태는 이동하가 잘못되기라도 한다면 실업자로 지내야 한다는 생각에 목구멍까지 침이 마르는 것을 느끼며 필사적으로 이동하를 흔들었다.

"괘, 괜찮구먼."

이동하는 말을 해야 한다는 생각에 필사적으로 고개를 흔들었다. 순간 머리에 힘이 들어가면서 고개가 움직이는 것을 느낄 수 있었다. 삽시간에 온몸이 식은땀으로 젖어 버린 것을 느끼며 눈을 뜨고 하중태를 바라봤다.

"벼, 병원에 안 가 보셔도 되겠습니까?"

"괜찮네, 얼음물이나 한 잔 가져오게……."

이동하는 침을 삼키며 손수건을 꺼냈다. 하중태가 사무실을 나가는 뒷모습을 지켜보며 얼굴에 난 진땀을 닦고 길게 심호흡을 했다. 손가락을 움직여 봤다. 이상이 없었다. 팔을 흔들어 보고, 고개를 좌우로 흔들다가 빙빙 돌려 봐도 이상이 없다는 것을 확인하고 길게 안도의 한숨을 내쉬었다.

"제 생각에는 병원에 한번 가 보시는 것이……."

하중태가 물컵을 두 손으로 내밀며 이동하를 살펴봤다. 조금 전에는 쓰러져서 못 깨어날 줄 알았는데 멀쩡하다.

"저, 전멸이야. 전멸이란 말여."

"뭐가 전멸이란 말씀입니까?"

"요번 공천에서 나하고 원갑룡 의원만 빠진 것이 아니란 말여. 내가 생각해 볼 때 전두환 대통령 측근들은 공천에서 죄다 탈락된 거 가텨. 권정달 의원이 탈락했다믄 뻔할 뻔 자지……. 그렇다고 이대로 주저앉을 수는 없잖여. 안 그려?"

이동하는 권력이라는 것이 하룻밤 사이에도 바뀐다는 말을 자주 들었다. 그러나 지난 1월 공천을 신청할 때만 해도 탈락될 것이라고는 꿈도 꾸지 않았다. 비록 1,413명이 신청해서 6.7 대 1의 경쟁률을 보이기는 했지만 헌금으로 삼억 원을 찔러 놨기 때문에 반드시 공천될 것이라고 믿었다. 이럴 줄 알았으면 원갑룡 말대로 지역구 관리에 좀 더 신경을 썼어야 하는데, '푸른산 등산회' 하나만 명맥을 유지하고 있을 뿐, 다른 관리는 전혀 되지 않고 있었다. 하지만 이대로는 주저앉을 수 없다는 생각에 하중태에게 힘주어 물었다.

"의원님, 제 생각에는 배달 사고가 난 것 같습니다."

하중태가 이동하가 마신 물컵을 받아서 쟁반 위에 얹어 놓으며 조심스럽게 말했다.

"배달 사고라니, 그건 무슨 말여?"

"이번 선거는 성남시 인구가 늘어서 지역구를 갑구하고, 을구로 나누어 국회의원 두 명을 선출하지 않았습니까?"

"그려, 나는 갑구 공천을 원했잖여?"

"배달 사고가 확실하다는 점은 이렇게 추측할 수 있습니다. 의원님께서 전두환 대통령의 측근 의원들이 모두 탈락하셨다고 말씀하시지 않았습니까? 그 점은 저도 인정합니다. 원래 전두환이 상왕 노릇을 하려고 일해재단을 설립한 것 아닙니까? 정권을 인계하면 장관들은 백 프로 내 사람으로 바꾸는 것이 보통인데, 이번에는 전두환 쪽 사람이 아직도 절반 이상이나 장관 자리를 차지하고 있습니다. 하지만 전경환을 새마을 비리로 잡아넣어야 한다고 신문하고 방송에서 계속 떠들고 있는 걸 보면 전두환하고 거리를 두겠다는 속셈인 게 틀림없습니다. 그래서 전두환이 심어 둔 국회의원들은 탈락시킨 것일 겁니다."

"나도 그 정도는 짐작하고 있구먼. 근데 배달 사고란 먼 말여?"

"이런 말씀 드리기는 죄송하지만 의원님은 전두환 대통령의 측근이 아닙니다. 배달 사고가 아니라면 을구라도 공천해 줬을 것 아닙니까?"

"이 사람, 정신이 있는 사람여, 읎는 사람여? 아! 을구에서는 강정식이라는 놈이 민정당에 공천을 신청했잖여. 그놈도 나름대로 빽이 있고, 빽이 읎으면 돈이라도 있는 놈잉께 민정당으로 공천을 신청했을 거 아녀?"

이동하는 배달 사고가 났다면 원갑룡 놈이 중간에서 삼억 원을 가로챘을 것이라고 예상했다. 만약 그것이 사실이라면 고현수를 시켜서 수

단과 방법을 가리지 않고 돈을 받아 내리라고 생각하고 있다가 실망한 얼굴로 고개를 돌렸다.

"의원님, 강정식은 원래 돈도 없고, 빽도 없는 놈입니다. 그 지역이 워낙 야당 세가 강한 지역이라서 공천을 안 할 수는 없으니까, 민정당 위원장을 하고 있던 강정식에게 공천을 신청하라는 지시가 내려왔답니다."

"그, 그기 참말여?"

"선거를 하려면 최소한 제 돈 몇 억은 있어야 되는 거 아닙니까? 근데 강정식은 마누라가 학원을 하고 있답니다. 학원이 영세하지는 않지만, 큰돈을 벌 수 있을 정도는 아니고 그저 먹고살 수 있을 정도입니다. 그렇다면 스폰서들이 나와 줘야 한다는 말인데, 강정식이 가능성이 있어야, 사업을 하는 작자들이 베팅을 할 거 아닙니까? 아무리 많은 돈을 베팅해도 당선 가능성이 없는 강정식에게 누가 베팅을 하겠습니까? 그래서 강정식은 중앙당의 지시니까 공천을 신청하기는 했지만 제 돈을 써가며 선거운동 할 위인은 아닙니다. 그놈은 원래 선거 브로커 출신이라서 위원님 선거운동 때도 조직 부장이라는 감투를 쓰고 돈 좀 받아먹었잖습니까. 만약 의원님이 그 자리를 달라면 덤으로 돈 몇 백만 원을 붙여서라도 내줄 놈입니다. 물론, 그 몇 배를 의원님께 우려먹을 놈이기는 합니다만……."

"보좌관 말이 일리가 있구먼. 그람 원갑룡 그놈이 내 돈을 가로챘다는 말이구먼. 하지만 증거가 읎잖어. 내가 즌화를 해서 헌금을 사무국에 똑바로 전달했느냐고 물어볼 수도 읎는 노릇이고, 경찰에 고발할 수도 읎는 노릇이잖어. 증거를 찾을 수 있었나?"

"사과 박스에 담아서 현금으로 갖다 줬으니까 돈을 줬다는 증거도 없지 않습니까? 돈을 줬다는 증거가 있어야······."

"청와대에 있는 고 서방에게 즌화를 해 봐야겠구먼."

"전화하지 않는 것이 좋다고 생각합니다. 잘못하면 불똥이 사위분한 테 튈 수도 있습니다. 그보다는 제 식으로 해결하겠습니다."

"그려, 고 서방 그릏지 않아도 정권이 바뀌는 통에 요새 불안하다고 하든데, 그런 부탁을 할 수는 읎지. 그람 어떤 식으로 해결하겠다는 거여?"

이동하는 하중태의 말이 아니었으면 고현수에게 큰 부담을 줄 뻔했다는 생각이 들었다. 대통령이 바뀌면 비서진이나 수석들도 모두 바뀌는 게 당연하다. 그러나 노태우가 대통령이 된 직후에는 큰 변동이 없었다고 했다. 하지만 삼 개월이 지난 후에 간부진들까지 모두 교체되고, 고현수도 자리가 불안하다는 말을 들었다.

"일단 해결하고 보고 드리겠습니다. 그보다는 전국구로 출마해 보시는 게 어떻겠습니까? 올해는 서울에서 올림픽이 열리지 않습니까? 무소속 의원 배지라도 달고 있어야 로열박스에서 올림픽도 관람 할 수 있으시고······."

"무소속?"

이동하 역시 전국구를 생각해 보지 않은 것은 아니다. 하지만 전국구는 물 위에 떠 있는 기름 같아서 국회의원 대우를 해 주는 지역이 없기 때문에 선뜻 결심을 하지 못했다. 지금은 상황이 다르다. 나이가 있어서 다음에 다시 출마할 수 있다는 보장도 없다. 무엇보다 민정당의 공천은 물 건너가서 다음을 기약하면 된다는 희망도 없는 상태다. 그럴 바에는 전국구라도 차지하고 있으면 여기저기서 돈 봉투 들고 오는 업자들은 똑같을 것이라는 생각이 들어서 고개를 갸웃거리며 반문했다.

"이미 민정당 공천은 끝났습니다. 물론 본격적으로 선거운동을 시작하기 전까지 추가 공천은 계속 이어집니다. 하지만 추가 공천 지역은 사고지구당밖에 없을 겁니다."

"그려, 성남 을구 같은 지역에서 공천을 받아 봐야, 과부가 치마 올려주고 뺨 맞는다고 선거 자금은 곱절로 쓰고, 영원한 이 등밖에 할 수 없겠지. 하지만 보좌관이 알고 있는 것처럼 중앙당 쪽에 믿을 만한 연줄이 없잖여. 어떤 놈한테 돈을 써야 당선 가능한 번호를 탈 수 있는지 모르잖여. 그라고 봉께 원갑룡 그놈이 철천지원수구먼. 내가 딴 의원하고 친해질 기미가 보이믄, 그 의원은 중앙당에서 문제 의원으로 낙인찍은 놈이라는 둥, 어떤 의원은 재산이 천억 원대지만 지방 국세청에서 비밀리에 세무조사 중잉께, 가까이 지내다가 불티라도 튀믄 송산건설이 위험해질 수 있다는 둥 연막작전을 폈잖여. 이 때려죽일 놈을 워티게 갈아먹어야 내 속이 풀리지?"

이동하에게 원갑룡은 더 이상 정치적 스승도 아니고 동지도 아니다. 공천 헌금 삼억 원을 떼어먹은 야비한 사기꾼에 불과하다. 공천 헌금을 떼먹을 정도라면 깊게 생각해 볼 필요도 없이 제 코가 석 자였다는 말밖에 되지 않는다. 저도 공천 헌금을 내야 공천을 받을 수 있는 상황에 처해서, 앞뒤 안 가리고 삼억 원이 제 돈인 양 누군가에게 상납했을 것이다. 정치에는 영원한 동지도 적도 없다는 말이 뼈저리게 살아나서 뒷머리가 뻐근해지기 시작했다.

아녀, 내가 이라믄 안 되지. 좋은 생각만 해야지. 국회의원이 아니라 국회 의장직을 준다 해도 내가 쓰러지믄 말짱 황여……

뒷목을 툭툭 치면서 원갑룡에 대한 분노를 누그러뜨려야 한다고 마음을 돌려먹으려 했지만 쉽지 않았다. 두 눈을 부릅뜨고 허공을 노려보던 시선을 거두며 눈을 감고 하중태 모르게 긴 한숨을 내쉬었다.

"또, 머리가 아프십니까?"

하중태가 놀란 얼굴로 물었다.

"아녀, 돈이야 워티게 마련해 볼 수 있다지만 어떤 놈한테 써야하는지 모르잖여. 사과 박스에 돈을 담아서 무조건 중앙당으로 들고 갈 수는 없다는 거지."

"이런 일은 청와대 사위분한테 전화해 보시면 직접 연결시켜 주지는 못해도, 어느 분한테 돈을 써야 할지는 정확하게 알려 주실 겁니다."

"그럴까?"

"지금 이 상황에 체면 차리실 때가 아닙니다. 사위분 정도의 빽이면 이 상황에서 구세주나 마찬가지 아닙니까?"

"근데, 날 공천에서 떨어트린 놈한테 돈을 준다고 전국구 번호를 줄까? 나 같으믄 내가 공천 떨어트린 놈은 민망해서라도 상대하기 싫을 텐데?"

이동하는 하중태의 말이 끌리기는 하지만 미덥지는 않았다.

"정치하시는 분치고 돈 싫다는 분 보셨습니까?"

하중태는 '돈이 정치를 하고, 돈이 국회의원을 만드는 것 아닙니까?'라고 반문하고 싶었지만 완곡하게 말했다.

"그려, 틀린 말은 아니지. 그람 고 서방한테 즌화를 넣어 봐야겄구먼."

이동하는 하중태에게 밖에 나가 있으라고 손짓하고 나서 고현수의 전화번호를 눌렀다.

"제가 알아보기는 하겠지만, 꼭 된다는 보장은 없습니다. 새로 오신 분들하고 아직 속을 털어 놓을 만큼 친해지지 않아서 장담할 수 없습니다."

"그람, 고 서방 생각에 전국구는 언지쯤 확정된다고 보능 겨?"

이동하는 잔뜩 기대를 걸고 전화했다가 실망한 얼굴로 물었다.

"늦어도 사월 초순이면 발표할 것입니다. 지금쯤 물밑 작업을 하고 있으니까 손을 쓰기에는 적당합니다."

"공천에서 떨어진 의원도 구제해 주나?"

"네, 항상 몇 명씩은 공천에서 떨어진 의원들을 구제해 줬으니까 이번에도 그런 케이스는 있을 것이라고 믿습니다."

"그람, 말여. 내가 헌금은 얼매든지 댈 수 있응께 고 서방이 신경 좀 써 주게. 내가 왜 이라냐면, 영동에서 끈 떨어진 것은 그런대로 괜찮는데 말여. 물설고 낯설은 성남까지 기어와서 국회의원 하다가 공천에서 떨어진 꼴로 낙향하는 것도 참말로 우스운 꼴이 되잖여. 그랑께 특별히 신경 좀 써 주게."

이동하는 마냥 실망하고 있을 때가 아니라고 생각했다. 지금으로서는 고현수가 유일한 희망이다. 고현수가 다소 불이익을 당하는 한이 있더라도 반드시 의원 배지를 다는 것이 중요하다는 생각에 간절하게 말했다.

"당연하죠. 다른 분 부탁도 아니고 장인어른 부탁인데 제가 알아볼 수 있는 채널은 모두 돌려 보겠습니다."

"그려, 난 고 서방만 믿겠네. 그라고 말여, 반드시 당선권 번호를 따내야 하네. 내가 볼 때는 사십 번 안쪽이 당선권인데 말여. 혹시 사십이삼

번을 준다믄 아예 안 받는 것이 낫구먼. 돈도 돈이지만 한두 명도 아니고 서너 명이 나가떨어질 때까지 기다리자믄 혈압 땜시 지명에 못 산단 말여."

"제가 만약 힘을 쓰게 된다면 삼십 번 안쪽으로 밀어 보겠습니다. 그러니 그 점에 대해서는 걱정 안하서도 됩니다. 중요한 것은 전국구 공천권을 지고 있는 분하고 연결이 되느냐, 안 되느냐입니다."

"그려, 난 자네만 믿고 있겠네. 성찬이는 공부 잘하고 있지? 서울대는 들어갈 수 있는가?"

"고등학교 일 학년 때부터 서울대학교 학생을 불러다 과외를 해서 그런지 공부는 잘하고 있습니다. 성찬이 엄마가 그러는데 서울대 정도는 무난히 합격할 수 있답니다."

"자네를 닮아서 머리는 좋을 껴. 그놈은 꼭 사법 고시에 합격하게 해서 자네가 그토록 바라던 법관으로 만들게."

"그런데, 성찬이 놈은 법관에 흥미가 없답니다. 의사가 되고 싶다고 하더군요. 그래서 법관보다 의사가 돈은 더 많이 버니까, 그쪽도 괜찮다고 했습니다."

"그려, 우리 집안에 검사가 한 명 있응께, 의사가 있으면 금상첨화지. 잘 생각했구먼. 언제 한번 집에 들리게. 오랜만에 고 서방 술잔을 받고 싶응께."

"네, 최선을 다해서 좋은 소식을 갖고 가겠습니다."

"그려, 그려. 난 자네만 믿네."

이동하는 고현수가 말이나마 좋은 소식을 갖고 온다고 하니까 나중에야 어떻게 되든 기분이 좋았다. 인터폰을 눌러서 바깥 사무실에 있는 하중태를 호출했다.

"고 서방한테 전화해 봤는데 말여. 요새 정권이 바뀌고 청와대 안이 어수선해서 장담을 못 하겠다고 하드만. 그럼 어짜지?"

"의원님, 저는 사위분을 믿습니다. 청와대에서 아무리 물갈이가 한창이라도 그 안에 서울대 동문회가 있을 것 아닙니까. 그리고 서울대 출신들은 반드시 들어오게 되어 있습니다. 사위분이 노력만 하신다면 그런 경로로 얼마든지 해낼 수 있다고 봅니다."

"하긴 고 서방도 장담은 못 하겠지만 노력해 보겠다고 하드만. 그럼 오늘부터 여기 사무실은 철수해야 하지 않겠나? 공천도 떨어졌는데 아깝게 사무실 경비며, 직원들 월급 주면서 돈 낭비할 필요는 읎잖여."

"그렇습니다. 비서관 시켜서 당장 철수하라고 지시하겠습니다."

"야! 난 하 보좌관 인간성 있게 봤는데 그기 아니구먼. 야! 내가 말은 그렇게 했드래도 당신은 그렇게 말하는 것이 아녀. 거기 있는 사무장하고 비서하고 저녁이나 먹음서 이래저래해서 아깝게 공천이 안 됐다. 그랑께 워짜겄냐. 아쉽기로 치자믄 의원님만큼 아쉽고 섭섭한 사람이 또 워디 있겄냐. 담에 또 기회가 있으면 만날 거 아니겄냐? 머 그런 식으로 위로주라도 한 잔씩 하고 헤어져야 하는 거 아녀?"

"제가 원래 그런 놈이 아닙니다. 저는 안경을 쓴 아이만 봐도 괜히 눈물이 날 정도로 마음이 약한 놈입니다. 의원님이 공천에 안 되셨다는 말씀을 듣는 순간 하늘이 무너지는 것 같은 충격을 받았습니다. 이런 일이 일어날 줄 알았다면 제가 초창기에 말씀드린 것처럼 수단과 방법을 가리지 않고 박사 학위를 받게 해 드렸어야 하는데, 그걸 못 해 드려서 이런 일이 벌어졌나, 하는 생각이 듭니다. 의원님처럼 훌륭하신 분이 공천에 떨어졌다는 점이 너무 억울하고 안타까워서 고개를 들 수가 없습니다."

"에이, 농담으로 한번 해 본 말을 갖고 너무 맘 상하지 말게. 내가 하 보좌관을 하루 이틀 겪어 봤남? 그냥 한번 해 본 말잉께 너무 맘에 담아 두지 말고, 원갑룡 그 자식이 참말로 배달 사고를 냈는지 그거나 알아보게. 그라고 말여, 그 자식이 딴소리를 하믄 그 자식이 돈 처먹은 걸 내가 알고 있응께 필요하믄 야기햐."

이동하는 하중태의 말이 입에 발린 말이라는 것을 알면서도 감격했다. 공천에서 떨어진 충격이 조금은 완화되는 것을 느끼며 뚱뚱한 몸을 일으켰다. 고개를 늘어뜨리고 있는 하중태의 등을 툭툭 쳐 주며 위로했다.

인생무상

너무 안타까워하지 말게.
이 사람처럼 잠자는 듯이 죽는 것이 큰 복여.
아프다고 죽는 그 순간까지 병석에 둔녀 있다든지,
무슨 교통사고라도 당해서 죽었다고 생각해 봐.
얼매나 끔찍한 일여.

황인술이 안개를 밟으며 언덕을 내려가서 새마을 회관 앞으로 갔다. 회관은 아무나 무시로 이용할 수 있도록 문을 잠가 두지 않는다. 그래도 면 소재지에 있는 새마을 회관처럼 거렁뱅이들이 다른 사람들 모르게 들어와서 잠을 자고 있거나, 객지 사람들이 허락도 없이 잠을 자는 경우는 없었다.

워짠 기 밖에보다 안에가 더 추워.

구월이지만 낮에는 반팔 셔츠를 입고 다닐 정도로 날이 덥다. 새벽이라 그런지 어둠이 깜깜하게 고여 있는 방 안에 들어서니 발바닥으로 와 닿는 감촉이 차갑다. 늘 하던 대로 전등 스위치를 올렸다. 방 안에 고여 있던 어둠이 화들짝 놀라며 창문 밖으로 물러갔다.

언제까지 이 짓을 하고 있는 거여. 이럴 때는 시훈이 아부지 말대로 딴 사람한테 구장 자리를 물려주고 싶고, 면사무소 회의하러 갈 때는 그런대로 괜찮고…… 광배 장가보내고 나서는 나도 이 짓을 그만해야 지…….

앰프의 스위치를 올리고 의자에 앉아 담배에 불을 붙이고 창문을 열어 본다. 요즘에는 전경환이 하도 큰 죄를 지어서 그런지 새마을 노래는 안 틀어 준다. 그 대신 지난달부터 오늘 개막하는 올림픽 때문인지. 이탈리아의 작곡가 조르조 모로더(Giorgio Moroder)가 작곡하고 그룹 코리아나가 부른 88올림픽 공식 주제가 <손에 손잡고(Hand in Hand)>를 틀어 준다. 둥구나무 가지에 걸려 있는 스피커에서 새마을 노래 대신 <손에 손잡고>라는 노래가 잘 나오고 있는지 확인한 다음에 창문을 닫는다.

하늘 높이 솟는 불 우리의 가슴 고동치게 하네
이제 모두 다 일어나 영원히 함께 살아가야 할 길
손에 손잡고 벽을 넘어서
우리 사는 세상 더욱 살기 좋도록 손에 손잡고 벽을 넘어서
서로서로 사랑하는 한마음 되자, 손잡고

춥구먼…….

창문을 열었을 때 둥구나무에서 불어오는 바람이 허옇게 반백이 돼 가는 머리카락을 날릴 정도로 아우성을 쳤으나 창문을 닫으니까 그나마 아늑했다.

그래도 전경환이가 새마을 회장을 할 때가 좋았는데…….

청와대로부터 삼백억 원을 받았다는 의혹에, 영종도를 개발한다며 새마을신문사의 공금 몇 십억 원을 횡령하는 등 어마어마한 돈을 받아 쓴 전경환은 지금 15년 형을 받고 감옥에 있다. 간부 10명도 이런저런 횡령죄로 차가운 마룻바닥에 누워 있을 것이다. 하지만 그들을 원망하고 싶은 생각은 없다. 메뚜기도 한철이라고 높은 자리에 있을 때 한몫 잡으려고 눈이 벌개져서 돈이 될 만한 것들을 헤집고 다녔을 것이다.

그른 맛도 읎으믄 출세를 뭐할라고 햐.

하다못해 학산 면장도 감투라고 제 돈 내고 술 마시는 적이 없다. 엄연한 공무원으로 나라에서 월급이 나오는데, 봄이면 직원들을 데리고 가서 강가에 사는 구장이며 새마을지도자를 불러내 쏘가리며, 동자개, 잉어를 잡아 달라고 한다. 매운탕에 회를 쳐 먹고 곤드레만드레 취해 택시를 불러 타고 사라진다.

하물며 전국적으로 조직망이 있는 새마을협회 회장에다, 즈 형이 대통령인데 면장처럼 직접 나서지 않아도 될 것이다. 사무실 안에서 낮잠자고 있어도 귀한 산삼이며, 중국에서 가져온 청심환에, 곰쓸개처럼 귀한 약재는 물론이고 돈을 사과 상자에 꾹꾹 눌러 가지고 올 것이다. 그 덕분인지 몰라도 새마을대회에 나가면 생전 처음 보는 뷔페 음식이며 술로 실컷 배를 채우고도 전두환 대통령 친필 서명이 들어 있는 손목시계부터 시작해서, 커피 잔 세트에, 머리를 감고 말릴 때 사용하는 헤어 드라이며, 새마을 휘장이 들어 있는 점퍼며, 이불 같은 것을 양손이 부족하도록 받아 왔다.

자고로 남자는 배짱이 있어야 하는 법인데……

뿌옇게 밝아 오는 창문 밖을 바라보면서 천천히 담배 한 개비를 피우는 사이에 노래가 끝났다. 테이프를 원위치로 돌려서 다시 한 번 틀고 길게 하품을 한다. 하품 끝에 눈물이 매달려 있다. 새끼손가락으로 눈물을 닦으며 생각해 보니 앞으로 전경환처럼 배포가 큰 새마을 회장은 더 이상 안 나올 것 같았다. 창문 밖으로 스러지는 안개와 반대로 아쉬움이 피어오른다.

지방에서 방구깨나 뀌는 놈들은 올림픽 개막식 귀경한다고 죄다 서울로 기어 올라가고 있을 시간이구먼.

김일이 한창 전성기일 때는 프로레슬링을 즐겨 봤다. 그 후로는 누가 권투를 한다면 빼놓지 않고 라디오로 중계방송을 듣거나 일부러 학산에 있는 다방까지 가서 봤다. 요즘은 나이가 들어서 그런지 지난 81년 김득구 선수가 미국에 원정 가서 미국 선수에게 맞아 죽은 후로는 권투에도 흥미를 잃었다. 올림픽에서 누가 금메달을 따고, 한국이 몇 등을 하는지는 신경도 쓰지 않는다. 다만 아시안게임 개막식 때 보니까 올림픽 개막식은 더 굉장할 것 같았다. 형편이 되지 않아 개막식 관람 같은 것은 꿈도 꾸지 못하는 처지가 서글퍼서 은근히 속이 쓰릴 뿐이다.

집에 가 봐야 다시 잠이 올 거 같지는 않구……

황인술은 등구나무 가지 그늘을 벗어나서 해룡네 집을 바라봤다. 술청 문이 열려 있는 것을 보니 해룡네가 일어났다는 증거다. 어차피 아직 아침을 먹으려면 한 시간 정도 기다려야 한다. 시원한 왕대포네 신 깍두기 맛이 못내 그립다. 혼자 가기는 좀 그렇고 박태수의 집을 바라봤다. 거실에 불이 켜진 것을 보니 상규네가 일어나 아침을 짓는 중인 모양이다. 뒤를 돌아서 김춘섭의 집을 바라본다. 김춘섭이 기침을 하며 밖으로 나온다.

"또 해장 생각나유?"

김춘섭이 둥구나무거리에 멀거니 서 있는 황인술에게 먼저 말을 걸었다.

"기냥 들어가기에는 입이 심심하고, 혼자 가기에는 내가 무슨 알콜 중독자가 된 거 같고……."

"알았슈. 벤소 갔다가 그쪽으로 갈께유."

황인술은 김춘섭의 말에 슬슬 걸어서 이병호의 송덕비 앞으로 갔다. 새벽이슬에 축축이 젖어 있는 송덕비를 물끄러미 바라본다.

이 양반은 시방 무슨 생각을 하고 있을까?

갑자기 오줌이 마렵다. 사방을 두리번거리다 얼른 바지 단추를 열고 오줌을 갈기기 시작한다. 오줌이 튀어서 송덕비에 묻어 있는 이슬을 끌어 내린다. 김춘섭이 오는 기척을 느끼는 것과 동시에 진저리를 치며 바지 단추를 잠갔다.

"이 앞에서 뭐해유? 먼저 가서 한잔 하시지."

"아! 갑자기 이놈이 그리워지잖여. 생전 바늘로 찔러도 피 한 방울 나오지 않을 만큼 지독하게 살았잖여. 아마, 이 동리 사람치고 이놈 땜시 눈물 안 짜 본 사람은 읎을 껴. 하여튼, 이 새끼처름 살기도 힘들 껴. 안 그려?"

"의원님한테 무슨 말 들었슈?"

김춘섭이 무심코 바라보니까 송덕비 앞에 오줌까지 갈긴 것 같았다. 이동하고 뭔 일이 있었을 것 이라는 생각에 물었다.

"그 양반 본 지가 한참 되는데."

"그람, 왜 신새벽부터 산에 나무하러 가신 양반을 욕해유?"

"난 또 뭐라고. 아! 나라님도 안 보는 데서는 욕한다고 하잖여. 제우, 학산 면장 출신한테 욕 좀 하는 건 암것도 아녀. 더구나 살아 있는 것도 아니고 썩어 문드러졌잖여."

해룡네는 아침을 지어 놓고 술청을 청소하고 있었다. 황인술과 김춘섭이 들어서는 모습을 보고 바닥을 쓸어 모은 먼지를 한쪽으로 밀어내고 허리를 폈다.

"왕대포로 딱 한 잔씩만 줘."

황인술이 술청 앞의 의자에 걸터앉으면서 마른입을 다셨다.

"언지는 두 잔씩 마셨나?"

"좌우지간 해룡네는 그 말대꾸 안 하믄 입에서 까시가 돋나?"

해룡네가 술청 안으로 들어가며 중얼거리는 말에 김춘섭이 꼬리를 잡고 늘어졌다.

"내 말이 바로 그 말여. 워티게 저런 여자한테 찬수 같은 손자가 나왔나 몰라."

"아! 사둔어른은 해룡네를 평생 동안 지켜보고도 몰라유? 안성댁 머리를 물려받은 거지. 절대로 해룡네 머리를 물려받은 것은 아뉴."

"내가 아침부텀 이런 말 안 할라고 했는데 말여. 해룡이 아부지가 워떤 사람인 줄 알기나 햐?"

해룡네가 왕대포 잔에 손가락이 담길 정도로 막걸리를 퍼서 술청 위에 내놓았다. 손가락에 묻는 막걸리를 쪽쪽 빨면서 코웃음을 친다.

"내가 왜 몰라? 무주 워디서 산지기를 했는데 산 쥔한테 대들었다가, 왜놈 순사들한테 맞아 죽었담서?"

"그, 그걸 워티게 안댜?"

해룡네는 찬수가 해룡이 할아버지를 닮았다는 말을 막 하려다 삼키며 놀란 얼굴로 물었다.

"아! 요번에 찬수가 서울대학교에 수석으로 합격했잖여. 사람들이 갸가 누구냐, 해룡이 아들이다. 해룡이는 누구냐? 모산에서 술장사 하는 여자 아들이다. 그람, 그 여자가 무주 워디서 산지기하다 왜놈 순사들에게 맞아 죽은 그 사람 마누라 아니냐? 라고 하니께 듣게 된 거이지."

"간을 끄내서 씹어 먹어도 시원치 않을 놈들이구먼. 그 양반이 산 쥔한테 왜 대들었냐는 말은 안 햐?"

해룡네가 새벽부터 입술에 거품을 물고 씹어 뱉다가 황인술에게 물었다.

"딴 말은 안 하든데?"

황인술은 숨도 안 쉬고 왕대포 한 잔을 비웠더니 얼굴이 후끈 달아오르면서 배가 불룩 일어서는 것을 느꼈다. 예상했던 것처럼 흐물흐물하게 씹히는 깍두기는 저절로 인상이 써지도록 신 냄새가 진하게 풍겼다. 하지만 오히려 그것이 막걸리의 텁텁한 뒷맛을 감춰 줘서 좋았다.

"아! 그 동리 사람들이 추석 때 송편 할라고 솔잎 좀 뜯어 가게 내버려 뒀잖여. 그걸 워티게 알고 찾아온 산 쥔이 조상님 모시는 산에 있는 소나무의 솔잎을 죄다 뜯어 가도록 뭐했냐고 지게 작대기로 개 패듯 팼단 말여. 그랑께, 그 썩을 놈의 산 쥔에게 해룡이 아부지가 소나무를 베간 것도 아니고, 솔잎 좀 뜯어 간 거다. 솔잎을 안 뜯어 가도 가실이믄 그냥 떨어지고 새로 나는 거 아니냐. 그랬지. 그 말 했다고 낫을 꺼내 들고 찍어 죽이겄다고 설치잖유. 그래서 해룡이 아부지가, 참말로 해도 너무하구먼. 명절 쉴라고 솔잎 쬐께 뜯어 간 것이 죽을죄라도 된단 말유?

그람서 산 쥐한테서 낫을 뺏는다는 게, 워쩌다 그 산 쥐을 밀어 버렸구면. 아! 그랑께, 그 산 쥐이라는 놈이 산지기가 낫으로 사람 찔러 죽일라고 한다면서 바락바락 괌을 질러 대며 집으로 가드니 왜놈 순사를 불러왔잖여. 내가 시방도 그걸 생각하믄……."

"그런 사정이 있었구먼."

해룡네가 입에 거품을 물고 쏜살같이 내뱉다가 눈물을 보이는 것을 본 황인술이 처연한 목소리로 말하며 고개를 끄덕거렸다.

"내 생각에 찬수한테는 즈 할아부지가 워티게 돌아가셨다는 말을 안하는 것이 좋을 거 가텨. 찬수가 원래 충청북도에서도 소문난 효자잖여. 그렇게 착한 아가 즈 할아부지가 개죽음당한 걸 알믄 이상하게 변할지도 모르잖여."

"그럴까?"

해룡네가 두 눈을 동그랗게 뜨고 황인술을 바라봤다.

"틀린 말은 아니지. 원래 맑은 물이 꾸정물 되기는 쉬워도, 꾸정물이 맑은 물 되기는 힘든 법이잖여. 그렇다고 찬수가 꼭 나쁘게 된다는 말은 아니지만, 편견을 갖고 세상을 바라볼 수도 있다는 말이지, 머."

"펴, 편견이 무슨 말이댜?"

"아! 상대방에 대해서 잘 알지도 못하면서 말여, 저놈은 무조건 나쁜 놈이라고 일방적으로 생각하는 마음을 말하는 거여. 장차 법관이 될 찬수가 그런 식으로 재판을 하믄 쓰겄어? 그나저나 찬수가 요새는 다믄 얼매씩이라도 돈을 부쳐 주는 거여?"

황인술은 오늘따라 말이 잘된다는 생각에 흐뭇하게 웃다가 정색하며 물었다.

"지가 여름방학 때 무슨 일을 했다고 함서, 오십만 원을 내놓데유. 하지만 서울서 혼자 공부할라믄 필요할 팅게 그냥 갖고 올라가라고 했슈. 그래서 그런가 보다 했는데, 아 글씨 장에 갈라고 저 옷장 문을 여니께 돈 봉투가 있잖유."

해룡네가 방 안에 있는 한 칸짜리 장롱을 손가락질하면서 눈물을 삼킨다.

"그람 오늘 해장술 값은 해룡네가 내도 되겠구먼."

"그랴……. 근데, 이기 무슨 소리여. 누가 새벽부텀 곡하는 소리 같은디?"

해룡네가 밖으로 나가면서 고개를 갸웃거렸다.

"글씨?"

"누가 죽었남?"

황인술과 김춘섭도 깍두기를 씹으면서 밖으로 나갔다. 세 명은 나란히 서서 소리가 나는 방향으로 귀를 모았다.

"가만있어 보자. 이 목소리는 하 보살 목소리 같은데?"

황인술이 긴장한 목소리로 말하며 김춘섭을 바라봤다.

"팔봉이 아부지야, 어제도 얼큰하게 취해서 들어가셨잖유. 팔봉이가 무슨 사고라도 났나?"

"사고가 났으믄 우리 집으로 즌화가 왔을 거 아녀."

해룡네는 김춘섭과 황인술이 긴장한 얼굴로 주고받는 말을 뒤로 하고 둥구나무거리를 향해 종종 걸음을 쳤다.

"사둔어른 여기 계싱게, 안사둔이 즌화를 받고 알려 줬는지도 모르잖유."

"그랄지도 모르겄구먼. 먼 사고가 났댜? 팔봉이 아부지는 요새 우리 아들이 돈 잘 번다고 맨날 큰소리치든데?"

"아, 그래서 어제도 팔봉이 아부지가 순배 영감하고 태수 아부지한테 한잔 샀다잖유."

뒤늦게 김춘섭과 황인술이 바쁘게 등구나무거리를 벗어나고 있는데 박태수가 지팡이를 짚고 밖으로 나왔다.

"시방 먼 소리여?"

"글씨, 팔봉이가 워티게 된 모냥여."

김춘섭은 황인술 먼저 바쁘게 올라가게 내버려 두고 박태수와 걸음을 맞춰 올라가기 시작했다.

"팔봉이가 먼 일이 생겼댜?"

"나도 몰라. 하 보살이 대성통곡을 하니게, 팔봉이가 잘못됐는개비지, 라고 생각한 것뿐여."

"허! 요새 돈 잘 번다고 소문이 워디까지 났는데 먼 일이댜?"

"좌우지간 팔봉이도 홍길동여. 은제 들으면 쫄딱 망했다는 소문이 돌다가, 또 은제 들으믄 서울에 집을 샀다고 했다가 통 종잡을 수가 읎구먼."

"아! 또 은지는 성냥 공장이 폭발하기도 했잖여……."

박태수와 김춘섭이 변쌍출 집 대문 앞에 도착할 무렵이다. 황인술이 불난 집에서 뛰쳐나오는 모습으로 뛰어나왔다.

"아여! 추, 춘셉이 이런 젠장! 맘이 급항께 헛 말이 나오는구먼. 사둔, 빨리 순배 영감님 좀 오라고 햐."

"왜, 왜유?"

황인술이 설치는 통에 김춘섭도 덩달아 당황한 얼굴로 반문했다.

"파, 팔봉이가 워티게 된 것이 아녀. 팔봉이 아부지가 돌아가신 거 가 텨. 그랑께 얼른 순배 영감님 좀 오시라고 햐."

"아, 알았슈."

"가는 길에 태수 아부지도 좀 오시라고 햐. 엊저녁에만 해도 멀쩡하던 양반이 밤새 안녕이구먼."

박태수는 황인술과 함께 마당 안으로 들어갔다. 해룡네가 눈물을 뿌리며 나오고 있다.

"안직 떠들지 마. 순배 영감님 뫼시러 갔응께."

황인술은 말과 다르게 변쌍출이 이미 저승 사람이라고 생각하며 방으로 들어갔다. 곡을 하던 하 보살이 변쌍출의 주검 옆에 그림자처럼 앉아 있다.

"순배 영감님 금방 오실 뀨."

황인술은 침통한 목소리로 중얼거리며 변쌍출의 머리맡에 앉았다. 누가 얼른 보면 잠을 자는 것처럼 보인다. 손끝을 코 밑에 대 보면 죽었는지 살았는지 알 수 있다. 하지만 그 일은 순배 영감의 몫이라는 생각에 입맛을 짭짭 다시며 천장을 바라본다.

"워티게 이런 일이 벌어질 수가 있남? 인제 팔봉이가 제우 살 만항께……."

"인명은 재천이라는 말이 있잖유. 아부지하고 얼매나 친하게 지내시는 분이 밤새 갑자기 이렇게 되다니, 워티게 된 일이유……."

박태수는 뭐라고 위로하고 싶었지만 마땅한 말이 생각나지 않았다. 박평래도 언제 어느 시에 변쌍출처럼 유언다운 유언도 남기지 않고 불

귀의 객이 될지 모른다는 생각이 들면서 남 일 같지 않았다.

"아침 할라고 일어났잖여. 그란데 이 양반이 꿈쩍도 안 하는 거여. 보통 때 같았으믄 시방 및 시나 됐냐? 애이구, 저놈의 노랫소리 읎는 세상은 읎나? 어지 술을 마셨드니 목이 마르구먼. 선한 물 좀 한 대접 떠와, 라고 할 양반이 암 말도 안 항께 기분이 이상하드라구. 그래서, 이렇게 쳐다봤구먼."

하 보살이 앉은 자리에서 고개만 돌려 변쌍출을 바라봤다.

"그랬드니?"

황인술이 섬뜩한 기분이 들어서 어깨를 으쓱거리며 물었다.

"암만해도 이상햐. 그래서 어깨를 이렇게 흔들어 봤구먼. 그랬드니 고개가 저쪽으로 맥없이 돌아가는 거여."

"그만햐. 순배 영감님이 오시나 벼."

황인술은 더 이상 듣기 싫다는 얼굴로 일어서서 방문을 열었다.

"이 사람아! 이기 워티게 된 일여?"

순배 영감보다 박평래가 한 걸음 일찍 뛰어 들어왔다. 잠자는 것처럼 누워 있는 변쌍출을 바라보고는 흠칫 놀란 얼굴로 멈췄다.

"비켜 봐."

순배 영감이 주머니에서 솜 조각을 꺼냈다. 변쌍출 옆에 앉아 솜을 길게 늘어트려서 코 앞에 가만히 댄다. 솜이 미동도 않는다는 것을 확인하고는 고개를 들어서 천장을 바라본다. 쭈글쭈글한 갈색빛 얼굴에서 투명하고 맑은 눈물이 주르르 흘러 턱을 타고 떨어진다.

"아이구! 영감. 이 일을 워쩐댜! 살아 평생 하나빽에 읎는 자식이 오늘에야 끼니 걱정 읎이 살라나, 날부텀은 돈 걱정 읎이 살려나, 걱정만 하다가⋯⋯. 인제 제우 집 칸이라도 사 놓고 먹고살 만항께 간다 온다 말도 읎이 가 버리믄 나는 워터게 살라는 말유. 갈 때는 가드라도, 찬찬히 오라는 말이라도 냉겨 두지. 그까짓 탁배기 한 잔에 을매씩 한다고, 탁배기 한 잔 맘대로 마셔 보지도 못하고, 고무신은 맨날 흰 고무신만 신고 댕기다가 인제 제우 팔봉이가 먹고살 만항께, 저승길이 머가 그렇게 좋다고 잘있으라는 말 한마디도 안 하고 훌쩍 가셨댜⋯⋯."

상규네와 모리댁이 눈물을 훔치며 들어왔다. 순배 영감이 조용히 홑이불을 변쌍출 머리 위까지 덮는 모습을 지켜보며 하 보살 양쪽에 앉아서 작은 목소리로 그만 진정하라고 위로하기 시작했다.

"너무 안타까워하지 말게. 사람은 죽을 때 이 사람처럼 잠자는 듯이 죽는 것이 큰 복여. 아프다고 병석에 둔너 있다든지, 무슨 교통사고라도 당해서 죽었다고 생각해 봐. 얼매나 끔찍한 일여."

순배 영감이 조용한 목소리로 나무라면서도 한숨을 길게 내쉰다.

"그람, 그람. 큰 복이구 말구. 에구 이 사람아! 팔봉이 자랑을 그렇게 해 쌌더니 머가 그렇게 급해서⋯⋯."

박평래가 순배 영감의 말이 맞다는 표정으로 고개를 *끄덕끄덕*하다가 결국 눈물을 삼켰다.

"서울에는 내가 즌화할게유. 그라고 연락할 때가 있으믄 태수하고 사둔이 종이에다 적어서 부고 좀 쓰고⋯⋯."

황인술은 변쌍출의 주검을 확실하게 확인하고 나니까 갑자기 마음이 바빠졌다. 팔봉이에게 전화부터 하는 것이 순서라는 생각에 하 보살에게 전화번호를 달라고 했다.

"거기 벼름빡에 걸려 있는 달력에 적혀 있슈⋯⋯. 우리 팔봉이가 알믄, 얼매나 서러워할까. 성냥 공장에 댕기면서 저는 저대로 지 식구들을 건사할라고 밤인지도 모르고 낮인지도 모름서, 일하면서도 늘 죄인처럼 고개도 지대로 들지 못하며 살았잖유. 입만 열었다 하믄, 내가 돈 많이 벌어서 우리 아부지하고 어머도 양옥집에 살게 해 준다고 노래를 부르던 아잖유. 즈 아부지가 두 번 다시는 탁배기를 마실 수 읎다는 사실을 알면 얼매나 가슴이 터질까. 아이구, 불쌍한 우리 팔봉이! 부처님도 참말로 야속하시지. 비가 오믄 정지에서, 눈이 오믄 방 안에서, 일 년 삼백육십오 일 단 하루도 빼트리지 않고 정한수 떠 놓고 기도를 올렸는데, 제 정성이 얼매나 부족해서 우리 영감을 그새 데려간데유……."

황인술은 하 보살이 방바닥을 치며 통곡하는 말을 뒤로 하고 마당으로 나갔다.

"팔봉이네 집에 먼 일 있슈?"

광일네가 골목 밖으로 나오다가 마주친 황인술에게 물었다.

"누가 머랴?"

"아까 때보 어머가 그라는데 팔봉이 아부지가 돌아가신 거 같다고."

"누구한테 들었는데?"

황인술은 황망하게 걸으면서 물었다.

"해룡네가 지 눈으로 직접 보고 확인했대유."

광일네가 뛰는 걸음으로 황인술을 따라가며 말했다.

"사실이기는 하지만, 해룡네 그 인간도 그 지랄로 사람 말을 엿 같이 들었다가는 제명에 못 살 겨."

"동리 초상 났슈?"

철재와 광배가 자고 일어나 혼자 마당으로 걸어 나오다 광일네에게 물었다.

"그려, 팔봉이 아부지가 돌아가셨댜……."

"어지께, 둥구나무 밑에서 봤을 때 멀쩡하시든데?"

"그러게 말여."

황인술은 방문을 닫을 사이도 없이 전화기 앞에 앉았다. 마당에서 광배와 광일네가 주고받는 말을 들으면서 팔봉의 전화번호를 누르기 시작했다.

"아이고! 아부지. 이렇게 어이없이 가시면 나는 워틱한댜! 아이고!"

팔봉이는 전화를 받자마자 대성통곡하기 시작했다. 황인술은 "그러게 말일씨……. 허 참, 그렇게 허무하게 가실 줄 누가 알았댜……."라고 팔봉이가 듣던 말던 한숨을 내쉬면서 팔봉이 통곡을 그치기를 기다렸다.

"그래, 및 시까지 내려올 수 있능 겨?"

"차가 안 맥히믄 집까지 세 시간 걸려유. 오늘부텀 올림픽이라서 길이 맥힐라나?"

"올림픽이 열리는 데가 집하고 가차워?"

"아뉴, 올림픽은 잠실에 있는 올림픽 체육관에서 열리잖유."

"집하고 잠실이 가차운가?"

"여기는 서대문구고, 잠실은 강남궁께 끝에서 끝이유. 그라고 봉께 차가 별로 안 밀리겄네유. 시방 및 시여? 여섯 시 반잉께 넉넉잡어서 열한 시믄 도착하겄네유."

"돼지는 한 마리 잡아야 되지 않을까?"

"어이구! 우리 아부지, 생전에 돼지 한 마리 잡아 드리지 못한 불효자가 돌아가싱께 돼지를 잡아 드리네유. 그람유, 돼지도 큰 걸로 한 마리 잡고, 떡이며 술이며 돈은 얼매든지 드릴 팅게 구장님이 알아서 챙겨 주세유."

"그랴, 그람 직접 차를 몰고 올 거여? 맘도 안 좋은데 직접 몰고 오믄 위험하지 않을까?"

"그건 지가 알아서 할 모양잉게 구장님이 알아서 모든 걸 책임지고 해 주셔유. 어이구, 불쌍한 우리 아부지."

"그랴, 그람 조심해서 내려와."

황인술은 전화를 끊자마자 내가 언제 처연한 목소리로 통화했느냐는 얼굴로 히죽 웃었다.

가만있어 보자, 팔봉이가 요새 돈 좀 만진다고 했잖여. 돼지는 한 삼백 근짜리로 잡을까? 아녀, 근수가 많이 나가믄 순 비계만 많고 괴기가 질기잖여. 그람 백오십 근짜리로 두 마리를 잡고, 떡은 절편으로 닷 말, 시루떡으로 닷 말······.

동네 무슨 일이 있을 때마다 기록하는 노트를 펼쳐 놓고 초상 때 사용할 돼지며 떡이며 과일, 건어물을 적어가는 사이에 웃음이 얼굴에서 조금씩 더 번져 간다. 요즘 용돈이 궁했는데 잘만 하면 돈 십만 원은 우습게 떨어질 것이라는 생각이 들었기 때문이다.

"아! 모산 구장 황인술유. 공지 사항을 말씀드리겠슈. 에! 이미 소식을 들으신 분은 아시겠지만 말유. 금일 새벽에 우리 동리 변쌍출 씨가 운명하셨슈. 그래서 드리는 말씀인데 말유. 안직 나락 빌 때도 아니고 항께, 공사다망하시드래도 변쌍출 씨 집으로 와 주시기 바랍니다. 그라고 윤길동 씨는 이 방송을 듣는 즉시 오토바이를 몰고 새마을 회관으로 와 주시기 바랍니다. 다시 한 번 공지 사항을 말씀드리겠슈. 금일 새벽에 변쌍출 씨가 운명하셨슈. 그랑께 공사다망하시드래도 변쌍출 씨 집으로 오셔서 슬픔을 같이 해 주시믄 감사하겠습니다. 이상, 모산 구장 황인술이 공지 사항을 말씀드렸습니다."

황인술은 앰프를 끄고 의자에서 일어섰다. 창문 밖으로 보이는 들판의 벼가 누렇게 익어 가고 있다. 아침 바람이 눅눅한 것을 보니 오늘 하루도 햇볕이 좋을 것 같다. 요즘은 햇볕이 좋아야 벼의 알이 차오른다. 나락의 알이 차면 타작이 시작될 것이다. 변쌍출은 올해부터 타작한 햅쌀밥을 먹지 못할 것이다. 인생이 참으로 허무하다는 생각이 들면서 한숨이 저절로 새어 나온다.

가만있어 보자. 그동안 요령잡이는 그 양반이 독차지했는데, 이번에 요령잡이는 누가 한댜? 딴 동리 가서 델고 와야 하나. 수두리의 권 가라는 젊은 사람은 귀경꾼들이 눈물을 질질 짜도록 요령을 잘 흔든다든데 그 사람을 수소문해 보나?

윤길동이 오면 오토바이 뒤에 타고 학산으로 내달릴 생각이다. 방송을 했으니까 조금 있으면 오토바이 오는 소리가 들려올 것이다. 그 때까지 좀 쉬는 것이 좋을 것 같아서 의자에 앉았다.

요번에 초상 끝나믄 팔봉이한테 회관에 컬러텔레비전 한 대 기증하라고 해야겠구먼.

의자에 앉아서 방 안을 휘 둘러보니까 뭔가 심심하다. 이럴 때 텔레비전이라도 있었으면 좋겠다는 생각이 들면서 팔봉의 얼굴이 떠오른다.

"저 왔슈."

오토바이 오는 소리도 못 들었는데 문이 열리면서 윤길동이 얼굴을 내민다.

"내가 왜 불렀는지 알겠지?"

"학산 갈라고 부른 거 아뉴?"

"아침은 먹었남?"

"동리 어른이 돌아가셨는데 아침 먹을 기분이 나유? 장 보고 나서 해장국이나 한 그릇 하든지……."

"그려, 그람 어여 출발하자고"

황인술은 윤길동의 뒤를 따라서 회관 마당으로 나갔다. 윤길동 뒤에 앉아서 행여 떨어질지 모른다는 생각에 윤길동의 허리를 꼭 껴안았다.

밤이 이슥해질 무렵 김춘섭네 사랑방으로 친목회 회원들이 한두 명씩 모여들었다. 맨 마지막으로 광일이가 얼큰하게 취한 얼굴로 택시를 타고 들어왔다.

"에, 오늘은 회장님이 부친상을 당한 관계로, 오늘은 총무인 제가 대신 회의를 주최하는 걸로 하겠습니다."

면사무소에서 오전부터 윗사람들 모르게 전화로 변쌍출의 부음 소식을 알렸던 상규가 좌중을 돌아다보며 입을 열었다.

"당연하지. 어여 시작해 봐."

광성이가 검은색 티셔츠에 양복바지를 받쳐 입은 차림으로 거들었다.

"우선 회비 문제부텀 결정을 짓겄슈. 지난번 창립총회 때 결정하기를 부모님 애사 시에는 쌀 다섯 가마니를 부조하기로 했슈. 그래서 디리는 말씀인데 요새 쌀 한 가마니 가격이 구만 삼천 원가량 하는 걸로 알고 있슈. 다섯 가마니면, 얼매여?"

"오구 사십오, 사십오만 원하고, 삼오 십오, 만 오천 원하믄 사십육만 오천 원이구먼."

철용이가 상규의 말이 끝나자마자 방바닥에 계산하는 흉내를 내보이고 나서 말했다.

"철용이 계산 빠르구먼."

광일이 신기하다는 표정으로 말했다.

"고물 장사 십 년이 넘었구먼. 언제 일일이 계산기 뚜드리고 있어. 머리로 계산해야지."

철용이 옆에 앉아 있던 경훈이 자랑스럽게 말했다.

"우리가 지난 팔십오 년 구정 때 창립했잖아유. 그해 삼월부텀 회비를 송금 받기 시작했슈. 올게가 삼 년째 접어들고 있네유. 그동안 회비를 꼬박꼬박 내신 분도 계시고, 몇 개월씩 밀린 분도 있고, 어떤 분은 츰에서너 달 내다가 안직까지 안 낸 분들도 있슈. 그분들은 여유가 있을 때 쪼끔씩이라도 내 주길 바래유. 회비 문제는 내년 정기총회 때 다시 언급하기로 하고 오늘 임시 회의를 시작하겠슈. 오늘 모인 목적은 두 가지유. 그중 하나는 상주한테 쌀 다섯 가마니를 주는 문젠데, 아까 팔봉이형님을 만나서 돈으로 줄까, 쌀로 줄까 물어봉께 계금을 안 받겠대유. 그 대신 쌀을 마을 회관으로 들여놓으래유. 겨울에 동리 사람들찌리 떡도 해 먹고, 밥도 해 먹으라고 말유. 이럴 때는 박수로……."

상규의 말이 끝나기 전에 몇몇이 성급하게 박수를 치기 시작했다.

"자, 잠깐만! 지금 우리 형님이 하는 말은 박수를 치면 안 된다는 말을 할라고 하는 거 가튜. 오늘 같은 날은 박수를 치는 것이 아니잖아요. 그러니까 빨리 박수를 멈춰요."

진규가 양손을 흔들며 서둘러 하는 말에 박수를 치던 사람들은 머쓱

한 얼굴로 뒤통수를 긁거나 볼을 긁적거렸다.

"맞습니다. 박수는 나중에 쳐 주는 걸로 하고 오늘은 성의만 받아들이는 걸로 해유. 두 번째는 우리가 창립총회 때 했던 말처름 상여를 우리 회원이 메 주기로 했잖유. 그래서 하는 말인데 당장 급한 것이 모리 장사를 시작할 때 행상을 멜 사람을 정하는 일유."

"행상은 및 명이 메는 거여?"

상규의 말에 철용이 두리번거리며 물었다.

"행상은 메기 나름여. 짝수를 맞춰서 열두 명, 스물 네 명이 메기도 하고, 많게는 서른여섯 명이 메기도 하잖여. 문제는 요령잡이여. 내가 알기루는 우리 동리 요령잡이는 돌아가신 팔봉이 아버님뵉에 안 계셨잖여. 근데 그분이 안 계싱게, 행상은 우리가 메드라도 요령잡이는 딴 동리에서 불러와야 할 거 가텨."

"광일이 형님, 그런 걱정 안 해도 돼유. 광배 있잖유. 광배야, 니가 한번 해 봐라."

광일이가 하는 말을 가만히 듣고 있던 철재가 광배를 바라보며 말했다.

"에이, 내가 워티게 햐. 으런들 앞에서……."

광배가 싫지만은 않다는 얼굴로 광일이와 광성이의 눈치를 살폈다.

"어디 한번 들어나 보자. 우리가 봐서 합격하믄 되는 거여. 우리 동리 사람들찌리 하는 건데 딴 동리 사람들 눈치 볼 필요 읎잖여. 안 그려?"

경훈이 호기심 어린 눈빛으로 광배를 바라보고 말을 하다가 철용에게 시선을 돌렸다.

"그람, 한번 해 봐."

"난 잘 못 하는데……."

광배는 술도 얼큰하게 마셨겠다, 동네 형들 앞에서 한번 해 보는 것도 나쁘지 않을 것이라는 생각에 큼큼하며 목청을 다듬었다.

"이제 가면 언제 오나?"

"어허이, 어허!"

광배가 선창하자마자 어느 누가 먼저라고 할 것 없이 일제히 후렴을 불렀다.

"황천길이 멀다 하니 저승길이 문밖이라!"

"어허이, 어허!"

"처자식은 여기 두고 북망산천이 무슨 말이냐"

"어허이, 어허!"

"대문 밖에 나서 보니 친한 친구 하나 없드라."

"어허이, 어허!"

"딱 요기까지만 할 겨.

광배가 민망한 표정으로 웃었다. 몇몇이 잘했다는 뜻으로 박수를 치려고 하다 진규의 눈치를 살피며 슬그머니 손을 내렸다.

"근데, 승우는 왜 안 내려오능 겨? 총회 때도 매번 빠지고 말여. 회비는 안 빠지고 내나?"

"회비는 한 번도 안 빠지고 냈구먼. 오늘 통화했는데 요새 맨날 비상이 걸려서 꼼짝도 못 한댜. 그 대신 지난번 시훈이 형 때처럼 벌금으로 쌀 한 가마니 값을 부쳐 준댜."

철용이 묻는 말에 상규가 대답했다.

"지가 검사믄 검사지. 어떤 놈은 벌금 낼 돈이 읎나, 맨날 빠지고 돈만 내면 그것도 문제 있는 거 아녀?"

"내가 서울 올라가서 조용히 야기해 볼게유. 회원들이 불만이 많다고
말유."

경훈이 투덜거리는 말에 진규도 동의한다는 표정으로 말했다.

제34장

1989년

안개

서, 설마!

옥천댁이 파랗게 질린 얼굴로 더듬거렸다.

왜 그리 놀랴? 당신은 아는 사람여?

이동하가 의외라는 얼굴로 옥천댁에게 물었다.

너…… 서, 설마……. 인숙이를 말하는 거는 아니겠지?

지역구 의원이 아닌데도 문턱이 닳도록 세배를 오는 사람들이 많았다. 이런저런 관계로 재산 증식을 하는 데 오백만 원 이상 기여한 기업체 사장이나, 그 비슷한 손님이 오면 정종 주전자를 얹은 술상을, 군수나 경찰서장 등 기관장이 오면 다과상을, 군청이나 경찰서 교육청 등의 과장급이 오면 과일접시를, 동네 사람이나 과거 선거 때 도움을 받았던 사람들에게는 음식을 대접하지 않고 세뱃돈을 내밀었다. 세뱃돈으로 천 원짜리 신권을 열 장씩 넣은 봉투를 만들어서 사랑방 앉은뱅이책상 서랍에 수북하게 넣어 두었다.

"너도 올해는 어떤 일이 있드래도 결혼식을 올려야 하지 않겠냐?"

이동하는 건강 때문에 나름대로 술을 절제한다고 했지만 설 전날부터

연 사흘 동안 짤끔짤끔 마셨더니 얼큰하게 취기가 올랐다. 보료에 비스듬히 누워서 넉넉한 얼굴로 승우를 바라본다.

"그렇지 않아도 그 점 때문에 말씀드리고 싶은 것이 있습니다……."

승우는 곶감을 반으로 잘랐다. 그것을 다시 반으로 자르며 어렵게 입을 열었다.

"우신건설의 딸내미에 대한 말이냐?"

이동하는 올해 승우를 결혼시키고 나면 자신이 집안에서 할 일은 대충 마무리를 짓는 것이라고 생각했다. 승철이 좀 걸리기는 하지만 놈은 고생을 좀 더 해 봐야 한다. 그래야 온실 안이 얼마나 따뜻하고 영양분이 풍부한지 스스로 터득하게 될 것이다. 상대적으로 승우는 지금까지 큰소리 한번 내 보지 않았을 만큼 칭찬받을 일만 골라서 했다. 그런 승우가 새해 둘째 날부터 어떤 기쁜 소식을 전해 주려고 뜸을 들일까 싶어서 허리를 반듯하게 펴고 바라봤다.

"그 아가씨는 저하고 맞지 않는 것 같습니다."

"왜?"

"미선 씨는 생각하는 차원 자체가 저하고는……. 여러 가지로 저하고는 성격이 맞지 않습니다."

"그럴 수도 있구먼. 나도 우리 승우가 우 회장 딸보다는 열 배 이상 낫다고 보는데."

"아부지가 그 여자를 보셨습니까?"

"사진으로는 잠깐 봤구먼. 시애비 될 사람이 며느리 될 사람 사진을 유심히 뜯어보는 것도 예의가 아니잖여……."

이동하는 인기척도 없이 문이 열리는 소리에 말을 끊고 장지문을 바라봤다. 옥천댁이 얼굴만 내밀고 황인술하고 김춘섭이 세배를 왔다고 속삭였다.

"저는 이따 말씀드리겠습니다."

"아녀, 거기 앉아 있어도 된다. 니가 모르는 사람들도 아닝께……."

이동하는 제 방에 있어도 일부러 불러서 자랑할 승우가 나가면 안 된다는 생각에 일어서려는 승우를 서둘러 앉혔다.

"뭣 좀 차릴까유?"

황인술과 김춘섭을 안내하고 방으로 먼저 들어온 옥천댁이 속삭였다.

"아녀."

이동하는 손을 내저어 보이고 양반다리를 하고 점잖게 앉았다.

"의원님, 어제 세배를 올라고 했는데 죙일 손님들이 드나드시는 것 같아서 오늘 왔슈."

"아! 그려유. 어여, 앉아요. 어여 앉아……."

이동하는 영동에서는 더 이상 국회의원에 나오지 않을 생각이다. 김춘섭에게는 원래부터 아쉬운 말을 하지 않았지만 황인술도 이제 개인적으로 볼 이유가 없다는 생각에 건성으로 말했다.

"올해도 건강하시고 존 일만 일어나시길 빌어유."

"건강하세유. 건강하셔서 검사님이 검찰 청장 되시도록 오래오래 사셔유."

황인술은 자기보다 나이가 어린 이동하지만 아무 거리낌 없이 넙죽 절을 했다. 절하고 나서 생각나는 대로 덕담을 던졌다. 그런데 뒤이어서 김춘섭이 하는 말에 깜짝 놀랐다. 높은 집에서 어떤 말을 하면 이동하의 마음에 쏙 들 수 있는지 궁리해 온 것 같았다.

"어허! 이렇게 고마울 수가, 두 분도 올해는 농사 잘 져서 돈 좀 많이 벌고 건강하셔유. 세배를 받았으니 세뱃돈을 디려야겠구먼."

이동하는 올 들어서 세배를 받으며 받은 덕담 중에 기억에 남을 정도로 가슴 뭉클한 말이라는 생각에 김춘섭이 다시 보였다.

"아, 아닙니다. 의원님께 세배를 디리는 것만 해도 황송한 일인데……"

황인술은 이미 광일이며 광배, 박태수를 통해서 이동하에게 세배를 하면 만 원씩 세뱃돈을 준다는 말을 들었다. 그 점 때문에 혼자 오기도 민망하고 해서 김춘섭을 데리고 왔다. 하지만 김춘섭이 자신이 생각해도 이동하의 가슴을 울릴 만한 덕담을 한 점 때문에 김이 새서 별로 반갑지가 않았다.

"큰아들은 고물상이 잘된다면서? 이건 큰아들 갖다 주게. 어제저녁에 세배를 왔는데 깜빡했지 머여."

이동하는 황인술에게는 봉투를 한 개만 내밀고, 김춘섭에게는 두 개를 내밀며 뻔한 거짓말을 했다.

"이, 이러시지 않아도 되는데유……"

김춘섭은 철용이 담뱃값이나 하라며 내미는 봉투를 이미 받았다. 자신에게만 특별히 봉투를 두 개 내미는 저의를 알 수가 없어서 당황한 얼굴로 손을 저었다.

"그냥 받으세요 아버지가 특별히 두 개를 드리고 싶으신 것 같습니다."

승우가 김춘섭이 당황하지 않도록 부드러운 목소리로 웃으며 말했다.

"아, 예, 검사님."

김춘섭은 자신도 모르게 검사님이라는 말이 튀어나왔으나 개의치 않고 봉투를 끌어당겼다.

"검사님은 언지 올라가셔유? 서울 지검에 근무하신다는 말은 들었는데 참말루 대단하셔유."

황인술은 김춘섭이 갑자기 낯설어 보였다. '이놈이 이렇게 뒷구멍으로 호박씨를 까는 놈이었나?'라고 놀라면서도 자신만 가만히 있으면 안 된다는 생각에 승우에게 말을 걸었다.

"진규가 그라는데 올 일월 일 일 자로 남부 지청으로 발령이 났다는 말을 들었슈."

"아! 맞아유, 남부 지청으로 발령이 나기는 했지만 거기도 바빠유. 올 해부터 구정이 민속의 날에서 설날로 바뀌어서 삼 일씩 쉬잖아요. 그래도 저는 내일 당직이라서 밤차로 올라가야 합니다. 저도 모산 친목회 회원인데 그동안 너무 바빠서 참석을 못 했습니다. 그래서 작은설 저녁에 철용이 형님댁에 가서 사과하고 술 한잔 샀습니다. 철용이 형님 형수님이, 구장님 따님이라는 말을 듣고 굉장히 부러웠습니다. 같은 동네에 사는 사람들끼리 결혼하는 건 쉽지 않잖아요. 더구나 연애결혼 했다는 말을 듣고 나니까, 몸도 성치 않은 철용이 형님이 대단하다는 생각이 들었습니다."

황인술은 승우까지 김춘섭을 간접적으로 칭찬하는 말을 듣고 나니까, '이놈들 부자(夫子)가 정초부터 나를 엿 먹일라고 짰나?'하는 생각이 들었다. 뭐라고 한마디 해야겠는데 시집간 딸 자랑을 할 수가 없어서 시뻘겋게 달아오른 얼굴로 김춘섭을 바라봤다.

"워, 원래 우리 며느리가 잘해유."

김춘섭은 이동하가 봉투를 두 개 준 이유를 알 것 같다는 생각에 뒷머리를 긁으며 얼굴을 붉혔다.

"그람, 바쁠 텐데 어여들 가 봐. 난 우리 승우하고 할 야기가 있어서 말여."

이동하는 승우가 김춘섭이며 황인술 같은 놈하고 말을 섞어서 좋을 것이 없다는 생각에 점잖게 말했다.

"아, 예. 그람 저희들은 물러가겠습니다."

황인술이 이동하의 말을 기다렸다는 표정으로 얼른 일어서면서 인사했다. 김춘섭은 고개만 숙여 보이고 나서 돌아섰다.

"과일 좀 드시고 가셔유."

"아녀, 아녀유. 그람 안녕히 계셔유."

"구장님, 사모님한테도 세배를 드려야 하잖유."

"그, 그럴까?"

"아이구, 지가 세배를 드려야지 뭔 말씀이세유. 과일이나 드시고 가시지."

"그람 안녕히 계셔유. 구장님 어여 가유."

"그, 그려."

옥천댁은 그들이 신발 신는 모습을 지켜보다 인사를 하고 과일 접시를 든 채 사랑방으로 들어갔다.

"니가 모산 촌놈들한테 사과했다는 것이 먼 말여?"

"모산 친목회 회칙에 애사가 있을 때는 무조건 참석하게 돼 있거든유. 그동안 참석 못 해서 죄송하다고 사과했슈."

"니가 팽팽 놀면서 참석을 안 한 거여?"

"아뉴. 바빠서 참석 못 했슈."

"니가 바쁘다믄 바쁜 거지. 먼 놈의 사과여."

이동하가 불쾌하다는 표정으로 말했다.

"우리 집에 뭔 일 있으믄 다들 도와줄 사람들이잖유. 그라고 바쁜 것은 제 사정이구……."

"그래도 검사가 사과를 하믄 우습게 볼 수도 있단 말여. 아까, 나한테 하고 싶은 말이 있다고 했지? 정종 말고 쇠주 읎나? 가만히 생각해 봉게, 우리 검사님하고 술 한잔 안 했구먼."

이동하는 승철이 놈은 소식도 없는데, 승우가 장남 노릇을 하고 있다는 생각에 이내 화를 풀고 부드럽게 말했다.

"그냥 정종으로 드시지…… 짬뽕하믄 안 좋다는데……."

"쇠주 한잔 하고 잘 모양잉게 어여 가지고 와."

이동하는 걱정스럽게 말하는 옥천댁의 말을 무시해 버리고 승우를 바라봤다. 할 말이 있으면 어서 하라는 표정을 지으며 침을 삼켰다.

"어머도 같이 들으셔야 하는데……."

"무슨 말을 할란가는 모르겠지만, 내가 얼른 술 가져올 팅게 잠깐만 기달려……."

옥천댁이 터져 나오려는 웃음을 참으며 바쁘게 밖으로 나갔다.

"어여 해 봐."

이동하는 옥천댁의 말을 무시해 버리고 승우를 바라봤다.

"제, 결혼 문젭니다."

"결혼 문제라면 우 회장 딸하고 야기여?"

"아닙니다……."

"아까 들어옴서 들응게, 결혼 야기를 할라고 하는 거여?"

옥천댁이 과일 접시 앞에 앉아서 소주병 뚜껑을 따며 급하게 물었다.

"우 회장의 딸이 아니라면 따로 만나는 아가씨가 있다는 거여?"

이동하는 슈퍼 집 딸을 데리고 와서 결혼하겠다고 했던 승철의 얼굴이 생각났다. 설마 승우까지 실망시키지는 않겠지, 라고 생각하며 눈을 깜박거리며 물었다.

"우 회장님 딸도 사진을 봉게 괜찮은 것 같든데……. 얼굴도 이쁜 데다 대학도 이대 영문과를 나왔응게 머리도 그런대로 괜찮은 편이잖여."

옥천댁이 이동하의 잔에 소주를 따라 주고 나서 승우의 잔을 채우며 말했다.

"미선 씨는 저하고 안 맞아요. 여러 가지로……."

"그람 누구하고 결혼하겠다는 거여?"

이동하는 천천히 술을 마셨다. 옥천댁이 사과 조각을 이쑤시개로 찍어서 들고 있다가 이동하에게 내밀며 물었다.

"아버지하고 어머니도 아는 사람입니다."

승우는 막상 인숙이라고 말을 하려니까 가슴이 떨렸다. 술잔을 들고 허리를 옆으로 틀어서 단숨에 비워 버렸다. 사법 연수원 시절부터 양주와 맥주를 섞은 폭탄주를 즐겨 마셨더니 소주 한 잔은 마신 것 같지도 않았다.

"내가 아는 사람여?"

옥천댁은 승우의 말에 가슴이 덜컹 내려앉는 것을 느끼며 흠칫 놀랐다. 이동하가 옥천댁을 바라보며 당신은 짐작이 가느냐는 표정으로 반문했다.

"서, 설마!"

옥천댁이 파랗게 질린 얼굴로 더듬거렸다.

"왜 그리 놀라? 당신은 아는 사람여?"

이동하가 의외라는 얼굴로 옥천댁에게 물었다.

"너…… 서, 설마……. 인숙이를 말하는 거는 아니었지?"

옥천댁은 박태수의 벗은 몸이 불현듯 떠오르는 것을 느꼈다. 자신도 모르게 뒤로 물러앉으며 떨리는 목소리로 물었다.

"에이, 승우가 눈이 뺐나? 인숙이하고 결혼한다고 하게? 내 말이 맞지?"

이동하가 스스로 잔을 채우려고 술병을 들면서 승우의 눈치를 살폈다.

"맞아유. 인숙이하고 결혼할 생각입니다. 허락해 주십시오."

— 5부 13권에 계속 —

대하장편소설 **금강** 제12권

초판 1쇄 발행 2014년 9월 24일

지 은 이 한만수

펴 낸 이 최종숙
펴 낸 곳 글누림출판사

책임편집 이태곤
편   집 박주희 권분옥 이소희 박선주 오정대
디 자 인 이홍주 안혜진
마 케 팅 박태훈 안현진
관   리 구본준

주   소 서울시 서초구 동광로46길 6-6(반포4동 577-25) 문창빌딩 2층(우137-807)
전   화 02-3409-2055(대표), 2058(영업), 2060(편집)
팩   스 02-3409-2059
전자메일 nurim3888@hanmail.net
홈페이지 www.geulnurim.co.kr
등록번호 제303-2005-000038호(2005.10.5)

정   가 13,000원
ISBN 978-89-6327-249-8 04810
    978-89-6327-237-5(전15권)

표지 디자인 · 디자인밥 **출력/인쇄** · 성환C&P **제책** · 동신제책사 **용지** · 에스에이치페이퍼

* 이 도서의 국립중앙도서관 출판시도서목록(CIP)은 서지정보유통지원시스템 홈페이지(http://seoji.nl.go.kr)와
  국가자료공동목록시스템(http://www.nl.go.kr/kolisnet)에서 이용하실 수 있습니다.(CIP제어번호: CIP2014026078)